Bijna thuis

Jean Kwok bij Boekerij:

Bijna thuis
Dans met mij

www.boekerij.nl

Jean Kwok

Bijna thuis

Eerste druk 2010
Vierde druk 2014

ISBN 978-90-225-7084-5
ISBN 978-94-609-2855-0 (e-boek)
NUR 302

Oorspronkelijke titel: *Girl in Translation* (Riverhead Books, Penguin)
Vertaling: Jeannet Dekker
Omslagontwerp en -beeld: HildenDesign, München using an image
from Solovieva Ekaterina / Shutterstock
Zetwerk: CeevanWee, Amsterdam

PROLOOG

Ik ben geboren met een talent. Geen talent voor dansen of grappig zijn of iets anders leuks. Ik ben altijd al goed geweest in leren. Alles wat op school werd onderwezen nam ik meteen in me op, snel en zonder al te veel inspanning. Het was alsof de school een gigantische machine was en ik een op maat gemaakt radertje, dat er perfect in paste. Dat wil niet zeggen dat het altijd gemakkelijk voor me is geweest. Toen ma en ik naar de Verenigde Staten kwamen, sprak ik slechts een paar woorden Engels, en ik heb lange tijd met de taal geworsteld.

Er is een Chinees gezegde dat ons vertelt dat het lot als de wind is, die van alle kanten door ons leven blaast en ons voortdrijft over het pad van de tijd. Wie een sterke wil heeft, verzet zich misschien tegen deze harde wind en kiest een eigen weg, maar de zwakkeren moeten gewoon gaan waarheen ze worden geblazen. Ik moet bekennen dat ik niet zozeer ben voortgedreven door de wind, maar eerder vooruit ben getrokken door mijn eigen beslissingen. En al die tijd verlangde ik naar iets wat ik niet kon hebben. Toen het leek alsof mijn grootste wensen eindelijk voor het grijpen lagen, nam ik een besluit dat de rest van mijn leven heel anders deed verlopen.

Ik sta voor de ruit van de bruidszaak en zie het kleine meisje rustig aan de voet van de paspop zitten, met haar ogen dicht, omsloten door de zware stoffen die om haar heen hangen, en ik denk: dit is niet het leven dat ik voor mijn kind wil. Ik weet hoe het zal gaan: nu al zit ze elke dag na school in de winkel en helpt

5

met kleine klusjes, zoals het sorteren van kralen; straks zal ze leren met de hand te naaien en vervolgens met de machine, en daarna zal ze wat van het borduurwerk en het afwerken overnemen, totdat ook zij al haar dagen en weekenden voorovergebogen over eindeloze meters stof zal doorbrengen. Zij zal niet bij vriendinnetjes thuis gaan spelen, niet leren zwemmen, geen zomer aan het strand doorbrengen; ze zal weinig anders zien dan het onophoudelijke ritme van de naald.

We kijken allebei op wanneer haar vader binnenkomt, en na al die jaren en na alles wat er is gebeurd, beweegt mijn hart zich als een gewond dier in mijn borst.

Ben ik ooit zo mooi geweest als zij? Er zijn bijna geen kinderfoto's van me. We konden ons geen fototoestel veroorloven. Het eerste kiekje dat in de Verenigde Staten van me is gemaakt, was de schoolfoto, uit het jaar dat ik in Amerika aankwam. Ik was elf. Toen ik op een later moment in mijn leven verder probeerde te komen, heb ik die foto verscheurd. Maar ik gooide de snippers niet weg, ik stopte ze in een envelop.

Niet al te lang geleden vond ik die envelop weer en heb het stof ervan afgeveegd. Ik scheurde de flap open en raakte de versleten stukjes papier aan: dat was het puntje van een oor, een deel van de kaak. Mijn moeder had mijn haar geknipt, het was ongelijk en te kort, met een scheiding die te ver naar rechts zat, zodat mijn haar als bij een jongen over mijn voorhoofd viel. Mijn gezicht en een stukje van mijn blauwe polyester blouse zijn grotendeels bedekt door het woord PROEFAFDRUK. Omdat we geen geld hadden voor de echte foto hadden we de proef bewaard die ze ons hadden toegestuurd.

Maar wanneer ik de snippers van de foto als de stukjes van een puzzel aan elkaar leg, kijken mijn ogen nog steeds recht in de camera en zijn de hoop en ambitie duidelijk voor iedereen die het wil zien. Had ik het maar geweten.

1

Een laagje smeltend ijs bedekte het beton. Ik keek aandachtig naar mijn rubberlaarzen, naar de punten die weggleden op het ijs en de hakken die het versplinterden. IJs was iets wat ik alleen kende in de vorm van kleine blokjes in rodebonendrank. Dit ijs was ijs in het wild, ijs dat straten en gebouwen uitdaagde.

'We mogen ons gelukkig prijzen dat er een plaatsje in een van meneer N.'s gebouwen is vrijgekomen,' zei tante Paula toen we door onze nieuwe buurt reden. 'Jullie moeten het natuurlijk wel een beetje opknappen, maar dit is echt een heel schappelijke huur voor wat je krijgt. Onroerend goed in New York is peperduur.'

Ik kon bijna niet stil blijven zitten in de auto en bleef maar om me heen kijken, zoekend naar wolkenkrabbers. Ik zag er geen. Ik wilde dolgraag het New York zien waarover ik op school had gehoord: Min-hat-ton, glanzende warenhuizen, en natuurlijk vooral de vrijheidsgodin die zo trots in de haven van New York stond. Tijdens de rit veranderde de snelweg in onvoorstelbaar brede avenues die zich tot in de verte uitstrekten. De gebouwen werden steeds smeriger, met gebroken ruiten, en op de muren waren met verf Engelse woorden gespoten. We sloegen nog een paar keer de bocht om en kwamen langs een lange rij mensen die ondanks het vroege uur op iets stonden te wachten, en toen parkeerde oom Bob naast een gebouw van twee verdiepingen, waarvan de winkelruimte beneden was dichtgetimmerd. Ik dacht dat hij was gestopt om iets op te halen, maar toen stapte iedereen uit de auto, het bevroren trottoir op.

De mensen in de rij stonden te wachten voor een deur rechts van ons, waarop een bord met SOCIALE DIENST hing. Ik wist niet wat dat was. Bijna iedereen was zwart. Ik had nog nooit eerder zwarte mensen gezien, en een vrouw vooraan, die ik het duidelijkst kon zien, had een huid zo donker als steenkool en haar dat net een wolk leek, vol glanzende gouden kralen. Ze was adembenemend, zelfs in haar versleten jas. Sommige mensen hadden gewone kleren aan, maar andere zagen er doodop en onverzorgd uit, met ongewassen haar en een glazige blik in hun ogen.

'Niet zo kijken,' siste tante Paula tegen me. 'Straks trek je nog hun aandacht.'

Ik draaide me om. De volwassenen hadden onze weinige bezittingen al uitgeladen en die naast de dichtgetimmerde winkelpui opgestapeld. We hadden drie stoffen koffers, de vioolkist van ma, een paar grote pakken in bruin papier en een bezem. Voor de voordeur lag een klein plasje.

'Wat is dat, ma?'

Ze boog zich vooraver en tuurde ernaar.

'Niet aankomen,' zei oom Bob achter ons. 'Daar heeft er eentje gepist.'

We sprongen allebei achteruit.

Tante Paula legde een gehandschoende hand op onze schouders. 'Jullie hoeven je niet ongerust te maken,' zei ze, hoewel ik haar uitdrukking niet geruststellend vond. Ze zag er ongemakkelijk en een tikje beschaamd uit. 'De vorige bewoners zijn nog maar kort geleden verhuisd en ik heb nog geen tijd gehad om naar de woning te kijken, maar vergeet niet, als er iets is, lossen we dat wel op. Samen. Want we zijn familie.'

Ma zuchtte en legde haar hand boven op die van tante Paula. 'Dat is fijn.'

'En ik heb een verrassing voor jullie. Hier.' Tante Paula liep terug naar de auto en haalde er een kartonnen doos uit waarin een digitale wekkerradio, een paar lakens en een kleine zwart-wit-tv zaten.

'Dank je,' zei ma.

'Geen dank,' antwoordde tante Paula. 'Goed, we moeten nu gaan. We zijn al laat voor de fabriek.'

Ik hoorde hen wegrijden. Ma stond voor de hoog oprijzende deur met de sleutels te worstelen, en toen ze de deur eindelijk open had gekregen, leek het gewicht zich tegen haar te verzetten. Ten slotte zwaaide hij helemaal open en zagen we een kaal peertje hangen, glanzend als een tand in een zwarte mond. Het rook er bedompt en het was er stoffig.

'Ma,' fluisterde ik, 'is het wel veilig?'

'Tante Paula zou ons nooit ergens laten wonen waar het niet veilig is,' zei ze, maar in haar lage stem klonk enige twijfel door. Ma's Kantonees was meestal erg duidelijk, maar haar plattelandsaccent werd doorgaans sterker wanneer ze nerveus was. 'Geef de bezem eens.'

Terwijl ik onze spullen door de smalle ingang naar binnen sjouwde, liep ma als eerste de trap op, de bezem in haar hand.

'Blijf hier en houd de deur open,' zei ze. Ik wist waarom ze dat deed: als er iets mis was, zou ik snel hulp kunnen gaan halen.

Mijn hart klopte in mijn keel toen ik haar de houten trap op zag lopen. De treden waren door jarenlang gebruik uitgesleten en kromgetrokken en ze liepen scheef af in de richting van de leuning. Ik was bang dat een tree zou bezwijken en dat ma door de trap zou zakken. Toen ze op de overloop de bocht om liep verdween ze uit het zicht en hoorde ik alleen nog maar het kraken van de treden. Ik keek of er iets tussen onze bagage zat wat ik als wapen zou kunnen gebruiken. Ik zou schreeuwend de trap op rennen om haar te helpen. Even moest ik denken aan de stoere jongens op mijn oude school in Hongkong, Dikke Wong en Lange Lam. Waarom was ik niet net zo groot als zij? Boven klonk wat geschuifel, er ging een deur open, een paar vloerplanken kraakten. Was dat ma of iemand anders? Ik spitste mijn oren, wachtte totdat ik iemand naar adem hoorde happen of een zware bons zou horen. Het bleef stil.

'Kom maar boven,' riep ze. 'Je mag de deur nu dichtdoen.'

Ik voelde dat mijn ledematen slapper werden, alsof de lucht eruit was gelopen. Ik rende de trap op om ons nieuwe huis te bekijken.

'Nergens aankomen,' zei ma.

Ik stond in een keuken. De wind floot door de twee ramen in de muur rechts van me en ik vroeg me af waarom ma die open had gezet. Toen zag ik dat ze nog steeds dicht waren. Het grootste deel van de ruitjes was gebarsten of ontbrak, en er staken vieze stukken glas uit het houten kozijn. Er lag een dikke laag stof op de kleine keukentafel en in de brede gootsteen, die wit was en vol putjes zat. Toen ik door de keuken liep probeerde ik de uitgedroogde lijkjes van de dode kakkerlakken te ontwijken die hier en daar lagen. Ze waren gigantisch, hun dikke poten werden door de scherpe schaduwen benadrukt.

De badkamer was in een hoekje van de keuken, met de deur recht tegenover het fornuis. Elk kind weet dat dat slechte feng shui is. Vóór de gootsteen en de koelkast was een stuk van het donkergele linoleum weggesneden, zodat je de kromme vloerplanken eronder kon zien. Er zaten scheuren in de muren, die hier en daar ook bol stonden, alsof ze iets hadden ingeslikt, en op andere plekken was de verf helemaal afgebladderd en zag je het kale stucwerk, als vlees onder een stuk huid.

De keuken was met een andere kamer verbonden, zonder tussendeur. Toen we de andere kamer binnenliepen, zag ik vanuit mijn ooghoeken iets bruins langzaam wegkruipen in de muren: levende kakkerlakken. Er zaten misschien ook wel ratten en muizen in de muren. Ik pakte de bezem, die ma nog steeds in haar handen hield, keerde hem om en bonkte hard met de steel op de vloer.

'*Ah*-Kim,' zei ma, 'denk aan de buren.'

Ik hield op met bonken en zei niets, ook al vermoedde ik dat we de enige huurders in het pand waren.

De ramen in deze kamer keken uit op de straat, en hier was het glas wel heel. Ik besefte dat tante Paula de ramen had gerepareerd die de mensen vanaf de straat konden zien. De kamer was bijna leeg, maar rook naar oud zweet. In een hoek lag een tweepersoonsmatras op de vloer. Het was blauw-met-groen gestreept en zat onder de vlekken. Er stond ook een lage salontafel waarvan één poot niet bij het blad paste en waarop ik later mijn huiswerk zou maken, en een lichtgroene ladekast waarvan de verf zo bladderde dat het leek alsof het meubel roos had. Meer stond er niet.

Tante Paula had iets gezegd wat niet waar was, besefte ik. Hier had al een hele tijd niemand meer gewoond. Ik begreep nu hoe het echt zat, en dat ze dit allemaal expres zo had geregeld: ons op een doordeweekse dag in plaats van in het weekend laten verhuizen, ons op het allerlaatste moment de cadeaus geven. Ze had ons hier afgezet en de fabriek gebruikt als een excuus om er meteen weer vandoor te gaan, ze was weggereden terwijl wij nog bezig waren haar voor haar vriendelijkheid te bedanken. Tante Paula zou ons niet helpen. We stonden er alleen voor.

Ik sloeg mijn armen om mezelf heen. 'Ma, ik wil naar huis,' zei ik.

Ma boog zich voorover en drukte haar voorhoofd tegen het mijne. Ze kon het amper opbrengen om te glimlachen, maar haar blik was indringend. 'Het komt allemaal wel goed. Jij en ik, moeder en welp.' Wij tweeën, een gezin.

Maar ik wist niet wat ma er nu echt van vond: ma, die wanneer we ergens gingen eten alle kopjes en eetstokjes met haar servet afveegde omdat ze nooit zeker kon weten of alles wel goed schoon was. Toen ma de woning zag, moest ook haar duidelijk zijn geworden dat er iets in de verstandhouding tussen haar en tante Paula aan het licht was gekomen, iets wat naakt en kloppend onder het velletje van beschaafde woorden lag.

Tijdens onze eerste week in de Verenigde Staten hadden ma en ik bij tante Paula en haar gezin in hun kleine, vierkante huis op Staten Island gelogeerd. Op de avond van onze aankomst uit Hongkong was het koud, en de warme lucht in huis voelde droog aan in mijn keel. Ma had tante Paula, haar oudste zus, niet meer gezien sinds tante Paula dertien jaar eerder Hongkong had verlaten om met oom Bob te trouwen, die al als kind naar Amerika was verhuisd. Ik had verhalen gehoord over de grote fabriek waar oom Bob bedrijfsleider was en had me altijd afgevraagd waarom een rijke man als hij in Hongkong naar een vrouw had gezocht. Nu ik hem leunend op een wandelstok rond zag lopen, begreep ik dat hij iets aan zijn been had.

'Ma, kunnen we nu gaan eten?' Het Chinees van mijn neef Nelson klonk raar, de klanken klopten niet helemaal. Er was hem vast verteld dat hij vanwege ons Chinees moest spreken.

'Zo dadelijk. Geef eerst je nichtje maar een zoen en heet haar welkom in Amerika,' zei tante Paula. Ze pakte Godfrey van drie bij zijn hand en duwde Nelson in mijn richting. Nelson was elf, net als ik, en er was me verteld dat hij hier mijn beste vriend zou worden. Ik bekeek hem eens goed: een dikke jongen met magere beentjes.

Nelson sloeg zijn ogen ten hemel. 'Welkom in Amerika,' zei hij, zo luid dat de volwassenen hem konden horen. Hij boog zich voorover en deed net alsof hij me een zoen op mijn wang wilde geven, maar hij zei zacht: 'Je bent een hark vol modder.' Een stomme boerentrien. Deze keer mankeerde er niets aan zijn uitspraak.

Ik keek even snel naar ma, maar die had niets gehoord. Heel

even was ik verbijsterd omdat hij zulke slechte manieren had. Ik voelde de warmte langs mijn nek omhoogkruipen, maar ik glimlachte en deed net alsof ik hem ook een zoen gaf. 'Ik ben in elk geval geen aardappel met wierookstokjes als benen,' fluisterde ik.

De volwassenen straalden.

We kregen een rondleiding. Ma had me verteld dat we in ons nieuwe leven in Amerika bij tante Paula zouden wonen en voor Nelson en Godfrey zouden zorgen. Ik vond hun huis heel luxe, met kamerbreed oranje tapijt in plaats van het kale beton waaraan ik gewend was. Toen ik achter de grote mensen aan door het huis liep, viel het me op hoe lang tante Paula was, bijna net zo lang als haar man. Ma, die na haar recente ziekte een stuk magerder was, leek in vergelijking met haar zus klein en breekbaar, maar ik wilde er niet te veel over nadenken. Ik had nog nooit eerder op blote voeten mogen lopen en verbaasde me over het tapijt dat kriebelde onder mijn voeten.

Tante Paula liet ons al haar meubels en een kast vol linnengoed zien, maar wat de meeste indruk op mij maakte, was het warme water dat uit de kranen stroomde. Zoiets had ik nog nooit gezien. In Hongkong stond het kraanwater op rantsoen. Het was altijd koud, en als je het wilde drinken, moest je het eerst koken.

Toen deed tante Paula haar kastjes open en liet ons alle glanzende potten en pannen zien die daarin stonden. 'We hebben erg goede witte thee,' zei ze. 'De blaadjes rollen zich uit en zijn dan net zo lang als je vinger. Een erg delicaat aroma. Toe, drink er zo veel van als je maar wilt. En dit zijn de pannen. Staal van de hoogste kwaliteit, bijzonder geschikt voor bakken en stomen.'

Toen ma en ik na onze nacht op de bank wakker werden, hadden tante Paula en oom Bob de kinderen al naar school gebracht en waren ze naar hun werk op de textielfabriek vertrokken, maar ze hadden een briefje neergelegd waarin stond dat tante Paula om twaalf uur thuis zou komen om van alles met ons te regelen.

'Wilt u die bijzondere witte thee proberen?' vroeg ik aan ma.

Ma gebaarde naar het aanrecht. Daar stonden alleen een oude aardewerken theepot en een doosje goedkope groene thee. 'Mijn hartje, denk je echt dat ze dat per ongeluk hebben laten staan?'

Ik staarde naar de vloer en schaamde me omdat ik zo stom was geweest.

Ma vervolgde: 'Chinezen zijn niet gemakkelijk te begrijpen. Sommige dingen zegt men niet hardop. Maar we mogen ons niet ergeren aan kleine dingen. Iedereen heeft zijn fouten.' Ze legde haar hand op mijn schouder. Toen ik opkeek, was haar gezicht kalm, en ze meende wat ze zei. 'Vergeet niet dat we tante Paula en oom Bob heel veel schuldig zijn. Want ze hebben ons uit Hongkong hierheen gehaald, naar Amerika, de Gouden Berg.'

Ik knikte. De kinderen op mijn oude school hadden geen van allen geprobeerd hun jaloezie te verbergen toen ze hoorden dat we naar de Verenigde Staten gingen verhuizen. Voordat de Britten Hongkong in 1997 overdroegen aan het communistische China was het voor iedereen zo goed als onmogelijk om de stad te verlaten, tenzij je een vrouw was die mooi of charmant genoeg was om een van de Chinese Amerikanen aan de haak te slaan die naar Hongkong kwamen om een echtgenote te zoeken. Dat was tante Paula gelukt, en nu was ze zo vriendelijk geweest om ons te laten delen in haar voorspoed.

Toen tante Paula tijdens onze eerste morgen in Amerika tussen de middag thuiskwam, stelde ze voor dat ma en ik bij haar aan de keukentafel kwamen zitten.

'Goed, Kimberly,' zei tante Paula, die met haar vingers op het plastic tafelkleed tikte. Ze rook naar parfum en had een moedervlek op haar bovenlip. 'Ik heb gehoord dat je een erg slimme meid bent.' Ma knikte glimlachend; in Hongkong was ik altijd de beste van de klas geweest. 'Je zult je moeder hier geweldig kunnen helpen,' ging tante Paula verder. 'En ik weet zeker dat je een erg goed voorbeeld voor Nelson zult zijn.'

'Nelson is ook een pientere knaap,' zei ma.

'Ja, ja, het gaat erg goed op school, en zijn juf zei al dat hij later vast een goede advocaat zal worden omdat hij zo graag discussieert. Maar nu heeft hij echt een reden om hard te werken, hè? Hij zal zijn slimme nichtje moeten bijhouden.'

'Je zet haar de hoge hoed van de vleierij op het hoofd, grote zus! Het zal niet gemakkelijk voor haar worden. Ah-Kim spreekt amper Engels.'

'Ja, dat is inderdaad een probleem. Nelson heeft ook hulp nodig met zijn Chinees – die kinderen die hier geboren zijn! Maar, kleine zus, je moet haar nu bij haar Amerikaanse naam noemen: Kimberly. Het is erg belangrijk dat ze een naam heeft die zo Amerikaans mogelijk is. Anders denken ze nog dat je net van de boot bent gestapt!' Tante Paula lachte.

'Je denkt altijd aan ons,' zei ma beleefd. 'We zullen jou ook helpen, zodra we kunnen. Zal ik binnenkort met Nelsons lessen beginnen?'

Tante Paula zweeg even. 'Nou, daar wilde ik het nog even over hebben. Dat is eigenlijk niet meer nodig.'

Ma trok haar wenkbrauwen op. 'Ik dacht dat je wilde dat Nelson beter Chinees zou leren spreken? En hoe zit het dan met Godfrey, ik moest toch op hem passen en Nelson ophalen van school? Je zei dat de oppas zo duur was, en ook nog eens slordig. Wil je dan thuisblijven om zelf voor ze te zorgen?' Het was duidelijk dat ma er niets meer van begreep. Ik wou dat ze tante Paula gewoon liet uitpraten.

'Nee, nee.' Tante Paula krabde aan haar nek, een gebaar dat ik haar al eerder had zien maken. 'Ik wou dat ik dat kon, maar ik heb het nu zo druk, ik heb zo veel verantwoordelijkheden. De fabriek, al die gebouwen van meneer N. Ik heb zo vaak hoofdpijn.' Tante Paula had ons al duidelijk gemaakt dat ze erg belangrijk was omdat ze de textielfabriek moest leiden en ook nog een aantal gebouwen moest beheren voor een ver familielid van oom Bob, een Taiwanese zakenman die ze meneer N. noemde.

Ma knikte. 'Je moet om je gezondheid denken.' Haar toon was vragend. Ook ik vroeg me af waar dit heen zou gaan.

Tante Paula spreidde haar armen. 'Iedereen wil meer geld, iedereen wil winst maken. Elk gebouw, elke zending kleding...' Ze keek naar ma, maar ik begreep niets van haar blik. 'Ik had gedacht dat je hierheen kon komen en dan met de kinderen zou kunnen helpen. Maar je hebt de nodige problemen gehad.'

Een jaar eerder was, nadat we alle papieren hadden ingediend die nodig waren voor de emigratie, bij ma de diagnose tuberculose gesteld. Ze had maandenlang erg grote pillen moeten slikken. Ik wist nog dat ze in Hongkong in bed had gelegen, blozend van de koorts, maar ten slotte hadden de antibiotica een einde kunnen maken aan de hoestbuien en de zakdoeken vol bloed. We hadden ons vertrek naar Amerika twee keer moeten uitstellen voordat ma het groene licht had gekregen van de artsen en de immigratiedienst.

'Ik ben nu genezen,' zei ma.

'Ja, natuurlijk. En ik ben zo blij dat je er bent, kleine zus. We moeten ervoor zorgen dat je geen terugval krijgt. Als je voor zulke drukke jongens als Nelson en Godfrey zou moeten zorgen, zou dat je al snel te veel worden. Jongens zijn anders dan meisjes.'

'Ik kan het heus wel aan,' zei ma. Ze keek me vol genegenheid aan. 'Ah-Kim was ook een aapje.'

'Dat zal vast. Maar we willen niet dat de jongens iets oplopen. Hun gezondheid is altijd al zwak geweest.'

Ik deed heel erg mijn best om Chinees echt te begrijpen, zoals ma het me had geleerd. Tijdens de ongemakkelijke stilte die volgde, besefte ik dat het niet om ziekte ging. Om een of andere reden wilde tante Paula niet dat ma voor haar kinderen zou zorgen.

'We zijn dankbaar dat je ons toch hebt laten komen,' was de opmerking waarmee ma ten slotte de stilte verbrak. 'Maar we mogen geen belasting voor jullie zijn. Ik moet gaan werken.'

Tante Paula ontspande, alsof ze een nieuwe rol had aangenomen. 'Jullie zijn familie!' Ze lachte. 'Dachten jullie dat ik niet voor jullie zou zorgen?' Ze stond op, liep naar me toe en sloeg een arm om mijn schouders. 'Ik heb heel veel moeite gedaan om een baan op de textielfabriek voor je te regelen. Ik heb zelfs een werknemer ontslagen om plaats voor je te maken. Zie je wel, je grote zus zorgt heus wel voor je. Wacht maar af, dit werk is net zo gemakkelijk als een dode kip oprapen.' Daar bedoelde tante Paula mee dat ze iets gunstigs voor ma had geregeld, net een gratis maaltje kip.

Ma slikte en nam het allemaal in zich op. 'Ik zal mijn uiterste best doen, grote zus, maar recht naaien kost me moeite. Ik zal flink moeten oefenen.'

Tante Paula glimlachte nog steeds. 'Dat weet ik nog!' Haar blik schoot even over mijn zelfgemaakte blouse met de ongelijke, rode biesjes. 'Ik moest altijd lachen om de jurkjes die je probeerde te maken. Al oefende je tienduizend jaar, dan nog was je niet snel genoeg. Daarom heb ik je ander werk gegeven, je moet de jurken ophangen en afwerken. Daar hoef je niets bijzonders voor te kunnen, je hoeft alleen maar hard te werken.'

Ma's gezicht was bleek en gespannen, maar ze zei: 'Dank je, grote zus.'

Daarna leek ma verdiept in haar eigen gedachten, en ze speelde daarna geen viool meer, niet één keer. Tante Paula nam ma een paar keer mee om uit te leggen hoe de metro werkte en haar de fabriek te laten zien, maar ze lieten mij thuis. Wanneer ma en ik alleen thuis waren, keken we vooral naar de tv, in kleur, en dat was heel spannend, ook al konden we er niets van volgen. Op een dag sloeg ma tijdens een aflevering van *I love Lucy* haar armen om me heen, alsof ze bij mij troost probeerde te vinden, en ik wenste heviger dan ooit dat pa er was geweest om ons te helpen.

Toen ik drie was, was hij aan een beroerte overleden, en nu hadden we hem in Hongkong achtergelaten. Ik kon me helemaal niets van hem herinneren, maar ik miste hem evengoed. Hij was de directeur van de school geweest waar ma muziekles had gegeven. Hoewel ze net als tante Paula met een Amerikaanse Chinees had moeten trouwen en hoewel pa zestien jaar ouder was geweest dan ma waren ze toch verliefd geworden en met elkaar getrouwd.

Pa, dacht ik heel ingespannen, pa. Er was zo veel wat ik hier in Amerika wilde en er was zo veel waar ik bang voor was dat ik verder geen woorden meer overhad. Ik wenste dat zijn geest vanuit Hongkong, waar hij begraven lag, over de zee hierheen zou komen en zich bij ons zou voegen.

Ma en ik waren vier dagen bezig om de woning in Brooklyn schoon te maken. We plakten vuilniszakken voor de ramen in de keuken zodat we nog enigszins tegen de elementen werden beschermd, met als keerzijde dat het altijd donker was in de keuken. Wanneer de wind opstak, bolden de zakken op en leverden strijd met het extra dikke tape dat ze op hun plaats hield. Volgens de leer van de feng shui wierp de deur van de badkamer negatieve energie de keuken in. We schoven het fornuis een paar centimeter opzij, zo ver mogelijk bij de badkamer vandaan.

Tijdens onze tweede schoonmaakdag hadden we meer spullen en insecticide nodig en besloot ma van het tochtje naar de winkel een echt uitje te maken, een beloning voor al ons harde werk. Ze haalde haar hand met zo veel genegenheid door mijn haar dat ik kon merken dat ze extra lief voor me wilde zijn. Ze zei dat we een ijsje zouden halen, en dat was een zeldzame traktatie.

De winkel was klein en vol en we stonden met onze boodschappen in onze armen in de rij voor de kassa. Achter de toonbank stond een sjofele glazen vitrine.

'Wat staat er?' vroeg ma aan mij. Ze knikte naar een van de doosjes. Ik zag een plaatje van aardbeien en de woorden 'met echt fruit' en nog een woord dat ik niet kende en dat met 'yo-' begon.

De man achter de toonbank zei in het Engels. 'Kopen we nog wat of niet? Ik heb niet de hele *daggetijd*.' Hij klonk zo agressief dat ma ook zonder vertaling begreep wat hij bedoelde.

'Sorry, meneer,' zei ma in het Engels. 'Heel erg sorry.' Omdat haar kennis van het Engels niet veel verder reikte, keek ze naar mij.

'Die,' zei ik, wijzend naar de doosjes met de aardbeien. 'Twee.'

'Dat werd tijd,' zei hij. Toen hij de prijs intikte, bleek die drie keer zo hoog te zijn als wat er op het doosje stond. Ik zag dat ma naar het prijsstickertje keek en toen snel haar blik afwendde. Ik wist niet of ik iets moest zeggen of hoe je in het Engels over prijzen moest klagen, dus ik zei ook niets. Ma betaalde zonder de man of mij aan te kijken en we liepen naar buiten. Het ijs smaakte vies; dun en zuur, en pas toen we bij de bodem aankwamen, vonden we het fruit, dat een grote gestolde klomp was.

Toen we van de winkel naar huis liepen, zag ik verder geen Chinezen op straat, alleen maar zwarten en heel weinig blanken. Het was behoorlijk druk, met moeders en werkende mensen, maar ik zag vooral groepjes jonge mannen zelfverzekerd voorbijparaderen. Ik hoorde dat een van hen een jonge vrouw op straat een 'gleuf' noemde, maar ik zag helemaal nergens iets wat op een gleuf leek. Ma wendde haar blik af en trok me naar zich toe. Overal lag viezigheid: rondom deuren lagen glasscherven en oude kranten dwarrelden over het trottoir, voortgedreven door de wind. De geschilderde Engelse opschriften waren onleesbaar en leken krullen vol onvervalste woede en waanzin. Bijna alles zat onder de woorden, zelfs de auto's die op straat geparkeerd stonden. Een straat verder stonden een paar grote bedrijfspanden.

Voor een winkel in gebruikte meubelen in het pand naast onze etage zagen we een oudere zwarte man in een tuinstoel zitten. Hij zat met zijn ogen dicht en zijn gezicht opgeheven naar de zon. Zijn haar was een zilvergrijze wolk rond zijn hoofd. Ik staarde hem aan. Geen enkele Chinees die ik kende zou opzettelijk in de zon gaan zitten om nog bruiner te worden, zeker niet als ze al zo donker waren als deze man.

Opeens sprong hij op van zijn stoel en nam vlak voor ons met uitgestrekte armen een soort karatehouding aan. 'Hi-ha!' gilde hij.

Ma en ik gilden allebei.

Hij barstte in lachen uit en begon toen Engels te praten. 'Dat zag er goed uit, hè? *Eks huzen* dat ik jullie heb laten schrikken, dames. Ik ben gewoon dol op kungfu. Ik ben Al.'

Ik kon niet alles wat hij zei even goed verstaan, en ma, die er niets van had begrepen, pakte me bij mijn jas en zei in het Chinees tegen me: 'Die man is gek. Zeg niets tegen hem, dan lopen we heel voorzichtig weg.'

'Hé, dat was Chinees, hè? Kunnen jullie me *noga* woordjes leren?' vroeg hij.

Ik had me voldoende hersteld om te kunnen knikken.

'Er komt altijd een hele dikke vent bij mij in de winkel. Wat kan ik tegen hem zeggen, hij is net een walvis.'

'Walvis,' zei ik in het Kantonees. Nu keek ma me aan alsof ik gek was geworden.

'*Kung yu,*' herhaalde hij, maar het klonk helemaal verkeerd.

'Walvis,' zei ik weer.

'*King yu,*' zei hij. Hij deed echt zijn best. Het was nog steeds redelijk moeilijk te verstaan, maar het klonk al iets beter.

'Dat is beter,' zei ik in het Engels.

Ma moest zowaar giechelen. Ik geloof niet dat ze ooit eerder een niet-Chinees had gehoord die onze taal probeerde te spreken. 'Dat u goede zaken mag doen,' zei ze in het Chinees.

'*Ho sang yee,*' herhaalde hij. 'Wat betekent dat?'

Ik zei in het Engels: 'Ze wenst veel geld voor uw winkel.'

Op zijn gezicht verscheen de breedste, witste lach die ik ooit had gezien. 'Dat kan ik goed gebruiken. Dank jullie wel.'

'Gedaan graag,' zei ma in het Engels.

Een groot deel van de winkelpanden naast dat van meneer Al stond leeg. Wij woonden tegenover een braakliggend stuk grond vol afval en puin. Achter op het perceel was een woning half weggezakt, alsof iemand was vergeten die te slopen. Ik had zwarte kinderen door het puin zien klauteren, op zoek naar stukjes oud speelgoed en flessen waarmee ze konden spelen. Ik wist dat ma het nooit goed zou vinden als ik met hen mee zou doen.

Aan onze kant van de straat waren een paar winkels open: een winkel met kammen en wierook in de etalage, een kleine winkel met van alles en nog wat, een ijzerzaak.

Zelfs de spray kon de kakkerlakken niet uitroeien. We spoten alle kieren en hoeken vol, stopten mottenballen tussen onze kleren en legden die ook in een grote cirkel rond de matras. Maar de bruine koppen met de dansende voelsprieten bleven uit elke kier tevoorschijn komen. Zodra we een kamer verlieten of te stil werden kwamen ze dichterbij. We waren de enige voedselbron in het hele gebouw.

We konden er maar niet aan wennen. Natuurlijk had ik in Hongkong ook kakkerlakken gezien, maar niet in onze woning. Wij woonden eenvoudig, maar netjes. Zoals de meeste inwoners van Hongkong beschikten we niet over luxeartikelen als een koelkast, en ma bewaarde onze kliekjes onder een cloche van vliegengaas onder de tafel en kookte alleen met vers vlees en verse groenten die ze kort tevoren op de markt had gekocht. Ik miste onze keurige, kleine woonkamer met de rode bank en de piano waarop ma na schooltijd kinderen muziekles had gegeven. De piano was een huwelijkscadeau van pa geweest. We hadden hem moeten verkopen toen we hierheen gingen.

Nu leerde ik om alles zo luidruchtig mogelijk te doen en liep ik stampvoetend rond om het ongedierte te verjagen. Ma schoot me vaak te hulp, met in haar hand een stuk toiletpapier waarmee ze de kakkerlakken om me heen kon doden, maar ik zette het op een schreeuwen wanneer ik naar mijn trui keek en er een groot exemplaar aan zag hangen. Ik durfde niet te denken aan wat er allemaal gebeurde wanneer wij lagen te slapen.

Ik wist dat 's nachts de muizen en ratten kwamen. Tijdens onze eerste nacht had ik tijdens mijn slaap iets over me heen voelen lopen, en ik had al snel de gewoonte aangenomen om diep onder de dekens weg te kruipen. Ik was minder bang voor knaagdieren dan voor kakkerlakken omdat muizen in elk geval nog warmbloedig waren, kleine levende wezentjes. Ma was doodsbang voor muizen. In Hongkong had ze nooit een kat willen nemen omdat ze bang was dat die haar zijn prooi zou komen aanbieden. Het kon haar niet schelen dat een kat juist kon helpen knaagdieren te verdrijven: in ons huis kwam geen kat. Na die nacht zei ik tegen ma dat ik graag aan de kant van de matras wilde slapen die het verste van de muur lag omdat ik soms 's nachts moest plassen. Ik wilde haar beschermen tegen de plekken waar de muizen en ratten waarschijnlijk het vaakst rondscharrelden. Dat waren de kleine gunsten die we elkaar verleenden. Meer konden we niet doen.

We zetten een paar muizenvallen neer en vingen er al snel een paar. Ma kromp ineen toen ze de slappe lijfjes zag en ik wenste met heel mijn hart dat pa nog had geleefd, dan had ze dit niet hoeven doen. Ik wist dat ik de dode muizen had kunnen weghalen en de vallen opnieuw had kunnen zetten, maar ik kon het slappe vlees niet aanraken, en ma klaagde niet toen ik de vallen met een stel eetstokjes optilde, al besefte ik meteen dat dat wel erg onhygiënisch was. Ik gooide de vallen, de muizen en de eetstokjes weg, en daarna zetten we geen vallen meer. Dat waren ma en ik: twee boeddhisten die overal van gruwden en in een vies krot moesten leven.

We legden de *Tong Sing*, de Chinese almanak van de wijsheid, aan het hoofdeinde van de matras. Er staan veel *phu* in zulke boeken, krachtige woorden van oude meesters die een demon van witte botten onder een berg kunnen opsluiten of de geesten van wilde vossen op afstand kunnen houden. In Brooklyn hoopten we dat ze inbrekers weg zouden houden. Ik sliep daar slecht en schrok telkens wakker van auto's die rammelend over de gaten in het wegdek reden. Ma fluisterde 'Het komt wel goed' en trok aan mijn oren om mijn slapende ziel terug te brengen naar mijn lichaam. Daarna streek ze drie keer met haar linkerhand over mijn voorhoofd om boze geesten af te weren.

Na een tijdje zaten mijn handen niet langer onder het stof wanneer ik ze langs de muren haalde. Toen we wisten dat de woning zo schoon was als we hem konden krijgen, zetten we vijf altaren in de keuken: eentje voor de god van de aarde, een voor de voorouders, een voor de hemelen, een voor de keukengod en een voor Kwan Yin. Kwan Yin is de godin van het mededogen die geeft om ons allemaal. We staken wierook aan en goten voor de altaren thee en rijstwijn uit. We baden tot de plaatselijke aardegod van het gebouw en onze etage en vroegen hem of hij ons hier in vrede wilde laten leven; we baden tot de voorouders en de hemelen opdat ze moeilijkheden en boosaardige lieden van ons weg zouden houden, tot de keukengod om te vragen of hij ons voor uithongering wilde behoeden en tot Kwan Yin opdat ze onze grootste wensen zou vervullen.

De volgende dag zou ik voor het eerst naar school gaan. Ma zou met haar werk in de fabriek beginnen. Die avond ging ze met me op de matras zitten.

'Ah-Kim, sinds ik bij de fabriek ben gaan kijken, heb ik lopen piekeren, en ik denk dat ik geen andere keus heb,' zei ma.

'Wat is er?'

'Als de school uit is, moet je naar mij in de fabriek komen. Ik wil niet dat je elke middag en avond in je eentje hier thuis op me gaat zitten wachten. En ik ben bang dat het me niet zal lukken om mijn werk in mijn eentje af te krijgen. De vrouw die dat werk vóór mij heeft gedaan, nam haar twee zoons mee, zodat die haar konden helpen. Ik moet je vragen of je na school naar de fabriek wilt komen om me daar te helpen.'

'Natuurlijk ma, ik zal u altijd helpen.' Ik legde mijn hand op die van haar en glimlachte. In Hongkong had ik altijd de afwas gedaan en de was opgevouwen.

Tot mijn verbazing werd ma rood, alsof ze elk moment kon gaan huilen. 'Dat weet ik,' zei ze, 'maar dit is anders. Ik ben in de fabriek geweest.' Ze nam me in haar armen en kneep zo hard dat ik naar adem hapte, maar tegen de tijd dat ze losliet, had ze zichzelf weer in de hand. Ze zei zachtjes, alsof ze in zichzelf praatte: 'In Hongkong volgden we een weg die doodliep. De enige toekomst die ik voor ons, voor jou, kon zien, was hier, waar je alles kunt worden wat je maar wilt. Ook al is dit niet wat we ons er thuis van hadden voorgesteld, we zullen het wel redden.'

'Moeder en welp.'

Ma glimlachte. Ze stopte de dunne katoenen deken die we vanuit Hongkong hadden meegebracht om me heen in. Daarna legde ze allebei onze jassen en haar trui over de deken om me warm te houden.

'Ma? Moeten we hier blijven wonen?'

'Ik zal morgen met tante Paula gaan praten.' Ma stond op en zette haar vioolkoffer naast de matras. Ze stond midden in die steeds donker wordende woonkamer, met achter haar de muren vol scheuren, zette de viool aan haar kin en speelde een Chinees slaapliedje.

Ik slaakte een zucht. Het leek zo'n tijd geleden dat ik ma voor het laatst had horen spelen, ook al waren we nog maar anderhalve week in Amerika. In Hongkong had ik haar muziekles horen geven op school of privéles op de piano of op de viool bij ons thuis, maar wanneer ik 's avonds naar bed ging, was ze vaak te moe geweest om nog te spelen. Nu was ma hier en was haar muziek voor mij alleen.

2

In die derde week van november ging ik voor het eerst naar school. Het kostte ma en mij de nodige moeite om de school te vinden, die heel wat straten verderop lag, buiten het gebied dat we tot nu toe hadden verkend. Hier waren geen braakliggende percelen of lege winkelpanden en deze buurt was veel schoner. Tante Paula had vol trots uitgelegd dat ik nog een ander adres had, mijn officiële adres, en dat was anders dan waar we echt woonden. Als iemand me naar mijn adres vroeg, moest ik dat gebruiken.

'Waarom?' had ik gevraagd.

'Dat is een ander pand van meneer N. Dat kunnen jullie je niet veroorloven, maar dat adres biedt je wel toegang tot een betere school. Wil je dat soms niet?'

'Wat is er mis met de school waar ik anders heen zou gaan?'

'Niets!' Tante Paula schudde haar hoofd, duidelijk geërgerd vanwege mijn gebrek aan dankbaarheid. 'Goed, ga nu maar even kijken of je ma je nodig heeft.'

Nu waren ma en ik op zoek naar deze betere school. We liepen door een aantal brede straten en daarna langs een paar regeringsgebouwen met standbeelden ervoor. Er liepen nog steeds voornamelijk zwarten op straat, maar ik zag ook meer blanken en zwarten met een lichtere huid, mogelijk Latijns-Amerikanen of andere nationaliteiten die ik nog niet herkende. Ik liep te rillen in mijn dunne jasje. Ma had in Hongkong de warmste jas gekocht die ze kon vinden, maar hij was van acryl, niet van wol.

We kwamen langs een appartementencomplex en een park. Ten slotte vonden we de school. Het was een vierkant betonnen gebouw met een groot schoolplein en een vlaggenmast waaraan de Amerikaanse vlag wapperde. Het was duidelijk dat ik te laat was – er was niemand meer op het plein – en we liepen snel de brede trap op en duwden de zware houten deur open.

Een zwarte vrouw in een politieuniform zat achter een bureau een boek te lezen. Ze droeg een naamplaatje waarop BEVEILIGING stond.

We lieten haar de brief van de school zien. 'Boordengang, twee trappen op, eerste deur aan je linkerhand,' zei ze wijzend, en toen pakte ze haar boek weer op.

Ik had alleen maar begrepen dat ik die kant op moest lopen, en dus liep ik langzaam de gang in. Ik zag ma aarzelen; ze wist niet goed of ze met me mee mocht lopen. Ze keek even naar de bewaakster, maar ma kon niets in het Engels zeggen. Ik liep verder, en toen ik bij de trap aankwam, draaide ik me om en zag ma in de verte staan, een magere onzekere gestalte, nog steeds naast het bureau van de bewaakster. Ik had haar niet eens een goede eerste dag in de fabriek gewenst. Ik had niet eens dag gezegd. Ik wilde naar haar toe rennen en vragen of ze me alsjeblieft mee wilde nemen, maar ik draaide me om en liep de trap op.

Na een tijdje zoeken vond ik het lokaal en klopte zachtjes op de deur.

Achter de deur zei een diepe stem: 'Binnen! Je bent te laat.'

Ik duwde de deur open. De leerkracht was een man. Later hoorde ik dat hij meneer Bogart heette. Hij was zo uitzonderlijk lang dat zijn voorhoofd tot aan de bovenkant van het bord reikte, en hij had een rode neus en een hoofd dat zo kaal was dat het net een ei leek. De groene ogen in het brede gezicht leken onnatuurlijk licht en zijn buik stak onder zijn overhemd uit. Hij was bezig Engelse woorden op het bord te schrijven, van links naar rechts.

'Wat is je *eks huus*?' vroeg hij.

Ik wist dat ik antwoord moest geven en raadde maar naar wat hij bedoelde. 'Kim Chang.'

'Ik weet hoe je heet,' zei hij nadrukkelijk. 'Wat is je *eks huus*?'

Een paar kinderen begonnen te gniffelen. Ik keek even snel om me heen: bijna alle kinderen waren zwart, er zaten slechts twee of drie blanken. Geen enkel ander Chinees kind. Nergens hulp te bekennen.

'Spreek je geen Engels?' vroeg hij. 'Waarom ben je te laat?'

Dat begreep ik wel. 'Het spijt, meneer,' zei ik. 'We kunnen school niet vinden.'

Hij fronste en zei toen: 'Ga maar zitten. Daar.'

Ik ging op de lege plaats zitten die hij me had aangewezen, naast een mollig blank meisje met kroeshaar dat alle kanten uitstak. Mijn vingers trilden zo erg dat ik mijn etui niet open kon krijgen. Ten slotte schoot het open en viel de inhoud met veel kabaal op de vloer. Nu moest bijna de hele klas lachen, en ik pakte haastig mijn spullen op. Ik was zo rood dat niet alleen mijn gezicht warm werd, maar ook mijn hele hals en borst. Het blanke meisje boog zich ook voorover en raapte een pen en een puntenslijper voor me op.

Meneer Bogart was weer op het bord aan het schrijven. Ik ging rechtop zitten, met mijn handen op mijn rug gevouwen, en luisterde aandachtig, ook al begreep ik er niets van.

Hij keek me even aan. 'Waarom zit jij er zo *vreemde bij*?'

'Het spijt, meneer,' zei ik, maar ik had geen idee wat ik verkeerd deed. Ik keek naar de andere kinderen. De meeste zaten onderuitgezakt in hun stoel, en sommige leken zelfs te liggen. Andere hadden hun ellebogen op tafel of kauwden op kauwgum. In Hongkong moet je met je handen op je rug zitten als de leraar spreekt, als teken van respect. Langzaam maakte ik mijn armen los en legde mijn handen voor me op mijn tafeltje.

Meneer Bogart wendde zich hoofdschuddend naar zijn schoolbord.

Tussen de middag ging de hele klas naar de kantine. Ik had nog nooit kinderen gezien die zich zo gedroegen als deze Amerikanen. Ze leken aan de balken in het plafond te hangen, krijsend. De kantinedames liepen van de ene tafel naar de andere en riepen instructies waarnaar niemand luisterde. Ik liep achter de andere kinderen aan en liet een dienblad langs een lang buffet glijden. Verschillende vrouwen stelden me allerlei vragen, en toen ik alleen maar knikte, legden ze in folie gewikkelde pakketjes op mijn dienblad. Ik eindigde met gehakt in de vorm van een schoteltje, een saus die op sojasaus leek maar lichter en minder zout was, een broodje en melk. Ik had nog maar zelden koemelk gedronken en kreeg er maagpijn van. De rest van het eten was interessant, maar omdat er geen rijst was, had ik niet het gevoel dat ik echt had gegeten.

Na de middagpauze deelde meneer Bogart vellen papier uit waarop een kaart was getekend.

'Dit is een *oeverharing*,' zei hij. 'Vul alle *hofstedden* in.'

De andere kinderen kreunden, maar een groot deel begon meteen te schrijven. Ik keek naar mijn vel en toen, in wanhoop, naar dat van het blanke meisje naast me, in een poging te ontdekken wat er van ons werd verwacht. Opeens werd het vel onder mijn vingers vandaan getrokken. Meneer Bogart stond naast me, met mijn vel papier in zijn handen.

'Niet *aaf koken*!' zei hij. Zijn neus en wangen zagen rood, alsof hij uitslag had. 'Je krijgt *tunnel*!'

'Het spijt, meneer,' begon ik. Ik begreep niet wat hij bedoelde. Ik had op school in Hongkong Engelse les gehad, maar het accent van mijn vorige leerkracht was heel anders geweest dan wat ik nu in Brooklyn hoorde.

'Het spijt *mé*,' zei hij, zijn lippen opeengeknepen. 'Het spijt *mé*.'

'Het spijt me,' zei ik.

Meneer Bogart zette een grote nul op mijn vel en gaf het te-rug. Ik had het gevoel dat de nul licht gaf, dat de rest van de klas hem in neon zag knipperen. Wat zou ma nu zeggen? Ik had nog nooit een nul gekregen, en nu dacht iedereen dat ik had afgeke-ken. Ik kon alleen maar hopen dat ik na de les, als we het lokaal moesten schoonmaken, indruk op meneer Bogart kon maken met mijn ijverigheid. Misschien geloofde hij niet dat ik een scherp verstand had, maar ik kon hem in elk geval laten zien dat ik een harde werker was.

Maar toen de laatste bel eindelijk was gegaan renden alle an-dere kinderen het lokaal uit. Er bleef niemand achter om de vloer te vegen en te dweilen, om de stoelen op tafel te zetten of het bord schoon te vegen.

Meneer Bogart zag me aarzelen en vroeg: 'Kan ik iets voor je doen?'

Ik gaf geen antwoord en liep snel het lokaal uit.

Ma stond buiten op me te wachten. Ik was zo blij haar te zien dat mijn ogen warm werden toen ik haar hand vastpakte.

'Wat is er?' Ze draaide mijn gezicht naar haar toe. 'Hebben de andere kinderen je gepest?'

'Nee.' Ik veegde met de rug van mijn hand over mijn wangen. 'Er is niks.'

Ma keek me indringend aan. 'Heeft een ander kind je gesla-gen?'

'Nee, ma,' zei ik. Ik wilde haar niet bezorgd maken, ze kon er zo weinig aan doen. 'Hier is alles anders, meer niet.'

'Dat weet ik,' zei ze, met een nog steeds bezorgd gezicht. 'Wat heb je vandaag gedaan?'

'Dat weet ik niet meer.'

Ma slaakte een zucht, gaf het op en legde toen uit hoe ik bij de fabriek moest komen. Ze vertelde me over heel veel dingen waarvoor ik moest oppassen: vreemde mannen, daklozen, zakkenrollers, de vuile relingen, te dicht bij de rand van het perron staan, en nog veel meer.

Zodra we het metrostation waren binnengegaan, overstemde het lawaai van de naderende trein haar verhaal. Aan de andere kant van de vieze raampjes zagen we de muren van de tunnels als in een waas voorbijschieten. Het was zo lawaaiig dat ma en ik tijdens de rit bijna niets tegen elkaar konden zeggen. Tegenover ons zaten twee jongens van mijn leeftijd. Toen de langste van de twee opstond, viel er een kloek mes uit zijn zak. Het had een leren hoes en een zwart handvat dat bedoeld was voor een grote hand. Ik deed net alsof ik het niet had gezien en wenste dat ik onzichtbaar was. De andere jongen wees ernaar, en de lange jongen pakte het op, en toen stapten ze uit. Ik keek even naar ma, maar ze had haar ogen dicht. Ik kroop dichter tegen haar aan en probeerde alle haltes en overstappen in mijn geheugen te prenten, zodat ik niet zou verdwalen.

Toen we het metrostation uit liepen, wendde ma zich tot me en zei: 'Ik wou dat je niet in je eentje de metro hoefde te nemen.'

Dat was de eerste keer. Het werd zo'n automatisme voor me om na school naar de fabriek te gaan dat ik zelfs jaren later, wanneer ik ergens anders moest zijn, per ongeluk in de lijn naar de fabriek stapte, alsof alle wegen uiteindelijk daarheen leidden.

Chinatown leek heel erg op Hongkong, maar dan met brede straten. Bij de visboer stonden de manden met krabben en de zeebaars hoog opgestapeld, de planken van de kruidenier waren gevuld met papaya's in blik, bolletjes lychee en sterrenvrucht, en in kraampjes op straat werden gerechten als gebakken tofu en rijst in bouillon verkocht. Ik had zin om naast ma voort te huppelen toen we langs restaurants liepen waar kippen ingesmeerd met sojasaus voor de ramen hingen en we juweliers passeerden waar alles blonk van het gele goud. Ik kon iedereen moeiteloos verstaan. 'Nee, ik wil de beste waspompoenen,' zei een vrouw. 'Dat is veel te duur,' zei een man in een donsjas.

Ma nam me mee naar een deur die toegang bood tot een vrachtlift. We namen de lift naar boven en stapten daar uit. Toen ma de metalen deur van de fabriek openduwde, kwam de hitte ons tegemoet en wikkelde zich als een vuist om me heen. De lucht voelde zwaar aan en smaakte naar metaal. Het gebulder van wel honderd Singer-naaimachines was oorverdovend. Over elke machine zat een donker hoofd gebogen. Niemand keek op, ze haalden alleen maar lange rollen stof door de machines heen, het ene stuk na het andere, zonder de moeite te nemen de draad af te knippen. Bijna alle naaisters droegen hun haar opgestoken, maar hier en daar waren lokken ontsnapt die door het zweet aan hun nekken en wangen vastgekleefd zaten. Ze droegen mondkapjes die waren bedekt met een dun laagje rood stof, dezelfde kleur rood die vlees krijgt als het te lang in de openlucht heeft gelegen.

De fabriek nam de hele verdieping van een enorm bedrijfsgebouw aan Canal Street in beslag. Het was een grote hal vol uitstekende balken en roestende moeren, bedekt met steeds dikker wordende lagen vuil. Naast de naaisters lagen hele bergen stof op de vloer, er stonden reusachtige karren vol half voltooide kledingstukken, er stonden lange metalen rekken waaraan de afgewerkte en geperste kleren hingen. Jongens van een jaar of tien sleepten karren en rekken gehaast van de ene afdeling naar de andere. Het licht van de tl-buizen scheen door wolken textielstof op ons neer en vormde een krans van wit licht rond de hoofden van de vrouwen.

'Daar is tante Paula,' zei ma. 'Ze was eerder vandaag de huur aan het ophalen.'

Tante Paula liep met een stapel rode stof in haar armen door de hal en verdeelde het werk onder de naaisters. De vrouwen die ze de meeste stof gaf, keken dankbaar en knikten ettelijke keren om dat aan te geven.

Nu had ze ons gezien en kwam ze naar ons toe.

'Daar zijn jullie,' zei ze. 'Is de fabriek niet indrukwekkend?'

'Grote zus, kan ik je even spreken?'

Ik kon merken dat dit niet het antwoord was waarop ze had gerekend. Haar gezicht leek even te verstrakken, en toen zei ze: 'Kom maar mee naar kantoor.'

Niemand durfde ons openlijk aan te staren, maar we merkten dat de blikken van de arbeidsters ons volgden toen we met tante Paula naar het kantoor van oom Bob liepen, dat voor in de fabriek lag. We liepen langs vrouwen die machines bedienden die ik nog nooit eerder had gezien: ze konden er broeken mee omzomen en knopen mee aanzetten. Iedereen werkte in een uiterst gejaagd tempo.

Door het raampje in de deur zagen we oom Bob achter zijn bureau zitten. Zijn wandelstok stond naast hem tegen de muur. We liepen naar binnen en tante Paula deed de deur achter ons dicht.

'Eerste dag, hè?' zei oom Bob.

Voordat we antwoord konden geven, nam tante Paula het woord. 'Het spijt me, maar we hebben weinig tijd,' zei ze. 'De anderen mogen niet denken dat ik je voortrek omdat je familie bent.'

Ma zei: 'Nee, natuurlijk niet. Ik weet dat jullie het allebei erg druk hebben en dat jullie onze woning niet hebben gezien, maar het is er niet erg schoon.' Ma bedoelde dat je er eigenlijk niet kon wonen. 'En het lijkt me geen veilige plek voor Ah-Kim.'

'O, kleine zus, maak je maar geen zorgen,' zei tante Paula op zo'n warme en geruststellende toon dat ik haar ondanks alles geloofde. 'Het is maar tijdelijk. Er was verder geen enkele woning vrij die je je zou kunnen veroorloven, niet met al die kosten die je hebt. Maar meneer N. bezit heel veel gebouwen, en zodra er iets anders vrijkomt dat je kunt betalen, mag je daarheen verhuizen.'

Ma ontspande zichtbaar en ik merkte dat ik weer begon te glimlachen.

'Goed, kom nu maar,' vervolgde tante Paula, 'we kunnen beter maar weer aan het werk gaan voordat het personeel denkt dat we hier een feestje aan het bouwen zijn.'

'Veel succes,' riep oom Bob ons na.

Tante Paula bracht ons naar onze werkplek en liep langs een reusachtige tafel die ik nog niet eerder had gezien. Er zaten heel oude dames en jonge kinderen omheen die allemaal de losse draadjes van de kledingstukken knipten. Ze werkten heel snel, maar ik kon wel merken dat het tempo hier minder gejaagd was dan elders in de fabriek.

'Ze schuiven als kinderen aan deze tafel aan en gaan als oude oma's weer weg,' zei tante Paula met een knipoog. 'De levensloop in de fabriek.'

Achter de tafel kwamen we in een grote wolk stoom terecht. Ik zag bijna niets, maar begreep dat dit de bron van al die hitte was. Er stonden vier enorme kledingpersen die allemaal waren verbonden met een centrale boiler waaruit om de paar minuten sissend lucht ontsnapte. Voor elke pers stond een man die de kleren neerlegde en de klep sloot, waarna telkens grote wolken stoom opstegen. Naast hem stond een grote schraag waarop hij de geperste kledingstukken legde, zodat ze konden worden 'afgewerkt', en dat was de taak van ma. De stapels waren al aan het groeien.

Ten slotte kwamen we bij onze werkhoek aan, die achter in de fabriek lag en groter was dan onze hele woning. Er stond een lange werkbank met een hoog opgetaste stapel gestoomde kleren die we moesten ophangen, sorteren, van een riem of sjerp en een labeltje moesten voorzien en die we daarna in een plastic hoes moesten verpakken. Tante Paula liet ons alleen nadat ze op waarschuwende toon had gemeld dat er over een paar dagen weer een zending kleren de fabriek diende te verlaten en dat er van ma en mij werd verwacht dat we op tijd klaar zouden zijn.

Ma begon snel alle broeken op te hangen en vroeg aan mij of ik de broeken die al aan een groot rek hingen op maat kon sorteren. Ze gaf me ook een mondkapje, een rechthoekig stukje witte stof dat ik achter mijn oren kon vastbinden, maar we stonden vlak naast de persen en de hitte was verstikkend. Ik had het gevoel dat ik geen adem kreeg en deed het kapje na een paar minuten alweer af. Ma droeg het hare ook niet.

Toen ik in een grote vuilnisemmer een verkreukeld stuk van een Chinese krant zag liggen, viste ik dat er stiekem uit. Het was fijn om die vertrouwde karakters te zien. Ik streek de krant glad op de lege kruk naast me en begon te sorteren.

Ik was nog geen uur in de fabriek of mijn poriën waren al verstopt door het stof. Een netwerk van dunne rode draadjes had zich over mijn armen verspreid, en wanneer ik die probeerde weg te vegen vormden zich kleine rolletjes van vuil die de haartjes op mijn armen meetrokken. Ma veegde de werkbank voortdurend af, maar binnen een paar minuten lag er weer een nieuwe laag stof, zo dik dat ik erin had kunnen tekenen – als ik daar de tijd voor had gehad. Zelfs de vloer was glad van het stof, en telkens wanneer ik een stap zette, dwarrelden hele wolken op en sloegen weer ergens anders rond mijn voeten neer.

In mijn neusgaten vermengde zich iets met de stank van polyester. Ik draaide me om. Er stond een jongen naast me. Hij was net zo lang als ik en droeg een oud wit t-shirt, maar de spieren in zijn schouders en armen vertelden me dat hij een vechter was. Zijn dikke wenkbrauwen vormden een ononderbroken lijn op zijn voorhoofd en de ogen eronder hadden een verrassende goudbruine kleur. Hij kauwde op een broodje geroosterd varkensvlees. De knapperige korst glansde, en ik kon het zoete, sappige vlees bijna proeven.

'Je kunt nog steeds Chinees lezen,' zei hij. Hij knikte naar de krant.

Ik knikte. Ik zei niet dat dat het enige was wat ik kon lezen.

'Ik ben alles vergeten. We zijn al vijf jaar in Amerika.' Hij probeerde indruk te maken. 'Je bent vast heel slim, omdat je kunt lezen en zo.' Het was geen compliment, het was een vraag.

Ik besloot eerlijk te zijn. 'Dat was ik wel.'

Hij dacht even na. 'Ook een hapje?'

Ik aarzelde. Het is niet erg Chinees om het eten van een ander te delen. In Hongkong had nog nooit een kind me iets aangeboden.

De jongen hield het broodje onder mijn neus. 'Toe dan,' zei hij. Hij scheurde een schoon stukje af en stak het me toe.

'Dank je,' zei ik, en ik stopte het in mijn mond. Het was even lekker als de geur had doen vermoeden.

'Je mag het niet zeggen,' zei hij met volle mond. 'Ik heb het van het bureau van Moeder Hondenvlo gejat.'

Ik staarde hem aan, vol afgrijzen en verwarring. 'Van wie?' Ik had mijn deel van het gestolen goed al doorgeslikt.

'Van de sergeant.' Dat is het woord voor iedereen die een hogere positie inneemt en zich wreed opstelt.

Ik keek blijkbaar nog steeds niet-begrijpend.

Hij zuchtte. 'Moeder. Honden. Vlo. Je hebt haar vast wel gezien.' Toen krabde hij in zijn nek. Het was een perfecte imitatie van de gewoonte van tante Paula.

Ik hapte naar adem. 'Dat is mijn tante!'

'O ja?' Hij zette grote ogen op.

Toen begon ik te lachen, en hij ook.

'Normaal gesproken steel ik niets, hoor, maar ik zit haar graag dwars. Als je pauze hebt, moet je maar naar me toe komen, bij de dradenknippers. Ik heet Matt,' zei hij.

Toen ma me later opdroeg pauze te nemen, liep ik voorzichtig naar de werkbank van de dradenknippers. De kleine oude dametjes en de kinderen bekeken zorgvuldig alle kleren die door hun handen gingen en knipten alle overtollige draden af met een speciale schaar die na gebruik weer opensprong. Een paar kinderen waren niet ouder dan een jaar of vijf. Ik zag Matt naast een jongere jongen met een bril zitten en in hoog tempo knippen. Een vrouw die ongetwijfeld hun moeder was, zat naast de kleinere jongen. Ze droeg een grote bril met roze glazen die amper de dikke wallen onder haar ogen bedekte.

Toen de moeder me zag, keek ze me met samengeknepen ogen achter de dikke glazen aan.

'Ben je een jongen of een meisje?' vroeg ze. Matt onderdrukte een lach.

Ik wist dat ik net een jongen leek, met mijn platte borst en mijn haar dat ma vanwege de hitte in Hongkong zo kort had geknipt. Ik kon wel door de grond zakken.

De andere jongen naast mevrouw Wu was mager en had een bril die aan zijn uitstekende oren bungelde. Hij keek niet op en bleef aan dezelfde rok werken. Ik zag dat hij die keer op keer omdraaide, zoekend naar draden die hij mogelijk was vergeten. Op de tafel naast hem stond een speelgoedmotor met op de tank een gekleurd plaatje van een indiaan. De motor zag er verfomfaaid uit, alsof iemand erop had zitten kauwen.

'Hallo,' zei ik tegen hem.

Toen de jongen geen antwoord gaf, boog Matt zich voorover en bewoog voorzichtig een hand voor zijn gezicht heen en weer. Hij maakte een paar gebaren die nog het meest aan gebarentaal deden denken. De jongen keek even op en sloeg toen weer meteen zijn blik neer. Ik had heel even kunnen zien dat zijn blik wazig was achter zijn bril.

'Park kan niet zo goed horen,' zei mevrouw Wu.

'Ma, ik neem pauze,' zei Matt, en hij sprong van zijn kruk. Hij wendde zich tot Park en maakte weer een paar gebaren. Ik nam aan dat hij Park vroeg of die ook meeging.

Toen Park helemaal niet reageerde, keek Matt me aan en zei: 'Hij is verlegen.'

'Blijf niet te lang weg,' zei mevrouw Wu. 'Er is nog een hoop werk te doen.'

Een paar van de kinderen kwamen onze kant op toen ze zagen dat we pauze namen, en we liepen allemaal naar de frisdrankautomaat bij de ingang. Een flesje kostte twintig cent, en ik ontdekte later dat vanwege die prijs maar weinig mensen iets te drinken kochten, maar het idee dat je in een bloedhete fabriek een koud drankje kon halen was zo aantrekkelijk dat iedereen zich toch graag rond de automaat verzamelde.

Ik vermoedde dat de meeste andere kinderen hier om dezelfde reden waren als ik. Ze waren niet officieel in dienst, maar ze konden nergens anders heen en hun ouders konden alle hulp gebruiken. Ma had al eerder uitgelegd dat de werknemers allemaal in het geheim stukloon ontvingen, en dat betekende dat de kinderen hier een wezenlijke bijdrage aan het gezinsinkomen leverden. Later leerde ik op de middelbare school dat stukloon tegen de wet was, maar die regels golden voor blanken, niet voor ons.

Terwijl ik tegen de zoemende automaat geleund stond, kon ik merken dat Matt de leider van het groepje kinderen was. Ze varieerden in leeftijd van een jaar of vier tot tieners. Om geld te sparen maakte ma mijn kleren vaak zelf, ook al kon ze niet zo goed naaien, en dus droeg ik een zelfgemaakte blouse, terwijl de andere kinderen rondliepen in leuke t-shirts met Engelse slogans als REMEMBER TO VOTE! Ze gebruikten af en toe wat Engelse woorden in hun Chinees om te laten zien hoe Amerikaans ze al waren, en blijkbaar wist iedereen dat ik hier nog maar net woonde. Er werd even druk gefluisterd toen duidelijk werd dat Moeder Hondenvlo mijn tante was, maar niemand durfde me te plagen omdat Matt me schijnbaar onder zijn hoede had genomen. Hoewel ik hard moest werken was ik blij dat ik weer tussen andere Chinese kinderen zat.

Na een minuut of tien gingen ze allemaal weer aan de slag, in de wetenschap dat ze pas naar huis mochten wanneer het werk was gedaan. Ik liep terug naar ma en ging ook weer verder, hoewel ik doodmoe was. Ik zat al een uur of drie in de fabriek en bleef maar wachten totdat ma zou zeggen dat het tijd was om naar huis te gaan. Maar dat deed ze niet, in plaats daarvan haalde ze een bakje met rijst, gekookte worteltjes en wat ham tevoorschijn: we zouden hier aan de werkbank eten. Ik kon er niets tegen inbrengen, ze zat hier al veel langer dan ik. We aten staand en zo snel als we konden, zodat we op schema zouden blijven. Die eerste avond gingen we pas om negen uur naar huis. Later ontdekte ik dat dat als vroeg gold.

De volgende ochtend bleef ik heel lang in de piepkleine badkamer zitten.

'Kim,' zei ma, 'we komen nog te laat op school.'

Aarzelend deed ik de deur open, mijn dunne handdoek tegen me aan gedrukt.

Ze trok een bezorgd gezicht en legde haar hand op mijn voorhoofd. 'Wat is er?'

'Ik heb buikpijn,' zei ik. 'Ik denk dat ik vandaag maar beter thuis kan blijven.'

Ma keek me even onderzoekend aan en glimlachte toen. 'Gekke meid, waarom gebruik je grote woorden?' Ze vroeg me waarom ik stond te liegen. 'Je moet naar school.' Voor ma was onderwijs heilig.

'Dat gaat niet,' zei ik. Tranen welden weer op in mijn ogen, maar ik probeerde het te verbergen door mijn gezicht met de handdoek af te vegen.

'Doen de andere kinderen soms lelijk tegen je?' vroeg ze vriendelijk.

'Het zijn niet de kinderen,' zei ik. Ik staarde naar de versleten drempel van de badkamer. 'Het is de meester.'

Nu keek ze weifelend. In China genieten leraren erg veel respect. 'Waar heb je het over?'

Ik vertelde haar het hele verhaal: dat meneer Bogart gisteren mijn uitspraak had verbeterd, dat hij kwaad was geworden omdat ik niet alles begreep, dat hij dacht dat ik had afgekeken en me daarom een nul had gegeven. Ik kon mezelf niet langer inhouden en liet de tranen stromen, al probeerde ik nog wel te voorkomen dat ik als een bezetene zou gaan snikken.

Toen ik klaar was, viel ma even stil. Haar mond bewoog, maar ze kon niet meteen iets zeggen. Toen zei ze aarzelend: 'Misschien moet ik met hem gaan praten en zeggen dat je zo'n goede leerling bent.'

Heel even kreeg ik weer moed, maar toen stelde ik me voor dat ma de paar Engelse woorden die ze kende tegen meneer Bogart zou zeggen. Daardoor zou hij alleen maar meer op me neerkijken. 'Nee, ma, ik zal wel beter mijn best doen.'

'Als je net zo hard werkt als je altijd al hebt gedaan, zal hij je vast wel een tweede kans geven.' Ze stak haar handen uit en trok me naar zich toe. Ze legde haar wang op mijn hoofd.

Ik leunde tegen ma aan, met mijn ogen dicht, en deed heel even alsof alles helemaal goed zou komen.

Nadat ik ma over meneer Bogart had verteld deed ik wat ieder verstandig kind zou doen: ik spijbelde. Ma had geen andere keus dan me alleen naar school te laten lopen – zelf moest ze zo vroeg mogelijk in de fabriek zijn, anders zou het haar nooit lukken het werk af te krijgen. Ze kon het zich niet meer veroorloven om me te brengen.

'Weet je zeker dat je de weg kent?' vroeg ma. 'Heb je je muntje voor als je na school de metro moet pakken?'

Ma durfde me niet goed alleen te laten gaan, maar nu ik eenmaal wist waar de school was, kon ik zonder moeite de weg vinden. Het was ver lopen, maar ik hoefde maar een paar keer af te slaan. We kwamen eerst langs het station waar zij de metro moest pakken. Ma bleef aarzelend bij de ingang staan, maar ik knikte zo zelfverzekerd mogelijk en liep toen in de richting van de school. Zodra ze uit het zicht verdwenen was, sloeg ik de hoek om en ging terug naar huis.

Ondanks de kou liep ik te zweten. Stel dat ik meneer Bogart zou tegenkomen, of een van de andere kinderen uit mijn klas? Ik had nog nooit gespijbeld. Ik was altijd een keurig Chinees meisje geweest dat zich aan de regels had gehouden en blij was wanneer de meester of juf haar een compliment gaf. Maar nu was mijn enige alternatief teruggaan naar de klas van meneer Bogart. Ik begon te leren wat wanhoop was.

Met een misselijkmakend gevoel deed ik de zware deur van ons pand open en stapte die donkere muil in. Ineengedoken zat ik in de stoffige woonkamer, waar de zwakke zonnestralen door het vuil op de ramen heen probeerden te dringen. Ik was nog nooit echt alleen geweest. Ik voelde me midden op de matras iets veiliger omdat ik dan in elk geval de kakkerlakken kon zien aankomen. In de leegte achter de schemerige deuropening kon wel van alles verstopt zitten. Toen de vuilniszak voor het keukenraam begon te ritselen, besefte ik dat het voor een inbreker een koud kunstje zou zijn om het plakband weg te snijden en naar binnen te stappen. Als er iemand zou inbreken, bedacht ik, dan zou ik door het raam aan de straatkant naar beneden springen. Als ik me met mijn vingers aan de vensterbank zou vastklampen en me langzaam zou laten zakken, zou ik het misschien wel overleven. Dat werd mijn oplossing voor alle mogelijke rampen die in mijn gedachten opkwamen: als het fornuis in brand zou vliegen, als er een spook in de badkamer zou verschijnen, als een rat me aan zou vallen, als ma opeens binnen zou komen omdat ze icts was vergeten.

De lucht in de woning voelde vochtig en guur aan. Het was november, het begin van wat een van de koudste winters in de geschiedenis van New York zou worden. In een poging mijn angst te bezweren en de kou te vergeten zette ik de kleine tv aan. Het drukke gebabbel voerde me mee naar een wereld van afwas en schoonmaakmiddelen met citroengeur. Er waren heel veel programma's over ziekenhuizen: artsen die verpleegsters kusten en verpleegsters die patiënten kusten; er waren films over cowboys en indianen; er waren shows met mensen die op vierkantjes onder flikkerende lichten zaten. Ik verbaasde me vooral over de reclames: 'Til je armen op, dan weet je het zeker,' dreunde een stem, en op het scherm hieven mannen en vrouwen hun armen hoog op. Waarom deden ze dat? Had het iets te maken met de vrijheidsgodin?

'Vergroot uw woordenschat in dertig dagen,' beloofde een gezaghebbende mannenstem. 'Maak indruk op uw vrienden. Laat uw baas zien wie de baas is.' Ik ging rechtop zitten en stelde me voor dat ik het lokaal binnenkwam en woorden gebruikte die zelfs meneer Bogart niet kende. Daarna volgde er een reclame voor alfabetsoep, een idee dat me fascineerde, zoals alles met letters dat deed. Ik besefte dat het al bijna tijd voor het middageten was en dat ik honger had.

Ik trotseerde de donkere keuken en keek in de kleine koelkast. Ma was niet gewend aan het bezit van zo'n apparaat en hij was dan ook nagenoeg leeg. Ik zag alleen wat restjes kip liggen, waarbij de botten onder het vette vel uitstaken, en wat verlepte groenten met koude rijst en een ondiep bakje oestersaus. Ik durfde niets aan te raken. Er was me geleerd dat alles goed moest worden verhit. Ik had net een reclame gezien met kinderen die broodjes kaas en appels aten en melk dronken, maar we hadden geen brood en al helemaal geen beleg. Ik durfde niet eens eigenhandig een glas water te pakken; thuis was een aanval van diarree, veroorzaakt door ongekookt kraanwater, me een keer bijna fataal geworden. Thuis had ma altijd een warm tussendoortje gemaakt voor als we uit school kwamen: gestoomde makreel met zwarte bonen, geroosterd varkensvel, soep van waspompoen, gebakken rijst met bosuitjes.

Met een rammelende maag ging ik weer tv-kijken. Glanzende speelgoedkeukens, stuiterende ballen die groot genoeg waren om op te zitten, kinderen die hotdogs aten in boomhutten. Ik zag een reclame met een gezin dat rond een lange tafel vol eten zat. Ik wilde dolgraag in net zo'n kamer zijn, het was er zo schoon dat je op de vloer had kunnen zitten. In onze woning durfde ik niet eens iets aan te raken. Zelfs nadat we als bezetenen hadden schoongemaakt leek nog steeds alles te zijn bedekt met een laagje stof van dode insecten en muizen. Ik gaf me over aan een van mijn favoriete dagdromen: stel dat papa nog leefde. Stel dat hij hier was geweest, dan hadden we misschien helemaal niet in de fabriek hoeven werken. Misschien had hij een gewone baan kunnen vinden en hadden we net zo kunnen worden als die mensen op tv.

Zelfs met de tv aan was de dag lang, grijs en leeg, en ik bleef maar denken aan ma die in de fabriek aan het werk was, zonder mij. Ik zag voor me hoe haar keurige handen langzaam boven de geperste kleren bewogen. Ik wist dat ze moe moest zijn, maar ik kon niet naar haar toe gaan omdat ik nu nog op school hoorde te zitten. Ik sprong op toen er een muis over de houten vloer rende en in de keuken verdween. Ik hield de bezem bij de hand, als wapen tegen indringers en kakkerlakken, en toen de kakkerlakken over de muur bij de matras begonnen te kruipen, maakte ik zo veel lawaai met de bezem dat ze op afstand bleven. Ik paste goed op en drukte ze niet dood, niet alleen omdat ik als boeddhist had geleerd dat ik om alle leven diende te geven, maar vooral omdat ik geen zin had om tegen geplette kakkerlakken aan te kijken.

Uit verveling begon ik tussen ma's spullen te snuffelen. In

43

haar koffer vond ik een vierkant stuk karton dat met een touwtje was samengebonden. Ik zag dat het een langspeelplaat was en begreep meteen dat die een grote emotionele waarde voor haar had. Ze had geen andere reden om die plaat te bewaren, want we hadden niet eens een platenspeler. Ik maakte hem voorzichtig open en verwachtte een Chinese opera, maar het bleek een Italiaanse te zijn. Ik las wat er op de hoes stond: Caruso met 'E lucevan le stelle', de aria van Cavaradossi uit *Tosca*. Er viel een foto op de grond. En toen wist ik het weer.

Onze woning in Hongkong: ik lig op de bank en de plafondventilator zoemt, ma draait een plaat voor me voordat ik naar bed ga. Dat was onze gewoonte geweest, een liedje en dan naar bed. Vaak koos ze voor Chinese muziek, maar op een avond had ze een man laten horen die in een vreemde taal zong, vervuld van verdriet en spijt. Ze had zich afgewend. Toen ik haar gezicht weer kon zien, had ze zich hersteld en me niet meer laten merken wat ze voelde.

Ik was die avond, en vele avonden daarna, naar bed gegaan met het idee dat ma's leven op de een of andere manier verbonden was met het verdriet in die muziek. Ik wist dat haar ouders land hadden bezeten, en dus als intellectuelen hadden gegolden, en dat ze tijdens de Culturele Revolutie ten onrechte ter dood waren veroordeeld. Vóór hun dood hadden ze al hun rijkdom aangewend om ervoor te zorgen dat ma en tante Paula China op tijd konden verlaten en naar Hongkong konden ontkomen. En later was pa, ma's grote liefde, haar ook nog eens zo jong ontnomen, toen hij nog maar begin veertig was. Op een avond was hij gewoon met hoofdpijn naar bed gegaan, maar later die nacht was hij aan een zware beroerte bezweken.

Ik pakte de foto die uit de hoes was gegleden. Het was een foto die in Hongkong in een lijstje op de piano in de woonkamer had gestaan. Zoals zo veel mensen in Hongkong hadden we geen fototoestel gehad, dat was veel te duur, en dit was de enige foto van ons drietjes die ik ooit had gezien. Ondanks de stijve houding hielden we alle drie onze hoofden bij elkaar, als een echt gezin. Ma zag er prachtig uit, met haar bescheiden, beschaafde trekken en haar bleke huid die strak over haar botten was gespannen, en pa vormde de perfecte aanvulling: stralende donkere ogen, knap, krachtige trekken, net een filmster. Ik keek naar de grootte van zijn handen, waarvan er eentje teder rond de elleboog van het kind lag. Mijn elleboog. Dat was de hand van een held, een hand die een zware ploeg kon bedienen, een hand die je tegen demonen en dieven kon beschermen. En ik, een jaar of twee oud, op de knie van pa, nieuwsgierig kijkend naar de camera. Ik droeg een matrozenpakje en hield mijn hand in een militaire groet tegen mijn voorhoofd. Dat was vast een idee van de fotograaf geweest. Wat een blij kind. Was ik ooit zo schattig geweest? Had ik me ooit zo gelukkig gevoeld?

Op de achterkant van de foto waren een paar karakters gekrabbeld. Onze namen en de datum. Ik wist dat het niet het handschrift van ma was, dus het moest wel het zijne zijn. Ik liet mijn vinger over de indrukken gaan die de pen in het dikke papier had gemaakt. Dit was mijn pa, zijn hand had deze woorden geschreven.

Dit was mijn enige aandenken. Maar hoe groot mijn verlies ook was, dat van ma was groter. Ze had hem echt gekend, van hem gehouden, en na zijn dood had ze me alleen moeten opvoeden en ons moeten zien te onderhouden. Ik legde de plaat en de foto voorzichtig terug. Ik wilde meer dan ooit aan ma's zijde staan en haar zo goed mogelijk helpen.

Ten slotte was het tijd om naar de fabriek te gaan. Ik liep op straat langs een karretje met daarop een bordje waarop HOT-DOGS stond. De man achter het karretje verkocht broodjes met dunne worstjes, met gele saus eroverheen. Het zag er lekker uit en rook heerlijk, maar ik had alleen maar mijn muntje voor de metro en een kwartje voor het geval ik in nood een telefoontje moest plegen. In de metro had ik het gevoel dat iedereen naar me keek: dat meisje is vandaag niet naar school gegaan. Ik zag kinderen met rugzakken het station in lopen en hoopte maar dat niemand me zou herkennen. Bij het poortje stond een politieman met een pistool aan zijn riem die me aankeek toen ik mijn muntje in de gleuf stopte.

'Hé!' zei hij.

Ik verstijfde en verwachtte ter plekke te worden gearresteerd. Maar hij keek naar een ander kind, dat een verfrommelde papieren zak op de grond had gegooid.

'Raap dat eens snel op!' zei hij.

Ik liep door het poortje en rende naar het perron.

3

Ma en ik ontdekten al snel dat we geen verwarming hadden. We hadden hoopvol de radiator schoongeboend in de kamer waar we sliepen, we hadden zelfs zo hard geboend dat niet alleen het stof maar ook het grootste deel van de afbladderende verf had losgelaten, maar hij bleef koud, hoe vaak we ook aan de knoppen draaiden. We verkenden de tweede verdieping van het gebouw en ontdekten dat alle andere woningen leeg en afgesloten waren. Overal lag vuil: voor de deuren, in de kieren van de trap. Naast een van de deuren stond een stapel halflege dozen, alsof iemand tijdens een verhuizing was verdwenen of overleden. Op de dichtgetimmerde winkelpui beneden hing een verschoten bordje met DOLLARKNALLER. We vonden de toegang tot het erf achter het pand, waar een enorme berg vuilniszakken lag die waarschijnlijk door de jaren heen door bewoners en buren waren neergegooid. De deur naar de kelder zat op slot.

Toen ma heel beleefd aan tante Paula vroeg hoe de verwarming werkte, begreep tante Paula wat ma echt wilde vragen en antwoordde dat ze meneer N. al had gevraagd of ze die mocht laten repareren. Ze zei dat we daar toch al niet veel langer zouden hoeven te blijven.

Tijdens de dagen dat ik spijbelde was het steenkoud in de woning. Ik zat al bijna een week thuis toen ik voor het eerst sneeuw zag vallen. De vlokken vielen schuin uit de hemel neer, en aanvankelijk zoog de betonnen stoep de sneeuw als een spons op. Ik legde mijn handen tegen het raam en verbaasde me over de kou die ik voelde; volgens mij hoorde vallende rijst warm te zijn, net als soep. Na verloop van tijd raakte de grond door een witte deken bedekt en blies de wind de sneeuw in vlagen van de daken. Het wit dwarrelde door de lucht.

Zelfs nu herinner ik me van die fase in mijn leven vooral de kou. De kou voelde zoals je huid voelt wanneer je net een harde klap hebt gekregen, een getintel dat zo pijnlijk is dat je niet eens weet of het warm of koud is. Je merkt alleen dat het zeer doet. Kou die je keel binnendrong, die onder je tenen en tussen je vingers kroop, die zich rond je longen en je hart wikkelde. Onze dunne katoenen deken uit Hongkong was volkomen nutteloos, want de winkels in Hongkong verkopen artikelen die niet tegen een winter in New York opgewassen zijn. We sliepen onder stapels jassen en kleren om warm te blijven. Wanneer ik wakker werd, waren bepaalde lichaamsdelen verdoofd en ijskoud, ook onverwachte plekken als mijn heup omdat de trui daar van me af was gegleden.

Langzaam zette het ijs zich af aan de binnenkant van de ramen, een dikke laag die alles aan de andere kant van de ruit vervormde. Wanneer ik naar buiten zat te kijken, gebruikte ik mijn blauw aangelopen vingers om cirkeltjes in het ijs te krassen, in de hoop dat ik het glas eronder bloot kon leggen.

Op een middag peuterde ik de hoek van een van de vuilniszakken voor het keukenraam los, zodat ik de achterkant van ons pand kon zien. Het was een onbewolkte dag. Ik tuurde door dat gaatje en zag het dak van een aanbouw op de begane grond. Dat was vast het magazijn van de dollarknaller geweest. Er was zo veel afval op het dak gegooid dat je het bijna niet meer kon zien, maar ik zag nog wel een groot gat dat blijkbaar nooit was gerepareerd. Een oude krant zat vastgekleefd aan de rand van het gat en flapperde in de wind. Bij regen of sneeuw werd de aanbouw ongetwijfeld kletsnat.

Vanuit ons keukenraam kon ik ook in de woning vlak naast

de onze kijken, in het pand waar meneer Al woonde. Dat stak verder uit omdat de aanbouw langer was, maar was opvallend dichtbij voor iets wat zo afgezonderd was: het was een compleet ander gebouw, dat slechts een paar meter bij ons vandaan lag. Als ik een bezem naar buiten had gestoken, had ik op het raam kunnen kloppen. Aan de andere kant van de ruit zag ik een zwarte vrouw liggen slapen. Ik wist dat zij wel verwarming had, want ze droeg alleen maar een dunne ochtendjas. Ze had een paar krulspelden in haar haar. Ze had haar arm teder om een bundeltje in een deken gewikkeld, en ik besefte dat het een baby was. De rest van haar matras lag bezaaid met een wirwar aan kleren, en boven hun hoofden was een driehoekig stuk pleisterwerk van de muur gevallen. Maar ik kon zien hoeveel ze van elkaar hielden, ondanks de armoede, en ik verlangde hevig naar het eenvoudiger leven dat ma en ik vroeger hadden gekend.

Toen het zo koud werd dat kijken niet langer mogelijk was, plakte ik de vuilniszakken weer vast.

De volgende dag deed ik net de deur van de fabriek achter me dicht toen ik Matt een zware kar met een berg mauve rokken naar de werkbank van de zoomsters zag duwen. De stapel kleren torende dreigend boven hem uit en hij moest achteruitlopen en alle kracht in zijn magere armpjes gebruiken om de kar van zijn plaats te krijgen. Ik gooide mijn tas over mijn schouder en wilde naar ma en mijn werkplek achterin lopen, maar tot mijn verbazing riep hij naar me in het Chinees.

'Kun je even helpen?'

Ik liep naar hem toe en pakte de achterkant van het karretje. De vloer was zo glad van het stof dat ik me schrap moest zetten om te voorkomen dat de achterste wieltjes opzij zouden glijden, ook al hield hij de voorkant vast.

Hij hield zijn hoofd scheef, zodat hij me om de rokken heen aan kon kijken. 'Was het leuk op school?'

'Ja,' zei ik.

'Je zit wel op een rare school. Want alle andere scholen in New York zijn vandaag gesloten.'

Ik sperde mijn ogen open.

'Hé, je hoeft niet zo te schrikken. Iedere gek kan zien dat je spijbelt.'

'Ssst!' Ik keek om me heen om te zien of iemand ons kon horen.

Hij vervolgde, alsof ik helemaal niets had gezegd: 'Ik heb je nooit huiswerk zien maken.'

'Ik jou ook niet.'

'Ik maak nooit huiswerk. Jij bent echt een type voor huiswerk.'

Ik sprak mijn ware angst uit. 'Denk je dat mijn moeder het weet?'

'Nee, ik weet het alleen maar omdat ik het zelf ook heb gedaan.'

'Echt?' Ik begon hem steeds aardiger te vinden.

'Maar ik heb net iemand tegen je moeder horen klagen dat het zo vervelend is dat ze op "Kalkoendag" moeten werken. Dat is hier een heel belangrijke feestdag. Maar goed, je kunt maar beter snel een smoes bedenken.'

Mijn gedachten tolden door mijn hoofd, hijgend en leeg. 'Wat dan? Wat dan?'

Hij dacht even na. 'Zeg maar dat je het pas merkte toen je al op school was, en dat je toen weer naar huis bent gegaan en eerst je huiswerk hebt gemaakt omdat je volgende week een groot project af moet hebben.'

We waren inmiddels aangekomen bij de werkbank waar de kleren werden gezoomd. Die stond voor in de fabriek, vlak bij het kantoortje van de bedrijfsleider. We lieten het karretje los en het rolde vanzelf een halve meter verder voordat het aarzelend tot stilstand kwam.

'Ik ben je heel wat schuldig.' Ma had me geleerd dat alle schulden moesten worden voldaan. Ik keerde mijn zakken binnenstebuiten om te zien of ik iets had wat ik hem kon geven, maar er kleefden alleen wat restjes toiletpapier die ik als zakdoekjes had gebruikt aan de binnenkant van de voering.

'Jakkes,' zei hij. 'Laat maar.' Hij draaide zich om en liep terug naar de naaisters.

Ik ving een glimp op van tante Paula's lange gestalte die in het kamertje van de bedrijfsleider stond en liep snel weer weg, de hele fabriek door, totdat ik bij de werkbanken kwam waar de kleren werden afgewerkt.

Ma had haar haar weggestopt onder een hoofddoek. Er zat een mauve veeg op haar rechterslaap; blijkbaar had ze het zweet weggeveegd dat zich rond haar haargrens had verzameld.

Ik zei meteen: 'Er was vandaag geen school.'

Ma sloeg haar armen over elkaar. 'Waarom ben je dan niet eerder gekomen?'

'Ik moest aan een groot project voor volgende week werken.'

'Waar gaat dat dan over?'

Ik dacht snel na. 'Actuele gebeurtenissen. Ik moest naar het nieuws kijken.'

Ma knikte, maar keek nog steeds bedachtzaam. 'Dus je bent toevallig net zo laat hierheen gekomen als je normaal gesproken uit school komt?'

Ik zweeg iets te lang. 'Ik heb altijd op dezelfde tijd de metro genomen.'

Ma begon een ceintuur door een rok te rijgen die ze in haar handen had. Toen vroeg ze: 'Waar hadden jij en die jongen van Wu het net over?'

'N-niets,' zei ik hakkelend.

'Je leek ergens verbaasd over te zijn.'

'Nee, hij wilde alleen maar weten of ik later met hem wilde spelen.' Ik probeerde te lachen. 'Hij loopt altijd maar te dollen.'

'Ik denk dat je moet oppassen met hem.'

'Ja, ma.'

Ma legde de rok opzij en ging op een krukje zitten. Ze keek me aan. 'Je moet niet te vaak met de kinderen hier omgaan. Ah-Kim, je moet dit niet vergeten: als je met hen speelt en net zo leert praten als zij en je net zo gaat gedragen als zij en net zo gaat leren, zul jij dan anders worden? Nee. Dan zul je over tien of twintig jaar doen wat zij ook zullen doen: dan zul je hier in de fabriek achter de naaimachine zitten totdat je helemaal versleten bent, en als je daar te oud voor bent, dan moet je draadjes afknippen, net als mevrouw Wu.'

Ze zweeg even, alsof ze niet goed wist of ze verder moest gaan of niet. 'De meeste mensen komen nooit verder dan een leven als dit. Voor mij is het waarschijnlijk te laat, ik zal nooit meer als een beschaafde muzieklerares aan de slag kunnen.' Toen ze zag hoe verslagen ik keek, probeerde ze me haastig gerust te stellen. 'Dat is nu eenmaal zo. Het is de taak van een ouder om haar kind een goed leven te geven, en daarvoor moet ze alles doen wat nodig is. Maar jij mag niet vergeten dat je op onze lagere school in Hongkong de slimste leerling was die ze ooit hadden gehad. Je bent slim, daar kan niemand iets aan veranderen, of je huidige leraar dat nu snapt of niet. Het belangrijkste is misschien wel dat niemand je kan veranderen. Dat kun je alleen zelf.' Ze hield me even tegen zich aan. 'Het spijt me dat ik je heb meegenomen naar dit land,' fluisterde ze.

Ma heeft nooit duidelijker laten merken dat ze spijt had van haar beslissing om naar Amerika te gaan. Ik begreep wat ze van me verwachtte en drukte mijn wang tegen haar schouder. 'Ik zal ervoor zorgen dat we hier allebei weer uit komen, ma, dat beloof ik.'

Ik moest op maandag weer terug naar school. Pa was dood en niemand anders kon ma voor een leven als dit behoeden. Het idee dat ma als oud dametje nog steeds draadjes zou afknippen in de fabriek was niet te verdragen. Ik dacht aan wat tante Paula terloops over mijn neef Nelson had verteld: dat ze op school dachten dat hij een goede advocaat zou worden. Ik wist niet precies wat advocaten deden, maar ik wist wel dat ze heel veel geld verdienden, en als zelfs Nelson zo machtig kon worden, dan kon ik het ook.

Op een bepaalde manier luchtte het op dat ik een besluit had genomen. De uren thuis waren vervuld geweest van angst en schuldgevoelens. Ik was koud, hongerig en eenzaam geweest en had altijd al geweten dat ik het niet eeuwig kon volhouden. Nu gaven de goden me een tweede kans. Na Kalkoendag had ik nog een paar dagen voordat de school weer zou beginnen en kon ik een reden bedenken waarom ik vijf dagen lang afwezig was geweest.

Dat weekend kreeg ik amper een hap door mijn keel omdat ik zo opzag tegen mijn terugkeer naar de klas van meneer Bogart. Zelfs wanneer ik ma in de fabriek hielp haar werk af te maken zag ik zijn gezicht voor me, dat lichte ronde hoofd dat door het gebrek aan haar zo kwaadaardig oogde. Pas veel later ontdekte ik dat hij heel erg dun haar had: het was haar dat ik niet als zodanig had herkend omdat het zo blond was. Ik zou ongetwijfeld weer niets begrijpen van wat hij zei en weer een nul krijgen. Ik dacht aan de meesters en juffen in Hongkong die me altijd hadden bedolven onder lof en complimenten. Ik had medelijden gehad met de domme kinderen die maar een beetje duimen zaten te draaien en stotterend het verkeerde antwoord gaven, maar nu was ik degene die dom was. Dat viel heel erg tegen.

Het eerste wat meneer Bogart tegen me zei toen we achter elkaar het lokaal in liepen was: 'Waar is je *abcessenbriefje?*'

Gelukkig herkende ik het woord 'briefje' en had ik geweten dat ik iets mee moest brengen waarin mijn afwezigheid werd verklaard. Ik gaf hem een briefje dat ik zo goed mogelijk had vervalst, met behulp van mijn oude schoolboeken voor Engels:

Mijne heren,
Kimberly was ziek. Excuus in overlast.
Uw gewillige dienaar, mevrouw Chang.

Meneer Bogart keek er even naar en borg het toen zonder verder commentaar op. Ik liet me op het stoeltje zakken waarop ik de eerste dag ook had gezeten.

We kregen een overhoring, maar omdat ik al een paar dagen niet naar school was geweest had ik geen idee waar het over ging. Toen zag ik dat we een tabel met cijfers hadden gekregen waar tekst boven stond. 'Er zijn drie verschillende basketbalteams die elk vijf wedstrijden hebben gespeeld.' Het duurde even voordat ik begreep wat die woorden betekenden, maar opeens had ik door dat ik het gemiddelde, de mediaan en de modus moest berekenen en dat er ook nog naar een paar decimalen werd gevraagd. Het was alsof ik opeens op oude vrienden was gestuit. Dit soort dingen hadden we meer dan een jaar geleden al in Hongkong behandeld.

Toch voelde ik me onder de blik van meneer Bogart niet op mijn gemak. Ik begreep een zin verkeerd en besefte dat pas te laat, toen ik het antwoord al had ingevuld, maar ik had niets om het mee weg te stuffen. Zou hij boos worden als ik het doorstreepte? Vast wel. En bovendien zou ik dan niet genoeg ruimte hebben voor het nieuwe antwoord. Ik durfde het niet aan een van de kinderen te vragen omdat ik bang was dat hij dan zou denken dat ik weer zat te spieken.

Ik kon het alleen maar aan meneer Bogart zelf vragen. Toen ik opkeek, zag ik dat hij me van achter zijn tafel voor in het lokaal aan zat te kijken, precies zoals ik al had verwacht. Ik stond op en liep naar hem toe. Gelukkig wist ik precies wat ik moest zeggen, want dat hadden we tijdens de les Engels al eens behandeld.

'Pardon, meneer.' Ik probeerde zo duidelijk mogelijk te spreken. 'Mag ik uw stuf even lenen?'

Hij staarde me even aan, en er ging een zacht gegiechel door de klas.

Een van de jongens riep: 'Is het niet een beetje te vroeg voor een jointje?'

Nu barstte de hele klas in lachen uit. Meneer Bogart schonk er geen aandacht aan, maar zijn zwijgen leek de kinderen toestemming te geven om me uit te lachen. Ik wou dat mijn haar lang genoeg was om mijn gezicht te bedekken en liep snel terug naar mijn plaats. Ik zou vandaag nog de school verlaten en nooit meer terugkomen.

Toen boog het meisje met het kroeshaar zich naar me toe. 'Dat is zo'n ouderwets woord. Wij zeggen gewoon gum,' zei ze. Ze stopte een lok van haar pluizige haar achter haar oren en schoof een roze gum over de kier tussen onze tafeltjes.

Uiteindelijk bleek het niet zo'n nare dag te zijn. Ik wist dat ik alle vragen van de overhoring goed had beantwoord, ook al was ik niet zeker of ik de sommen had opgelost op de manier zoals ze dat hier deden. Later bleek dat de manier waarop ik de tientallen bij de honderdtallen had geteld, door de som onderaan te zetten in plaats van bovenaan, niet de manier was waarop de Amerikanen het deden. Meneer Bogart trok om die reden een paar punten van mijn totaal af, en ik kreeg dus geen tien voor mijn overhoring, maar ik had inmiddels door wat ik voortaan anders moest doen. In dit gevecht maakte ik zowaar een kans.

Wat nog belangrijker was, was dat ik had kennisgemaakt met Annette, het meisje met het kroeshaar. Na het incident met de gum gaf ze me onopvallend een por. Ik keek haar even aan en keek toen naar haar schrift, waar ze een simpele tekening van meneer Bogart met als bijschrift 'Meneer Snotje' had gemaakt, met een gat op de plek van zijn schreeuwende mond. Ik wist toen nog niet wat een snotje was, maar ik begreep de achterliggende gedachte en vond het geweldig. Annette stak in de klas meestal niet haar hand op – ik denk omdat ze meneer Bogart niet aardig vond – maar ze wist vaak wel het antwoord. Wanneer hij een vraag stelde, schreef ze het antwoord in haar schrift en liet het aan me zien. Omdat ik veel beter Engels kon lezen dan spreken was dit de ideale manier van communicatie.

En zo maakte Annette school weer draaglijk voor me.

Nu het in december ijzig koud was geworden zetten ma en ik dag en nacht de oven aan, met het deurtje open, om het nog een beetje warm te krijgen. De open oven zorgde voor een kleine kring van warmte, maar daarbuiten was het moeilijk te zeggen wat kouder aanvoelde, de keuken of de kamer waar we sliepen. De oven stond weliswaar in de keuken, maar daar zaten vuilniszakken voor de ramen. De andere kamer had geen enkele warmtebron.

In Hongkong was ik in een dun blauw-wit uniform naar school gegaan, dat ik bij thuiskomst meteen had verruild voor sandalen en luchtige kleding. Ik was eraan gewend dat ik de puntjes van mijn tenen en mijn blote kuiten en schouders kon zien, maar nu die lichaamsdelen voortdurend moesten worden bedekt, miste ik mezelf. Ik was ingebalsemd in kleren, laag voor laag, en soms duurde het dagen voordat ik mijn eigen lijf weer eens zag. De momenten waarop mijn huid aan de lucht werd blootgesteld moesten tot een minimum worden beperkt omdat het dan voelde alsof er een ijskoude hand op mijn vlees werd gelegd. Me 's morgens aankleden was een hel; ik moest de kleren uitdoen die me 's nachts hadden opgewarmd en iets aantrekken wat pijn deed aan mijn huid.

Ik had niet zulke maillots als de andere meisjes, ik droeg twee dikke pyjamabroeken onder mijn corduroy broek. Onder dat ene rode, katoenen vest dat we uit Hongkong hadden meegenomen droeg ik meerdere onderhemden. Ooit was het een heel mooi vest geweest – rood, met twee panda's op de zakken – maar het was na al die wasbeurten gekrompen en het wit van de panda's was tot lichtroze verkleurd. Het kostte me steeds meer moeite om het vest over al die lagen kleren te trekken, maar ik had geen keus. Daarna ging mijn jas nog eens over alles heen. Zelfs wanneer ik in mijn kleren was gepropt als een brokje kleefrijst in een bamboeblad had ik het nog steenkoud. Het enige positieve aan de kou was dat het aantal kakkerlakken en muizen leek te verminderen.

We deden bijna alles naast die oven: mijn huiswerk, de was opvouwen, aankleden, werken aan de zakken met kleren die we uit de fabriek mee naar huis namen. Ma en ik konden het tempo daar eigenlijk niet bijhouden, en vaak stuurde ze mij 's avonds alvast naar huis terwijl zij achterbleef om zo veel mogelijk af te maken. Indien mogelijk nam ze zakken met kleren mee naar huis. Het maakte niet uit tot hoe laat ik opbleef om mijn huiswerk te maken, ma ging bijna altijd later naar bed dan ik. Ze zat met haar magere gestalte over die kleren heen gebogen, dutte dan in, schrok weer wakker en ging verder. Als er een zending gereed moest worden gemaakt, bleven we net zo lang in de fabriek totdat het werk gedaan was, ook al duurde het de hele nacht.

De warmte van de oven kwam nooit tot aan de muren, de vloer of de meubels. Alles straalde kou uit die tot in onze lijven doordrong, en onze lijven waren afgezien van de muizen de enige bron van warmte in het hele pand. Zelfs vlak voor de oven waren mijn vingertoppen altijd gevoelloos en kon ik mijn vingers niet goed buigen. Dat was des te problematischer omdat er vaak nog kleine klusjes moesten worden gedaan, zoals biesjes omzomen of knopen aanzetten. Ma probeerde zo vaak als ze kon viool voor me te spelen, al was het alleen maar op zondag, maar al snel maakte de kou dat onmogelijk. Haar muziek zou tot de lente moeten wachten.

Ondanks meneer Bogart keek ik uit naar school, want dan zag ik Annette weer en kon ik opwarmen. Telkens wanneer ik die heerlijk warme school binnenliep, begonnen de randjes van mijn oren, mijn handpalmen en de onderkant van mijn voeten te prikken omdat het gevoel er weer in terugkeerde.

Annette zei tegen me dat ze een echt beugelbekkie was. Toen ik haar nietszeggend aankeek, schreef ze op wat ze bedoelde en sperde als een paard haar mond open om haar beugel te laten zien. Haar tanden stonden scheef en zaten onder de vlekken vanwege de beugel. Ik had nog nooit iemand met een beugel gezien. Thuis in Hongkong had je gewoon een slecht gebit.

Annette had een blauwe rugzak met ritsen waaraan beertjes en eekhoorntjes hingen. Ik had nooit iets te eten bij me voor in de pauze, omdat dat een gewoonte was die ma niet kende, maar Annette haalde altijd fascinerende dingen uit haar rugzak: crackers met pindakaas en jam, kleine blokjes oranje cheddar, eieren of tonijn vermengd met mayonaise, selderie gevuld met roomkaas. Ze genoot van mijn verbazing en vreugde wanneer ze haar lekkers met me deelde.

Ik was ook uiterst geboeid door de kleur van haar huid. Ik had altijd gedacht dat een blanke huid even wit en ondoorzichtig was als een vel wit papier, maar dat was niet zo: haar huid was doorzichtig, en het rood dat je eronder zag, was het rood van haar bloed. Ze was net de albinokikker die ik als klein meisje een keer op een markt in Hongkong had gezien. Op een dag trok ze haar trui omhoog om haar ronde buik te laten zien, en ik deinsde geschrokken terug. Haar buik was niet glad en ge- bruind zoals de mijne, en de tailleband van haar broek had ro- de vlekken op haar vel achtergelaten. Vlak onder haar huid waren blauwe adertjes te zien, en ik vroeg me af of haar vel heel dun was en gemakkelijk kon scheuren. Ogen die zo blauw waren als de hare had ik in Hongkong alleen gezien bij blinden met staar. Het was net alsof ik in haar hersens kon kijken, en ik vond het vreemd dat ze met zulke ogen net zo goed kon zien als ik.

Ze zei dat ik mooi haar had, ook al was het kort, en ze zei dat het zo zwart was dat het soms wel blauw leek, en dat ik het moest laten groeien en een pagekapsel moest nemen. Jarenlang streefde ik ernaar om mijn haar lang genoeg te laten worden voor een pagekapsel, hoewel ik geen idee had wat dat was, maar ik was er zeker van dat Annette wist wat het beste voor me was. Ze vond het leuk dat ik niet uit Amerika kwam. Ze wilde Chinese woorden leren, met name beledigingen.

'Gekke meloen,' leerde ik haar in het Chinees.

'Ze is een *guw guah*,' zei ze giechelend, maar de toonhoogte waarop ze 'gekke' en 'meloen' uitsprak was zo afwijkend dat ik haar bijna niet kon verstaan. Annette had het over een meisje in onze klas dat ze niet mocht omdat die volgens haar een betweter was, en ook dat woord schreef ze voor me op. Haar uitleg verbaasde me: het was toch juist goed om alles te weten?

Net als ik had Annette verder geen vriendinnen. Dat kwam voornamelijk omdat ze een van de drie blanke kinderen in onze klas was. De andere twee waren jongens, die klitten bij elkaar. De rest van de klas was zwart, en de zwarte en de blanke kinderen gingen verder niet met elkaar om. Het is heel goed mogelijk dat er ook een paar Latijns-Amerikaanse kinderen in de klas zaten, maar in die tijd zag ik hen aan voor zwarte kinderen met steiler haar.

Ik ontdekte ook dat de school vlak bij een rijke blanke buurt lag en dat de bewoners van die wijk die hun kinderen naar een openbare school wilden sturen geen andere keus hadden dan onze school. Alle andere leerlingen kwamen uit de buurt waar de school zelf lag, een wijk vol zwarten uit de midden- en de arbeidersklasse. Pas later begreep ik wat deze termen inhielden, maar het was me meteen duidelijk dat tante Paula gelijk had gehad: de buurt waar mijn school lag was nog niet zo erg als onze achterstandswijk, zoals ik later hoorde dat onze buurt werd genoemd.

In veel opzichten leek ik op de zwarte kinderen. De blanke kinderen namen hun brood in bruine papieren zakken mee naar school, maar ik had net als de zwarte kinderen recht op een gratis warme lunch. De twee blanke jongens zaten samen aan een apart tafeltje en praatten verder met niemand, maar Annette was de enige blanke aan ons tafeltje. Ik woonde in een overwegend zwarte wijk, maar de zwarte kinderen waren geen vrienden met mij, alleen met elkaar. Ze spraken snel en moeiteloos Engels, ze zongen op het plein dezelfde liedjes, ze kenden alle spelletjes met het springtouw. Een van de populairste liedjes ging als volgt: 'We haten meneer Bogart en we vinden hem zo vies, hij is net een aap en hij stinkt naar apenpies.'

Natuurlijk vonden de andere kinderen me maar vreemd. Ik viel op door mijn zelfgemaakte, slecht passende kleren en mijn jongensachtige kapsel. Ma knipte mijn haar zodra het mijn nek raakte. Ze zei dat dat gemakkelijker was omdat het dan sneller droog was in onze ijskoude woning. De meeste zwarte kinderen in mijn klas waren ook arm, maar ze droegen kleren die in een winkel waren gekocht. Op weg naar school keek ik aandachtig naar een hoge flat vlak bij school waar klasgenootjes van me woonden. Er lagen glasscherven en de muren waren bedekt met graffiti (ik had inmiddels geleerd hoe die Engelse schrijfsels heetten), maar rondom het gebouw stond een rijtje struiken en voor de meeste ramen zaten geen tralies. De bewoners hier hadden wel degelijk verwarming.

Er was wel een aantal kinderen dat het minder goed had getroffen. Op een dag kwam een van de jongens niet meer naar school, en niemand wist waar hij was gebleven. Een ander meisje werd midden op de dag opgehaald door haar moeder, die eruitzag alsof ze in elkaar was geslagen. Meneer Bogart was er niet door van zijn stuk te brengen, hij leek eraan gewend te zijn. Vaak braken er na school vechtpartijen uit, en ik had een jongen zien weglopen met een snee boven zijn oog, druipend van het bloed. Vaak vochten de jongens met andere jongens, maar soms waren het ook meisjes onder elkaar, of vochten jongens én meisjes.

De jongens en meisjes van mijn klas hadden de leeftijd bereikt waarop een wederzijdse afkeer plaatsmaakte voor een aarzelende belangstelling, die zich vooral uitte in de vorm van plagen of schelden. Luizen waren een geliefd onderwerpen: de kinderen deden altijd alsof ze het druk hadden met luizen vangen, luizen doden, en zichzelf tegen luizen inenten. Onder het mom dat ze elkaar luizen gaven, sloegen de jongens elkaar zo hard als ze konden of probeerden ze de meisje aan te raken. Ik kende het woord voor luizen nog niet en had geen flauw idee wat ze bedoelden, zodat het er vaak mee eindigde dat de hele klas me hun luizen gaf. Omdat me was geleerd dat ik anderen nooit zomaar mocht aanraken, was het moeilijk voor me om weer van die luizen af te komen. Luizen waren het enige wat de grenzen tussen de rassen overschreed.

Ik was nooit een ziekelijk kind geweest, maar die winter had ik de ene verkoudheid of griep na de andere. Ik moest zo vaak snuiten dat de huid onder mijn neus openlag en er kleine schilferende wondjes rond mijn neusgaten zaten. We hadden geen dokter omdat we die niet konden betalen. Wanneer ik rilde van de koorts kroop ik in bed en maakte ma rijst met grote stukken gember voor me klaar. Ze wikkelde de warme rijst in een zakdoek die ik tegen mijn hoofd moest houden totdat de rijst was afgekoeld en alle bacillen in zich had opgenomen. Ze bracht

Coca-Cola met citroenen aan de kook, en dat brouwsel moest ik warm opdrinken.

Ze ging naar een winkel met geneesmiddelen in Chinatown en kocht dure dingen die vreselijk vies smaakten maar die ik toch moest opeten: hertengeweien, vermalen krekels, tentakels van inktvissen, wortels in de vorm van een mens. Ze deed alles in een aardewerken pot en liet het net zo lang sudderen totdat het aftreksel tot een klein kopje was ingekookt. Ik moest elke druppel opdrinken, ook al protesteerde ik dat ik er nog beroerder van werd.

Zelfs wanneer ik ziek was, moest ik nog naar school: de woning was namelijk zo koud dat ma me daar niet alleen durfde te laten. Soms leek het hele lokaal voor mijn ogen te dansen en gloeide mijn gezicht van de koorts. Daar zat ik dan, met mijn loopneus.

Tijdens de lessen op school ontleende ik mijn enige genoegen aan het feit dat meneer Bogart dacht dat meisjes niet goed konden zijn in rekenen of exacte vakken. Dat waren juist mijn beste vakken, en ik vond het fijn om hem te laten zien dat hij het mis had. Wanneer een meisje naar het bord liep om het goede antwoord op te schrijven, glimlachte hij altijd meewarig om aan te geven dat hij haar daartoe niet in staat achtte. Hij maakte dan steevast een opmerking over 'het zwakke geslacht', al begreep ik nooit goed wat het met slachten te maken had. Hij trok altijd punten af wanneer ik afweek van de methode die hij in de klas gebruikte, maar ik hoefde maar één keer op schrift te zien hoe ik iets diende uit te rekenen en ik deed het daarna nooit meer verkeerd. Ik leerde het sneller dan alle andere leerlingen.

Maar ondanks de hulp van Annette ging het hopeloos mis bij de andere vakken, zoals biologie, wereldoriëntatie en taal: bij alles wat met woorden te maken had. Ik vertrouwde op leesvaardigheid en vroeg aan ma of ze mijn oren wilde schoonmaken, zodat ik beter kon horen. Ma gaf me ook twee dollar negenennegentig voor een paperbackversie van het woordenboek van Webster's. Omdat we anderhalve cent per rok verdienden, kwam dit neer op bijna tweehonderd rokken. Jarenlang bepaalde ik of iets duur of goedkoop was door de prijs om te rekenen in rokken. In die tijd kostte het honderd rokken om met de metro heen en weer naar de fabriek te reizen; een pakje kauwgum was zeven rokken, een hotdog vijftig, en een nieuw stuk speelgoed kon variëren van driehonderd tot tweeduizend rokken. Ik mat zelfs vriendschap af in rokken. Ik ontdekte dat je met Kerstmis en verjaardagen je vrienden een cadeau hoorde te geven, en zulke cadeaus kostten al snel een paar honderd rokken. Het was maar goed dat ik maar één vriendin had.

Ik heb dat woordenboek jarenlang gebruikt. Op een bepaald moment viel de kaft eraf en bleef ik de boel aan elkaar plakken totdat er geen redden meer aan was, en na verloop van tijd krulden ook de eerste bladzijden om en lieten ten slotte los. Maar ik bleef het woordenboek gebruiken, ook toen het gedeelte over de uitspraak van woorden en het grootste deel van de A ontbrak.

Ik had tegen ma gezegd dat we onze overhoringen of huiswerk hier niet mochten houden en dat ik ze daarom niet aan haar kon laten zien, maar ik verzekerde haar dat het allemaal goed ging. Ik zei dat de meester had gemerkt dat ik een goede leerling was. Het waren leugens, en het was elke keer pijnlijk om haar dat te vertellen. Het leek wel alsof meneer Bogart zijn uiterste best deed om opdrachten te bedenken die ik niet kon maken, hoewel ik nu vermoed dat hij er gewoon niet bij nadacht: schrijf een stukje van een kantje over je slaapkamer en de emotionele waarde van de spulletjes die je daar bewaart (alsof ik een eigen kamer vol dierbaar speelgoed had); maak een poster over een boek dat je gelezen hebt (waarvan?); maak met behulp van knipsels uit oude tijdschriften een collage over de regering-Reagan (ma kocht alleen heel af en toe een Chinese krant). Ik deed heel erg mijn best, maar hij snapte het niet.

'Halfslachtige poging', schreef hij dan. 'Onvolledig'. 'Slordig'. 'Een collage van beeldmateriaal dient per definitie geen Chinese tekst te bevatten'.

Ik was niet de enige leerling die moeite had met zijn opdrachten. Hij leek niet te begrijpen waarvoor de leerlingen van onze leeftijd belangstelling hadden of waartoe ze in staat waren. De meeste kinderen haalden hun schouders op wanneer hij ze een standje gaf of lage cijfers uitdeelde. Ze hadden het al opgegeven. Maar ik was nog maar kort geleden de uitblinker op mijn oude school geweest en had bij wedstrijden tussen scholen prijzen gewonnen voor Chinees en rekenen, en ik had er alles voor over om weer zo goed te worden. Ik wist niet hoe ik er anders voor kon zorgen dat we een beter leven zouden krijgen en ma niet langer in de fabriek hoefde te werken. Meneer Bogart moet hebben ingezien dat ik slim was, maar hij had desondanks een hekel aan me. Misschien dacht hij dat ik de spot met hem dreef door hem heel beleefd aan te spreken of door te gaan staan wanneer hij iets tegen mij zei. Maar zo was ik opgevoed, het was moeilijk om daar opeens mee op te houden. Of misschien was het wel het tegenovergestelde en vond hij me onbeschaafd, van een lagere klasse, met mijn goedkope, slecht passende kleren. Wat het ook was, ik kon er niet veel aan veranderen.

Meneer Bogart leek minder moeite te hebben met de blanke kinderen, en als Tyrone Marshall er niet was geweest, had ik nog kunnen denken dat meneer Bogart doodgewoon een racist was. Maar hij was erg op Tyrone gesteld, en Tyrone was zwart. Hij was ook lang en bijzonder slim en sprak altijd op bedeesde toon. Voor bijna elk vak had hij de hoogste cijfers van de klas, behalve voor rekenen, want daarin was ik beter. Hij pronkte nooit met zijn kennis, maar hij gaf altijd het goede antwoord wanneer hij de beurt kreeg. Voor een van zijn boekverslagen had hij een tien plus gekregen; het hing aan de muur van het lokaal. Ik had een regel uit dat verslag uit mijn hoofd geleerd omdat die zo'n indruk op me had gemaakt, ook al begreep ik niet alle woorden: 'Dit boek voert ons mee naar een strijdtoneel van felle controverse.' Zijn huid had een matte, donkerbruine kleur, als chocolade die met cacao was bestoven, en zijn dikke wimpers krulden indrukwekkend. Meneer Bogart was dol op hem, en ik ook.

Wanneer meneer Bogart een heel verhaal hield over hoe goed Tyrone wel niet was – en daarmee indirect aangaf dat de rest van ons maar een stelletje domme luie donders was – zakte Tyrone nog verder onderuit op zijn stoel.

'Je bent geboren in het *ket ho*, hè, Tyrone?' vroeg meneer Bogart, die voor het bord heen en weer beende.

Tyrone knikte.

'Hebben je ouders gestudeerd?'

Tyrone schudde zijn hoofd.

'Wat doet je vader?'

Tyrone antwoordde, zo zacht dat je hem bijna niet kon verstaan: 'Die zit in de gevangenis.'

'En je moeder?'

'Die is verkoopster.' Een doffe rode blos verscheen op Tyrones gezicht, alsof er binnen in hem een lampje ging branden. Hij voelde zich ellendig. Ik begreep heel goed hoe dat voelde, maar ik wilde ook dolgraag in zijn schoenen staan.

'En tóch...' Meneer Bogart sprak de rest van de klas op dramatische toon toe. 'En toch behoort deze jongen nationaal gezien tot de top en heeft hij de hoogste score die op deze school ooit voor een test is gehaald.'

Tyrone sloeg zijn blik neer.

'Tyrone geeft ondanks zijn achtergrond het goede voorbeeld,' zette meneer Bogart zijn preek voort. 'Tyrone leest Langson Hughes en William Golden. En nu vraag ik jullie: wat is het verschil tussen Tyrone Marshall en de rest van jullie? Ambitie. Motivatie.' En zo ging het maar door.

Door dit alles werd Tyrone het buitenbeentje van de klas. Ik wilde tegen hem zeggen dat ik in Hongkong ook in die positie had verkeerd en dat ik wist hoe het voelde om tegelijkertijd te worden bewonderd en gehaat, dat je daardoor in feite tot eenzaamheid werd veroordeeld. Ik wilde tegen hem zeggen dat ik vond dat hij mooie ogen had. Maar zoals met zo veel dingen die ik graag wilde zeggen deed ik het nooit. Wat ik wel deed, was dit: Annette deelde vaak haar snoep met me, en soms verstopte ik iets daarvan in het laatje van Tyrones tafeltje. Ik wist dat hij het nooit tegen iemand zou zeggen. Wanneer hij het vond, verscheen er altijd een langzame, verlegen glimlach op zijn gezicht, en daarna keek hij heimelijk om zich heen. Ik sloeg dan snel mijn blik neer. Ik denk niet dat hij ooit heeft geweten dat ik het was, maar zeker weten doe ik dat niet.

Juffrouw Kumar, de zwarte juf van de andere zesde klas, had haar lokaal versierd met kleurige posters en een kooi met cavia's neergezet, en wanneer ik naar de wc moest, bleef ik soms voor de dichte deur staan luisteren naar het gelach daarbinnen. Ze was lang en elegant en droeg haar lange haar altijd keurig opgestoken boven op haar hoofd. Het lokaal van meneer Bogart was kaal. Wij hadden geen huisdieren, en de enige versieringen waren een paar leuzen in blokletters: HOE WORD IK EEN GOED BURGER en KERSTMIS IS EEN FEEST VAN LIEFDADIGHEID.

In Hongkong was Mei Mei mijn vriendin geweest. Ze was heel slim en erg mooi, met zwarte krullen en roze wangen. Ik was altijd de beste van de klas en zij de op een na beste. In Hongkong kreeg je een tafeltje toegewezen op grond van je cijfers, en dus zat Mei Mei altijd achter me. Haar woning was in hetzelfde gebouw als de onze en we speelden vaak met elkaar. Ik gaf haar kleine cadeautjes, zoals stickers, en ik dacht dat ze mijn beste vriendin was. Toen ik haar vertelde dat we naar de Verenigde Staten gingen verhuizen, zag ik wel afgunst in haar blik, maar geen verdriet. Sterker nog, ze verruilde mijn gezelschap meteen voor dat van een ander meisje. Ik denk dat ze blij was dat ze eindelijk de beste kon zijn.

Mijn vriendschap met Annette was heel anders. Ze deelde altijd alles met me: snoep, tekeningen, informatie. Annette zei dat haar kleine broertje een lastpost was en dat ik blij mocht zijn dat ik enig kind was. Toen de kinderen 'Het wordt koud daarbinnen' scandeerden en ik om me heen keek om te zien of er een raam openstond, vertelde Annette me tot mijn grote verbazing dat het betekende dat je gulp openstond.

Annette was geschokt toen ze ontdekte dat niemand mij over 'de bloemetjes en de bijtjes' had verteld. In plaats van me uit te leggen wat dat inhield giechelde ze alleen maar als een bezetene, wat het des te boeiender maakte. Blijkbaar betekende die zin meer dan je op het eerste gezicht zou denken. Ik ging op zoek in de schoolbibliotheek, maar de encyclopedie die daar stond vertelde alleen iets over de afzonderlijke soorten en legde niet uit wat het betekende wanneer die twee termen in combinatie werden gebruikt. Toen ik het aan ma vroeg, had ze geen flauw idee wat het kon betekenen, maar ze zei dat het vast iets was wat ik niet hoefde te weten, anders zou het wel op school zijn behandeld.

Ik ontdekte dat Annette haar haar waste met 'natuurlijke shampoo met een extract van tarwezemelen', en toen ik haar vertelde dat ik mijn haar met gewone zeep waste, zei ze dat dat goor was. Ze vond het ook vreemd dat we thuis gekookt water dronken. Ze vroeg me wat ik na school deed en ik zei dat ik meestal in de fabriek aan het werk was, en dat vertelde ze later thuis aan haar vader. De volgende dag zei ze dat ik niet zulke rare dingen moest zeggen: in Amerika werkten er helemaal geen kinderen in fabrieken. Mijn vriendschap met Annette was het beste wat me in Amerika was overkomen en ik was haar heel erg dankbaar omdat ze me zo veel dingen leerde, maar die dag begreep ik dat een deel van mijn leven maar beter verborgen kon blijven.

4

We kregen de opdracht om in paren te werken aan een kijkdoos met als thema 'basisvaardigheden voor het oplossen van conflicten'. Natuurlijk besloten Annette en ik om dit samen te doen, en dat betekende dat ik op een dag naar haar huis zou moeten gaan. Ma wilde niet dat ik buiten school met andere kinderen omging, maar omdat een opdracht voor school als heilig gold, kreeg ik toestemming om te gaan.

Na school zat de moeder van Annette in haar auto op ons te wachten. Ze had een open, vriendelijke blik, en haar golvende haar was doorschoten met grijs. Op de stoel naast haar zat een klein blond jongetje met slordig haar vastgesnoerd. Hij was verdiept in een stripboek. Annette ging achterin zitten en ik volgde haar voorbeeld. Ik had heel lang zitten piekeren over hoe ik me moest gedragen, en toen Annette zich vooroverboog om haar moeder een zoen te geven, stak ik mijn hand uit, zodat ze die kon schudden.

'Hoe maakt u het, mevrouw Avery?' vroeg ik.

Ze draaide zich om en keek heel even verbaasd, maar toen pakte ze mijn hand stevig vast. Ze had heel grote handen voor een vrouw, bijna zo groot als die van een man, en ze omvatten de mijne met warmte. Ze glimlachte, en ik zag de rimpeltjes rond haar ogen dieper worden. 'Hoe is het met jou, Kimberly? Wat fijn dat we elkaar eindelijk leren kennen.'

Ik leunde achterover, blij dat ik in elk geval één gesprek had kunnen voeren volgens de regels der etiquette die me thuis waren geleerd. Annette zat al aan het jasje van de jongen te trekken.

'Laat mij ook eens kijken,' zei ze.

'Pak je eigen boek maar,' zei hij, zonder op te kijken.

'Mam!' riep ze. 'Hij wil niet samen doen.' Ze probeerde het stripboek uit zijn handen te trekken, maar haar broertje hield het stevig vast en drukte zich toen met zijn magere lijf tegen het raampje, waar Annette niet bij kon.

'Hou eens op met ruziën en laat me rustig rijden,' zei mevrouw Avery.

Zo ging het door, totdat we een prachtige, door bomen omzoomde straat in reden. De rit had niet lang geduurd, maar ik had nooit kunnen denken dat Brooklyn er ook zo uit kon zien, zeker niet zo dicht bij onze school. Er waren nergens graffiti te zien, er waren geen goedkope huurwoningen en ook geen bouwputten. Aan weerszijden van de met klinkers geplaveide straat stonden lage, keurige huizen met tuinen. Mevrouw Avery parkeerde voor een huis met twee verdiepingen en een stenen bouwwerk in de voortuin. Het leek wel een waterput. Toen ik erin keek zag ik dat het een fontein was waar het water in het midden naar boven spoot en dat er goudvissen en sierkarpers in rondzwommen. Daarna droomde ik heel vaak dat mevrouw Avery me een plastic zakje gaf met een goudvis uit haar fontein, misschien een kleintje, een visje dat net was geboren. Ik nam hem mee naar huis en liet hem in een van onze rijstschalen zwemmen. Het kon niet zo duur zijn om een goudvis te houden, ze aten immers niet zo veel.

Annette en haar broertje stonden al boven aan het stenen stoepje voor de voordeur. Annette pakte het stripboek van haar broertje af, dat net 'Mam!' begon te jammeren toen wij ons bij hen voegden.

Mevrouw Avery zei: 'Even wachten, schat,' en stak haar sleutel in het slot.

Toen de voordeur openzwaaide zag ik een kroonluchter aan

het plafond hangen die fonkelde van het licht, als bladeren in de regen. We liepen een hal in waar een glanzend tafeltje met een kristallen schaal vol vers fruit stond. Ik vroeg me af hoe ze de kakkerlakken uit de buurt van een schaal zonder deksel hielden. De geur van schoonmaakmiddel met citroen vormde samen met die van koekjes een fris en heerlijk aroma, en dik tapijt voerde als een pad van bloemen naar de rest van het huis.

'We zijn thuis!' riep mevrouw Avery. Ik keek de gang in, maar in plaats van een mens zag ik een hond op ons af rennen. De witte chowchow stortte zich op Annette. Een rode kat met een wit puntje aan zijn staart daalde de trap af en gaf kopjes tegen de benen van haar broertje.

'Ze doen niets, hoor,' zei mevrouw Avery. 'Ik snap best dat het even schrikken is als je geen dieren gewend bent, maar ze zullen je niets doen.'

Ik begreep er niets van, want de dieren deden volgens mij van alles. Annettes broer tilde de kat op en begroef zijn gezicht in de dikke vacht. Annette giechelde als een bezetene omdat de hond haar in haar gezicht likte. Ik kon niet geloven dat mevrouw Avery dit toestond. Dieren waren toch een bron van bacteriën? Ze deden toch niets liever dan hun tanden in je zetten?

Mevrouw Avery boog zich voorover, zodat ze me in mijn ogen kon kijken. 'Je kunt het beste je hand uitsteken, op deze manier.' Ze stak haar hand uit naar de chowchow. 'Ze willen altijd graag even aan je snuffelen, en als ze dat eenmaal hebben gedaan, zijn het je beste vrienden.'

Ik vatte moed om een vraag te stellen. Ik keek even naar Annette, die op de grond was gaan zitten, met haar jas en overschoenen nog aan, en met haar hoofd tegen de borstkas van de hond duwde. 'Ze hebben...' Ik wist niet wat het goede woord was en maakte een krabbende beweging.

'O!' zei mevrouw Avery. 'O nee, ze hebben geen vlooien. Zie je dit?' Ze schoof een vinger onder de dunne halsband die de dieren droegen. 'Dit is een vlooienband, die houdt alle vlooien bij ze vandaan.'

Ik moet heel verbaasd hebben gekeken omdat ze deed alsof ze zichzelf als een aap in haar oksels krabde. Ik had nog nooit een volwassene zo'n onbeschaafd gebaar zien maken, en zeker geen dame.

'*Geen jurk*,' zei ze. Ze liet haar handen zakken. 'Niets aan de hand.'

Het broertje was al in de keuken verdwenen, en we liepen hem achterna. Ik werd voorgesteld aan de huishoudster, een hoekige blanke vrouw die even gerimpeld was als een stuk gedroogd vlees.

Ik zei: 'Hoe maakt u het?' en schudde haar de hand.

Ze hield haar hoofd scheef en zei: 'Jij bent me er eentje!'

Ze maakte iets te eten voor ons klaar: ze pakte crackers van Ritz, die ik in Hongkong al eens had gegeten, en toen haalde ze een stuk lichtgele kaas uit de koelkast. Ze gebruikte een metalen snijder, iets wat ik nog nooit eerder had gezien, en sneed dunne plakjes kaas af waarmee ze de crackers belegde. Ik kon me die smaak daarna nog heel lang herinneren: die vreemde, ongewone scherpte van de kaas in combinatie met de krokante, boterachtige smaak van de crackers.

Het broertje pakte een stapel crackers, trok het stripboek onder Annettes arm vandaan en rende naar de trap in de hal.

'Niet morsen op het tapijt!' riep mevrouw Avery hem achterna.

Annette kreeg rode vlekken in haar gezicht. 'Mama, hij heeft...'

'Stil, Annette. Jij hebt later ook nog wel tijd om te lezen, en bovendien is je vriendinnetje er nu.' Mevrouw Avery keek me aan. 'Kimberly, je zult wel snel merken dat het hier een rampgebied is.'

Annette richtte haar aandacht op haar tussendoortje, en toen we klaar waren met eten gingen we naar haar kamer boven. Toen we langs de woonkamer liepen, zag ik een grote zwarte vleugel staan. Ernaast stond een grote modulaire bank, bekleed met een rood-goud gestreepte stof, waarop de hond zich had uitgestrekt. Zelfs van een afstand kon ik zien dat de zachte kussens waren bedekt met een laagje samengeklit dierenhaar.

Annettes kamer was bijna net zo groot als ons klaslokaal. Tegen een van de wanden lag het speelgoed hoog opgetast: knuffeldieren, bordspelletjes, blokkendozen. Ze had een stapelbed met aan één kant een ladder en aan de andere kant een glijbaan. Ze zei dat er niemand in het onderste bed sliep maar dat ze een stapelbed had omdat ze graag hoog lag. Ik klauterde achter haar aan naar boven en was aanvankelijk bang dat ik te dicht bij de rand van de matras zou komen, hoewel er een houten rekje was dat ons moest beschermen. Zodra ik er echter aan gewend was, was het heerlijk en bedwelmend om zo dicht bij het plafond te zitten, met mijn schoenen uit en mijn vriendinnetje naast me. Bovendien was er het vooruitzicht dat we later naar beneden konden glijden. Het was zo warm in hun huis dat ik een paar lagen kleren uittrok en in mijn onderhemd op het bed ging liggen. Ik voelde me gewichtloos en gelukkig, alsof ik weer terug was in Hongkong.

'Oooo... de meisjes spelen in de boomhut! Kijk uit voor ongedierte!' Het hoofd van haar broertje stak als een paardenbloem om de hoek van de deur.

'Je bent er geweest!' gilde Annette. Ze gleed langs de glijbaan naar beneden, maar hij was al verdwenen voordat ze beneden was. Ze rende naar de deur en stak haar hoofd naar buiten. 'Als je dat nog een keer doet, ga ik het tegen mama zeggen!'

Ze smeet de deur dicht. 'Ik wou dat ik hem uit mijn kamer kon houden, maar in dit huis geloven we niet in dichte deuren.' Uit haar toon kon ik opmaken dat ze letterlijk herhaalde wat haar ouders tegen haar hadden gezegd. Ik wilde dat ma het zich kon permitteren om zich zorgen te maken over mijn gedrag; ze was amper in staat ons allebei in leven te houden.

Ik keek op de wekker naast haar bed. De handen van Snoopy gaven de tijd aan, en het zou niet lang duren voordat ik weer moest vertrekken. 'Misschien moeten we aan onze opdracht beginnen?'

Mevrouw Avery had alles wat we nodig hadden al klaargelegd op Annettes bureau. De spulletjes waren nieuw en schoon: een grote schoenendoos, vellen gekleurd karton, glitterverf in geel en groen, twee soorten stiften en waterverf, lijm en een schaar. Thuis zou ik het anders hebben gedaan, daar zou ik de dozen tussen de vuilnis van andere mensen vandaan hebben gehaald en daarop met verpakkingstape figuurtjes hebben geplakt die ik uit oude kranten had geknipt, en ik zou alles met een gewone pen hebben moeten tekenen. Nu we zulke mooie spulletjes hadden duurde het niet lang voordat Annette en ik de kijkdoos hadden gemaakt. We knipten een stel poppetjes uit die we in een kring zetten en glimlachend elkaars handen lieten vasthouden. Met glitterverf hadden we de letters van het woord 'communicatie' achter de poppetjes op de bodem van de doos geschilderd. Dat was een idee van Annette geweest, en ik was blij dat zij wist wat er van ons werd verwacht.

Toen mevrouw Avery me naar huis bracht vroeg ik of ze me bij de school wilde afzetten.

'Nee, ik breng je wel even naar huis, lieverd,' zei ze. 'Zeg maar waar je woont. Ik heb een deeltijdbaan als *ma klaar* en ken de meeste straten uit mijn hoofd.'

'Nee, school is goed,' loog ik. 'Ma wacht op me bij school.'

'Maar de school is di...' Ze viel midden in haar zin stil. Ze haalde adem en vroeg toen: 'Bij de school? Weet je het zeker?'

Ik knikte.

'Goed, dan breng ik je daarheen. Daar gaan we dan!' Ze klonk heel erg opgewekt.

Toen we bij de school aankwamen, waren alle ramen donker en stond er niemand te wachten. Ik was bang dat mevrouw Avery er iets van zou zeggen, want ze leek me net zomin als ma het soort moeder dat haar kind alleen voor een verlaten gebouw zou laten rondhangen.

Ze zette de auto stil langs het trottoir. 'Weet je zeker dat ik je hier kan afzetten?'

'Ja,' zei ik. 'Ik wacht op ma, die komt snel. Dag.' Ik stapte uit en deed het portier achter me dicht. Toen draaide ik me naar haar om. Dit was ook zo'n moment dat ik had geoefend. 'Dank u wel voor uw gastvrijheid.'

'Graag gedaan.' Ze boog zich naar me toe en legde een hand vol ringen op de rand van het open raampje. 'Weet je, Kim, we zouden het heel fijn vinden als je een keertje bij ons wilt komen eten. Je moet maar tegen Annette zeggen wanneer je kunt, oké? Wat ons betreft mag het altijd.'

Ik bedankte haar nogmaals, en tot mijn grote verbazing bood ze niet aan om te wachten. Ik zag haar wegrijden en voelde me opeens heel alleen. Maar toen ik de lange wandeling van school naar huis eindelijk achter de rug had en de deur van ons pand openduwde, zag ik net zo'n auto als de hare langsrijden. Zou ze me dat hele eind gevolgd zijn?

Ik liep de trap op.

Ik moest vaak aan het warme huis vol dierenhaar van de familie Avery denken. Ik droomde dat ik in Annettes kamer logeerde. Ze had toch al een extra bed en kon eten voor me naar boven smokkelen. Soms, wanneer ik me zo eenzaam voelde dat het me te veel werd, fantaseerde ik dat ik mevrouw Avery om hulp vroeg. Alleen al de gedachte daaraan bood me troost.

Maar toen Annette me weer bij haar thuis uitnodigde, zei ma dat ik niet kon gaan. Ik bleef maar smeken, totdat ma me bij mijn schouders pakte, me recht aankeek en zei: 'Ah-Kim, als je te vaak bij Annette gaat spelen, moeten we haar ook bij ons uitnodigen, en dan? Hartensteeltje van me, we hebben al zo veel schulden die we niet kunnen aflossen.'

Op betaaldag was het altijd gemakkelijk te zien wie er een verblijfsvergunning had en wie niet. De illegalen kregen hun loon altijd contant uitbetaald, in het kantoortje van oom Bob. Voor de anderen werd hun stukloon omgerekend tot een uurloon dat ze per cheque uitbetaald kregen. Wij kregen een cheque, maar we moesten ook naar het kantoortje komen. Op betaaldag hinkte oom Bob altijd moeizaam naar onze werkbank en voerde ons dan mee naar het kantoortje, waar hij onze cheque inde en het geld voor onze ogen verdeelde.

'Ik wil er zeker van zijn dat alles duidelijk is,' zei oom Bob op berustende toon. Hij schreef verschillende bedragen op een velletje papier en maakte stapeltjes van de groene bankbiljetten. 'Dit is voor de medicijnen, van toen je ziek was in Hongkong. Dit is voor de vliegtickets, dit is voor de visa, dit is de rente over het hele bedrag, dit is voor de huur – daar zit natuurlijk geen rente op – en dit is voor water, gas en elektra, en dit is voor jullie.' Hij schoof met een zucht het kleinste stapeltje naar ons toe.

De eerste keer schrok ik hevig van het schamele bedrag dat voor ons was overgebleven. Gelukkig hadden we geen telefoon, anders hadden we daar ook nog voor moeten betalen. Ik had niet geweten hoe hoog de kosten van de immigratie en van ma's medicijnen tegen de tuberculose waren geweest. Dus dat was een van de redenen dat we ons geen betere woning konden veroorloven, al was het misschien anders geweest als tante Paula ons meer tijd had gegund om haar terug te betalen. Oom Bob pikte elke week hun deel in en we moesten onze huur en alle andere kosten in termijnen voldoen.

Op een dag probeerde ma ook met oom Bob over onze woning te praten. 'Ah-Kim is telkens ziek. Het is veel te koud in huis. Wanneer komt er een andere woning vrij?'

Hij keek, niet onvriendelijk, naar mij en mijn eeuwig rode neus. 'Dat is moeilijk te zeggen. Tante Paula regelt dat soort zaken allemaal. Maar kom mee, dan trakteer ik jullie op ijsthee. Hebben jullie dat wel eens gedronken?'

Oom Bob nam ons mee naar de frisdrankautomaat en kocht mijn eerste blikje Amerikaase ijsthee voor me. Een paar andere kinderen keken vol ontzag toe. Het was zo koud en citroenig, veel beter dan alle andere drankjes die ik ooit had geproefd.

'Dank je, grote broer Bob,' zei ma. 'Wil je blijven uitkijken naar een nieuwe huis voor ons?'

'Huh? O ja, zeker, zeker,' zei hij.

Als voorbereiding op Kerstmis werd de hele school versierd met lampjes en kartonnen sneeuwvlokken en zongen we allemaal samen kerstliedjes in de aula. Ik wist dat Annette me een cadeautje zou geven omdat ze al wekenlang vroeg of ik wilde raden wat het was. Ik kon alleen maar dingen als een etui of een schrift verzinnen en had het tot haar grote vreugde elke keer mis.

Als Annette mij iets zou geven, moest ik haar ook iets geven. Ma en ik gingen naar Woolworth's om iets uit te zoeken. Ze liet de afdeling met speelgoed links liggen omdat alles te duur of te klein was. Ma wist bovendien niet wat we voor een blank kind moesten kopen. Ze had niet veel geld, maar wilde wel een cadeau kiezen dat eruitzag alsof we er het nodige aan hadden besteed. Ten slotte koos ze voor een grote plastic plant van $ 1,99: 133 rokken. De winkel pakte hem gratis voor ons in en ik stond te popelen om het pakje aan Annette te geven.

Vlak voor de kerstvakantie zag ik Annette op een ochtend uit hun auto stappen. Ik rende naar haar toe, met mijn pakje tegen me aan.

'Kimberly!' riep ze. 'Wat is dat?'

Ik drukte het in haar handen. 'Voor jou.'

'Dag, Kim,' zei mevrouw Avery van achter het stuur.

Annette had het cadeaupapier al losgetrokken. Toen de rood bespikkelde groene bladeren zichtbaar werden, hield ze de plant op een armlengte van zich af en keek er verbaasd naar. 'Maakt hij muziek?'

Ik was net herstellende van weer een verkoudheid, en terwijl ik mijn neus afveegde met een stukje toiletpapier probeerde ik te begrijpen wat ze daarmee bedoelde. Waarom zou een plant muziek maken? Pas veel later begreep ik dat Annette had gedacht dat het speelgoed was en niet snapte waarom ik haar zoiets had gegeven.

Mevrouw Avery onderbrak ons. 'Wat een prachtige plant. Die geven we een mooie plekje op de *vestenbak* in jouw kamer, Annette. Dank je wel, Kimberly.'

'Ja, bedankt,' mompelde Annette, en toen haalde ze met een opgewekter gezicht een klein pakje uit haar zak. 'Voor jou.'

Toen ik het openmaakte, zag ik dat het een speldje met een panda was, vergelijkbaar met de knuffeldiertjes die zij aan haar rugzak had vastgespeld. Het beertje had zachte bruine ogen en keurig zwarte oortjes die beschaafd waren omgevouwen. De poten hadden kleine klauwtjes die zich om je vinger haakten. Zonder het te beseffen had ik hevig naar zo'n beertje verlangd, al denk ik dat ma een beetje teleurgesteld was dat ik op mijn beurt zo'n klein cadeautje had gekregen.

Op de laatste schooldag voor de kerstvakantie wist ma me te verrassen. Ze ging 's morgens niet zoals gewoonlijk meteen naar de fabriek, maar liep met me mee naar school.

'U komt nog te laat,' zei ik.

'Tante Paula is vandaag de huur aan het ophalen,' antwoordde ma. 'En het duurt nog wel even voordat de volgende zending klaar moet zijn.'

'Maar u kunt niet zeker weten dat ze er niet is.' Ik had gezien dat andere werknemers standjes van tante Paula hadden gekregen omdat ze te laat waren. Soms stuurde ze iemand ter plekke de laan uit.

'Dat weet ik.' Ik probeerde ma aan te kijken, maar ze keek recht vooruit naar mijn school, die in de verte opdoemde.

'Ma.' Ik trok aan haar dunne jas. Ze zette haar baan en ons voortbestaan op het spel. Ik twijfelde er niet aan dat tante Paula ons zou ontslaan als ze maar kwaad genoeg zou zijn. Door de koude morgenlucht vormde mijn adem witte wolkjes voor mijn mond. 'Wat doet u nu?'

Ze gaf geen antwoord, maar ik zag dat ze een plastic tasje met een doosje voor een afhaalmaaltijd bij zich had. Had dit iets te maken met de problemen tussen mij en meneer Bogart? Wilde ze hem eten naar zijn hoofd slingeren? Bij elke stap voelde ik het trottoir bonken onder het rubber van mijn laarzen, even luid als het angstige bonzen van mijn hart.

Toen we bij de school aankwamen, probeerde ik bij de deur afscheid van haar te nemen, maar ze liep langs de bewaakster en samen met mij naar het souterrain van de school, waar ik met de andere kinderen in de rij moest gaan staan. Meneer Bogart stond tegen de muur geleund met de juf van de andere zesde klas, juffrouw Kumar, te praten. Ma liep met ferme passen naar hem toe en ik volgde haar op enige afstand, wensend dat ik ons allebei kon laten verdwijnen.

'Ja?' zei meneer Bogart. Zijn mondhoeken vertrokken zich tot een frons.

'Prettig kerstig feest,' zei ma in het Engels. Haar stem trilde. Ze gaf meneer Bogart het doosje.

Hij trok zijn wenkbrauwen op en haalde langzaam het deksel eraf. In het doosje zat een grote drumstick met sojasaus. Het was nog erger dan ik had gevreesd. Voor ma was dit een luxe die we ons eigenlijk niet konden permitteren, maar voor meneer

Bogart was het een doodgewone kippenbout...

Zijn uitdrukking hield het midden tussen minachting en iets wat ik niet meteen herkende: verbazing, of misschien zelfs dankbaarheid? Ik stond te wachten op een sarcastische opmerking, maar meneer Bogart leek met stomheid geslagen, al was niet duidelijk of dat door het ongewone cadeau of door de aanwezigheid van juffrouw Kumar kwam.

Juffrouw Kumar glimlachte daarentegen breeduit. 'O, Nick, nu kun je nooit meer beweren dat je niet wordt gewaardeerd!' Ze wendde zich tot ma. 'Kimberly heeft aardig haar plaatsje gevonden, mevrouw Chang.'

Ma begreep geen woord van wat juffrouw Kumar tegen haar zei, maar ze wist genoeg om 'Bedankt u' te antwoorden.

Meneer Bogart knikte kortaf naar ma en riep toen onze klas bijeen. De meeste leerlingen hadden vol verbazing staan kijken naar de gehate meneer Bogart die zomaar een cadeautje van een ouder kreeg.

Ma verliet gehaast de school. Tante Paula bleek die ochtend inderdaad niet in de fabriek te zijn, dus we werden niet ontslagen. Na dit incident deed meneer Bogart gelukkig niet gemener tegen me, maar ook niet aardiger, en daar was ik blij om. Ik begreep dat ma haar best deed om me met hem te helpen.

Op een dag vlak voor kerst zag ik Matt in de fabriek samen met zijn moeder aan het werk. Ik wreef met mijn vinger over het voorhoofd van mijn panda, die ik in mijn zak had gestoken.

Ik liep naar hem toe en zei: 'Vrolijk kerstfeest.' Toen haalde ik snel de panda uit mijn zak en gaf die aan hem. Ik had er lang over nagedacht. Ik vond Tyrone erg aardig, maar had nooit echt met hem gepraat. Ik was Matt dankbaar; hij was de enige vriend die wist hoe mijn leven echt was omdat het voor hem net zo was. Hoewel ik de panda dolgraag zelf wilde houden, wilde ik nog liever iets aan hem geven, en dit was het enige wat ik had.

Matt gooide het beertje omhoog en ving het met een snelle beweging weer op. 'Waarvoor is dit?' vroeg hij.

'Omdat je me hebt geholpen,' zei ik. Ik wilde eraan toevoegen: 'En omdat ik je aardig vind,' maar dat deed ik niet.

Hij glimlachte even naar me, en ik zag dat hij een blauwe plek op zijn jukbeen had. 'Volgens mij wil deze panda liever bij jou zijn,' zei hij, en hij legde hem voorzichtig weer in mijn hand.

Ik werd heen en weer geslingerd tussen opluchting en teleurstelling omdat hij mijn cadeautje niet wilde aannemen. Ik staarde naar mijn vingers, keek toen op en vroeg: 'Wat is er met jou gebeurd?' Ik knikte naar de blauwe plek.

'O, dat. Een paar etters waren mijn broertje aan het pesten.' Hij haalde zijn schouders op en probeerde te doen alsof het hem weinig kon schelen, maar hij zag er zo klein en mager uit dat ik medelijden met hem kreeg.

Ik wist het antwoord al, maar vroeg het toch, ik kon er niets aan doen: 'Raak je vaak in vechtpartijen verzeild?'

'Nee hoor.' Hij keek me grijnzend aan. Ik wist dat hij loog. 'Jij bent een lief kind.'

'Ik ben geen kind. Ik ben net zo lang als jij.'

'Wacht maar tot over een paar jaar,' zei hij, en hij liep vol zelfvertrouwen weg.

Ik had in Hongkong wel eens over de Kerstman gehoord, maar daar hadden we altijd aangenomen dat hij geen warme landen bezocht. Omdat hij daar niet echt een grote rol speelde en niemand veel over hem sprak, wist ik in tegenstelling tot andere kinderen van mijn leeftijd niet dat hij niet echt bestond. Nu ik in de Verenigde Staten woonde, nam ik aan dat hij vanzelf zou verschijnen, net als al die andere dingen waarover ik wel eerder had gehoord maar die ik nu pas met eigen ogen zag, zoals rood haar en wanten.

We gaven meneer Al een houten olifantje dat we in Chinatown hadden gekocht en dat voor rijkdom en een lang leven moest zorgen. Ma vond het niet eng om hem iets te geven wat zij mooi vond, want ze wist dat hij dol was op alles wat met China te maken had. Zijn vrouw was al heel lang geleden gestorven en hij zei dat hij op een dag met een lieve vrouw uit China wilde trouwen. Hij vroeg altijd aan me of ik aan ma wilde vragen of ze nog leuke vriendinnen had en hoe hij 'Ik hou van je' in het Chinees moest zeggen.

'Ik zet deze naast mijn kassa, misschien brengt hij geluk,' zei meneer Al. Hij had ons een rode bureaulamp uit zijn winkel gegeven. Ik zette de lamp op de tafel waaraan ik mijn huiswerk maakte.

We hadden geen kerstboom en ook geen lampjes, maar ma deed haar best. Ze kocht tweedehands een paperback vol kerstliedjes, die we samen zongen. Ik had er al een paar op school geleerd en ma kon de noten lezen, maar niet de Engelse woorden. Ze gaf zonder woorden de melodie aan terwijl ik luid en vals in het Engels zong. Ze probeerde ons op de viool te begeleiden, maar het was te koud, en met handschoenen aan kon ze niet spelen.

Ik had geen kerstkous die ik kon ophangen, maar op kerstavond legde ik een van ma's sokken, die groter waren dan de mijne, op de tafel waaraan ik mijn huiswerk deed. De volgende ochtend zaten er een sinaasappel en een rode Chinese envelop met twee dollar in. Dat was een fortuin. Ik begreep meteen dat er geen kerstman bestond, alleen ma, maar dat was genoeg.

Een paar dagen na het westerse nieuwjaar stuitten we op een waar geschenk. Op weg naar de metro kwamen we altijd langs een groot gebouw, en op een dag zagen we daar mannen iets in de vuilcontainer gooien. Toen de mannen wegliepen, zagen we wat ze hadden weggegooid: een paar rollen van de pluizige stof waarvan knuffeldieren worden gemaakt. Het gebouw was vast een speelgoedfabriek.

We bleven staan, geboeid door de aanblik van het warme textiel.

'Als we heel snel zijn,' begon ma, maar ik zei: 'Nee, ma, straks komen we nog te laat en merkt tante Paula dat. We zullen het later op de dag moeten doen.'

In de fabriek bleef ma me de hele lange dag vragen stellen: 'Denk je dat andere mensen dat mee zullen nemen? Komt de vuilnisman vandaag?'

Het enige wat ik kon zeggen, was: 'Dat weet ik niet.' Als we vanavond op weg naar huis zouden zien dat de rollen stof weg waren, zou dat mijn schuld zijn.

's Avonds renden we bijna vanaf het metrostation naar de speelgoedfabriek, en tot onze grote opluchting lagen de rollen er nog steeds. Ma lachte van pure vreugde omdat we op zoiets moois waren gestuit. Meters en meters aan materiaal dat ons kon helpen warm te blijven. Het was weliswaar knalgroen, kriebelig nepbont, maar het was beter dan wat we hadden. Vanwege de bittere kou was het doodstil op straat, en ma en ik liepen verschillende keren heen en weer om zo veel mogelijk rollen uit de container te tillen en naar huis te slepen.

Ma maakte ochtendjassen, truien, broeken en dekens van die stof. Ze bedekte er delen van de ramen en de vloer mee. Ze maakte er zelfs tafelkleden van. We moeten er heel vreemd uit hebben gezien, als twee reusachtige knuffeldieren, maar we konden het ons niet permitteren om ons daar druk over te maken. Sindsdien heb ik me vaak afgevraagd of we die winter ook zonder dit geschenk van de goden hadden overleefd. De stof was bijna net zo dik als tapijt en niet bedoeld om kleding van te maken, en wanneer ik onder onze nieuwe dekens sliep, werd ik met pijnlijke armen en benen wakker omdat de stof zo zwaar was. Maar we hadden in elk geval eindelijk iets wat onze lijven helemaal bedekte, in tegenstelling tot de kleren van vroeger, en nu hadden we het tenminste warm.

Op de avond voor het Chinese nieuwjaar, dat in dat jaar eind januari viel, gaan de goden om middernacht weg. Ze komen elk jaar op een ander moment en vanuit een andere richting weer terug. Ma had in de *Tong Sing* gekeken om te zien waar en wanneer we hen moesten verwelkomen. Ze wreef een naald langs een magneet heen en weer en legde hem toen in een schaaltje water. De drijvende naald gaf de juiste richting aan. Om vier uur 's nachts liepen ma en ik de verlaten straat op, waar onze adem witte wolkjes vormde in het licht van de straatlantaarns. We liepen naar het zuidoosten om de goden te verwelkomen, onze in wanten gestoken handen vol met giften als mandarijnen en pinda's.

Vanwege het Chinese nieuwjaar was de fabriek gesloten: geen Chinees zou op zo'n dag gaan werken. Ik mocht zelfs thuisblijven van school. Ma maakte voor het middageten de traditionele gele gestoomde pasteitjes en een vegetarisch monnikenmaal, en 's avonds aten we een gebraden kip die ze voor ons in Chinatown had gekocht. Alles wat er op die dag gebeurde was symbolisch voor het verloop van de rest van het jaar, en dus pasten we heel goed op dat we niets braken of lieten vallen.

De volgende dag vormde het begin van het nieuwe jaar, en ma en ik voerden de religieuze rituelen om de doden te eren uit. We hadden de belangrijke feestdagen altijd eerst thuis en later in de tempel gevierd, en hier had ma een tempel in Chinatown gevonden. Door de jaren heen hadden mijn handen al zo vaak de vierkante stukjes heilig papier in de juiste patronen gelegd: eerst zilver, dan goud, en daarna moest ik de twee rechthoekige stukken horizontaal neerleggen.

Daarna plaatsten we wijn en eten voor alle vijf de altaren in de keuken, staken wierook aan en maakten met de stapeltjes heilig papier in onze handen een buiging. We deden ook iets wat ma en mij geluk moest brengen: we beloofden de goden dat we volgend jaar geroosterd varkensvlees zouden offeren als we dit jaar zonder kleerscheuren zouden doorstaan. De keuken stond blauw van de wierook, die in onze kleding en ons haar bleef hangen. Ma riep alle goden met hun naam aan, gevolgd door onze krachtigste voorouders en onze eigen doden, onder wie onze grootouders van beide kanten van de familie, en pa. Toen ma de gebeden voor haar ouders en pa bad, zei ze: 'Drink nog een beker, dierbaren,' en goot nog een beker wijn leeg voor het altaar van de voorouders.

Toen ma eindelijk klaar was namen we het heilige papier en de rijstwijn mee naar beneden. Het binnenplaatsje achter ons pand was overwoekerd door onkruid, boompjes staken uit boven de laag vuilnis van zeker een halve meter dik. Een paar dagen eerder hadden ma en ik al een klein stukje vrijgemaakt, en nu lag er een dun laagje ijs op de grond. Daar zouden we het papier verbranden.

Ma stak het eerste vel papier aan en gooide het in een metalen emmer die ze in Chinatown had gekocht. Daarna pakte ze de fles en goot de rijstwijn drie keer tegen de klok in rond de emmer uit. Het vuur vlamde op door de alcohol. De wijn zorgde ervoor dat de gemene geesten die zich in de hemelen verborgen hielden de geschenken niet konden stelen voordat die de ontvangers hadden bereikt. Terwijl ma met een lange metalen stok het vuur oprakelde, smolt het ijs onder de emmer door de warme bodem, en daarna droogde de grond in een cirkel rondom de emmer op. Ik stelde me voor dat het heilige goud- en zilverpapier in de hemelen in zware staven zilver en goud veranderde en dat papier in andere kleuren de mooiste zijde werd. Hoe meer we verbrandden, hoe meer geld onze goden en dierbaren zouden krijgen en in de hemelen kon uitgeven, en dan zouden ze meer stoffen hebben om zich in te hullen. Door het verbranden werd het wezen van het papier uit de as bevrijd en in de wereld der geesten opnieuw geschapen.

De bomen gingen schuil achter een sluier van grijze rook.

Een trechter van as en gedeeltelijk verteerde stukjes goud en zilver steeg op naar de hemel en voerde onze geschenken mee. Spikkels as bleven aan mijn gezicht en mijn haar kleven.

Ma stond in haar eentje met gebogen hoofd op de grens tussen de aarde en het beton in onze achtertuin, en ik kon iets opvangen van de woorden die ze uitsprak. 'Genadige Kwan Yin, dierbare voorouders, laat de goede mensen tot ons komen en houd de slechte mensen bij ons vandaan.' Ik liep naar haar toe en stak mijn arm door de hare. Pa, ik wou dat u er was om ons te helpen, dacht ik. Help me alstublieft zo goed mogelijk Engels te leren spreken, zodat ik voor ons kan zorgen. Ma kneep me zachtjes in mijn hand en we baden samen voor onze toekomst.

De zondag daarop kwamen ma en ik net terug van het wekelijkse boodschappen doen in Chinatown toen ik zag dat er licht brandde in de winkel van meneer Al. Er stond ook een groot bord in zijn etalage met de tekst OPHEFFINGSUITVERKOOP. ALLES MOET WEG. Ik keek door de deur naar binnen en zag dat meneer Al spullen aan het verschuiven was.

Ma pakte al haar boodschappentassen in haar ene hand zodat ze naar haar sleutels kon zoeken. 'We mogen hem niet storen. Hij heeft het vast druk.'

Op dat moment zag meneer Al ons staan. Hij kwam naar ons toe en haalde de deur van het slot. 'Kom binnen.'

'Nee, dank u,' zei ik. 'We moeten onze boodschappen in de koelkast leggen. Maar wat doet u hier op zondag?'

'Ik moet nog heel veel dingen regelen. Uitzoeken wat ik wil bewaren en wat niet, en wat ik mee wil nemen.'

Ik was ontzet. 'Gaat u dan ergens heen?' Meneer Al zwaaide altijd naar ons wanneer hij ons zag. Hij was onze vriend en paste op ons. Nadat we hem beter hadden leren kennen, had ik hem verteld over de keer dat we ijs hadden gekocht en dat de eigenaar van de winkel ons te veel had laten betalen. Meneer Al had gezegd: 'Die vent moet zich schamen dat hij fatsoenlijke mensen zoals jullie te veel heeft gerekend.' Hij moest iets tegen de man hebben gezegd, want toen ik de keer daarop in de winkel kwam, kreeg ik voor niets een snoepketting van hem.

'Wat is er aan de hand?' vroeg ma nu aan mij. Ze had er niets van begrepen.

Meneer Al trok een bezorgd gezicht. 'Hebben jullie het nog niet gehoord? Lieverd, iedereen trekt hier weg. Deze hele buurt is kassiewijle.'

'Wat?' Ik begreep er helemaal niets van.

'Het is afgelopen. Geen hoop meer. De regering gaat hier grote *komplekken* bouwen. Alle panden in deze straat worden afgebroken.'

'Wanneer?'

'Wat is er aan de hand?' vroeg ma opnieuw. Ze klonk bezorgd.

'Dat vertel ik u later wel,' zei ik in het Chinees. Ik wachtte totdat meneer Al verder zou gaan.

Hij zei: 'Het had volgend jaar pas moeten gebeuren, maar het wordt maar uitgesteld. Veel mensen zijn ertegen en hebben bezwaar gemaakt. Het zal waarschijnlijk nog jaren duren voordat ze met bouwen beginnen, maar het kan ook volgend jaar zijn. Niemand gaat zitten wachten totdat ze op straat worden gezet. Dit is een zinkend schip.' Hij klopte me met zijn grote bruine hand op de schouder. 'Jullie zijn goede lui. Jullie kunnen maar beter opstappen nu het nog kan. Die huisbazen gaan echt niks voor ons doen als we hier gaan zitten wachten. Niemand wil nog geld in deze *griepbus* steken. Mijn raam aan de achterkant is al maanden kapot. En de zaken gaan slecht, nu iedereen zijn biezen pakt.'

'Wanneer gaat u weg?'

'Mijn huurcontract loopt tot 1 maart. Ik ga terug naar Virginia en bij mijn broer in de buurt wonen.'

5

Eenmaal boven vertelde ik ma wat meneer Al had gezegd.

'Dan zal tante Paula ons wel laten verhuizen zodra er een betere woning beschikbaar is,' zei ma glimlachend. 'We kunnen hier niet voor eeuwig blijven.'

'Maar dat kan nog heel lang duren, ma. En ze wist dat alles hier zou worden afgebroken. Waarom heeft ze niets gezegd?'

'Misschien wilde ze ons niet bezorgd maken.'

Ik dacht ingespannen na. 'Dit betekent dat meneer N. de verwarming en dergelijke nu niet meer zal laten repareren. Ma, we moeten een andere woning gaan zoeken.'

Ze haalde hoorbaar adem. 'Dat kunnen we niet betalen.'

'Er zijn andere mensen in de fabriek die zich wel een woning kunnen veroorloven.'

'Vergeet niet dat de huur maar een klein deel is van wat we elke maand aan tante Paula afdragen. Onze schuld is veel groter. En deze woning is niet zo duur.'

'En Chinatown? Daar is het toch niet zo duur?'

'De allergoedkoopste woningen komen nooit echt vrij, die gaan van het ene familielid naar het andere. Ik heb er in de fabriek al naar gevraagd.'

Mijn hersens draaiden nog steeds op volle toeren. 'Ik denk dat we hier officieel niet eens mogen wonen, dit pand is veel te bouwvallig. Dat is waarschijnlijk de echte reden dat ik van tante Paula een vals adres moet gebruiken.' Ik legde alle voorzichtigheid naast me neer. 'Ma, laten we ervandoor gaan. We kunnen een andere baan in een andere fabriek vinden. Dat hoeft tante Paula niet te weten.' In Hongkong zou ik nooit zo tegen ma hebben durven spreken of zulke volwassen onderwerpen hebben aangesneden, maar daar had ik niet zulke verantwoordelijkheden gekend als hier. Ik wilde dolgraag onze situatie verbeteren.

Ma keek me indringend aan. 'En onze schuld aan haar dan? Ze heeft ons hierheen gehaald, Ah-Kim. Ze heeft mijn medicijnen betaald, ze heeft onze verblijfsvergunningen geregeld en vliegtickets gekocht. Het is niet de vraag of we het ons kunnen veroorloven om weg te gaan. Het is een kwestie van eer.'

'Tegenover haar?' Ik trok aan een pluk haar en ergerde me aan ma en haar gevoel voor integriteit.

'Ze heeft ons woonruimte en werk gegeven. Ze is mijn zus en jouw tante. En hoeveel er misschien ook aan een ander mankeert, dat geeft ons nog niet het recht om ons minder goed te gedragen dan we kunnen. We zijn fatsoenlijke mensen. We zullen onze schulden afbetalen.'

Mijn woede nam enigszins af. Ik vond het vreselijk dat we zo aan tante Paula gebonden waren, maar ik wist ook dat ma het soort vrouw was dat een belofte niet zou verbreken. 'Was tante Paula altijd al zo, ook toen u nog jonger was?'

Ma zweeg even. Ik wist dat ze niet graag nare dingen over anderen zei, en al helemaal niet over familie. 'Toen we als tieners alleen in Hongkong woonden, regelde tante Paula alles. Ze was heel slim en vindingrijk. Ze ging als goudslager werken, zodat ik mijn school kon afmaken.' Een goudslager was een juwelier die met goud werkte. 'Ik was degene die met een Amerikaanse Chinees had moeten trouwen, omdat ik eigenlijk alleen maar goed was in muziek, en volgens sommigen was ik knap. Maar toen kreeg ik een baan als lerares op de school van jouw pa, en korte tijd later zijn we getrouwd.'

'Was tante Paula niet boos?'

'Ja, eerlijk gezegd wel. Maar ze is altijd heel erg praktisch geweest, en toen oom Bob naar Hongkong kwam, is ze zelf maar met hem getrouwd.'

'Had u eigenlijk met hem moeten trouwen?' Ik vroeg me af hoeveel verrassingen ik nog zou kunnen verdragen.

'Hij kwam naar Hongkong om met een aantal dames kennis te maken,' zei ma. Ik wist dat dat betekende dat hij uit verschillende meisjes had kunnen kiezen. 'Een kennis van ons had hem een foto van mij gegeven. Vergeet niet dat tante Paula het zelf ook niet altijd gemakkelijk heeft gehad.'

De volgende dag spraken ma en ik weer met tante Paula in het kantoortje in de fabriek.

'Waarom heb je ons niet verteld dat de hele straat wordt afgebroken?' vroeg ma vriendelijk.

Tante Paula trok haar dunne wenkbrauwen op, verbaasd dat wij dat wisten. 'Het was niet belangrijk. Ik zei toch dat het maar een tijdelijke oplossing was? Jullie kunnen er sowieso niet veel langer meer blijven.'

'Hoe lang gaat het nog duren?' vroeg ma.

'Niet al te lang,' zei tante Paula. Ze krabde afwezig aan haar wang. 'Zodra ik meer weet, hoor je dat van me. Goed, dan kunnen we nu maar beter aan het werk gaan.' Ze kneep haar lippen opeen. 'Het is je bij de vorige zending maar net gelukt om alles op tijd af te krijgen.'

'Dat weet ik,' zei ma. 'Ik zal sneller proberen te werken.'

'We zijn weliswaar familie, maar ik wil niet dat anderen gaan zeggen dat ik iemand voortrek.'

Haar dreigement was duidelijk. We verlieten het kantoortje vrijwel meteen.

Toen we op weg naar onze werkbank langs de dradenknippers liepen, zag ik tot mijn verbazing dat Matt daar alleen zat, zonder zijn moeder of Park.

'Waar is je ma?' vroeg ik.

'Soms voelt ze zich niet lekker,' zei Matt, zonder zijn tempo te vertragen. Hij moest nu ook al het werk van zijn moeder doen. 'Ze houdt Park vandaag thuis, zodat ik lekker kan opschieten.' Hij keek trots. 'Aan Park heb je doorgaans niet zo veel.'

'Kan ik iets voor je moeder doen?' vroeg ma. 'Als ze last heeft van haar longen zijn gemalen hommels in zout misschien een goed idee.'

'Het is haar hart,' zei Matt. Hij keek ons met een warme blik aan. 'En ze heeft haar eigen medicijnen, maar toch bedankt, mevrouw Chang.'

Ma glimlachte toen we verder liepen. 'Die jongen is aardiger dan ik had gedacht.'

Ik moest mijn Engels zien te verbeteren. Ik schreef niet alleen alle woorden op die ik niet kende en zocht de betekenis ervan op, maar ik begon ook alle woorden in mijn woordenboek uit mijn hoofd te leren, te beginnen bij de A. Ik maakte een lijstje en plakte dat aan de binnenkant van de badkamerdeur. Omdat ik in Hongkong al het fonetische alfabet had geleerd was het niet zo moeilijk om uit te vinden hoe ik bepaalde woorden moest uitspreken, maar ik maakte nog altijd veel fouten. Onze klas ging één keer per week naar de openbare bieb, waar ik altijd een hele stapel boeken leende. Ik begon met beschamend dunne boekjes die voor kleine kinderen waren bedoeld en werkte me langzaam op tot boeken voor hogere leeftijden. Ik nam de boeken mee naar de fabriek en las ze onderweg in de metro. Ik maakte bijna al mijn huiswerk in de metro of in de fabriek. De grotere opgaven haalde ik op zondag in.

Aan het begin van februari kregen we ons rapport: ik had niet echt goede cijfers, maar voor de meeste vakken had ik toch een voldoende. Ik had net als de andere kinderen de nationale lees- en rekentoets gemaakt, maar de uitslag was nog niet bekend. Op mijn rapport had ik een 'goed' voor exacte vakken en rekenen, een paar onvoldoendes en voor het overige allemaal voldoendes. Bij de opmerkingen had meneer Bogart geschreven: 'Kimberly dient beter haar best te doen. Ik wil u graag spreken op de ouderavond. Graag tandartsbriefje meenemen!' Hoe konden we in vredesnaam een tandarts betalen? Ik had geen idee wat een ouderavond was, maar ik zou dit niet aan ma laten zien. Ik maakte haar wijs dat we één keer per jaar ons rapport kregen, aan het einde van het schooljaar, en vervalste haar handtekening. Dat was niet zo moeilijk, dat deed ik al sinds onze aankomst.

Het ijs aan de binnenkant van onze ruiten smolt langzaam weg en ik kon de buitenwereld weer zien.

Tegen het einde van februari zat de grootste pestkop van de klas me voortdurend aan te staren. Hij heette Luke en stak letterlijk met kop en schouders boven iedereen uit omdat hij al een paar keer was blijven zitten. Hij had een brede borstkas, die amper werd bedekt door de grijze trui vol vlekken die hij dag in, dag uit droeg. Hij liep altijd met opengesperde neusgaten rond, net een stier, en zelfs meneer Bogart scheen hem te hebben opgegeven en schonk hem slechts zelden zijn aandacht. Ik had Luke andere kinderen zien pesten. Als je het waagde terug te vechten, werd hij twee keer zo gemeen. Zijn benen waren zijn voornaamste wapen; hij vond het fijn om kinderen tegen de grond te werken en ze dan te schoppen. Er deed een gerucht de ronde dat er ooit een kind was geweest dat zijn hoofd in Lukes buik had geramd en dat Luke toen een mes had getrokken en het kind had gestoken. Hij gebruikte ook heel veel woorden die ik niet kende, zoals 'lul' en 'tyfushond'.

Ik vroeg aan Annette of ze wist wat 'lul' betekende.

'Dat weet iedereen.' Ze glimlachte zelfverzekerd. 'Dat betekent "poep".'

Annette had me kort daarvoor verteld dat ze het jaar daarop naar een particuliere school zou gaan die Harrison Prep heette.

Ik zou natuurlijk naar de gewone openbare middelbare school gaan. Hoe moest ik me zonder haar redden?

We namen afscheid van meneer Al. Het grootste deel van zijn spullen was met een grote verhuiswagen afgevoerd, maar hij had een paar klapstoelen en een matras voor ons bewaard.

'Dank u, meneer Al,' zei ik. Ik was dolblij dat ik weer een eigen slaapplek zou hebben.

'*Mmm sai*,' antwoordde hij. Hij probeerde 'Graag gedaan' in het Kantonees te zeggen.

'U spreekt erg goed Chinees,' loog ik. Gelukkig wist ik nog precies wat ik hem had geleerd en kon ik dus wel raden wat hij bedoelde.

'Pas goed op julliezelf, fraaie dames,' zei hij, en hij omhelsde ons allebei stevig. Hij rook naar tabak.

'Moge u de kracht en gezondheid van een draak worden geschonken,' zei ma zacht in het Chinees. Ze keek in haar boodschappentas en pakte een kort houten zwaard dat ze bij de kungfu-winkel in Chinatown had gekocht. Ze gaf het aan meneer Al.

Zijn brede gezicht straalde van vreugde toen hij zijn vingers over de versieringen op het heft liet gaan.

'Ze zegt "Goede gezondheid",' zei ik, maar ik wist niet hoe ik het verder moest vertalen. 'Dat moet u onder uw kussen leggen.'

'O ja? Wat zonde van zo'n mooi wapen.'

'Het haalt zorg en boze droom weg.'

'Aha, op die manier. Nou, dan zal ik dat maar doen.' Hij lachte naar ons toen hij naar de metro liep, als een ninja zwaaiend met zijn zwaard.

Ik voelde me verdrietig toen ik de lege winkel van meneer Al zag. Boven haalde ik de vuilniszakken voor het raam vandaan en keek naar zijn woning.

Ik wilde de slapende zwarte vrouw en het kindje in de woning boven zijn winkel zien. De moeder was er niet, maar ik zag het kind wel. Dat was inmiddels wat groter en zat in een oude box, zijn handjes rond de spijlen geklemd. Hij had zijn mond open en stond blijkbaar te schreeuwen, maar er kwam niemand.

Ik had autootjes altijd leuker gevonden dan poppen en had nooit veel belangstelling voor echte baby's gehad, maar toen ik dat zag, wilde ik hem optillen en hem troosten.

De hele maand maart en een deel van april voelde ik de ogen van Luke de pestkop prikken, maar ik deed net alsof ik het niet merkte. Wanneer meneer Bogart niet keek, greep hij andere meisjes bij hun haar en probeerde hen te zoenen. Op een dag liep ik tussen de middag met mijn dienblad door de kantine, langs het tafeltje waar hij met een paar andere jongens zat. Hij stak zijn voet uit. Ik stapte eroverheen en liep verder. De rubberen poten van zijn stoel maakten een piepend geluid toen hij die naar achteren schoof en opstond.

'Hé, Chineesje.'

Ik keek niet om. Ik zette gewoon mijn blad neer op mijn gebruikelijke plaats aan de tafel, tegenover Annette, en voelde toen opeens zijn hand op mijn schouder. In een opwelling liet ik mijn schouder zakken en draaide me op hetzelfde moment om, zodat zijn hand van mijn schouder gleed.

'Wauw, dat is kungfu,' zei een van Lukes vrienden.

'Kun je karate?' vroeg Luke, oprecht geïnteresseerd.

'Nee,' zei ik. Dat was waar.

'Welles,' zei zijn magere vriendje.

'Ik wil wel eens weten wat je kan. Kom vechten, na school.' Luke sprak op een toon alsof hij me vroeg om bij hem thuis te komen spelen. Daarna liep hij samen met zijn vrienden terug naar hun tafel.

Annette staarde me vanaf de andere kant van de tafel aan. Ik ging bevend zitten.

'Ben je gek geworden?' vroeg ze, op schrillere toon dan gewoonlijk. 'Hij maakt je nog dood!'

'Wat moet ik nu doen?'

'Het tegen iemand zeggen. Tegen meneer Bogart.'

Ik keek haar alleen maar aan.

'Oké, laat maar zitten.' Annette trok een nadenkend gezicht. 'Mijn moeder moet vandaag werken, dus de huishoudster komt me ophalen. We kunnen het tegen haar zeggen.'

Ik dacht aan de huishoudster. Die leek me zo droog en ernstig, ze leek me niet iemand die ik kon vertrouwen. Wat vervelend dat mevrouw Avery Annette niet zou komen ophalen. 'Nee, je mag het niet tegen haar zeggen.'

'Waarom niet?'

'Ze zou ons toch niet helpen.' Dat wist ik gewoon. 'En ik hou niet van klikken.'

Annette zei op zachtere, bijna sissende toon: 'Hoor eens, Kimberly, ik geloof dat Luke een més heeft. Natuurlijk mag je er dan wel iets van zeggen.'

Ik schudde mijn hoofd. Ik was bang voor Luke, maar ik was nog banger voor de grote mensen. Straks zei de huishoudster van Annette nog iets tegen ma, of tegen meneer Bogart. En dan zou alles wat ik voor ma verborgen had gehouden aan het licht komen: de vervalste handtekeningen, de onvoldoendes voor toetsen, het briefje voor de tandarts, de rapporten, de ouderavond.

Annette pakte mijn pols vast. 'Goed, dan ga je gewoon met mij mee naar huis. We stappen in de auto en rijden meteen weg. Dan zetten we jou wel thuis af.'

Ik wilde ja zeggen. Maar ze mochten toch niet zien waar ik woonde? En ma rekende erop dat ik naar de fabriek zou komen. Bovendien zou Luke anders gewoon tot morgen wachten, of tot overmorgen. Het zou alleen maar erger worden. Hij hield me immers al een hele tijd in de gaten.

'Nee,' zei ik. 'Ik ga wel met hem vechten.'

Na school proefde ik het maagzuur in mijn mond. Ik was nog nooit eerder geslagen. Ik had vaak genoeg kinderen op het schoolplein zien vechten, maar er was nooit iemand geweest die me had geschopt of gestompt of bespuugd. En ik had ook nog nooit iemand geslagen. Thuis had ik soms samen met ma in het park aan tai chi gedaan, maar de meeste anderen in dat groepje waren in de zeventig geweest, dus wat we daar hadden geleerd, vormde niet echt een goede voorbereiding op een straatgevecht in Brooklyn.

Iedereen had er al over gehoord, en al snel stonden alle kinderen in een kring om ons heen. Ze riepen 'Vechten vechten vechten!', en die woorden leken net tromgeroffel. Annette verdween tussen de anderen en ik bleef alleen in het midden achter, tegenover Luke. Hij stond te wachten, groot en grijs als een oorlogsschip. Ik kwam tot aan zijn kin en hij was twee keer zo zwaar als ik. Hij had vroeger in een van de ergste buurten van Brooklyn gewoond, waar de postbode niet eens een pakje durfde te bezorgen, en was nog maar kort geleden hierheen verhuisd. Ik was zo bang dat ik er alles voor over zou hebben gehad om ergens anders te zijn.

Ik rende niet weg. Ik kon nergens heen. In mijn binnenste welde een enorme koppigheid op, al waren mijn vingers koud en gevoelloos. Mijn angst was zo groot dat ik er kalm van werd. Ik was afkomstig uit een roemrijk geslacht van strijders, een van mijn voorvaderen was een van de grootste krijgers uit de T'ang-dynastie geweest, en ik zou niet vluchten. Als vanzelf begon ik hem, amper hoorbaar, in het Chinees te vervloeken: 'Je hebt het hart van een wolf en de longen van een hond, je hart is opgegeten door een hond.'

'Wat zeg je allemaal?' vroeg Luke.

Ik gaf geen antwoord, maar bleef de woorden zachtjes herhalen, als een gebed. We draaiden rondjes om elkaar heen. Zijn schaduw torende boven me uit.

'Je bent echt *haas tikken* gek,' zei hij. Opeens trok hij zijn schooltas van zijn schouder en zwaaide ermee in mijn richting. Hij raakte me zo hard in mijn zij dat ik om mijn as tolde. Ik stond met mijn rug naar hem toe en voelde dat hij tegen mijn tas schopte. Ik trok mijn tas van mijn schouder en sloeg hem ermee tegen zijn arm. Links, rechts; ik raakte hem aan beide kanten van zijn vlezige lijf en voelde dat de stof van zijn jas aan mijn tas bleef haken. Tot mijn grote verbazing probeerde hij niet terug te slaan. Toen stak ik mijn rechterbeen uit en trapte hem tegen zijn kuit.

'Shit!' riep hij uit. Heel even vlamde er een woeste blik op in zijn ogen, maar hij haalde nog steeds niet naar me uit. In plaats daarvan legde hij een hand op mijn schouder en gaf me een zachte duw, zodat ik struikelend een paar stappen naar achteren deed. Daarna zwaaide hij zijn tas over zijn schouder en slenterde weg.

Annette kwam naar me toe en sloeg haar armen om me heen. 'Ik wist niet dat je kon vechten!' zei ze. 'Je kunt kungfu!'

Ik ging niet tegen haar in, maar ik wist dat ik niet kon vechten, dat ik niet had gevochten. Verdwaasd liep ik naar huis. Hij had me wel dood kunnen maken. Wat was er gebeurd?

De volgende dag kwam mevrouw LaGuardia, de directrice, tijdens de les het lokaal in en zei: 'Meneer Bogart, ik wil Kimberly Chang even spreken.'

Een aantal kinderen begonnen meteen 'Ooooooo' te fluisteren en sloegen hun handen voor hun mond. Hoewel er achter de rug van mevrouw LaGuardia heel wat grapjes over het gelijknamige vliegveld werden gemaakt, had ze de wind er goed onder, en iedereen had ontzag voor haar. Ik voelde een zware druk op mijn borst en keek even naar Luke, die niet terugkeek. Wie had er lopen klikken?

Meneer Bogart knikte. 'Gedraag je, Kimberly.'

Ik moest mijn best doen om mevrouw LaGuardia's soepele tred te kunnen bijhouden. Toen we bij haar kamer aankwamen, deed ze de deur achter ons dicht en zette haar bril af, die aan een zilveren kettinkje op haar borst hing. Ik ging op de stoel tegenover haar bureau zitten. Mijn voeten raakten amper de vloer. Ik wist wat er gebeurde met leerlingen die bij de directrice op haar kamer moesten komen: die werden vermorzeld.

'De uitslagen van de nationale toets zijn net binnengekomen. Juffrouw Kumar zag toevallig die van jou en vroeg me of ik er even naar wilde kijken. Zeker je *rees hult haten* voor rekenen springen eruit, maar natuurlijk scoor je bij leesvaardigheid *bizon d'r* laag.'

Ik staarde naar mijn nagels en voelde dat mijn bloed sneller begon te kloppen. Ik begreep dat dit betekende dat mijn uitslagen voor Engels niet goed genoeg waren en dat ik de school voor schut had gezet. Nu zou ik niet alleen worden geschorst omdat ik had gevochten, maar ook omdat de uitslag van mijn toets zo slecht was. Of misschien hadden ze ook wel ontdekt dat ik de handtekening van ma had vervalst.

'Wat wil je volgend jaar eigenlijk gaan doen?'

Dus dat was het. Ik zou blijven zitten. Alle anderen zouden naar de middelbare school gaan, maar ik niet. Hoe kon ik dit voor ma verborgen houden? Er zou echt wat zwaaien als ik thuiskwam. Ik dook dieper weg in mijn stoel en probeerde een antwoord te bedenken dat haar tevreden zou stellen.

'Lieverd, kijk me eens aan.'

Ik was zo van mijn stuk gebracht door dat 'lieverd' dat ik deed wat ze vroeg. Zo had ik mevrouw Avery ook tegen Annette horen praten. Dit was geen woord dat de directrices in Hongkong hadden gebruikt. Het gezicht van mevrouw LaGuardia zag er zonder haar bril opvallend bloot uit. Ze had korte wimpers, maar een vriendelijke blik.

'Je hebt niets verkeerd gedaan, hoor,' zei ze.

Ik ging iets meer rechtop zitten, ook al wist dat ik geen reden had om haar te geloven.

'Helaas zijn er wat goede openbare scholen betreft niet veel mogelijkheden in deze buurt. Ik ben flink aan het *lobben* om daar verandering in te brengen omdat ik vind dat alle kinderen recht hebben op een goede vervolgopleiding, maar zo is het nu eenmaal. De dichtstbijzijnde openbare middelbare school ligt hier nog altijd een behoorlijk eind vandaan, en niet bepaald in een veilige buurt. Een leerling van jouw *kale boer* gaat gewoonlijk naar een van de speciale openbare scholen voor hoogbegaafde kinderen, maar daarvoor zijn je resultaten voor Engels nog niet goed genoeg. En ik weet dat je het hier tot nu toe niet gemakkelijk hebt gehad.'

Ik keek weer naar de zitting van mijn stoel. De bekleding was akelig groen. Ik voelde me een beetje misselijk.

Ze vervolgde: 'Weet je, Kimberly, het punt is dat ik me zorgen maak over hoe het je zal vergaan als je naar een school gaat die niet beschikt over voldoende *fossiele tijden* om een leerling met jouw *kapperse tijden* vooruit te helpen. Om eerlijk te zijn denk ik dat je op een particuliere school beter af zult zijn. De meeste leerlingen maken niet echt kans op een plaats en beschikken evenmin over de benodigde middelen, maar ik denk dat jij een uitzondering bent.'

Nu begon ik me om een heel andere reden zorgen te maken. Om de een of andere reden zag mevrouw LaGuardia me voor een blank kind aan, voor zo'n kind uit een gezin waar de huishoudster na school met iets lekkers zat te wachten. Ik moest niets laten merken zolang ik op haar kamer zat, maar zodra het kon, moest ik de benen zien te nemen.

'Dank u, mevrouw LaGuardia,' zei ik.

'Ik kan je wel de namen van een paar goede scholen geven,' zei ze.

Ik keek haar niet-begrijpend aan.

'Wil je een paar *reven rensies*?' vroeg ze.

'Nee, dank u.' Ik gaf te snel antwoord.

Ze keek me aan. Niemand had ooit durven beweren dat mevrouw LaGuardia dom was. 'Heb je geen zin om naar een particuliere school te gaan, Kimberly?' Ze begon geërgerd te klinken. 'Of kun je me misschien vertellen waar ik je moeder kan bereiken?'

Ik schudde mijn hoofd en staarde naar de vloer.

Ze slaakte een zucht. 'Dan moet je het zelf weten.'

Ik kon merken dat ze het opgaf en voelde me daardoor gek genoeg niet opgelucht, maar alleen maar ongelukkiger.

'Ik wil heel graag naar zo'n school,' mompelde ik. Ik merkte dat ze over haar bureau heen moest buigen om me te kunnen verstaan, maar ze onderbrak me niet. 'Maar daar hebben we geen geld voor.'

'Ik had wat duidelijker moeten zijn.' Nu klonk ze kordaat. 'Niemand verwacht dat je moeder en jij dat allemaal zelf gaan betalen. Ik bedoelde dat je hoogstwaarschijnlijk een beurs zou krijgen als een particuliere school je zou aannemen. Dat kan ik je niet beloven, maar de kans is heel groot.'

'Echt waar?' Ik had nooit durven dromen dat ik naar net zo'n dure school kon gaan als Annette.

'Maar het is al erg laat om je in te schrijven, dus het is niet gezegd dat het lukt. De aanmelding is eigenlijk al *offels heel* gesloten. Als er een school zou zijn die je nu nog wil aannemen, dan zouden ze hun best moeten doen om budget voor je vrij te maken.'

'Harrison?' opperde ik. Dat was de school waar Annette heen zou gaan.

Mevrouw LaGuardia lachte. 'Nou, je zet wel meteen hoog in, hè? Zal ik voor je gaan bellen? Dan hoor je het nog wel van me, Kimberly. Ga nu maar terug naar je klas, maar denk eraan, koester niet te veel hoop. De kans is groot dat het niet lukt.'

Zodra bekend was dat mevrouw LaGuardia me had laten gaan zonder me te schorsen wilde Luke elke dag met me vechten. We sloegen elkaar nog een paar keer met onze tassen, totdat bleek dat er een meisje was dat doorhad wat er eigenlijk aan de hand was. Ze begon al het lichaam van een vrouw te krijgen en was veel knapper dan ik, met haar zachte bruine krullen en romige huid. Ze begon Luke uit te dagen, onder het voorwendsel dat ze mij wilde verdedigen.

'Je kunt mijn vriendin maar beter niet zo pesten,' zei ze, en ze hield haar gezicht vlak voor het zijne. Ze had tot dan toe nooit een woord met me gewisseld, maar ik was blij dat ze het voor me opnam.

Het duurde niet lang voordat Luke zijn aandacht op haar richtte.

'Wil je vechten?' vroeg hij.

Ze vochten maar één keer en zaten daarna voortdurend met elkaar te zoenen op het schoolplein. Eindelijk begreep ik hoe het zat. Ik was niet uitgedaagd tot een gevecht, dit was gewoon een manier geweest om elkaar beter te leren kennen, en ik had de regels van dit ritueel overtreden door hem de eerste keer zo hard te schoppen. Ik schaamde me daarvoor, maar gelukkig had ik hierdoor wel enig respect van mijn klasgenoten verdiend. Ik begon me iets meer thuis te voelen.

Die lente vonden er nog een paar gedenkwaardige gebeurtenissen plaats: we vierden Pasen, een feestdag met hazen en eieren, en de schoolfotograaf kwam op bezoek. Ma en ik konden het ons niet veroorloven om een foto te kopen, dus bewaarde ik de voorbeeldfoto die ze me hadden gegeven, ook al stond er met grote letters PROEFAFDRUK dwars over mijn bovenlichaam. Er vond opnieuw een ouderavond plaats, zonder dat ma er weet van had.

Na Pasen vertelde mevrouw LaGuardia me dat Harrison Prep wel degelijk belangstelling voor me had en me een beurs wilde geven. Ik begreep dat dat betekende dat ze mijn schoolgeld wilden betalen, op voorwaarde dat ik daarna naar een goede vervolgopleiding zou gaan. Het leek me een redelijke afspraak. Wat had ik immers verder te bieden?

Mevrouw LaGuardia maakte een afspraak voor ma en mij op Harrison Prep, een school die in een wijk van Brooklyn lag waar ik nog nooit was geweest.

Ma hapte naar adem van opwinding toen ik het haar vertelde. 'Wat een buitenkans! Ik ben zo trots op je.' Maar ze fronste toen ze hoorde wanneer de afspraak was. 'Zo snel al? Die avond moet de zending klaar zijn.'

'Het geeft niet. Ik ga wel alleen.'

'Kunnen we geen andere afspraak maken?'

'Ma, ik zou het heel fijn vinden als u met me mee kon gaan, maar ik wil niet dat u problemen krijgt in de fabriek. U mag geen dag missen.'

Ma keek bedroefd. 'Ik wou dat je niet in je eentje hoefde te gaan. Ik zal wierook voor je branden.'

Ik kreeg die dag zelf vrij van school en moest drie keer overstappen in de metro om Harrison Prep te kunnen bereiken. Daarna moest ik nog een stukje lopen, aan de hand van de plattegrond die ze me hadden gegeven, totdat ik aankwam bij een groot terrein vol bomen. Dit was een deel van Brooklyn waarvan ik niet eens had durven dromen dat het bestond. Het leek in niets op alle andere buurten die ik had gezien, zelfs niet op de straat waar Annette woonde. Het was zo mooi en rustig dat het leek alsof ik ergens buiten de stad was.

Ik dacht eerst dat ik langs een park liep, maar later kwam ik erachter dat het beboste terrein ook bij de school hoorde, die zo oud was dat hij aardig wat onroerend goed en grond bezat. De bomen en struiken maakten plaats voor een hoog gaashek, en aan de andere kant van het hek zag ik in de verte een stel tieners een of ander balspel spelen op een reusachtig en perfect onderhouden gazon. Ze droegen korte broeken die zo wijd waren dat ze bijna vierkant leken. Die kinderen en hun spel kwamen uit een andere wereld. Op mijn huidige lagere school was ik in elk geval niet het enige niet-blanke kind, en zeker niet het enige kind dat arm was. Ik kende helemaal niemand die zulke sporten beoefende als deze leerlingen hier, en als ik hier naar school zou gaan, zou ik met een netje op een stokje achter een bal aan moeten rennen en die moeten overgooien naar iemand die in de verte stond te wuiven. En ik zou in een vierkante korte broek rond moeten lopen. Die zouden we nooit kunnen betalen.

Ik bleef even staan en vroeg me af of ik rechtsomkeert moest maken, terug moest gaan naar wie ik was. Als ze wisten dat ma zelfs mijn onderbroeken zelf maakte en dat we sliepen onder lappen stof die we in een vuilcontainer hadden aangetroffen, zouden ze me zonder pardon weer buiten zetten. Ik hield de boel voor de gek door net te doen alsof ik bij de rijke kinderen hoorde. Wat ik toen nog niet wist, was dat ik helemaal niet hoefde te doen alsof: ze wisten van het begin af aan al hoe de vork in de steel zat.

Eindelijk kwam ik aan bij het grote bakstenen gebouw dat aan hetzelfde smetteloze gazon stond. De houten deur was ingelegd met stukjes gekleurd glas en zo zwaar dat ik hem bijna niet open kon duwen. Door de lichtere stukjes glas zag ik een jonge vrouw aan een bureau voor een grote wenteltrap zitten. Ze droeg een keurige witte blouse en hoge hakken en droeg haar lichtbruine haar netjes in een knotje in haar nek.

Ik voelde me daar in die hal heel erg klein. Onder het toeziend oog van het portret van een bebaarde man met een bijbel in zijn hand liep ik naar de vrouw toe. Ik keek naar het verfrommelde stukje papier dat ik bij me had, hoewel ik de tekst uit mijn hoofd kende. Ik liep al tijden over deze afspraak te piekeren.

'Kent u mevrouw Weston?' vroeg ik met een piepstemmetje.

Ze keek een tikje verbaasd, haalde toen adem en vroeg: 'Heb je een afspraak met haar?'

'Ja,' zei ik, opgelucht dat ze begreep wat ik bedoelde. Nu zou zij alles verder wel regelen.

'Jij bent vast Kimberly Chang.'

Ik knikte en gaf haar de stapel inschrijfformulieren die ik had moeten invullen.

Ze keek even over mijn schouder. 'Is je moeder soms de auto aan het parkeren?'

Ik sloeg mijn ogen neer. 'Nee,' zei ik, 'ze kon vandaag niet komen omdat ze ziek is.'

'Maar dan ben je toch wel door iemand anders gebracht?'

Daar had ik eerder aan moeten denken, ik had een antwoord klaar moeten hebben. Allerlei leugentjes schoten door mijn hoofd: iemand had me gebracht en wachtte op me in de auto, iemand had me gebracht en zou me later weer ophalen.

Ze onderbrak mijn gedachtestroom met: 'Ben je alleen gekomen?'

De motor van mijn brein kwam sputterend tot stilstand. 'Ja.'

Ze zweeg even en keek me toen glimlachend aan. 'Dan ben je vast moe, na zo'n lange reis. Waarom ga je niet even zitten? Dan ga ik mevrouw Weston halen.'

Ze leidde me naar een van de houten stoelen die tegen de muur stonden en ging er met mijn stapel formulieren vandoor. Ze was niet onvriendelijk geweest, maar ik voelde me niet op mijn gemak. Het geluid van haar hakken echode door de hal.

Toen ze een paar minuten later terugkwam, was ze in het gezelschap van een stevige oude dame in een beige mantelpak die het gezicht van een buldog had, met slappe wangen onder een spitse neus, en heldere ogen die dicht bij elkaar stonden.

De oudere dame bleef voor mijn stoel staan. 'Dag, ik ben mevrouw Weston.'

'Hoe maakt u het?' zei ik, blij dat ik mijn begroeting op mevrouw Avery had kunnen oefenen. Ik stak mijn hand uit, die ze zonder aarzeling schudde. Haar hand was bleek en zacht; alleen de vierkante glinsterende ringen die ze droeg, voelden hard aan.

Toen we eenmaal op haar kamer zaten, leunde mevrouw Weston achterover. Op het gele schrijfblok op haar bureau lag een zilveren stopwatch. Mijn formulieren lagen ook op het bureau. Ze glimlachte even, maar haar lach kwam niet verder dan de onderste helft van haar gezicht. Ik wist dat ze me op mijn gemak probeerde te stellen, maar ik werd er alleen maar nerveuzer van.

'Normaal gesproken handelen we dit schriftelijk af, maar omdat ik heb vernomen dat jij een speciaal geval bent, wil ik je graag zelf wat vragen stellen. Geef maar zo goed mogelijk antwoord, en als je niet weet wat het antwoord is, moet je het ook eerlijk zeggen.'

Ik bereidde me voor op vragen als: Waar is je moeder? Waarom heeft ze je niet gebracht? Wat dragen mensen als jullie met Pasen? Met welke hand houd je tijdens het eten je mes vast?

Ik greep de leuning van mijn stoel vast.

'Kun je voor me van 1 tot 40 tellen, in stappen van drie? Dus 1, 4, 7, enzovoort. Dan zal ik de tijd opnemen.'

Ik knipperde even met mijn ogen. Dat kon ik wel. '10, 13, 16...'

'Goed. Nu het volgende sommetje: een jongen is 16 jaar oud. Zijn zus is twee keer zo oud als hij. Hoe oud is de zus wanneer de jongen 24 is?'

En zo ging het nog een uur door. Het was het vreemdste gesprek dat ik ooit had gevoerd, maar ik vond het leuk. Ik begreep heel goed dat het een test was, maar eigenlijk zijn alle gesprekken een test, en hiervan begreep ik in elk geval de spelregels. In een wereld vol onzekerheden was dit vertrouwd terrein voor me. Wanneer ik een woord niet kende, legde zij uit wat het betekende. Ik hoefde maar een paar keer een vraag over te slaan, en dan vroeg ze me iets anders. Ten slotte hield ze op met vragen stellen en keek me aan.

'Voortreffelijk,' zei ze. 'Dan is er nu nog één dingetje.'

Ze gaf me een vel papier en een potlood aan. 'Maak eens een tekening. Het maakt niet uit waarvan. Een huis, een meisje, wat je maar wilt.'

Ik wilde geen tekening van ons huis maken en nam aan dat ze met 'meisje' een meisje bedoelde dat niet Chinees was. Ik tekende het enige soort meisje dat ik kende, waarover ik in boeken had gelezen: een prinses. Ze had lang blond haar, een kroontje op haar hoofd en een baljurk met pofmouwen en een bespottelijk slanke taille.

Toen ik het vel papier teruggaf aan mevrouw Weston en ze mijn tekening zag, lachte ze even heel kort, bijna blaffend. Ze herstelde zich meteen weer en richtte haar aandacht op de formulieren, maar ik begreep niet waarom ze had moeten lachen. Ik zag er vast gekwetst uit en vermoedde dat het te maken had met het verschil tussen mijn kleren en de prachtige jurk die ik had getekend.

Ze keek even naar mijn gezicht. 'Je antwoorden op mijn vragen waren zo *in druk wekker* dat ik even was vergeten hoe jong je bent. Zeg, wat zou je ervan vinden als we je nu de school lieten zien en we straks nog even verder babbelen?'

Ik knikte. De vrouw uit de hal kwam binnen en leidde me rond door de school. Als eerste liet ze me de prijzenkast zien die beneden in de hal stond. Ik luisterde naar haar verhalen over de prijzen die de school had gewonnen en keek naar de foto's van de kinderen die daarvoor verantwoordelijk waren. Ze droegen allemaal een blazer. Bij mij op school droeg niemand een blazer. Soms maakten we blazers in de fabriek, maar deze zagen er anders uit; ik kon zien dat ze niet van polyester waren gemaakt. Deze blazers oogden onbuigzaam en hielden de schouders van de leerlingen in bedwang, ze zorgden ervoor dat ze niet meer plaats innamen dan was toegestaan.

De leerlingen lachten allemaal en toonden regelmatige witte gebitten, die bij hun gelijkmatige bleke velletjes pasten. Zou ik de enige Chinese leerling op deze school zijn? Hadden ze daarom zo veel belangstelling voor me? De ingelijste foto's hingen onder elkaar, met de klassen uit een verder verleden helemaal onderaan. Daarin hadden alleen maar jongens gezeten, en door de jaren heen werden de klassen steeds meer gemengd, al veranderde er één ding niet: ik zag maar een paar donkere gezichten, die echt een uitzondering vormden.

Daarna nam de vrouw me tot mijn verbazing mee naar een paar andere gebouwen, die groot en ruim waren en waar de wanden waren bekleed met donker hout. Ik had gedacht dat het eerste gebouw de school was. In de andere gebouwen probeerde ik niet te veel te staren naar de standbeelden van vrouwen met ontblote borsten, die wit stonden te glanzen in hun nissen. Bij sommige beelden zag je zelfs tepels. Dat was ook iets westers. Toen we langs een paar lokalen liepen, zag ik daar leerlingen zitten die er precies zo uitzagen als de kinderen op de foto's.

Daarna maakten we een wandeling over het terrein, dat me naar adem deed happen. Ik was er helemaal ondersteboven van en had nooit kunnen denken dat er in New York zulke plekken te vinden waren. De vrouw wees me op de tennisbanen en het sportveld, alsof het volkomen vanzelfsprekend was dat een school zulke voorzieningen had. Overal begonnen blaadjes te ontluiken. Ik had nog nooit zo veel bomen bij elkaar gezien, maar ik verbaasde me vooral over het feit dat alles zo open was.

Dit zag er heel anders uit dan de verlaten percelen waartussen ma en ik woonden, of het door het hek omheinde lapje asfalt op school, en zelfs heel anders dan het mooie achtertuintje van Annette. Ik wist niet veel, maar ik wist wel dat dit een heel bijzondere plek was.

6

Toen we weer terugkwamen in de kamer van mevrouw Weston zat ze net aan de telefoon. Ze verontschuldigde zich, hing op en gebaarde dat ik weer mocht gaan zitten.

'Wat vind je van de school?' vroeg ze.

Ik moest even nadenken. 'Erg rustig.'

'Natuurlijk is het hier rustig.' Ze keek een tikje geërgerd en ik wist dat ik iets verkeerds had gezegd. 'Anders zouden onze leerlingen nooit zulke uitstekende *akker dee mie ze* resultaten kunnen behalen. Heb je gezien welke prijzen we hebben gewonnen?'

Ik zei ja, hoewel ik het me niet precies kon herinneren. Ik wilde niet dat de jongere vrouw in de problemen zou komen.

'Harrison is een van de beste scholen voor hoger middelbaar onderwijs van het land, en *kwaad fossiele tijden* zijn we te vergelijken met de beste kostscholen. Maar we hebben natuurlijk als groot voordeel dat de leerlingen hier niet *in terren* zijn, zoals op een kostschool.'

Tot nu toe had ik haar nog niet zo veel woorden horen gebruiken die ik niet begreep. Ik had geen flauw idee waar ze het over had, maar het klonk alsof ze alles uit haar hoofd had geleerd, als een actrice in een toneelstuk, en dat ik bij wijze van antwoord moest knikken en glimlachen. Dat deed ik dus maar.

Er viel even een stilte terwijl mevrouw Weston door haar gele kladblok bladerde en naar de aantekeningen keek die ze tijdens ons gesprek had gemaakt. Haar blik bleef even rusten op mijn zelfgemaakte broek: rode corduroy, al heel vaak gewassen en duidelijk versleten bij de tailleband.

'Goed. Wat betreft een *tegen moet koning* in de kosten zal ik eerst moeten overleggen met onze financiële afdeling, maar ik kan je nu al vertellen dat geen enkele school met een *graantje* gezond verstand zou weigeren jou aan te nemen.'

Ik probeerde te bepalen of dit goed of slecht was, maar toen gooide ze het over een andere boeg.

Dit keer glimlachte ze naar me op een manier die wel echt vriendelijk was. 'We vinden je aardig, Kimberly, en we willen graag dat je op onze school komt. Zou je dat willen?'

Ik kon nu beter ademhalen. Ik kon zelfs naar haar glimlachen. 'Ik vind school leuk.'

'Maar...' Ze wachtte totdat ik haar zin zou afmaken.

Ik zweeg even. 'De kinderen zien er anders uit dan op mijn school.'

'De kledingvoorschriften, bedoel je? Iedereen moet een donkere blazer dragen, maar je mag zelf weten wat voor een. Het is niet echt een uniform.'

Ik wilde instemmend knikken, maar voelde me toen gedwongen om te zeggen: 'Misschien ben ik wel te anders.'

'Aha.' Er verscheen een droevige blik in haar kleine oogjes. 'We doen ons uiterste best om leerlingen van verschillende etnische achtergronden aan te trekken, maar dat valt niet altijd mee. Harrison is natuurlijk geen goedkope opleiding, en ook onze middelen zijn niet onbeperkt...'

Ze bleef doorpraten, maar ik hield op met luisteren na haar uitspraak over de kosten van de opleiding. Ik had met eigen ogen gezien dat dit een dure school was. Ik had gedacht dat deze school ook in een simpel betonnen gebouw gehuisvest was, net als mijn huidige school. Wat dom van me om te denken dat een school als deze me gratis onderwijs zou kunnen bieden.

'Kimberly?'

Ik keek op. Ze bewoog haar rechterhand heen en weer om mijn aandacht te trekken. 'Maak je geen zorgen,' vervolgde ze. 'We hebben een beleid voor de ondersteuning van minder *geforten neer de* leerlingen. De gebruikelijke inschrijving is weliswaar al gesloten, maar ik weet zeker dat we voor jou wel een *uit zonnen ring* kunnen maken. Soms bieden we zelfs aan om de helft van het schoolgeld te voldoen.'

Ik slikte een brok in mijn keel weg. 'Dank u.'

Ik wist niet hoeveel de vijftig procent zou zijn die we zelf zouden moeten betalen, maar ik wist wel dat we ons dat nooit zouden kunnen veroorloven. Nu bleek dat het onmogelijk was, wilde ik dolgraag naar deze school. Dit was mijn kans om ma en mezelf voor een leven in de fabriek en onze vreselijke woning te behoeden, en ik besefte dat ik niets liever wilde dan dit.

'Wat is er, Kimberly? Je kunt het me wel vertellen. Misschien kan ik je helpen.'

Ik voelde dat ik het warm kreeg. 'Het spijt me,' was alles wat ik kon uitbrengen.

'Misschien zouden we zelfs tot vijfenzeventig procent kunnen gaan, al kan ik niets beloven.'

'Ja, dank u. Het spijt me, u hebt het druk.' Ik stond zo snel op dat ik de stoel bijna omgooide. Ik had haar tijd verspild en ons allebei in een beschamende situatie gebracht.

Ze hief haar hand op ten teken dat ik mijn mond moest houden. 'Nee, wacht eens even. Neem alsjeblieft geen besluit totdat ik de kans heb gekregen om met je moeder te praten, goed? Ik weet zeker dat we wel een oplossing kunnen vinden...'

'We hebben geen telefoon.' Ik voelde dat de puntjes van mijn oren begonnen te gloeien.

Ze liet haar hand zakken. 'Goed, misschien kunnen we een afspraak maken.'

'Mijn moeder werkt. En ze spreekt niet Engels.'

Er viel een korte stilte die ik als uitermate ongemakkelijk ervoer, en toen zei ze: 'Ik begrijp het.'

Ze schoof de papieren opzij en liep met me mee naar de deur. 'Bedankt dat je naar ons toe hebt willen komen.'

Tijdens een natuurkundeproef op school vertelde ik Annette over de test die ik op Harrison had moeten doen. Zij had al weken geleden een brief gekregen waarin stond dat ze was aangenomen. Haar vader had daar ook op school gezeten.

'Ging het goed?' vroeg ze bezorgd. 'Het is heel erg moeilijk. En ze kijken ook naar allerlei andere dingen. Heel veel kinderen worden afgewezen.'

Ze had haar stem verheven en meneer Bogart, die bij het tafeltje naast het onze stond, keek even onze kant op. Ik probeerde mijn schouders op te halen en wendde mijn blik af.

'En?' vroeg ze. 'Denk je dat je het hebt gehaald?'

Ik wilde haar de waarheid vertellen – dat ik was aangenomen maar dat we het niet konden betalen – maar ik schaamde me te veel om dat hardop te zeggen. Ik schudde slechts mijn hoofd.

Annettes gezicht betrok. 'O nee,' zei ze. 'Ze moeten je toelaten, ik wil niet alleen naar die school!'

'Het geeft niet,' zei ik, hoewel mijn teleurstelling mijn ogen deed branden en ik bang was dat ik elk moment kon gaan huilen. Het was veel te laat om me bij een andere particuliere school aan te melden. 'Ik ga naar de gewone openbare school, zoals ik al van plan was.'

'Het kan me niet schelen hoe je die test hebt gemaakt, je bent gewoon hartstikke slim. Je moet met ze gaan praten en vragen of ze je nog een kans willen geven.'

'Nee, dat wil ik niet.'

Ze dacht even na. 'Goed, dan wil ik naar dezelfde school als jij.'

Ik knipperde met mijn ogen. Die lieve, trouwe Annette. Natuurlijk zouden haar ouders dat nooit goedvinden, maar zou ik voor haar hetzelfde hebben kunnen en willen doen? Ik legde mijn hand op haar schouders. 'Je bent een goede vriendin.'

Het schooljaar was bijna ten einde. In de hoogste klas gingen allerlei handtekeningenboekjes in het rond. Een paar kinderen waren ermee begonnen en nu was het een ware rage: iedereen vroeg aan de anderen of die hun boekje wilden tekenen. Ik smeekte ma of ze ook zo'n boekje voor mij wilde kopen en dat deed ze, voor negenenvijftig rokken bij de dollarknaller. Het boekje had een kaftje van rood nepleer. Ik hield de andere leerlingen nauwlettend in de gaten en zag dat zij de hoeken van de pagina's omvouwden zodra iemand hun boekje had getekend, zodat er een heel patroon van gevouwen driehoekjes ontstond.

Annette schreef in mijn boekje: '2 vriendinnen 4-ever!' De andere kinderen schreven dingen als 'Wou dat ik je beter had leren kennen' en 'Jammer dat we elkaar niet zo goed kenden'. Ik schreef in alle boekjes 'Veel geluk in de toekomst', behalve in dat van Annette en Tyrone. In het boekje van Annette schreef ik: 'Jij bent mijn beste vriendin.' Toen Tyrone me heel verlegen zijn boekje gaf, zag ik dat iemand op de pagina voor de mijne had geschreven: 'Jij hebt de meeste hersens van iedereen.' Ik dacht even na en schreef toen in het Chinees: 'Je bent een heel bijzondere jongen en mogen de goden je beschermen.' Daaronder zette ik mijn naam in het Engels.

'Wauw,' zei hij. 'Wat betekent dat?'

'Veel geluk,' zei ik.

Hij keek naar de pagina. 'Dat zijn een heleboel woorden voor "veel geluk".'

'In het Chinees duurt het veel langer als je iets wilt zeggen.'

In mijn boekje schreef hij: 'Ik wou dat ik je beter had leren kennen.'

Voor de leerlingen van de hoogste klas werd er elk jaar een afscheidsceremonie gehouden, waarvoor we al wekenlang af en toe in de aula hadden geoefend.

Ma was heel erg teleurgesteld omdat we Harrison niet konden betalen. In het begin had ze nog gezegd dat we wel iets zouden verzinnen en dat ze er een baan bij zou nemen, maar ze werkte al zo hard als ze kon. Ik legde uit hoe de school eruitzag en hoeveel schoolgeld je moest betalen, en ten slotte liet ze het idee varen, zij het met tegenzin. Ze sloeg haar armen om me heen en zei: 'Ik ben evengoed heel erg trots op je. Je bent hier nog geen jaar en hebt nu al zo'n buitenkans gekregen. Je hebt gewoon wat meer tijd nodig.'

Ik maakte me nu zorgen over de vraag wat ze van mijn rapport zou zeggen. Deze keer moest ik het haar wel laten zien omdat ik al mijn andere rapporten voor haar verborgen had gehouden, en hoewel ik nu overal een voldoende voor had, was dit rapport heel iets anders dan de uitmuntende cijferlijsten die ze van me gewend was. In de weken voor de ceremonie sliep ik dan ook slecht.

Ma kocht in de uitverkoop een mooi bruin bloemetjesjurkje voor me. Er zat kant rond de hals en de manchetten, en wanneer ik een rondje draaide, zwierde de rok om me heen. Het jurkje kostte een fortuin, wel vijftienhonderd rokken, maar ma had een maat groter gekocht zodat ik het nog een tijdje kon dragen. Het was iets te groot, maar ik zag er toch netjes uit, zeker met een paar nieuwe bruine Chinese muiltjes eronder.

Op de dag van de ceremonie kleedde ik me om en vroeg: 'Ma, zie ik er mooi uit?' Ik wist dat keurige meisjes dat niet deden, naar complimentjes vissen, maar ik wilde er zo graag leuk uitzien.

Ma hield haar hoofd scheef. Ik denk dat ma altijd weinig over mijn uiterlijk zei omdat ze zelf in Hongkong als een schoonheid was beschouwd. Ze had me geleerd dat andere eigenschappen veel belangrijker waren. 'Je ziet er netjes uit.'

'Maar ben ik mooi?'

Ma sloeg haar armen om me heen. 'Je bent mijn geweldige, prachtige meisje.'

Alle kinderen zagen er heel anders uit in hun nette kleren. De meisjes droegen jurken en sommige jongens hadden een stropdas om. Zelfs Luke had een nieuw wit overhemd aan, al droeg hij nog altijd dezelfde grijze broek. Nu ik Harrison had gezien en wist hoe het ook kon zijn, besefte ik hoe ik me hier op mijn gemak had gevoeld, tussen al die andere leerlingen die het thuis ook niet breed hadden. Toen we de aula in liepen, keek ik of ik ma tussen de aanwezigen zag zitten, en daar zat ze, helemaal achterin, in het midden. Tante Paula had ma 'bij wijze van uitzondering, voor deze ene keer' een ochtend vrij gegeven om de plechtigheid bij te wonen, en dat betekende dat we vanavond alles zouden moeten inhalen. Ik wenste met heel mijn hart dat ma net zo trots op me kon zijn als vroeger. Thuis was ik altijd op het podium geroepen om prijzen in ontvangst te nemen en had ik meerdere keren de titel 'beste leerling van het jaar' mogen dragen. Dan was ma altijd zo blij geweest.

Terwijl de hele zesde klas op het podium een lied zong, keek ik naar ma en zong extra hard. Na alle liedjes en toespraken werden de prijzen uitgereikt, maar ik werd niet één keer naar voren geroepen, zelfs niet voor exacte vakken of rekenen. Tyrone kreeg heel veel prijzen en Annette won er ook een paar. Ik schaamde me zo ontzettend dat ik wenste dat tante Paula ma geen vrij had gegeven. Ik vroeg me af wat ze nu dacht. Was ik binnen een jaar zo ontzettend veranderd?

Mevrouw LaGuardia hield nu een toespraak over een goede basis, goed burgerschap en een stralende toekomst. Inmiddels was ze aan het einde gekomen. 'Soms hebben we hier op P.S. 44 leerlingen die ondanks hun moeilijke situatie *spektakel heren* prestaties leveren. In dit verband wil ik graag enkele leerlingen *velen ze teren*, onder wie Tyrone Marshall, die is toegelaten op Hunter College High School, een openbare school voor *hoogge-graven* leerlingen.'

Tyrone stond op en iedereen applaudisseerde. Hoewel hij snel weer ging zitten, keek hij heel erg blij. Een zwarte vrouw die in de zaal zat juichte zo enthousiast dat haar hoed met veer scheef op haar hoofd kwam te staan.

'En Kimberly Chang, die een volledige beurs heeft ontvangen voor Harrison Prep. Het is de eerste keer dat een leerling van onze school een dergelijke *reuzentaart* heeft behaald.'

Iedereen begon weer te klappen, maar ik nam aan dat ik haar verkeerd had verstaan. Ik verroerde me niet.

Mevrouw LaGuardia keek mijn kant op en vervolgde: 'Toen Kimberly hier op school kwam, sprak ze amper Engels, en we zijn erg trots op de vooruitgang die ze hier heeft geboekt.'

Het meisje naast me siste: 'Sta op, je moet opstaan.'

Ik stond heel even op, en iedereen begon nog harder te klappen. Ik voelde het bloed bonzen achter mijn ogen en zag even niets meer. Toen ik weer ging zitten en mijn hoofd helder werd, keek ik naar Annette. Ook zij stak haar nek uit om mij te kunnen zien, en toen haar blik de mijne kruiste, sloeg ze enthousiast haar handen op elkaar. Achter haar zag ik meneer Bogart zitten, die heel snel met zijn ogen knipperde en letterlijk met open mond zat. Ik probeerde ma's gezicht te zien, maar ze zat te ver weg en er waren te veel hoofden tussen haar en mij. Ik hoopte maar dat ze me had zien staan en dat ze begreep dat iedereen voor mij klapte. Ik stond te popelen om haar het goede nieuws te vertellen.

Toen ik ma na de ceremonie tussen de leerlingen en andere ouders aantrof, stond ze te stralen. 'Wat zeiden ze allemaal?' vroeg ze.

'Ma, de directrice zei dat ik een volledige beurs voor die particuliere school heb gekregen!'

We omhelsden elkaar stevig.

Ma's ogen straalden. 'Wat een buitenkans! Dit is het begin van een nieuw leven voor ons, Ah-Kim, en dat komt allemaal door jou.'

Ik keek op en zag dat mevrouw LaGuardia voor ons stond. Ze zei: 'U bent vast mevrouw Chang. Wat fijn om u eindelijk te leren kennen.'

Ma schudde haar uitgestoken hand. 'Hallo,' zei ze in het Engels. 'U erg goed lesgeven.'

'Ma, ze is geen lerares,' zei ik in rap Chinees. 'Ze is de directrice!' En daarna, in het Engels: 'Di-rec-tri-ce!'

Ma bloosde en zei toen in het Engels: 'Sorry, sorry, me-vrouw di-rec-tri-ce!'

Mevrouw LaGuardia glimlachte. 'Dat geeft helemaal niet. U hebt een erg bijzonder kind en ze heeft heel erg haar best gedaan.'

Ik wist dat ma er geen woord van had begrepen, maar ze wist wel dat het een compliment was en zei snel: 'Dank u. U heel goed. Goede juf.'

Ik kon gewoon niet geloven dat ma dat weer zei, maar mevrouw LaGuardia leek het niet te merken en zei tegen mij: 'Het spijt me dat ik zo plompverloren tegenover iedereen heb verteld dat je een beurs hebt gekregen. Ik zag dat je erg verbaasd was, maar ik kreeg het gisteren pas te horen en dacht dat jij het al wist. Hebben jullie de brief niet gekregen?'

Toen ik dat hoorde, begreep ik hoe het zat. Ze hadden me een brief gestuurd om me te vertellen dat ik een beurs zou krijgen, maar die was natuurlijk naar het adres gestuurd dat de school van me had, het valse adres dat ik van tante Paula had moeten opgeven. De kans was groot dat tante Paula nu die brief zou krijgen en hem in de fabriek aan ons zou geven. 'Ik denk dat de brief nog komt. Dank u, mevrouw LaGuardia. U helpt me zo goed.'

Ze boog zich voorover en gaf me een zoen op mijn wang, me onderdompelend in een wolk van parfum. 'Graag gedaan.'

Ik zag Tyrone arm in arm weglopen met de vrouw met de hoed met de veren, die waarschijnlijk zijn moeder was. Hij zwaaide naar me toen ze naar buiten liepen.

Annette kwam achter me staan en sloeg haar armen om me heen. 'O, ik kan gewoon niet geloven dat je ook naar Harrison gaat! Wat zullen we een lol hebben.'

Ik maakte me los uit haar omhelzing. Ze hield haar hoofd scheef en vroeg: 'Waarom zei je dat je de test niet had gehaald?'

'Ik wist het nog niet zeker,' zei ik. Daar had Annette vrede mee, en ze draaide zich om naar haar ouders, die achter ons stonden.

'Dag, Kimberly,' zei mevrouw Avery. 'Van harte gefeliciteerd.' Ze stak haar hand uit naar ma. 'Wat fijn om u te leren kennen, mevrouw Chang.'

'Hallo,' zei ma. Ze schudde de hand van mevrouw Avery en daarna die van meneer Avery. Hij was een stuk kleiner dan zijn vrouw en leek zijn nek te moeten uitsteken om over de kraag van zijn nette pak te kunnen kijken.

'We gaan met z'n allen lunchen om het te vieren,' zei meneer Avery. 'Hebt u misschien zin om mee te gaan?'

Ma keek me verward aan. Ik vertaalde het voor haar en hoopte dat ze voor deze ene keer ja zou zeggen.

'Nee, dank u,' zei ma. 'Wij gaan...' Haar stem stierf weg omdat ze niet in staat was een beleefd excuus in het Engels te bedenken.

'Naar huis,' zei ik. 'We moeten nog dingen doen.'

'O, wat jammer,' zei meneer Avery. 'Misschien een andere keer.'

'Dank u,' zei ma. 'U erg aardig.'

Nadat de familie Avery was vertrokken, maakten ook ma en ik ons los van de feestvierende menigte op school en liepen we naar het station om de metro naar de fabriek te pakken. Ik genoot nog steeds na van wat er allemaal was gebeurd. Ma was zo blij vanwege het nieuws over Harrison Prep dat ze mijn rapport onderweg amper een blik waardig keurde.

In de fabriek gingen we meteen aan de slag om de verloren uren in te halen, maar opeens stond tante Paula voor ons. Ze kwam doorgaans alleen naar onze werkbank om te controleren of alle kledingstukken voor verzending gereed waren.

'Hoe was de ceremonie?' vroeg ze.

'Heel mooi,' zei ma. 'Bedankt dat je me vanmorgen vrijaf hebt gegeven.'

'Kunnen jullie even meekomen?' Haar toon was beleefd, maar ma en ik keken elkaar bezorgd aan. Ik vroeg me af of er iets mis was omdat ma vanmorgen niet aanwezig was geweest.

We liepen achter tante Paula aan, langs Matt, die net het herentoilet verliet. Hij keek me achter de rug van tante Paula aan en deed net alsof hij zich krabde. Ik onderdrukte een lach.

Op het kantoortje nodigde tante Paula ons uit om te gaan zitten. Oom Bob was zeker even weg.

'Ik heb post voor Kimberly.' Ze stak me een dikke kartonnen envelop met het wapen van Harrison Prep toe.

Ik pakte hem aan. Hoewel tante Paula heel ontspannen deed, was ik erg zenuwachtig. Waarom had ze ons die envelop niet gewoon aan de werkbank gegeven? Als ze ons naar het kantoor liet komen, betekende dat doorgaans dat ze met ons wilde praten.

'Heb je je aangemeld voor die school?' vroeg ze.

Ik knikte. Ma haalde diep adem, waarschijnlijk om tante Paula het nieuwtje te vertellen, maar tante Paula was haar voor. 'Waarom heb je me niet om advies gevraagd?'

Ma was blijkbaar van gedachten veranderd over wat ze wilde zeggen en merkte op: 'We wilden niet onbeleefd zijn.'

'Natuurlijk niet. Het punt is alleen dat dit een school is waar men de lat erg hoog legt. Ik had jullie kunnen helpen een school te kiezen die beter geschikt is voor Kimberly.'

'Kent u Harrison Prep?' vroeg ik.

'Ja, natuurlijk. Ik heb heel veel tijd gestoken in het zoeken naar een goede school voor Nelson. Harrison Prep is een uitstekende en beroemde school, maar het is ook erg moeilijk om daar een plaatsje te krijgen. En het is een bijzonder dure opleiding.'

'Ja,' zei ma. Net als ik zei ze verder niets. Ik denk dat we allebei zaten te wachten totdat tante Paula haar ware gezicht zou tonen. We wilden weten of ze, voordat ze zou horen hoe het echt zat, haar hulp zou aanbieden of juist niet.

Tante Paula lachte. 'Kleine zus, het verbaast me dat je Kimberly de indruk hebt gegeven dat een dergelijke school binnen haar bereik ligt. Je weet toch hoe duur zo'n opleiding is? Je moet dit aanmeldingsformulier weggooien! Zelfs Nelson werd niet aangenomen. Bovendien is de inschrijving nu toch al gesloten.'

Eindelijk durfde ik iets te zeggen. 'Het is geen aanmeldingsformulier. Het is een brief waarin ze zeggen dat ik ben aangenomen en dat ik een volledige beurs krijg. Dat heeft mijn directrice ons vandaag verteld.'

Tante Paula staarde me aan. Een rode blos kroop langs haar nek omhoog en de moedervlek op haar lip trilde. 'Jij gaat naar Harrison Prep? En dat hebben jullie achter mijn rug om geregeld?' Ze klonk des duivels.

Ik hoorde ma naar adem happen en drukte de envelop tegen mijn borst. De plotselinge, onverbloemde woede van tante Paula maakte ons allebei aan het schrikken.

'Grote zus,' zei ma zacht, 'wat spreek je daar voor vreemde woorden?'

Tante Paula raakte even haar haren aan, alsof dat haar kon kalmeren. Haar vingers trilden van emotie. 'Het verbaast me dat je zoiets belangrijks hebt geregeld zonder eerst met mij te overleggen.'

'Het ging allemaal heel snel, en we hadden niet gedacht dat het zou lukken,' zei ma op geruststellende toon. 'We zijn je erg dankbaar, voor alles wat je voor ons hebt gedaan.'

Tante Paula kwam weer enigszins tot bedaren. 'Ja, natuurlijk ben ik blij dat Kimberly een kans als deze heeft gekregen. En dan te bedenken dat ik bang was dat jullie een blok aan mijn been zouden worden.'

'We kunnen heel goed voor onszelf zorgen.' Ik keek haar recht aan.

Tante Paula keek terug, aandachtig, alsof ze me nog nooit eerder had gezien. 'Ja, dat merk ik.'

Toen ma en ik later weer aan onze werkbank stonden, spraken we niet over wat er was gebeurd. Ik wist dat ma tegenover mij niet wilde toegeven dat tante Paula haar zwakheden had, maar ik begreep heel goed wat er was gebeurd. Heel even had tante Paula haar ware gezicht laten zien, en dat was een lelijk gezicht. We mochten hier werken als we haar verder niet lastigvielen, maar ze vond het niet prettig als we meer succes hadden. En ik mocht niet beter zijn dan Nelson. Met andere woorden, tante Paula zou het helemaal niet erg vinden als we de rest van ons leven in de fabriek en onze woning zouden slijten.

Die zomer kreeg ik regelmatig een ansichtkaart van Annette. Ze adresseerde ze steevast aan 'Juffrouw Kimberly Chang' en ondertekende met 'Hoogachtend, juffrouw Annette Avery'. Ik had haar mijn echte adres gegeven omdat ik niet wilde dat haar post in handen van tante Paula zou geraken, en ik nam aan dat ze, als ze op de kaart zou kijken, te naïef was om te kunnen zien in wat voor soort buurt ik woonde. Ze was op zomerkamp en schreef:

Ik verveel me kapot. Alle andere kinderen zijn stom, en we doen nooit eens iets leuks. Alleen zwemmen, dat vind ik leuk. Als het zo warm is, is het meer tenminste lekker koel. We moeten stomme liedjes zingen en stomme spelletjes doen. Ik wou dat ik bij jou in NYC zat!

Ik had nog nooit een meer gezien en zwemmen kon ik ook niet. Zoals zo veel inwoners van Hongkong in die tijd hadden ma en ik geen geld voor zwemles. Tijdens het werk fantaseerde ik vaak dat ik met Annette aan dat koele meer zat. Zomer in de fabriek stond gelijk aan verstikkende hitte en oorverdovend geraas van ventilatoren. De herrie was zo hevig dat we elkaar niet konden verstaan, en dus was de zomer een tijd zonder woorden. De ramen bleven hermetisch gesloten, waarschijnlijk om te voorkomen dat er iemand van de inspectie naar binnen zou kijken, en de reusachtige fabrieksventilatoren waren de enige vorm van verkoeling die we hadden.

De ventilatoren waren hoog en zwart, net doodskisten, en bedekt met een dikke laag stof. Aan de kap hingen lange dikke draden samengeklonterd vuil die net zo lang heen en weer fladderden in de luchtstroom totdat ze afbraken, en dan raakten ze me in mijn gezicht, of, erger nog, belandden ze op het kledingstuk waaraan ik op dat moment werkte. Ze bliezen verstikkend warme lucht in het rond, en eigenlijk werd de warme hitte van de pers en van de motoren van de naaimachines alleen maar verplaatst naar onze natte lichamen en vice versa, maar we waren blij met alles wat we konden krijgen. Tijdens de pauzes was het zelfs te warm om te spelen, en Matt en ik stonden met uitgestrekte armen en wapperende haren voor de ventilatoren en deden net alsof we konden vliegen.

We hadden meer last van het stof dan gewoonlijk omdat de textielvezels aan onze bezwete lichamen bleven kleven. Mijn blote schouders en nek zaten onder de strepen omdat ik die telkens probeerde af te vegen.

Ondanks de kosten haalde ma toch een paar postzegels voor me, zodat ik Annette ook een kaart terug kon sturen. Het leek ma nuttig als ik leerde in het Engels te schrijven. Ik schreef:

Jammer van vervelen. New York City is ontspannen. Ik doe uitrusten en boeken lezen. Liedjes en spelletjes zijn heel veel stom. Ik hoop je er snel bent. Misschien gaan ma en ik snel op reis.

Vanuit Florida schreef Annette:

Wat fijn dat je in NY zo lekker kunt uitrusten! Bij mijn oma is het best gaaf. Gisteren hebben we gebarbecued en ik heb mijn hotdog in het zwembad gegeten! Waar ga je heen? Veel plezier! Vergeet je beste vriendin niet!

Ze stuurde me ook een ansicht met een plaatje van een kasteel en de tekst 'Magic Kingdom' eronder.
Ik antwoordde:

Ik heb een keer hotdog gegeten en het was erg lekker. Alleen niet de gele saus. Ma en ik gaan misschien niet op reis omdat New York City nu leuk is. Als ik ga op reis, koop ik voor jou een cadeau. Wat vind jij mooi? Bedankt voor mooie kaart. Is je oma van vaders of moeders kant? Ik hoop ze is erg gezond.

Elke avond las ik na thuiskomst uit de fabriek de post van Annette. Ik wilde dolgraag zelf iets bijzonders vertellen, over een tochtje naar New Jersey of Atlantic City, waar sommige vrouwen uit de fabriek waren geweest. Als ik rijk was geweest, had ik cadeautjes voor Annette en ma gekocht, in elke stad in Amerika.
In onze woning waren de muizen en kakkerlakken in grotere

aantallen dan ooit teruggekeerd, en we konden niets onverpakt laten liggen, zelfs niet de tandpasta, omdat er dan binnen de kortste keren een kakkerlak met trillende lange voelsprieten aan zat te knabbelen. We haalden alle vuilniszakken voor de keukenramen weg, en voor het eerst stroomde er weer zonlicht naar binnen. Ik keek of ik de vrouw en de baby in het huis naast ons zag, maar de kamer was leeg. Zelfs het bed was weg. Zodra het warm genoeg was, pakte ma bijna elke zondagavond haar viool en speelde terwijl ik de afwas deed. Vaak duurde dat niet langer dan een paar minuten omdat we nog zo veel werk van de fabriek mee naar huis hadden genomen.

Ik zei een keer tegen haar: 'Ma, u hoeft niet elke week voor me te spelen. U hebt nog zo veel andere dingen te doen.'

'Ik speel ook voor mezelf,' zei ze toen. 'Als ik niet meer speel, vergeet ik wie ik ben.'

Na verloop van tijd werd het zo warm dat ma een kleine ventilator voor thuis kocht en die naast onze matrassen zette. Na het werk kwamen we voor die ventilator weer een beetje op adem, zittend op de matrassen op de vloer, met onze ruggen tegen de wand. Langzaam verschenen er twee gelige vlekken in mensenvorm op die afbladderende verf: een kleine voor mij en een grotere voor ma. Die vlekken zitten daar nu waarschijnlijk nog steeds, en soms droom ik er wel eens over, over onze huidcellen en onze druppels olie en zweet die in die poreuze wand zijn gedrongen en die nooit meer zullen ontsnappen.

Op een zondagmiddag tegen het einde van de zomer stond Annette opeens bij ons voor de deur. Ma en ik waren net bezig knopen aan jasjes te zetten die we vanuit de fabriek mee naar huis hadden genomen. Ik schrok van een hard geluid dat ik zo zelden had gehoord dat het even duurde voordat ik besefte dat het de bel was geweest.

'Wie kan dat nu zijn?' vroeg ma.

Ik rende naar het raam aan de voorkant, en ma riep me achterna: 'Kimberly, pas op, straks zien ze je nog!'

Maar ik keek al naar beneden en zag het ronde gezicht van Annette, omlijst door de wilde krans van haar haar. Mijn knieën knikten. Ik dook weg en verstopte me onder het raam. Ik hoopte dat ze me niet had gezien. Buiten op straat had ik een auto zien staan met een kleine man erin, waarschijnlijk meneer Avery.

De bel ging weer, en toen nog een keer. Ma en ik staarden elkaar aan en durfden niet eens te fluisteren, alsof er fabrieksinspecteurs voor de deur stonden. Ten slotte hield het bellen op en hoorde ik de auto wegrijden.

'Ik denk dat ze weg zijn,' fluisterde ik.

'Wacht even met kijken,' zei ma.

We wachtten nog eens tien minuten voordat ik durfde te kijken of Annette en haar vader echt weg waren.

Een paar dagen later kreeg ik post van haar, en ze schreef:

O, wat zul je dit jammer vinden! Ik ben bij je langsgereden om even hallo te zeggen, maar je was er niet. Ik dacht dat ik iemand voor het raam zag staan, maar helaas. Wat is je telefoonnummer? Waarom heb ik dat nog niet? Tot gauw... op onze nieuwe school!!!!

Als voorbereiding op Harrison kocht ma nieuwe kleren voor me. Ik moest een donkerblauwe blazer hebben om aan de kledingvoorschriften te voldoen, maar het duurde heel erg lang voordat we iets vonden wat we konden betalen. Uiteindelijk stuitten we in een discountwinkel op een donkerblauw exemplaar dat $ 4,99 kostte. Het polyester kriebelde heel erg en de mouwen kwamen tot over mijn handen. Er zaten vullingen in de schouders, die hoog boven mijn echte schouders uitstaken, maar het jasje leek in elk geval een beetje op wat de andere kinderen volgens mij hadden gedragen. Bij Woolworth's kochten we een witte blouse en een donkerblauwe rok.

Ik trok al mijn nieuwe kleren aan en ging voor de spiegel staan. Ik zag een klein Chinees meisje met kort haar dat bijna verzoop in een vierkant ogende blazer. Onder de blazer piepte een goedkope blouse uit, en daaronder reikte een stijve rok tot aan haar magere kuiten. De tailleband van de rok was afgezet met grote nepdiamantjes; we hadden geen rok kunnen vinden die niet was versierd. Ik droeg mijn bruine Chinese muiltjes, de enige schoenen die bij die rok pasten. Het geheel was bijzonder oncomfortabel en ik voelde me verloren in de vormen van iemand die ik niet kende.

Meer kon ik echter niet doen om me op mijn nieuwe school voor te bereiden.

Nu ik op Harrison zat, kon ik de speciale schoolbus nemen die vlak bij mijn oude lagere school een halte had. Toen ik daar voor de eerste keer in mijn slecht passende kleren stond te wachten, herkende ik de bus in eerste instantie niet eens. Het was een gestroomlijnd grijs voertuig met een klein wit bordje met een 8 achter de voorruit. De stoelen waren niet in rijen achter elkaar geplaatst, maar met de rugleuningen tegen de zijwanden van de bus. Die was al half gevuld, er zaten een stuk of zeven kinderen van verschillende leeftijden. Ze waren allemaal blank en droegen allemaal een blazer. Ik liet me op de dichtstbijzijnde stoel zakken, naast een oudere jongen die zo lang was dat zijn uitgestrekte benen tot het midden van de bus reikten.

De volgende halte lag in een buurt die op die van Annette leek, en er stapten nog drie blanke kinderen in. Toen we wegreden, zwaaiden hun ouders naar hen. Annette zou vandaag nog door haar moeder worden gebracht, maar vanaf morgen zou ze samen met mij de bus nemen. Ik was nu al bijna een jaar in de Verenigde Staten, maar ik had nog nooit zo veel blanken bij elkaar gezien. Ik wilde niet te veel staren, maar hun huid en haar waren fascinerend. Het haar van de jongen naast me had de bleke, geel-oranje kleur van gekookte inktvis. Zijn huid was net zo wit als die van Annette, maar zat onder de vlekken. Een meisje dat bij de halte van Annette was ingestapt en schuin tegenover me was gaan zitten, had donkerbruin haar en donkerbruine ogen, net als sommige Chinezen, maar haar huid was veel lichter en ze droeg haar haar uit haar gezicht. Een paar van de andere kinderen begroetten elkaar luidruchtig nadat ze elkaar een hele zomer niet hadden gezien, en er werd druk gekletst over de nieuwe lessen.

We reden een grote parkeerplaats op die al was gevuld met net zulke bussen als de onze, met allemaal een ander nummer achter de voorruit. Het waren er minstens negen en er kwamen er nog meer aangereden. De meeste waren al leeg, maar een paar openden nu pas hun deuren en kinderen stroomden naar buiten.

Ik liep achter de andere kinderen aan langs de parkeerplaats voor personenauto's. Ik zag Annette nergens, en haar moeder ook niet. Een vader die snel langsliep, vroeg aan zijn kind: 'Je weet echt in welk lokaal je moet zijn?' Ik passeerde een groepje oudere leerlingen dat voor het hoofdgebouw stond te lachen. Iedereen was blank. Ik had de plattegrond van Harrison uitvoerig bestudeerd en wist Milton Hall, een gebouw bedekt met klimplanten, moeiteloos te vinden. Het vaste lokaal van onze klas was daar, en daar zouden ook de meeste lessen worden gegeven. Ik liep het trapje op en was zo zenuwachtig dat ik alleen maar oppervlakkig adem kon halen. Twee meisjes die van mijn leeftijd leken te zijn liepen voor me uit naar binnen.

Vlak achter de deur van het lokaal stonden een paar jongens en meisjes die iedereen die naar binnen liep kritisch monsterden. Later ontdekte ik dat ze allemaal samen op de lagere school van Harrison hadden gezeten. En paar meisjes hadden armbandjes met glinsterende bedeltjes eraan en sommige droegen zelfs al oogschaduw en lipgloss.

Toen ik langs het groepje liep, begon een jongen met haar zo rood als gekonfijte gember te fluiten en zei: 'Oooo, mooie rok.' De anderen barstten in gegiechel uit.

Ik deed net alsof ik niets had gehoord en ging snel aan een tafeltje zitten dat tegen de muur stond, zo ver mogelijk bij hen vandaan. Ik nam me voor om nog diezelfde avond de nepdiamantjes van mijn rok te tornen en peuterde er voorzichtig aan terwijl ik naar de andere kinderen keek die binnenkwamen.

Op het eerste gezicht hadden al die blazers er in mijn ogen hetzelfde uitgezien, maar nu zag ik pas echt de verschillen. Sommige meisjes droegen jasjes die korter en strakker waren dan die van de jongens, en ik was blij dat heel veel andere blazers ook schoudervullingen hadden, al was mijn jasje veel langer en wijder dan alle andere. Ik had een briefje thuis gekregen waarin de kledingregels werden uitgelegd (blazer verplicht, geen spijkerkleding, geen korte rokken, geen sweaters) maar merkte nu dat er ondanks die voorschriften heel veel verschillende mogelijkheden waren. Een meisje dat bij het groepje hoorde dat me had uitgelachen, droeg een bruine rok die een flink stuk boven haar knie eindigde. Eronder droeg ze iets wat op een stel wollen kousen zonder voeten leek en een paar korte laarsjes. Een lange jongen met blond haar, net de manen van een leeuw, zat armpje te drukken met de jongen met het rode haar, en toen zijn blazer openviel, zag ik dat het T-shirt dat hij eronder droeg onder de verfspatten zat.

Ik zag dat het meisje met het lange bruine haar dat bij mij in de bus had gezeten achter in het lokaal was gaan zitten. Net als heel veel andere meisjes hield ze haar pluizige haar met een haarband uit haar gezicht. Op dat moment kwam onze mentrix binnen, die tevens onze wiskundelerares was. Ze was blond en slank en bewoog zich even snel als een vogel. Ze las de presentielijst voor, deelde de lesroosters uit en legde praktische dingen uit, bijvoorbeeld waar onze kluisjes waren. Ik was dolblij dat ik een schoon, eigen plekje had waar ik mijn spulletjes kon bewaren.

Ik wist dat Annette niet in dezelfde mentorklas zat als ik en ik miste haar. Ik volgde de andere kinderen van het ene lokaal naar het andere en probeerde uit de buurt te blijven van dat ene groepje, vooral uit de buurt van de jongen met het rode haar. Onze leraar maatschappijleer was meneer Scoggins, een zwaargebouwde man in een net pak en een stropdas. Hij deelde ons met diepe stem mee dat we ten behoeve van zijn vak naar het journaal moesten kijken. We zouden ook net doen alsof we aandelen kochten en de beurs gaan volgen om te zien of we winst of verlies hadden gemaakt. Ik beet op mijn lip, en vroeg me af hoe ik aan een krant met de beurskoersen moest komen.

Ik stak niet mijn hand op als ik het goede antwoord wist. Inmiddels kon ik alles verstaan wat de leraren zeiden, maar het was erg vermoeiend om aan een stuk door naar het Engels te luisteren. Tegen de tijd dat ik Annette in de middagpauze in de kantine trof, was ik al doodop.

Annette omhelsde me stevig. Het metaal van haar beugel glansde. 'O, ik ben zo blij dat ik je weer zie!' zei ze. 'De andere kinderen hier zijn zo raar.'

Ze was tijdens de zomer niet echt bruin geworden, maar ze had wel meer sproeten gekregen, zodat ze donkerder leek als je met toegeknepen ogen van een afstandje naar haar keek. Ze was langer en dunner, maar de stof van haar rok spande nog steeds strak over haar buik. Ook haar haar was gegroeid: het vormde niet langer een krans rond haar hoofd, maar stak als een piramide achter haar uit. Tot mijn grote verbazing pakte ze ook een dienblad en ging naast me in de rij voor de warme maaltijden staan.

'Heb je ook recht op gratis eten?' vroeg ik.

Ze giechelde. 'Nee joh, iedereen eet hier in de kantine. Daar betalen we schoolgeld voor.'

Er was een enorme keus aan salades met allerlei ingrediënten die ik nog nooit eerder had gezien, zoals olijven en Zwitserse kaas. Tot mijn verbazing stond er die dag zoetzuur varkensvlees met gestoomde rijst op het menu, maar dat proefde net zo vreemd als al het andere eten in dit land. De rijst was hard en smakeloos en het varkensvlees had alleen maar een rood kleurtje aan de buitenkant, het was geen echte geroosterde *cha siu*. Maar ik was in elk geval blij dat ik weer naast Annette kon zitten.

Na de middagpauze hadden we biologie, waar ik heel erg van genoot omdat we dingen behandelden die ik in Hongkong al had geleerd, zoals wetenschappelijke notaties en de structuur van cellen. Aan het einde van de les schreef de leraar een vraag op het bord: 'Het genoom van de E. colibacterie telt 4,8 miljoen basenparen, het menselijk genoom heeft er zes miljard. Hoeveel keer groter is het menselijk genoom in vergelijking met de e-coli?'

'Bedenk thuis eens hoe je die vraag zou proberen te beantwoorden,' zei de leraar. 'Heeft iemand al enig idee?'

Niemand verroerde zich.

Langzaam stak ik mijn vinger op, en toen de leraar naar me knikte, zei ik: 'Het is 1,25 maal 10^3, meester.' Ik beet bijna op mijn tong omdat ik weer 'meester' had gezegd.

Zonder op zijn presentielijst te kijken zei hij glimlachend: 'Aha, jij bent vast Kimberly Chang.'

Ik had de hele dag naar de gezichten om me heen gekeken en ontdekt dat ik niet de enige minderheid op deze school was, al waren we met weinig. Ik had in de gangen een Indiaas meisje en een oudere zwarte jongen gezien, maar in mijn klas was iedereen blank.

Het laatste vak die dag was gym en ik was blij dat ik mijn

gympen van thuis had meegebracht. Op mijn oude school hadden we tijdens de gymles vooral lopen dollen en ons achter de anderen verstopt wanneer iemand een bal naar ons toe gooide, maar op Harrison Prep was gym een serieuze aangelegenheid. We kregen te horen dat we meerdere keren per week gymles hadden, en ik begreep nu al dat dat een probleem voor me zou worden. Ma had me geleerd nooit iets te doen wat als gevaarlijk of ongeschikt voor een dame kon worden beschouwd; zo was ze zelf ook opgevoed. 'Niet geschikt voor een dame' sloeg op elke bezigheid waarbij je je knieën van elkaar moest doen of waardoor je rok kon opwaaien. Het deed er niet toe of je ook echt een rok droeg, het ging om het idee. 'Gevaarlijk' had betrekking op min of meer elke vorm van bewegen. Ma had me vaak berispt omdat ik niet goed op mijn rok lette en de neiging had om te snel te hollen. Toen ik daar in die gymzaal stond, voelde ik me voordat ik ook maar een stap had gezet al schuldig tegenover ma.

Maar toen we in de rij moesten gaan staan en onze gymkleding uitgereikt kregen (een groen T-shirt en de wijde korte broek die ik al eerder had gezien) en daarna naar de kleedkamer werden gestuurd om ons te verkleden begreep ik pas echt goed dat ik in de problemen zat.

7

Alle andere meisjes begonnen zich uit te kleden. Op mijn oude school hadden we ons nooit hoeven verkleden voor gym, daar verwisselden we gewoon onze schoenen voor gympen, als we die al niet droegen. Ik drukte mijn nieuwe gymkleren tegen me aan toen ik zag dat iedereen onderkleding uit de winkel droeg. Sommige meisjes droegen zelfs katoenen behaatjes en mouwloze onderhemdjes. En al hun ondergoed was kleurig en duur.

Sommige meisjes waren van boven nog helemaal plat en daar was ik jaloers op. Tijdens de zomervakantie had ik kleine borsten gekregen, en ik deed mijn uiterste best om die te verbergen. Het sprak vanzelf dat hiervoor een oplossing moest worden gevonden, en natuurlijk was ik degene die die oplossing moest bedenken. Alle onderkleren die ik droeg, waren door ma gemaakt en zagen er dus niet fraai uit: een onderbroek van dikke katoen, afgezet met ongelijke rode biesjes die geluk moesten brengen; een bevlekt en pluizend onderhemd met lange mouwen. Alle meisjes keken elkaar met heimelijke blikken aan. Opeens zag ik de toilethokjes aan de andere kant van de kleedkamer. Zwijgend dankte ik de goden en kroop in zo'n hokje om me te verkleden.

Tijdens de eerste gymles zouden we allemaal individueel worden beoordeeld. Er werd gemeten hoe snel we konden rennen, hoe hoog we konden springen en hoeveel push-ups we konden doen, en daarna kregen we een racket in onze handen gedrukt en werden er ballen naar ons toe gegooid die we moesten zien te raken. Ik was erg sterk geworden door het werken in de fabriek en was niet de beste, maar zeker ook niet de slechtste. Dat was zo'n opluchting dat ik me niet langer schuldig voelde dat ik me niet als een dame gedroeg.

Ik begon te begrijpen dat de Amerikanen een zeker atletisch vermogen erg belangrijk vonden, en dat was nieuw voor me. In Hongkong kreeg je een pluim als je goed je best deed op school, maar voor deze leerlingen waren hoge cijfers niet voldoende. Er werd ook van hen verwacht dat ze goed in sport waren en een instrument konden bespelen, en hun tanden mochten niet scheef staan. Ook ik zou aantrekkelijk en veelzijdig moeten worden.

Tegen het einde van de dag had ik de namen van sommige kinderen geleerd: de gemene jongen heette Greg, die met de leeuwenmanen heette Curt, Sheryl was het meisje met de beenwarmers (dat de kousen zonder voeten zo heetten, had ik opgevangen toen een ander meisje haar een complimentje gaf), en Tammy was het meisje met het bruine haar dat bij me in de bus had gezeten.

Na de gymles zat de schooldag voor de andere kinderen erop, maar ik moest drie dagen per week in de bibliotheek werken en had op de vierde dag bijles Engels – ik moest nog zien uit te vinden hoe ik dat allemaal moest combineren met het werk in de fabriek, want ik wilde ma ook blijven helpen. Ik had mijn beurs ontvangen op voorwaarde dat ik een aantal dagen per week in de bieb zou werken.

Ik wist dat de bibliotheek waar ik moest zijn, de bieb van Milton Hall, niet de grote algemene schoolbibliotheek was, maar een kleinere, die vooral was bedoeld om in te studeren. Ik had gedacht dat het een modern, steriel gebouw zou zijn, net als de openbare bibliotheek in Brooklyn, en ik hapte naar adem toen ik de deur openduwde. Deze bieb was klein, intiem en mooi. Lange zonnestralen vielen door ramen met gebrandschilderd glas naar binnen. Een paar leerlingen zaten opgerold in leren fauteuils te lezen.

Een man in een bruingestreepte zijden tuniek was bezig een gardenia op een van de tafels water te geven. Hij en de gymleraar waren de enige mannen zonder pak die ik die dag had gezien. Hij keek op, zag me staan en kwam naar me toe. Ik zag dat zijn tuniek een opstaande, geborduurde kraag had en dat hij een witte katoenen broek droeg.

Zijn haar had, als het niet zo doorschoten was geweest met grijs, even donker als het mijne kunnen zijn. 'Ben jij de nieuwe beursleerling? Ik ben meneer Jamali.' Hij sprak Engels met een licht accent.

We schudden elkaar de hand en ik kon me niet beheersen, ik moest het wel vragen: 'Waar komt u vandaan?'

'Uit Pakistan.' Hij zag me naar het ingewikkelde borduurwerk op zijn tuniek kijken en voegde eraan toe: 'Aha, het is je niet ontgaan. Het hoofd probeert me al jaren in een pak te krijgen, maar ik blijf verzet bieden. Bovendien ben ik ook hoofd van de toneelafdeling, en dan is enige flair wel gerechtvaardigd, vind je niet?'

Meneer Jamali liet me zien wat ik moest doen, en dat was erg eenvoudig. Hij vertelde dat deze bibliotheek slechts een beperkt aantal boeken telde en dat de meeste leerlingen hier dus vooral kwamen om te lezen of hun huiswerk te maken. Ik begreep dat dat betekende dat ik misschien ook wat tijd zou overhouden om hier mijn huiswerk te maken. In het kantoortje achterin stond zelfs een schrijfmachine die ik mocht gebruiken. Ik had zin om in mijn handen te klappen, zo blij werd ik daarvan.

'Meneer Jamali, mag ik ook op andere tijden komen? Ik wil hier graag eerder op de dag werken.'

'Waarom?'

'Omdat...' Mijn stem stierf weg. 'Mijn moeder werkt en ik moet haar na school helpen.'

'Ik begrijp het.' Hij keek me met een begripvolle blik aan. 'Ik zal eens kijken wat ik kan doen.'

In de fabriek zag Matt meteen dat ik andere kleren droeg. 'Nou, als dat geen chique dame is,' zei hij.

Ik keek vast gekwetst, want hij voegde er meteen aan toe: 'Ik bedoelde er niets mee. Je ziet er mooi uit, hoor.'

Ik wist dat hij alleen maar aardig wilde zijn, maar ook dat ik nooit zou vergeten dat hij had gezegd dat ik er mooi uitzag.

Maar ik besefte ook dat het niet verstandig was geweest om hier in mijn schoolkleren te verschijnen: de andere kinderen en tante Paula konden maar beter niet worden herinnerd aan het feit dat ik nu naar een particuliere school ging. Ik besloot me voortaan na aankomst meteen te verkleden en niets over school te zeggen.

'Hoe ging het vandaag?' vroeg ma. Toen ik haar vertrouwde bruine ogen zag, kon ik me voor het eerst in uren weer ontspannen. Ik besefte onder hoeveel spanning ik de hele dag had gestaan en hoe vreemd de wereld van Harrison voor me was.

Ik ging dicht naast haar staan en drukte zonder iets te zeggen mijn voorhoofd tegen haar schouder. Ik wilde dolgraag weer haar kleine meisje zijn. Haar polyester blouse was vochtig van het zweet.

'Gekke meid,' zei ze warm. Ze haalde een hand door mijn haar.

Ik hief mijn hoofd op. 'Ma, ik geloof dat ik nieuw ondergoed nodig heb.'

'Hoezo? Wat is er mis met wat je hebt?'

'We moeten ons voor gymles omkleden en dan zien de andere meisjes wat ik draag. Ik ben bang dat ze me zullen uitlachen.'

'Een fatsoenlijk meisje zal nooit naar het ondergoed van een ander kijken. Hebben ze je vandaag uitgelachen?' In de wereld van ma was ondergoed onzichtbaar. Ze was van mening dat het weinige geld dat we hadden beter kon worden besteed aan dingen die mensen wel konden zien, zoals mijn uniform.

'Nee, maar...'

Ze klonk toegeeflijk. 'Ah-Kim, je moet niet zo gevoelig zijn. De andere meisjes verkleden zich vast ook ergens waar niemand ze kan zien. Je moet niet denken dat de hele wereld naar jou kijkt.' Ze drukte me even tegen zich aan en ging toen weer aan het werk.

Ik staarde naar ma's rug, naar de uitstekende botten van haar ruggengraat, die zichtbaar waren onder haar dunne blouse, en opeens werd ik zo kwaad dat ik haar in die berg jurken wilde duwen die voor haar op de werkbank lag. Maar toen ik de lucht van de fabriek inademde, die altijd maar vochtig was door de persen en naar metaal smaakte, maakte mijn woede plaats voor schuldgevoel. In al die tijd dat we in Amerika waren, had ma nog nooit iets voor zichzelf gekocht, zelfs geen nieuwe jas, hoewel ze die hard nodig had.

Zodra ik pauze kon nemen, probeerde ik de nepdiamantjes van mijn rok te halen, maar dat bleek onmogelijk. Ze waren vastgelijmd op de tailleband, en als ik ze eraf zou peuteren, zouden er lelijke vlekken op de stof achterblijven. Ik doorzocht het karretje waarin we onbruikbare stukken stof gooiden en stuitte op een reep donkere stof waarvan ik een ceintuur kon maken. Het zag er niet echt fraai uit, maar de steentjes waren tenminste onzichtbaar. Ik zag ook een paar rokken liggen die door tante Paula waren afgekeurd en betreurde het dat ik nog niet in een volwassen maat paste.

Zoals gewoonlijk aten ma en ik de rijst die ze van thuis had meegebracht. Voor Chinezen is rijst het echte eten en zijn alle andere ingrediënten, zoals vlees of groente, alleen maar extratjes. We hadden in die tijd zo weinig geld dat ma slechts zelden vlees door de rijst deed.

Toen we die avond rond een uur of half tien thuiskwamen, zat mijn dag er eindelijk op en had ik voor het eerst de gelegenheid om na te denken over wat er allemaal was gebeurd. Ik was op school de hele dag de enige Chinese tussen allemaal blanken geweest. De jongen met het rode haar, Greg, maakte me bang, maar ik vond hem ook fascinerend. Dat kwam niet alleen omdat hij me had uitgelachen, maar ook omdat hij er zo vreemd uitzag, met zijn ongewone haar, zijn lichtgroene ogen en de blauwe aderen onder zijn huid. En dan die meisjes in mijn klas, met hun blauwe oogleden en hun diepliggende ogen met dikke krullende wimpers. Ik staarde in de met verfspatten bevlekte badkamerspiegel naar mijn eigen gezicht. Ik zag er heel anders uit dan die meisjes. Als zij knap waren, wat was ik dan?

De volgende dag ging ik naar een leeg lokaal waar Kerry, die me bijles Engels zou geven, op me zat te wachten. Ze stond op toen ik binnenkwam en gaf me een hand. Ze was vrij klein en ik zag een spleetje tussen haar voortanden toen ze glimlachte. Ze zei dat ze in de bovenbouw zat.

Ik ging zitten en wachtte totdat ze zou zeggen wat ik moest doen of totdat ze een grammaticaboek zou pakken. Zij bleef ook zitten wachten.

Toen zei ze: 'Wat wil je doen, Kimberly?'

Ik staarde haar aan. Zij was degene die bijles gaf. In Hongkong was het ongehoord dat iemand die lesgaf de leerlingen om hun mening vroeg.

Ze leunde achterover. 'Waar heb je de meeste hulp bij nodig?'

Bij alles. Ik dacht even na. 'Spreken.'

'Goed. Zullen we dan gewoon met elkaar gaan praten? Dan verbeter ik je wel als je iets fout doet.'

'Ja! Graag!' Ik was zo blij dat ik iemand had die me kon helpen mijn Engels te verbeteren dat ik haar wel kon omhelzen.

Tijdens het gesprek dat volgde, ontdekte ik dat ook zij een leerlinge met een beurs was. Toen ze mijn verbazing zag, legde ze uit: 'Niet iedereen die een beurs krijgt behoort tot een minderheid. Harrison is gewoon een erg dure school.'

'Vind je het leuk aan Harrison?'

'"Vind je het leuk op Harrison?"' verbeterde ze me. 'Ik moest zeker in het begin heel erg aan deze school wennen, maar het helpt heel erg als je iets aan buitenschoolse activiteiten doet. Je weet wel, tennis of lacrosse. Of als je bij de schoolkrant gaat.'

'Ja, dat is goed idee,' zei ik, al wist ik nu al dat ik daar geen tijd voor zou hebben. Als ik ma niet zou helpen, zou ze haar werk nooit op tijd af hebben.

Iedereen was bang voor Greg en zijn vrienden. Hij had het altijd op bepaalde leerlingen gemunt en koos zijn slachtoffers wel-overwogen en met zorg: Elizabeth, die een lijkbleke huid vol sproeten had en zo verlegen was dat ze bijna nooit iets zei, werd het Waterpokkenmeisje genoemd; Ginny, die een vaag snorretje had, kreeg telkens te horen dat ze zich moest scheren; en Dun-can, die hoorbaar door zijn neus ademhaalde, ging als Darth Duncan Vader door het leven. Greg had ook gemerkt dat mijn kleren naar mottenballen roken; zo hielden ma en ik de kakker-lakken op afstand. Wanneer ik langsliep, hoefde Greg alleen maar zijn neus dicht te knijpen of zijn vrienden lagen al in een deuk van het lachen. Dat geluid achtervolgde me nog lang door de gangen.

De leerstof was veel moeilijker dan op de lagere school. Ik was blij dat meneer Bogart niet langer mijn leraar was, maar ik moest mijn best doen om de anderen bij te houden. Een van de grootste struikelblokken was de dagelijkse overhoring over ac-tuele gebeurtenissen bij het vak maatschappijleer, waar ik tel-kens een slecht cijfer voor haalde. Meneer Scoggins begreep niet waarom we niet elke dag naar het journaal van zes uur keken of de *New York Times* van onze ouders lazen.

'Als jullie iets niet begrijpen, moeten jullie het ook aan jullie ouders vragen,' zei hij. 'Discussies over het nieuws behoren tot de belangrijkste gesprekken die we met elkaar kunnen voeren.'

Ik probeerde me voor te stellen dat ma en ik aan een lange

glanzende eettafel zaten, zoals ze bij Annette thuis hadden, en dat ma me alle details van Watergate uitlegde. Toen we voor school een artikel over natuurbescherming moesten lezen, sneed ik dat onderwerp thuis aan, maar ma vroeg zich verbijsterd af waarom je een tijger zou willen redden. 'In mijn oude dorp in China heeft een tijger een keer een baby gedood,' vertelde ze met een droevig gezicht.

Soms zag ik dat ze in mijn boeken keek en probeerde te bepalen hoe je een bepaald woord uitsprak, maar ze bleef van rechts naar links lezen. In Chinatown had ze een dun boekje gekocht waaruit ze Engels trachtte te leren. Ik hielp haar soms op zondag, maar ma was altijd al slecht in vreemde talen geweest, en bovendien waren de twee talen zo verschillend dat ik haar net zo goed had kunnen vragen om van kleur ogen te veranderen.

In de fabriek zette ik tijdens het werken telkens de radio aan in de hoop dat ik op de hoogte zou blijven van het laatste nieuws, maar het grootste deel was niet te verstaan omdat we zo dicht bij de sissende kledingpersen stonden. En ze gebruikten zo veel woorden die ik nog niet kende. En zelfs wanneer ik wel verstond wat ze zeiden, wist ik nog niet wat ze precies bedoelden omdat het me aan de nodige achtergrondkennis ontbrak.

Bij biologie en wiskunde ging het beter omdat ik die vakken veel gemakkelijker vond, maar bij de andere lessen had ik drie keer zo veel tijd nodig voor een boek in het Engels als ik voor een tekst in het Chinees nodig zou hebben gehad. Ik kon nooit snel iets doorlezen. Als mijn concentratie heel even verslapte, werd alles al volkomen onbegrijpelijk en moest ik weer opnieuw beginnen. Telkens moest ik woorden in het woordenboek opzoeken. Vaak begreep ik amper de vragen, laat staan de antwoorden die ik diende te geven.

Geef een voorbeeld van de rol die het thema 'geweld' vanaf het begin tot het einde in dit verhaal speelt. Op welke manier komt het gewelddadige aspect in de belangrijkste personages tot uiting?

Ik keek op en zag dat ma op het punt stond naar bed te gaan. Haar tere gestalte stond krom onder het gewicht van alle lagen kleren onder het wollige vest dat ze had gemaakt van de knuffeldierenstof die we in de container hadden gevonden. Ze had haar handschoenen aangetrokken maar bleef in haar handen wrijven om ze warm te krijgen. De zomer daarvoor had ik een kinderboek gelezen waarin de vader op een gegeven moment zijn dochter leert hoe ze een cheque moet uitschrijven. Ik moest vaak aan die scène denken.

'Kan ik je ergens mee helpen?' vroeg ma.

'Nee, ma.'

Ze zuchtte. 'Je moet zo hard werken. Ga niet te laat naar bed, kleintje.'

Ik wilde dolgraag naar bed. Ik voelde dat mijn hoofd steeds zwaarder werd, dat mijn nek en mijn ogen het bijna opgaven. De woning was donker en leeg. In de keuken scharrelden een paar muizen heen en weer.

Ik wreef over mijn slapen en las de vraag nogmaals.

Een paar weken later had ik me net omgekleed in een van de toilethokjes toen ik boven me een geluid hoorde. Ik keek op en zag schaduwen bewegen boven de grote lichtkoepel in het dak.

'Jongens!' krijste een van de meisjes.

Boven onze hoofden klonk gelach en het geluid van voetstappen, en de schaduwen verdwenen.

De meeste meisjes waren niet van streek door deze gebeurtenis, maar leken juist aangenaam verrast en begonnen druk met elkaar te fluisteren. De volgende dag riep Greg me in de gang achterna: 'Zit je boxershort wel lekker?'

De jongens en meisjes om hem heen barstten in lachen uit. Ik liep door, maar kon wel door de grond zakken van schaamte. Er moest iets gebeuren.

'De andere kinderen beginnen me te pesten vanwege mijn on-dergoed,' zei ik in de fabriek tegen ma.

Ze kromp ineen, en daar was ik blij om. Ik wilde haar straffen omdat ze me eerst niet had willen geloven. Dit was haar schuld.

'Hoe hebben ze je kunnen zien?' vroeg ze, zonder me aan te kijken.

De pijn die al het pesten bij me had opgeroepen deed me overkoken als een pan rijst op het vuur. 'Ik zei toch dat iedereen zich samen omkleedt en dan alles kan zien! We zijn niet meer in China, ma!'

Ze zweeg even. Toen zei ze: 'We gaan zondag wel iets kopen.'

De rest van de week moest ik het zien te verdragen, totdat we tijd hadden om iets nieuws te kopen. Sheryl probeerde in het hokje te gluren wanneer ik me ging verkleden, en ik hoorde haar en haar vriendinnen giechelen aan de andere kant van de deur. Hun gelach werd steeds gemener, alsof het feit dat ik dit ondergoed bleef dragen hun stilzwijgend toestemming gaf om me te pesten.

Die vrijdag was ik zo wanhopig dat ik onder mijn kleren mijn badpak aantrok in plaats van mijn ondergoed. Het badpak, dat ik bij wijze van afscheidscadeau van een van onze buren in Hongkong had gekregen, was eigenlijk iets te klein: de bandjes sneden in mijn schouders en je zag de gele stof door mijn witte korte broek heen, maar ik vond het geruststellend dat het zo strak zat. Dit was in elk geval een nieuw kledingstuk dat in een winkel was gekocht, dit zat in elk geval strak en aansluitend, net als het ondergoed van de anderen.

Tijdens de gymles deed Greg zijn uiterste best om aan letter-

141

lijk iedereen te vragen of we die dag soms gingen zwemmen.

Ik besefte dat ik het alleen maar erger had gemaakt.

We kochten bij Woolworth's een pakje met onderbroeken, maar omdat ze daar geen beha's hadden die klein genoeg waren, moesten we daarna nog naar Macy's aan de overkant van de straat. Tante Paula had verteld dat ze daar altijd winkelde. Daardoor wisten we dat wij het ons niet konden veroorloven, maar we hadden geen andere keus.

De meeste klanten werden onder de fonkelende lampen door verkoopsters met parfum besproeid, maar ze sloegen ma en mij over. We waren te armzalig gekleed, te Chinees. De toonbanken stonden vol spulletjes waarnaar we niet durfden te kijken: leren handtassen, nepdiamanten, lippenstift. Vrouwen in witte jassen maakten meisjes op die op krukjes zaten. De hele winkel rook weelderig en exotisch.

Op de lingerieafdeling waren de nachthemden, korsetten, onderjurken en beha's in alle mogelijke kleurtjes als snoepgoed uitgestald. Ma keek naar een prijskaartje en schudde haar hoofd.

Het was duidelijk dat ik de enorme beha's die hier hingen nooit zou passen. Die waren voor vrouwen met echte borsten, niet voor de bultjes die bij mij begonnen te groeien.

'Ga eens iemand om hulp vragen,' zei ma.

Ik wilde niets liever dan dat zij het aan iemand kon vragen, dat zij de leiding kon nemen zoals de moeder van Annette dat ongetwijfeld zou doen. Ik pakte een beha die er zelfs aan het hangertje voluptueus en goedgevuld uitzag en liep ermee naar een van de verkoopsters. Ma bleef achter me staan.

Voordat ik ook maar een woord had gezegd, bloosde ik al over mijn hele lijf. 'Hebt u dit? Voor mij?'

Tot mijn grote ontzetting barstte de zwarte mevrouw uit in lachen, maar toen ze mijn gezicht zag, probeerde ze haar gegiechel te onderdrukken. 'Het spijt me, lieverd, maar jij bent nog zo klein en dit is zo'n grote maat.' Ze had een dreunende stem.

'Kom maar mee,' zei ze. 'Jij hebt een juniorbeha nodig. Welke maat heb je?'

'Dat weet ik niet. Zeventig?' Ik deed een gok aan de hand van ma's beha's, die ze in Hongkong had gekocht en die Europese maten hadden.

De vrouw begon weer te lachen. 'O, je bent me er eentje. Op een dag zul je heus wel een echte vrouw worden, daar kun je zeker van zijn, maar geef het even de tijd, schat. Kom, dan zal ik je opmeten.'

Ik trok mijn trui uit en zij pakte een meetlint. Ik schaamde me voor mijn zelfgemaakte hemd, maar daar zaten in elk geval geen gaten in. Als het de vrouw al opviel, dan zei ze er niets over. Ik staarde naar de vloer terwijl zij het meetlint om mijn borst legde.

'30AAA,' meldde ze. De hele winkel kon haar horen. Ze haalde een kartonnen doosje uit het rek en gaf het aan me. 'Wil je passen?'

'Nee, dank u.' Ik pakte het doosje uit haar handen, liet ma snel betalen, en we liepen naar buiten. Toen ik thuis de beha uitpakte, zag ik dat het niet meer dan een plat lapje katoen was, maar toen ik hem aantrok, leek het kledingstuk toch iets meer op wat de andere meisjes droegen.

Maar het nieuwe ondergoed kwam te laat. Het pesten was al begonnen, en nu het eenmaal op gang was gekomen, als een trein die aan snelheid won, was het niet meer te stoppen.

Ik begreep helemaal niets van de andere kinderen en vroeg me af of ik het met Annette moest bespreken. We zagen elkaar elke dag in de bus en tijdens de middagpauze, en zij kletste over haar lessen en de kinderen uit haar klas en zei vaak dat die lang niet zo slim of aardig waren als ik. Tijdens de meeste van onze gesprekken zat ik haar er vooral van te overtuigen dat een bepaalde jongen geen hekel aan haar had. Het viel haar niet op dat ik bijna nooit iets over mezelf vertelde, maar dat nam ik haar niet kwalijk. Eigenlijk wilde ik helemaal niet over mezelf praten. Het was een opluchting om even in haar wereld te zijn, en door niets te zeggen, deed ik alsof dat ook mijn wereld was. Ik wilde niet dat ze zou merken hoe moeilijk ik het had.

Ik zei er echter wel iets over tegen Kerry tijdens de bijles. Ze keek me nadenkend aan. 'Ze horen je niet te pesten,' zei ze. 'Je moet het tegen je docenten zeggen.'

Maar ik was bang dat de school me dan als een probleem zou zien en ze er spijt van zouden krijgen dat ze me hadden toegelaten. In Hongkong zouden de docenten bovendien de ouders van de leerlingen in kwestie vragen om met elkaar om de tafel te gaan zitten, en wat kon ma in vredesnaam tegen de ouders van Greg beginnen?

Ten slotte besloot ik aan Matt in de fabriek te vragen wat ik moest doen. 'Je moet me helpen,' zei ik.

'Voor hulp ben je bij mij aan het goede adres,' zei Matt.

'Ik word gepest op school.' Ik bloosde van schaamte toen ik die woorden hardop zei. 'Ik wil dat ze ophouden.'

Zijn goudbruine ogen keken me vriendelijk aan. 'Dat is gemeen. Een paar van die idioten hebben dat ook bij Park en mij gedaan.'

'En wat deden jullie toen?'

'Ik ben met de aanvoerder van dat groepje gaan vechten. Maar dat is niet echt een goed idee voor een meisje.'

'Ik heb een keer gevochten, met de grootste jongen uit mijn klas.'

'O ja? Jij met je magere armpjes?'

'Nou ja, het was niet echt vechten. Later bleek dat hij me eigenlijk wel leuk vond.'

'Misschien is dat nu ook zo.'

'O nee, echt niet.' Toen moest ik glimlachen. Ik was er zeker van dat Greg geen oogje op me had, maar Matt had me wel op een idee gebracht.

En dus wachtte ik tot de volgende gymles, al wist ik tot het allerlaatste moment niet of ik de moed zou hebben om mijn plan uit te voeren. Mijn hart bonsde zo hevig dat ik bijna geen adem kon halen. Even bleef ik in de deuropening van de grote gymzaal staan, en toen liep ik naar hem en zijn groepje vrienden toe. 'Greg.'

De meesten van deze kinderen hadden me nog nooit iets horen zeggen, en zeker niet tegen hem. Ze vielen allemaal stil. Greg keek naar me.

Ondanks mijn knikkende knieën glimlachte ik zo lief als ik maar kon. 'Het spijt me.'

Hij keek me niet-begrijpend en ook een heel klein beetje beschaamd aan. Waarschijnlijk had hij heel goed in de gaten dat hij degene was die zijn excuses hoorde aan te bieden. 'Waarvoor?'

'Je doet zo je best om mijn aandacht te trekken, maar ik vind je gewoon niet aardig. Niet op die manier.' Toen boog ik me naar hem toe en gaf hem een, naar wat ik hoopte, neerbuigende zoen op zijn wang was. Ik was echter zo zenuwachtig dat ik verkeerd mikte en hem in plaats daarvan op zijn mondhoek raakte, maar dat was in de ogen van de kinderen om ons heen waarschijnlijk des te overtuigender. Ondanks al zijn bravoure was Greg ook nog maar een jongen van twaalf, en hij schrok zo van mijn kus dat hij hevig begon te stuntelen, alsof hij door een zwerm bijen was gestoken. De witte stukjes huid die tussen de sproeten zichtbaar waren, kleurden vuurrood.

Ik was nog steeds niet gewend aan de felle kleuren die blanken konden krijgen en schrok zo dat ik naar achteren sprong, maar tegen die tijd was de hele gymzaal al in lachen uitgebarsten.

'Greg die is op Kimberly, Greg die is op Kimberly,' begonnen de jongens te roepen.

'O, toe nou,' wist hij uiteindelijk uit te brengen, maar hij legde even zijn vinger op zijn onderlip – ik denk uit pure verbazing – en dat maakte het geplaag alleen maar erger.

'Voel je de kus nog branden?' vroeg Curt met een ondeugend lachje.

Ik weet niet hoeveel kinderen me echt geloofden en hoeveel van de gelegenheid gebruikmaakten om Greg, die iedereen wel een keer te grazen had genomen, terug te pakken, maar hierdoor veranderde alles. Greg begon me te mijden, en kort daarna hield het pesten helemaal op.

Ik deed op mijn beurt mijn best om tante Paula te mijden, maar op een dag liep ik haar toch tegen het lijf toen ik de fabriek binnenkwam. Ik had me nog niet omgekleed en ze keek nadenkend naar mijn schoolkleren. Ik zei hallo en liep toen snel naar het toilet om me te verkleden.

Even later kwam ze naar ons toe.

'Grote zus,' zei ma, bezorgd. Het was nog geen tijd voor de gebruikelijke inspectie. 'Is er iets?'

'Nee, natuurlijk niet,' zei tante Paula. 'Ik zat net te denken dat jullie al een hele tijd geen rijst meer bij ons thuis hebben gegeten.' 'Rijst' betekende 'avondeten'. 'Zal ik oom Bob vragen of hij jullie zondag ophaalt?'

We probeerden niet te laten merken dat haar gulle gebaar ons hevig verbaasde. Sinds we ruim een jaar geleden naar onze eigen woning waren verhuisd, had tante Paula ons nog maar één keer eerder bij haar thuis uitgenodigd. 'Je geeft ons zo veel gezicht.'

'Nee, nee. En laat Kimberly iets moois aantrekken. Misschien haar schoolkleren?'

Nu was ook ik verbaasd. Toen tante Paula ons weer alleen had gelaten, zei ik tegen ma: 'Ik dacht dat ze boos was omdat ik nu op Harrison Prep zit.'

Ma dacht even na. 'Tante Paula verzet zich nooit tegen dingen die ze toch niet kan veranderen. Daar is ze veel te praktisch voor.'

'Maar waarom is ze dan niet langer boos?'

'Dat heb ik niet gezegd. Als we bij haar thuis zijn, moet je een heel klein hartje tonen.' Daarmee bedoelde ma dat ik voorzichtig moest zijn. 'Je moet je nederig opstellen.'

'Als tante Paula alleen zichzelf telt, waarom heeft ze ons dan uitgenodigd?' 'Jezelf tellen' betekende dat je jaloers was.

Ma slaakte een zucht. 'Ah-Kim, dat soort dingen mag je niet vragen. Een goed opgevoed Chinees meisje stelt geen onbescheiden vragen.'

'Ik wil gewoon weten hoe ik me daar moet gedragen.'

Ma zweeg even en besloot toen antwoord te geven. 'Als tante Paula iets niet kan veranderen, gaat ze kijken hoe zij en haar gezin er toch baat bij kunnen hebben.'

Eindelijk begreep ik het. 'Nelson. Ze wil dat ik het goede voorbeeld geef.'

Ma knikte. 'Wees aardig tegen hem.'

Bij tante Paula thuis was het heerlijk warm. Ik merkte dat ik opvallend lang bij de radiator in de woonkamer bleef hangen. Nelson zag me zitten en slenterde naar me toe. Ook hij droeg zijn schooluniform, een donkergroene blazer en een lichtbruine broek. En op dat moment begreep ik het. We droegen allebei onze schoolkleren omdat tante Paula wilde laten zien dat hij ook op een particuliere school zat. Ze had gezegd dat ik in mijn schoolkleren moest komen zodat ze hem ook in zijn uniform kon steken.

Nelson zei op zachte toon, zodat de grote mensen ons niet konden horen: 'Jij krijgt rode oogjes als je ons huis ziet, hè?'

Nelson had mij nooit beter kunnen beledigen dan ik hem, en zeker niet in het Chinees. Ik gaf hem een klopje op zijn arm. 'Wat jammer dat jouw verstand net een lantaarn van koeienhuid is. Het maakt niet uit hoe vaak je hem aansteekt, hij zal nooit fel branden.'

Op dat moment werden we onderbroken door tante Paula, die vanuit de keuken riep: 'Tijd om rijst te eten!'

We gingen allemaal rond hun tafel zitten: oom Bob, Godfrey, Nelson, tante Paula, ma en ik. De tafel stond vol met lekkernijen zoals roergebakken garnalen met lycheepitjes, gestoomde paprika gevuld met vlees en een hele zeebaars gepocheerd in gember en sjalotten.

'Je serveert een gouden draak op een schaal,' zei ma. Mijn tante had zich enorm uitgesloofd.

Ze had nog nooit eerder zo veel moeite voor ons gedaan en ik begreep dat we in haar achting waren gestegen. Maar ze was niet alleen onder de indruk van mijn prestaties, het was meer dan dat. Ik kende haar goed genoeg om te weten dat het niet zo simpel kon zijn. Misschien besefte ze dat ik nu mogelijk een grotere bedreiging voor haar vormde en dat ze ma en mij voor alle zekerheid maar beter iets fatsoenlijker kon behandelen.

Tijdens het eten wilde tante Paula weten wat de uitslagen van al mijn toetsen waren geweest en hoe ik erin was geslaagd om op Harrison Prep te worden toegelaten. Ik vertelde haar in grote lijnen wat er was gebeurd, maar liet de meeste details achterwege.

'En wat voor cijfers haal je nu, nu je op zo'n exclusieve school zit?' vroeg ze.

Ik staarde naar mijn kommetje met rijst. 'De vakken zijn niet zo gemakkelijk.'

'O? Zelfs niet voor zo'n slimme meid als jij?'

'Ik had een tien voor mijn laatste toets Engels,' kwam Nelson tussenbeide. 'Wat had jij?'

Ik had net een lycheepit in mijn mond gestoken en beet zo

hard op mijn eetstokje dat ik mijn tanden in het hout voelde dringen. 'Nelson, we zitten niet eens op dezelfde school.'

'Dat weet ik. Maar wat had jij?' vroeg hij.

Ik schaamde me, maar ik moest wel eerlijk zijn. 'Een zes komma zeven.'

Nelson begon te stralen. Oom Bob, die net bezig was Godfrey een lepel rijst te voeren, bleef even doodstil zitten.

'Aaah.' Tante Paula liet haar adem ontsnappen. Haar zucht drukte opluchting en tevredenheid uit. Blijkbaar was haar behoefte om mij te zien falen groter dan haar verlangen om Nelson door middel van mij onder druk te zetten.

Ma fronste. Ze had nog nooit meegemaakt dat ik zo'n laag cijfer had gehaald. 'Dat had je me nog niet verteld, Ah-Kim.'

'Het is niet erg, ma,' zei ik. 'Ik doe mijn uiterste best.'

'Je moet wel oppassen met die beurs van je, Kimberly,' merkte tante Paula fijntjes op, al wist ik dat ze niets liever wilde dan dat ik dat geld zou verliezen. 'Straks trekken ze die nog in.'

'Dat weet ik,' zei ik. Daar was ik diep in mijn hart voortdurend bang voor, maar ik durfde er niet met ma over te praten. Nu hadden tante Paula en Nelson mijn angst boven tafel gekregen. Ik keek tante Paula recht aan. 'Ik heb helaas niet zo veel tijd om te leren omdat ik tot laat op de avond in de fabriek moet werken.'

Ma onderbrak me. 'Je kunt je hart vrijlaten, grote zus.' Dat betekende dat tante Paula zich geen zorgen hoefde te maken. 'Ah-Kim doet altijd haar uiterste best, met alles. Neem nog wat gevulde paprika.' Ze reeg een stukje aan haar stokje en legde het in het kommetje van tante Paula, mij ondertussen met haar blik duidelijk makend dat ik mijn mond moest houden.

Ik gehoorzaamde en ma veranderde van onderwerp.

Ook Annette had moeite om zich aan het nieuwe leven op Harrison Prep aan te passen, zij het om andere redenen dan ik. Ze kwam net als de meeste andere leerlingen uit een goed nest, maar ze zag er te afwijkend uit en zei te veel gekke dingen om zomaar te worden geaccepteerd. Elke ochtend hield ik in de bus een plaatsje naast me voor haar vrij, en zodra ze was ingestapt hadden we het gedurende de rest van de rit over school en over de jongens die zij leuk vond. Ik gaf niets om jongens; ik had het te druk met het tempo van de rest van de klas bijhouden en de jongens in mijn klas waren alleen maar bezig met geintjes uithalen en meisjes plagen.

Soms keek Tammy, het meisje met het bruine haar, in de bus even onze kant op, en af en toe zat ze in de klas naast me.

'Ik had je gisteren willen bellen om te vragen wat het huiswerk was,' fluisterde ze een keer tijdens wiskunde tegen me. 'Maar ik zag je nummer niet in de schoolgids staan.'

'We hebben een ander nummer gekregen,' zei ik. Dat leugentje had ik ook altijd tegen Annette verteld, en ten slotte had ze er niet langer naar gevraagd.

'Wat is je nieuwe nummer? Dan schrijf ik het op.'

'We hebben problemen met de verbinding. Er wordt bij ons in de straat aan de kabels gewerkt.'

'O.' Tammy keek me even vreemd aan, en daarna zat ze vaker bij het groepje van Sheryl, Greg en hun vrienden.

Ik knoopte alles in mijn oren wat Kerry me tijdens de bijlessen vertelde, en ze zei dat ze nog nooit een leerling had gezien die zo snel vooruitgang boekte. Ik wist echter dat ik nog een lange weg te gaan had en besteedde elke vrije minuut die ik had aan het bijspijkeren van mijn Engels.

Tijdens het tweede semester van dat eerste jaar had ik meer moeite om mijn medeleerlingen te begrijpen dan mijn docenten. Ik kon hun gesprekken amper volgen; niet alleen omdat ze zo veel modewoorden gebruikten, maar ook omdat ze een heel andere culturele achtergrond hadden. Op een dag meende ik iets te kunnen opsteken over religie toen ik Curt aan het andere einde van de tafel in de kantine over nonnen en priesters hoorde praten.

Ik had niet echt naar het begin van zijn verhaal geluisterd omdat Annette tegen me aan zat te kletsen, maar nu ving ik een paar woorden op: 'komen een stel nonnen biechten... pik van een man gezien... was uw ogen met wijwater en uw zonden zijn vergeven... aangeraakt... was uw handen met wijwater...'

Ik spitste mijn oren omdat ik meer over hun geloof wilde weten, en ik had niet gedacht dat Curt zo serieus kon zijn.

Curt vervolgde: 'En toen begonnen die andere twee nonnen opeens te vechten. De priester haalt ze uit elkaar en vraagt wat er aan de hand is. Zegt de ene non: "Ik ga echt niet mijn mond met dat wijwater spoelen als zij er eerst met haar kont in heeft gezeten!"'

Toen ik de andere jongens hoorde brullen van het lachen, alsof ze overduidelijk wilden maken dat ze het hadden begrepen, besefte ik dat het geen spirituele discussie was geweest, maar gewoon een vieze mop. Ik had geen idee wat wijwater was en dacht dat pikken iets met stelen te maken had, en dus ging de mop volledig langs me heen. Annette was de hele tijd blijven praten, dus ik kon haar niet vragen hoe het zat omdat ze dan zou weten dat ik niet naar haar had zitten luisteren.

Ondanks dit alles was ik elke dag weer dolblij dat ik op Harrison Prep zat. Wanneer ik het door graffiti geteisterde deel van Brooklyn waar wij woonden achter me had gelaten en bij de school aankwam, waar de gazons groen waren en de vogeltjes floten, had ik het gevoel dat ik in een paradijs was beland.

Het was ook fijn dat we geen gekke opdrachten kregen, zoals het maken van kijkdozen. Hier bestonden de opdrachten uit toetsen en werkstukken, die ik gemakkelijker vond en waarvoor ik geen andere materialen hoefde aan te schaffen. Soms begreep ik de aanwijzingen van de docent in de klas niet goed, maar het deed er niet zo veel toe, omdat een groot deel van de opdrachten te maken had met wat ik thuis had gelezen en ik dus al enige achtergrondkennis had. En wanneer ik spelfouten maakte, werden mijn docenten niet kwaad. Ze baseerden mijn cijfers op de vorderingen die ik had geboekt en vergeleken mijn prestaties niet met die van de andere leerlingen, voor wie Engels de moedertaal was. Sommige docenten namen de moeite om al mijn spelfouten te verbeteren, en daar leerde ik heel veel van.

Wanneer ik in de bieb aan het werk was, was meneer Jamali er meestal niet, maar ik wist dat ik hem altijd op zijn werkkamer boven of in het schooltheater kon vinden als ik hem nodig had. Soms stond hij echter zomaar opeens naast me en keek over mijn schouder. Toen hij merkte dat ik boeken als *Verbeter uw vocabulaire in drie maanden* gebruikte, begon hij oude boeken en tijdschriften voor me opzij te leggen die anders toch zouden worden weggegooid. Het was van alles wat: *Geschiedenis van de filosofie*, *Moll Flanders*, *Een tuin in uw vensterbank*. Ik las het allemaal en bewaarde de tijdschriften op een stapeltje naast onze kapotte radiator.

Tegen het einde van het jaar presteerde ik bij de meeste vakken best aardig, op maatschappijleer na. Ter compensatie van alle overhoringen over actuele onderwerpen die ik niet had gehaald, liet meneer Scoggins me een extra werkstuk maken. Ik wist mijn beurs te behouden, en langzaam kreeg mijn talent voor leren weer de kans tot volle wasdom te komen. Ma en ik zorgden er echter wel voor dat we niets tegen tante Paula zeiden.

Aan het begin van mijn tweede jaar op Harrison Prep oordeelde de school dat ik niet langer bijles nodig had. Ik zou Kerry en haar adviezen heel erg missen, maar ik wist dat ik het als een compliment moest beschouwen. Mijn Engels was aanzienlijk verbeterd. De meeste kinderen in mijn klas waren dezelfde als in het eerste jaar, maar ik kende ze nog steeds niet echt goed. Ze waren bezig met allerlei nieuwe activiteiten en hielden er na schooltijd een druk sociaal leven op na, en dat was iets wat ik alleen maar vanaf de zijlijn kon gadeslaan. Ze deden aan toneel, speelden lacrosse, basketbal en tennis, en sommige meisjes waren alleen maar bezig met het aanmoedigen van het footballteam. Ik ving genoeg van hun gesprekken op om te kunnen concluderen dat ze 's avonds met zijn allen uitgingen. Wat me echter het meeste opviel, was hoe ontspannen en gelukkig de anderen overkwamen. Ik zag Tammy vaak lachen met haar vriendinnen, al bleef ze ook aardig doen tegen mij. Curt en Sheryl, de twee populairste leerlingen van onze klas, flirtten ten overstaan van iedereen als bezetenen met elkaar.

Afgezien van Annette, die Sheryl maar oppervlakkig vond, bekeken alle meiden Sheryl met een mengeling van afgunst en bewondering. Toen ze de grenzen van de kledingvoorschriften opzocht en met haar rok tot halverwege haar dijen opgetrokken op school verscheen, liepen de meeste meiden er binnen een week ook zo bij. Overal waren bleke benen te zien. En Curt leek gewoon te stralen van belofte. Dat kwam vooral doordat hij besefte dat hij zo bijzonder was, en niet door zijn knappe uiterlijk.

Ik deed niet eens mijn best om erbij te horen, met als excuus dat ik toch nooit echt deel van hun leven zou kunnen worden. Ik had nog steeds mijn werk in de fabriek, maar ook als dat niet zo was geweest, had ma me nooit met de anderen uit laten gaan. Zoiets deden nette Chinese meisjes met haar achtergrond niet.

Op een dag liep ik tijdens de middagpauze toevallig vlak achter Greg en een paar van zijn vrienden, onder wie Tammy, door de gang.

'Ga je vanavond ook naar *Rocky Horror*?' vroeg Greg aan Tammy.

'Ja, natuurlijk,' zei ze. 'We kunnen eerst bij mij bij verzamelen, als jullie dat leuk vinden.' Tot mijn verbazing draaide ze zich om en keek me glimlachend over haar schouder aan. 'Kimberly, heb je ook zin om mee te gaan?'

'O, dat weet ik niet.' Ik probeerde tijd te rekken. Ik wist dat ik toch niet kon gaan, maar wilde net doen alsof het wel tot de mogelijkheden behoorde. 'Hoe laat spreken jullie af?'

Ze keek even naar Greg, die net zo leek te schrikken als ik van het idee dat ze mij had gevraagd. 'Een uur of elf?'

Verbaasd knipperde ik met mijn ogen. Om elf uur zaten we toch gewoon op school? Gelukkig zei ik niets en kon ik dus niet verraden hoe onwetend ik was, en Tammy vervolgde al: 'Het is nog geen half uurtje rijden naar het centrum, dus als we om elf uur afspreken, kunnen we rond middernacht in de Village zijn.'

'Nee, laten we het iets eerder doen. Ik kan wel wat te drinken regelen,' zei Greg.

Terwijl ze afspraken wanneer en waar ze elkaar zouden ontmoeten, probeerde ik te begrijpen wat ze allemaal bedoelden. Een voorstelling die pas om middernacht begon. En waarom zou Greg iets te drinken regelen? Het duurde even voordat ik besefte dat hij het niet over frisdrank maar over alcohol had.

Toen ik eindelijk weer opkeek, zei Tammy net iets tegen me. 'En, ga je dat redden?'

'Vinden je ouders dat niet erg?' flapte ik eruit. 'Van dat drinken?'

Ze haalde een tikje schaapachtig haar schouders op. 'Mijn ouders zijn gescheiden en ik woon bij mijn vader. Hij is bijna nooit thuis en vindt toch alles goed.'

'O.' Ik aarzelde even. 'Ik heb het nogal druk. Een ander keertje, goed?'

Ze schonk me een warme glimlach. 'Goed.'

Ik wist dat er geen andere keer zou komen, maar was toch blij dat ze me had gevraagd. Heel even had ik me durven voorstellen hoe het was om er echt bij te horen.

Over twee weken hadden we een groot proefwerk natuurkunde, over onderwerpen als massa, kracht en versnelling, en iedereen was vreselijk zenuwachtig. Ik was blij dat we eindelijk onderwerpen behandelden waarbij veel rekenwerk kwam kijken, maar op een dag zag ik een stel andere leerlingen bij de kluisjes over hun huiswerk gebogen staan, klagend dat ze er niets van begrepen.

'Ik had de laatste keer ook al een onvoldoende,' hoorde ik Sheryl tegen haar vriendinnen zeggen. 'Als dat nog eens gebeurt, mag ik van mijn ouders niet meer uit.'

'Dit proefwerk wordt nog veel moeilijker,' zei Curt. 'We zullen allemaal een onvoldoende halen en dan kunnen ze de cijfers niet eens laten meetellen.'

Op dat moment zag Sheryl me staan. 'O, niet iedereen zal een onvoldoende halen,' merkte ze droogjes op.

Ik boog mijn hoofd en liep door, maar ik voelde dat ze naar me keken.

Op de dag van het proefwerk werden onze tafeltjes achter elkaar in rijen neergezet. Deze keer zat ik achter Tammy. Curt zat naast me, in de volgende rij. Onze lerares, mevrouw Reynolds, liep langs alle tafeltjes en deelde de proefwerken uit.

Tammy draaide zich om en vroeg: 'Heb jij een potlood voor me? Mijn punt is afgebroken.'

Ik knikte en wees naar het potlood dat op mijn tafeltje lag.

Toen ze haar hand uitstak naar het potlood viel er een klein, opgevouwen stukje geel papier uit haar mouw op de grond. Ik boog me zonder nadenken voorover om het op te rapen, maar toen ik weer overeind kwam, had Tammy zich al omgedraaid. Was dit briefje voor mij? Ik gaf zelf nooit briefjes door, maar ik had het anderen zien doen, schuddend van het ingehouden lachen. Ik was zo gevleid en nieuwsgierig dat ik het openvouwde, maar voordat ik het kon lezen kwam mevrouw Reynolds achter me staan en pakte het uit mijn hand.

Ze vouwde het briefje verder open, en ik keek geschokt toe, omdat ik zeker wist dat er iets heel persoonlijks in stond. Mevrouw Reynolds keek door haar bruine ronde bril ingespannen naar het stukje papier. 'Van jou had ik dit echt niet verwacht, Kimberly.'

Tammy keek recht voor zich uit, alsof ze er niets mee te maken had. Mevrouw Reynolds kneep haar lippen samen tot een dunne lijn en stak me het briefje toe, zodat ik het zelf kon zien. Het was bijna niet leesbaar, maar ik herkende toch de definitie van de wet van Newton en een aantal formules om snelheid en zwaartekracht te berekenen.

Ik begreep meteen wat er aan de hand was en werd vuurrood. Ik zou nooit spieken, zelfs niet bij de vakken die ik moeilijk vond. Zo had ma me niet opgevoed. Wat kenden ze me hier toch slecht als ze echt dachten dat ik daartoe in staat was. Nu keek Tammy wel om, en achter de rug van mevrouw Reynolds om smeekte ze me met haar blik om niets te zeggen.

'Dit is niet van mij,' zei ik.

'Kom maar even met me mee.' Mevrouw Reynolds gebaarde naar haar assistent dat die de leiding moest overnemen. Ze liep het lokaal uit en ik drentelde achter haar aan, nagestaard door al mijn klasgenoten. Ik voelde me misselijk toen we door de gang naar de kamer van mevrouw Copeland liepen, het hoofd van de afdeling exacte vakken.

Mevrouw Copeland keek op toen mevrouw Reynolds op de open deur klopte. Ze was zo mager dat ze bijna uitgemergeld leek en had aan beide kanten van haar gezicht diepe, oude littekens, alsof ze ooit een ongeluk had gehad. Mevrouw Reynolds deed de deur achter ons dicht en legde toen uit wat er was gebeurd. Ze gaf mevrouw Copeland het belastende stukje papier. Ik klemde mijn trillende handen ineen.

'We vatten spieken hier bijzonder ernstig op,' zei mevrouw Copeland op bedrieglijk milde toon, maar haar blik was bijzonder fel. 'Er zijn leerlingen om die reden van school gestuurd.'

'Ik heb niet gespiekt,' zei ik. Mijn stem trilde van angst.

'Mevrouw Reynolds zag jou met dit briefje in je hand zitten.'

'Ik had het net opgeraapt.'

Haar gezicht zag bleek van de spanning. 'Ik wil je heel graag geloven, Kimberly, want je bent een goede leerling, maar waarom zou je een briefje oprapen dat niet van jou is? Je had voor aanvang van het proefwerk een spiekbriefje in je bezit. Dat kun je niet ontkennen.'

Ik dacht aan de wanhopige blik van Tammy, maar ik kon geen woord uitbrengen. Ik bloosde van schaamte en woede en had zelfs een rode nek, maar ik was vooral kwaad op mezelf. Hoe had ik zo stom kunnen zijn? Wat zou er nu gaan gebeuren?

Toen ik niets zei, vervolgde mevrouw Copeland: 'Het doet er niet toe of dit briefje van jou is of van iemand anders.'

Ik raakte zo in paniek dat ik alleen nog maar oppervlakkig kon ademen. Ik wist dat ik van school kon worden gestuurd, terwijl ik niets had gedaan. Waarom lukte het me niet om de waarheid te vertellen? Ik werd door zo veel verschillende emoties overspoeld dat ik simpelweg verstijfde. Ik was nog steeds diep geschokt omdat ik van spieken was beschuldigd, en ik was zo verbaasd over het feit dat Tammy spiekte dat ik mezelf er niet toe kon zetten om haar te verraden. Hoe had ik kunnen denken dat het een briefje voor mij was? Ik schaamde me omdat ik zo graag bij dat vriendengroepje had willen horen, zo graag dat ik tijdens een proefwerk een briefje had opgeraapt. Wat zou ma zeggen als ik van school werd gestuurd? En ook nog eens omdat ze dachten dat ik had gespiekt?

De vrouwen keken me allebei aan, wachtend op een antwoord. Toen werd er op de deur geklopt. Mevrouw Reynolds deed hem open. 'Ja?'

Tot mijn grote verbazing hoorde ik de stem van Curt. 'De assistent heeft me toestemming gegeven om hierheen te komen. Ik moet u iets vertellen.' Hij liep naar binnen en zei op duidelijke toon: 'Ik heb Kimberly dat briefje zien oprapen.'

Mevrouw Copeland tikte met haar vinger tegen haar wang. 'En dat briefje lag gewoon op de grond?'

Curt slikte. Hij wist niet wat ik al had verteld. 'Verder heb ik niets gezien. Alleen maar dat Kimberly dat briefje opraapte.'

'Dus, Kimberly, je hebt of heel dom gedaan en zomaar iets opgeraapt, of je hebt zelf een briefje laten vallen. Of je vriend hier probeert je in bescherming te nemen.'

Ik keek even snel naar Curt. 'Hij is mijn vriend niet,' zei ik, voordat ik mezelf kon tegenhouden.

Er verscheen een wrang lachje rond zijn lippen. 'Ze heeft gelijk. We praten bijna nooit met elkaar.'

Ik zag mevrouw Copeland even een snelle blik op mevrouw Reynolds werpen, die bijna onmerkbaar knikte. Mevrouw Reynolds gaf toe dat Curt en ik niet met elkaar bevriend waren.

'Dan is de vraag dus of je iets hebt opgeraapt wat van jezelf was of van iemand anders,' zei mevrouw Copeland.

'Het is niet mijn handschrift,' zei ik.

'Het is zo klein geschreven dat dat moeilijk te zeggen is.'

Het was tijd om open kaart te spelen. 'Ik ben veel te slim om te spieken,' zei ik. Ik merkte dat ik het warm kreeg omdat ik zo arrogant durfde te zijn. Een keurig Chinees meisje zou dat soort dingen nooit over zichzelf zeggen. 'Daar sta ik over.'

Rond de mondhoek van mevrouw Copeland verscheen het begin van een aarzelende glimlach. 'Daar sta je boven, bedoel je. Goed, wat mij betreft gaan jullie nu allebei terug naar je klas om dat proefwerk te maken. Mevrouw Reynolds en ik zullen verder bespreken hoe we dit aanpakken.'

8

Zodra Curt en ik buiten gehoorsafstand waren, keek ik hem aan en vroeg: 'Waarom deed je dat?'

Hij haalde zijn schouders op. 'Omdat ik je dat zag doen. En ik weet dat Sheryl Tammy op het idee heeft gebracht.'

'Om dat briefje in haar mouw te stoppen?'

'Ja.'

Ik staarde hem lange tijd aan. 'Dank je.'

Hij grijnsde. 'Ik heb liever niet dat ze je van school schoppen, want bij wie moet ik dan afkijken?'

Ik bleef geschrokken staan. 'Wat?'

Hij gaf me een speelse stomp. 'Hé, ik maakte maar een grapje.'

Toen we de klas in liepen, keken alle leerlingen op van hun proefwerk. De nieuwsgierigheid was van hun gezichten af te lezen. Tammy's ogen stonden vol tranen. Ik vroeg me kwaad af of dat kwam omdat ze zich schuldig voelde of omdat ze gedwongen was haar proefwerk nu zonder spiekbriefje te maken. Ik was er zeker van dat iedereen nu dacht dat ik had proberen te spieken en was blij dat Curt naar het hoofd toe was gegaan en nu samen met mij naar binnen liep, als indirect bewijs van mijn onschuld. Ik maakte de opgaven nog zorgvuldiger dan gewoonlijk omdat ik wist dat de school nu extra aandachtig zou kijken naar de antwoorden die ik, zonder spiekbriefje, had gegeven. De assistent hield me scherp in de gaten. Korte tijd later kwam mevrouw Reynolds weer binnen en ging op haar stoel voor in het lokaal zitten, alsof er helemaal niets was gebeurd.

Toen de bel ging, stond iedereen op en leverde het proefwerk in. Mevrouw Reynolds zei: 'Kimberly en Curt, jullie mogen nog tien minuten langer doorwerken omdat jullie later zijn begonnen.' Uit haar toon viel weinig op te maken, maar ik vreesde dat ik het respect van een geliefde lerares had verloren.

Toen onze tijd erop zat, nam ze onze papieren in en gaf ons zwijgend een gangpasje waarmee we naar de volgende les konden lopen, die al was begonnen. Pas in de middagpauze kreeg Tammy de kans om weer met me te praten.

Ze kwam naast me in de rij voor het eten staan en gaf me een kneepje in mijn arm. Omdat ze niet bij het hoofd had hoeven komen wist ze dat ik niet had geklikt. Ik staarde naar haar hand op de mouw van mijn blazer, terwijl ik heen en weer werd geslingerd tussen woede, verwarring en het verlangen de hele gebeurtenis snel te vergeten. Ze zei niets en liep toen weer weg.

De volgende dag zag ik dat ze een kaartje in mijn kluisje had gestoken. 'Het spijt me zo!!! Dank je!!!' stond erop. Ik vroeg me af of ze me nu aardiger zou vinden en hoopte dat we vriendinnen konden worden, maar ik merkte al snel dat ze me zo veel mogelijk uit de weg ging.

De volgende dag zouden we weer natuurkunde hebben, en ik kon bijna niet slapen of eten van de spanning. Ik durfde het niet aan ma of aan Annette te vertellen. Het hele gedoe had me een rotgevoel gegeven, en ik wist niet of ik het op de juiste manier had aangepakt. Wat ik vooral voelde was schaamte en walging omdat ik zo stom was geweest om te denken dat Tammy me een briefje zou schrijven. Zou ik weer bij het hoofd moeten komen, of zouden ze me gewoon een brief voor thuis meegeven waarin stond dat ik werd geschorst?

Eindelijk was het tijd voor de les. Mevrouw Reynolds gaf plechtig de proefwerken terug; ze had ze sneller nagekeken dan gewoonlijk. Ik zag dat ze Tammy even indringend aankeek voordat ze haar het vel gaf. Ze wist net zo goed als ik wie er voor me had gezeten. Ik stak mijn nek zo ver mogelijk uit en kon nog net zien dat Tammy een onvoldoende had. Dat vond ik vervelend voor haar, maar ik wist ook dat het iets bewees.

Mevrouw Reynolds legde mijn proefwerk op mijn tafeltje. Ik had een 9,6. Ze boog zich voorover en fluisterde: 'We geven je het voordeel van de twijfel.' Ze legde even glimlachend haar hand op mijn schouder en ik kon zien dat ze geloofde dat ik onschuldig was. Toen ik zo onopvallend mogelijk naar mijn klasgenoten keek, merkte ik dat iedereen naar ons zat te kijken. De steen in mijn maag voelde iets minder zwaar.

Ik hoopte hevig dat ook mevrouw Copeland niet langer aan me twijfelde.

Toen ik in de tweede klas zat, kregen we thuis eindelijk telefoon. Ik wist dat de maandelijkse kosten voor ma een behoorlijke last waren, maar ik was blij dat mijn naam niet langer ontbrak in de aan elkaar geniete telefoongids die de school elk jaar uitdeelde. Ik had, juist doordat mijn naam daar niet in stond, altijd het gevoel gehad alsof ik de hele wereld luidkeels liet weten dat we straatarm waren. Ik wilde niemand laten merken wat voor soort leven we leidden. Ma was uiteindelijk gezwicht omdat ik had gezegd dat ik mijn klasgenoten moest kunnen bellen om het huiswerk te bespreken.

De meeste dingen veranderden niet, maar we raakten er simpelweg aan gewend. Ik vulde de plaats op die ma vrijliet omdat alles zo vreemd voor haar was. Ze had nooit goed Engels geleerd en liet alle vormen van communicatie die zich buiten Chinatown afspeelden aan mij over. Ik vulde elk jaar onze belastingaangifte in met behulp van de papieren die we in de fabriek kregen. Telkens weer las ik de kleine lettertjes door en hoopte maar dat ik geen fouten maakte. Wanneer ma iets in een winkel wilde kopen, ruilen of een klacht wilde indienen, dan moest ik dat voor haar doen. Het ergste was nog dat ma wilde afdingen, net zoals ze in Hongkong altijd had gedaan, en dat ik dan voor haar moest tolken.

'Zeg maar dat we niet meer dan twee dollar willen betalen,' zei ma in de Amerikaanse viswinkel in de buurt van onze woning.

'Ma, zo werkt het hier niet!'

'Zeg dat nou maar!'

Ik glimlachte verontschuldigend naar de visboer. Ik was nog maar dertien. 'Twee dollar?'

Hij zag er de lol niet van in. 'Twee dollar vijftig.'

Later gaf ma me een standje omdat ik volgens haar niet de juiste houding had. Ze twijfelde er niet aan dat we korting hadden kunnen krijgen als ik voet bij stuk had gehouden.

Op school was ik nog steeds erg op mezelf. Hartje winter kwamen sommige leerlingen binnen met gebruinde wangen en witte ringen rond hun ogen vanwege hun skibril, en ze vertelden vol enthousiasme over wintersportoorden als Snowbird in Utah en Val Thorens in Frankrijk. Een bepaald model ski-jack, kort en strak en met een hoge kraag, raakte opeens in de mode, en het duurde niet lang voordat bijna alle kinderen in mijn klas er zo eentje droegen. Ik hoorde dat zo'n jack minstens twintigduizend rokken kostte.

De meeste meisjes in mijn klas begonnen zich ook op te maken, soms voor de spiegels in de toiletten of bij hun kluisjes. Dat vond ik interessanter dan de ski-jacks. Make-up was iets magisch wat ervoor kon zorgen dat je minder opviel. Annette haalde een keer op het meisjestoilet iets tevoorschijn wat ze een camouflagestift noemde en waarmee ze een pukkeltje op haar kin aanstipte. Ik kon mijn ogen niet geloven. De pukkel was bijna niet meer te zien en ik vroeg me af of dit ook zou werken bij mijn neus, die rood zag omdat ik zo vaak verkouden was.

'Probeer het maar,' zei Annette. 'Deze kleur is toch te donker voor me.'

Op zulke momenten besefte ik dat Annette ondanks mijn vaak ontwijkende gedrag beter dan wie dan ook op school in de gaten had in welke situatie ik verkeerde, maar ik kon het nog steeds niet opbrengen om er openlijk over te praten. En zelfs zij zou, vriendelijk als ze was, nooit kunnen begrijpen hoe arm we eigenlijk waren.

Nu ik iets ouder werd was ik niet meer voortdurend ziek, al had ik wel vaak last van een loopneus. Erger was dat ma af en toe niet lekker was. Telkens wanneer ze moest hoesten was ik bang dat de tuberculose was teruggekeerd, maar gelukkig gebeurde dat niet. Onze leefomstandigheden werden niet veel beter, maar ik probeerde niet langer stil te staan bij het feit dat ik ongelukkig was.

Ma en ik bleven hopen dat er op een dag een sloopkogel bij ons voor de deur zou staan, zodat tante Paula gedwongen zou zijn een ander onderkomen voor ons te zoeken, maar dat gebeurde niet. Ma vroeg haar nog één keer wanneer we konden verhuizen, en toen liet tante Paula weer heel even haar zwarte gezicht zien. 'Als jullie daar echt zo ongelukkig zijn, houdt niemand jullie tegen om een andere keus te maken.'

Daarna durfde ma er niet meer naar te vragen. We waren nog steeds bezig onze schuld bij tante Paula af te lossen en het was duidelijk dat zij niet van plan was een andere woning te regelen. Wat haar betreft was het het gemakkelijkst om ons te laten zitten waar we zaten. En eerlijk gezegd waren we door alle drukte rondom werk en school ook te moe om nog de strijd aan te gaan met kakkerlakken en muizen, ijskoude ledematen, kleren van knuffeldierenstof en een leven rond een open oven. We waren gedwongen ons erbij neer te leggen. Zondag was onze enige vrije dag, maar ook dan was er heel veel te doen: we deden op die dag alle boodschappen, haalden achterstallig werk van de fabriek in, ik deed mijn huiswerk, en we bereidden ons voor op Chinese feestdagen. Het enige lichtpuntje was af en toe een bezoek aan de Shaolin-tempel in Chinatown. Die was gevestigd op de eerste verdieping van een gebouw aan de Lower East Side en was voor mij een soort toevluchtsoord.

De tempel werd geleid door echte Chinese nonnen met kaalgeschoren hoofden en zwarte gewaden, en ze serveerden er altijd heerlijk vegetarisch eten, voor niets: gebakken mie met tofu, rijst en dunne, zwarte paddenstoelen met krullende randjes, die wolkenoren heetten. Wanneer de nonnen me iets te eten gaven, merkte ik hoe alles wat ze deden was doordrongen van vrijgevigheid. Nadat we wierook hadden aangestoken en een buiging hadden gemaakt voor de drie reusachtige boeddha's in het grootste vertrek bewezen we de doden onze eer, en met name pa. In de tempel kwam ik tot rust en voelde het alsof we Hongkong nooit hadden verlaten. Alsof er nog krachten van mededogen waren die over ma en mij waakten.

Ik kon me slechts zelden aan het werk in de fabriek onttrekken. Heel soms, wanneer we voor een volgende zending iets ruimer in onze tijd zaten, loog ik tegen ma en ging ik 's middags een paar uur lang met Annette op stap.

Een van die keren probeerde Annette me over te halen om mee te gaan naar de film. Dat had ik in dit land nog nooit gedaan, en ik aarzelde even, me afvragend of dat wel kon.

Annette begreep mijn aarzeling verkeerd en maakte haar aanbod nog aantrekkelijker. 'Dan neem ik mijn make-up mee en kunnen we ons nog opmaken voordat we naar de bioscoop gaan. En daarna wassen we het er gewoon weer af.'

Ik verzon een excuus voor ma en ging samen met Annette naar *Indiana Jones and the Temple of Doom* in een bioscoop vlak bij haar huis. Ik had me zorgen gemaakt over de kosten, over de vraag of ik genoeg geld had, maar toen we voor het loket stonden, wilde Annette per se mijn kaartje betalen. Ik protesteerde, maar was diep in mijn hart erg opgelucht. Ik had geen eigen geld. Het geld dat ik in mijn zak had, was wisselgeld van het boodschappen doen, en als ik dat uitgaf, zou ik het in rokken moeten terugbetalen.

We waren aan de vroege kant. De bioscoop was gigantisch en nog halfleeg, een donker hol met lampen in de vloer, net zoals in het vliegtuig dat ons vanuit Hongkong hierheen had gebracht. Ik ademde de geur van popcorn en boter in en liet me door Annette meetronen naar het damestoilet, waar ze lachend een make-uptasje van roze plastic tevoorschijn haalde. Het zag er nieuw uit. Ze rommelde tussen verschillende doosjes met poeder in allerlei kleuren en legde uit dat ze dit van een nichtje had gekregen.

'Je hebt erg goede jukbeenderen,' zei Annette, die giechelend nog wat blusher aanbracht.

'Jij ook.' Ik wist eigenlijk niet wat jukbeenderen 'goed' maakte, maar dat deed er verder niet toe.

Toen we klaar waren keek ik in de spiegel en verbaasde me over mijn uiterlijk. Zwaar opgemaakte ogen, heel veel blusher en lippenstift: er was bijna geen stukje huid dat nog de originele teint had. Het zou heel erg Amerikaans zijn als ik er altijd zo uitzag. Met mijn vingers raakte ik mijn goede jukbeenderen aan.

Een vrouw die net het toilet verliet, keek ons even glimlachend aan. 'Wat zien jullie er mooi uit, meisjes.'

We voelden ons ook mooi. En daarna gingen we een paar uur in het donker naar een film zitten kijken waaraan ik amper een touw kon vastknopen. Ik bleef maar met mijn hand over de fluwelen zitting strijken en dacht aan mijn stralende gezicht. Indiana Jones was blijkbaar een dappere held. De film deed denken aan de vechtfilms die ik in Hongkong op tv had gezien, alleen dan minder goed te volgen en met veel te veel schurken, inheemsen en kinderen die moesten worden gered. Maar het was allemaal erg opwindend. Na de film wasten Annette en ik in het toilet onze gezichten weer schoon. Zij mocht zich ook nog niet opmaken. Ik vond het niet erg. Nu hadden we samen een geheim, een leuk geheim.

In de zomervakantie ging Annette op kamp in het noorden van de staat en ging ik weer hele dagen in de fabriek werken. Ik moest ma's lasten zo veel mogelijk verlichten en kon door extra werk ons inkomen vergroten. Die zomer leerde ik welk patroon het zweet op mijn beha achterliet: eerst raakte het bandje onder mijn borsten doorweekt en daarna kroop het zweet langzaam omhoog. Het verzamelde zich sneller onder mijn armen en midden op mijn rug en kroop vanaf daar naar het plekje tussen mijn borsten en maakte de cups en ten slotte de schouderbandjes drijfnat. Ik was nog geen half uur aan het werk of het hele ding was al doorweekt.

Mijn specialiteit was de kleren in de zakken doen. Het was in lichamelijk opzicht een van de zwaarste klussen, maar ik leerde heel snel hoe ik het in rap tempo kon doen. Aan een hoog rek van zwart metaal hing een dikke rol plastic kledingzakken. Ik pakte rechts van me een kledingstuk, hing het aan een haak aan het rek, maakte een kledingzak open en schoof die eromheen. Daarna moest ik de zak losscheuren van de rol, het hele gevaarte van het rek tillen en aan een rek aan mijn linkerkant hangen. Ik moest goed oppassen dat de zak niet scheurde, want dan moest ik weer opnieuw beginnen.

Het afwerken begon zodra de kleren bij onze werkbank aankwamen en eindigde met het inpakken; het behelsde ophangen, sorteren, riemen aanbrengen, ceintuurs vastknopen, knopen aanzetten, etiketten bevestigen en in zakken doen. Voor al dat werk kregen we anderhalve cent als het een rok betrof, twee cent voor een broek met riem en een cent voor een stuk bovenkleding. Ik hield mijn tijd bij met behulp van de grote fabrieksklok die aan de wand tegenover me hing. Het kostte ma dertig seconden om een kledingstuk in een zak te doen, en dat kwam neer op honderdtwintig stuks per uur. Het was niet moeilijk uit te rekenen dat ma nog geen twee dollar per uur verdiende.

Zo konden we niet overleven. In het begin werkte ik nog op de langzame manier en trok ik elke zak met twee handen op zijn plaats en schoof die vervolgens heel voorzichtig om de rok of de broek. Dat kostte me twintig seconden. Ik ging al snel op zoek naar manieren om mijn snelheid te verbeteren en merkte wat het snelste ging: ik pakte de volgende zak op de rol met mijn zweterige en dus kleverige hand vast en gaf er een zacht rukje aan, zodat de zak aan de onderkant vanzelf openviel. Daarna schoof ik hem over het kledingstuk heen en scheurde de zak tegelijkertijd met mijn andere hand van de rol. Voordat de zak helemaal over de kleding heen was gegleden, had ik het geheel al van de haak getild en aan het rek aan mijn linkerkant gehangen. Daarna pakte ik met mijn rechterhand meteen het volgende exemplaar.

Het duurde bij broeken een fractie langer omdat de meeste een riem hadden waardoor ze scheef aan de haak hingen, en als je ze niet met beide handen vastpakte, gleden ze vaak van de hanger. Door al dat tillen kreeg ik behoorlijk gespierde armen.

Tegen het einde van die zomer had ik het ideale ritme ontwikkeld en deed ik bijna vijfhonderd rokken per uur: zeven seconden per rok. Later, toen ik ouder en sterker was, zou ik een topsnelheid van minder dan vijf seconden per rok halen. Dat kwam neer op meer dan zevenhonderd per uur.

Ondanks mijn afkeer van tante Paula werkte ik harder en sneller wanneer zij in de buurt was. Ik wilde laten zien dat we ijverige en waardevolle arbeiders waren die hun best deden voor de fabriek. Ik bleef hopen dat we op een dag voor ons goede gedrag zouden worden beloond.

Op een dag hielp Matt ons in zijn vrije tijd om een stel rokken van merkjes te voorzien. Op dagen dat een lading kleren de fabriek verliet, beëindigden we onze werkzaamheden in de volgorde waarin ze zich aandienden, en aangezien Matt zijn moeder hielp met het afknippen van de losse draden, dat in een veel eerdere fase van het productieproces plaatsvond, was hij op zo'n dag ook eerder klaar met zijn werk. Ma en ik waren altijd de laatsten omdat wij letterlijk de laatste hand aan de kleren legden. Matt kon ook naar huis gaan, maar soms kwam hij nog even naar ons toe.

Ma glimlachte naar hem. Ze moest op luide toon spreken om boven het lawaai van de persen uit te komen. 'Je wordt al zo groot, Matt. Ik heb nooit beseft dat je uit zulk mooi menselijk materiaal bestond.' Daarmee bedoelde ze dat hij een knappe jongen was.

Matt grijnsde en spande zijn spieren. 'Dat komt door al dat knippen, mevrouw Chang. Daar wordt een jongen sterk van.'

Ik stond een paar meter verderop zoals gewoonlijk de kleren in de zakken te doen en wierp een steelse blik op zijn brede schouders. Hij was nog steeds mager, maar onder zijn witte onderhemd werden de contouren van een breed mannenlichaam zichtbaar. Matt keek ook even naar mij, alsof hij wilde weten of ik ma's complimentje had gehoord, en zag dus dat ik naar hem stond te kijken.

Hij nam meteen de houding van een model aan, met een arm opgeheven en zijn andere hand op zijn heup. 'En, hoe zie ik eruit?'

Ik giechelde. 'Je bent net de vrijheidsgodin!'

Hij deed net alsof hij beledigd was. 'Wat weet jij daar nu van? Je weet waarschijnlijk niet eens meer hoe ze eruitziet.'

Ik bedaarde en dacht aan al mijn oude dromen over New York. Ik had gedacht dat we op Times Square zouden wonen, of Tay Um See Arena zoals de Kantonezen zeiden, maar het waren de sloppenwijken van Brooklyn geworden. 'Nee, eerlijk gezegd heb ik haar nog nooit gezien.'

'Je praat zeker met heel grote woorden.' Hij dacht dat ik loog.

'Nee, ik meen het.'

'Ben je echt nog nooit in Min-hat-ton geweest?' Hij sprak het op zijn Kantonees uit.

'Alleen in Chinatown.'

'Hé, dan neem ik je op zondag mee. Je kunt niet in New York wonen zonder de enige echte vrijheidsgodin te kennen.'

Ik voelde dat mijn lippen een klein, opgewonden 'O!' begonnen te vormen, maar ik wist niet of ma het goed zou vinden. Ze stond met haar rug naar ons toe en deed net alsof ze ons niet hoorde.

'Mevrouw Chang?' vroeg Matt. 'Mag ik u zondag rondleiden?'

Heel even voelde ik een vlaag van teleurstelling, maar ik begreep hoe slim hij was. Als hij ma ook zou vragen zou ze eerder geneigd zijn ja te zeggen.

Ma draaide zich om, met een plagend lachje op haar gezicht. 'Nee, ik wil geen gloeilamp zijn.'

'Ma!' Ik was blij dat ik al rood zag van de warmte in de fabriek, want anders hadden ze kunnen zien dat ik hevig moest blozen. Haar grapje, dat ze een rol als chaperonne zou moeten vervullen – haar aanwezigheid, als een gloeilamp in een donkere kamer, moest voorkomen dat de jonge geliefden elkaar zouden kussen – maakte duidelijk wat ik in het geheim had gehoopt: dat Matt me eigenlijk vroeg om met hem uit te gaan.

Matt schudde zijn hoofd als een hond en probeerde zijn verlegenheid te verbergen, maar tegelijkertijd wist hij flirtend te kijken. 'Nee, nee. U bent nog zo jong dat iedereen zou denken dat u alleen maar pinda's komt doppen.' Dat was een goed antwoord. Hij doelde op een jonger broertje of zusje dat samen met een stel naar de film gaat om te voorkomen dat ze gaan zitten vrijen en ondertussen pinda's zit te eten.'

Ma moest lachen. 'Je hebt een erg vaardige mond. O goed dan, ik ga graag...'

Opeens begon een van de mannen bij de kledingpers te schreeuwen. Het was meneer Pak. Ik wist hoe hij heette, maar dat was ook alles. Ik dacht niet dat er nog meer familieleden van hem in de fabriek werkten. Er hing zo veel stoom om hem heen dat ik niet goed kon zien wat er aan de hand was, maar de drie andere mannen die ook aan de pers stonden, waren al naar hem toe gerend. Toen Matt, ma en ik aan kwamen lopen, probeerden ze net de zware metalen klep van de pers te openen. Ten slotte lukte dat, en meneer Pak drukte zijn hand tegen zich aan. Hij stond nog steeds te brullen. Ik durfde niet naar zijn hand te kijken, maar begreep meteen wat er was gebeurd.

De mannen die aan de pers stonden moesten zo'n hoog tempo aanhouden dat ze geen tijd hadden om de klep zorgvuldig te sluiten; ze smeten hem gewoon zo hard dicht dat hij vanzelf bleef zitten, deden hem daarna razendsnel weer open en schoven het volgende kledingstuk onder de pers. Matt had me verteld dat ze hun handen op tijd moesten terugtrekken voordat ze de klep weer dichtsmeten, want anders ging het mis.

Tante Paula en oom Bob kwamen aangelopen en baanden zich een weg door het groepje arbeiders dat zich inmiddels rond de pers had verzameld.

'Waarom ben je ook zo onhandig?' krijste tante Paula. Ze greep meneer Pak beet, die nog steeds voorovergebogen stond te snikken, en duwde hem in de richting van de uitgang. Oom Bob liep haar zo snel mogelijk hinkend achterna. Ze riep over haar schouder: 'Niemand hoeft een reddingsauto te bellen! We halen de fabrieksdokter erbij. Ga allemaal maar weer aan het werk, vanavond moet de zending klaar zijn.'

Iedereen liep terug naar de werkbanken en ik keek Matt aan. 'Ik wist niet eens dat er een fabrieksdokter was.'

Hij zei met een lage stem die een tikje trilde vanwege het ongeluk waarvan hij zojuist getuige was geweest: 'Dat is gewoon een vriend van Moeder Hondenvlo. Iemand die het incident niet bij de autoriteiten zal rapporteren.'

Ik stond ook te trillen. 'Ga jij maar naar huis, Matt. Wij redden ons wel.'

'Nee, er is toch niemand thuis. Mijn ma krijgt de naaldenbehandeling tegen haar pijn.'

Toen ik even later bezig was de rokken zo snel mogelijk in de zakken te stoppen – ik moest alles af zien te krijgen voor de zending van die avond – zag ik dat tante Paula weer naar onze werkbank toe kwam. Ze liep met snelle passen door de fabriek en wekte de indruk dat ze van slag was door het ongeluk.

'Ik was net op weg naar jullie toen dat gebeurde. Ik moet jullie iets vertellen, het fabrieksbeleid wordt gewijzigd.' Ze deed geen moeite haar onechte glimlach te verbergen. 'Vanwege de slechte economische omstandigheden zullen de prijzen voor rokken met ingang van de volgende zending worden verlaagd tot een cent per stuk.'

'Wat?' zei ma.

'Waarom?' vroeg ik, maar toen begreep ik het. Tante Paula had gezien hoe snel ik werkte. Te snel. We waren meer gaan verdienen, en nu had ze uitgerekend dat ze ons minder kon betalen en dat we dan dankzij mijn hoge tempo toch nog genoeg zouden krijgen om te kunnen overleven. En ik had nog wel gedacht dat ik een gunstige indruk op haar maakte.

'Het spijt me, maar zo is het nu eenmaal. Bedrijfsbeleid. En dat geldt voor alle werknemers die de kledingstukken afwerken.'

Wij waren de enige werknemers met die taak.

'Dat is niet eerlijk,' flapte ik eruit. Ma, die achter me stond, prikte me tussen mijn schouderbladen.

Tante Paula richtte haar aandacht op mij. Haar lippenstift had zich in een van haar mondhoeken verzameld. 'Ik wil niet dat jullie hier ongelukkig van worden. Natuurlijk staat het jullie vrij om een andere keus te maken. De slavernij is hier afgeschaft, nietwaar?' Ze wilde weglopen, maar ma, die nooit iemand zomaar aanraakte, duwde me opzij, rende naar tante Paula toe en greep haar bij haar arm. 'Grote zus, het spijt me. Het is een brutaal kind.'

'Nee, nee,' zei tante Paula. Ze slaakte een zucht. 'Zo zijn die bamboescheuten nu eenmaal. Maak je er maar niet druk om.'

'Bamboescheut' was de term voor een kind dat in Amerika was geboren en getogen en veel te westers was geworden. Ik ben een bamboeknoop, wilde ik zeggen: geboren in Hongkong en heel jong hierheen verplant. Een bamboeknoop vormt een obstakel in de holle stengel van de bamboe, maar hij geeft de stengel ook zijn kracht.

'Dank je,' zei ma. 'Dank je.'

Opeens hoorde ik de stem van Matt. Ik was helemaal vergeten dat hij er ook nog was. 'U hebt graag bamboescheuten als een hapje 's avonds laat, hè, mevrouw Yue?'

Ik hield op met ademen. Zelfs mijn hart leek stil te staan. Waarom deed hij dat? Was het nu mijn schuld dat er ruzie zou ontstaan?

Tante Paula begon te lachen, maar het was een lach die me tot op het bot verkilde. 'Die jongen van Wu wordt al een hele man, zeg. Goed, als je echt zo volwassen bent, kun jij morgen wel aan de pers gaan staan. Daar is nu een plaatsje vrij.'

'Nee!' Ik begreep dat we precies hadden gedaan wat tante Paula wilde. 'U kent Matt toch, hij maakt graag grapjes...'

'Ik doe het wel,' onderbrak Matt me. 'Ik vind het niet erg, mevrouw Yue. Ik wil toch mijn spieren trainen.' Hij haalde zijn schouders op en liep langzaam naar de uitgang. 'Dag, mevrouw Chang, Kimberly.'

Tante Paula bleef even naar zijn rug staren en beende toen in de richting van het kantoortje.

Zodra ze uit het zicht was verdwenen, draaide ma zich met een ruk naar mij om. 'Je mag je er niet mee bemoeien wanneer de grote mensen met elkaar praten! Wie moet onze monden vullen als we geen werk meer hebben?'

'Het ís een vrij land, ma. Waarom moeten we per se voor haar werken?'

'Een vrij land! Van wie denk je dat de andere textielfabrieken zijn? Het is allemaal familie van elkaar, ze zijn allemaal met elkaar bevriend. De hele kledingindustrie. En hoe moet het nu met Matt?'

Ik sloeg mijn blik neer. Haar stem, die zo-even alleen maar nog gespannen had geklonken, was nu vervuld van ergernis en wanhoop. Matt was nog maar veertien, net als ik, en nu zou hij de enorme pers moeten bedienen die het domein van de volwassen mannen was.

Ma vervolgde op vriendelijkere toon: 'Ah-Kim, ik weet dat je het goed bedoelt. Je woorden rollen alleen zo snel uit je mond.' Ik wist dat ze bedoelde dat ik te eerlijk was, en op dat moment kon ik het alleen maar met haar eens zijn.

De volgende dag stond ik naast de persen te treuzelen. De vier mannen die de apparaten bedienden, verdwenen voortdurend achter dikke wolken stoom. Ze legden het ene na het andere kledingstuk met een militaire precisie onder de pers en duwden de grote kleppen naar beneden, waarbij de machine een enorme wolk gloeiende stoom uitblies. Zelfs wanneer je per ongeluk heel even de buitenkant van een pers aanraakte, kreeg je al blaren op je handen.

Matt leek tussen die gespierde kerels maar klein. Ik zag dat hij nog niet zo snel was als de anderen, maar hij deed heel erg zijn best, met zijn linkervoet op de knop voor het vacuüm zuigen en zijn rechter op het pedaal voor het persen. Hij legde een rok op de plaat van de pers en dook daarna meteen weg voor de wolk van stoom. Heel even verdween hij in de damp, en daarna zag ik hem met een gebalde vuist weer verschijnen.

Ik deinsde achteruit. Ik zag dat zijn onderhemd, het enige wat hij droeg, drijfnat was. Druppels zweet en stoom rolden vanuit zijn hals naar zijn borst.

'Ik heb denk ik een erg grote mond,' merkte hij op.

'Ja, ik ook.'

'Hé, iemand moet de rijst vinden, nietwaar?' Geld verdienen, bedoelde hij.

Ik voelde me zo schuldig dat ik geen antwoord kon geven. Dat hij zo aardig tegen me deed, maakte het alleen maar erger. 'Kan ik je helpen?'

'Misschien als je iets ouder bent. Het betaalt goed en je wordt er ook nog sterk van. Als je aan de pers gaat werken, word je net zo'n lekker ding als ik.'

Onder normale omstandigheden zou ik daarom hebben gelachen, en dat probeerde ik nu ook, maar de lach verliet op een vreemde manier mijn lichaam, zodat het eerder leek alsof ik moest hoesten.

Hij keek me ernstig aan. 'Ik kan het geld goed gebruiken. Mijn ma is amper nog in staat een cent te verdienen. Haar hart doet pijn, haar longen doen pijn. En Park kan niet werken. Ik red me wel.' Hij wachtte niet op antwoord, maar veranderde van onderwerp. 'Wil je dit voor me aan haar geven?'

Ik stak mijn hand uit en hij opende zijn vuist en liet iets van metaal in mijn hand vallen. Het was een gouden ketting met een jaden hanger van Kwan Yin eraan. Deze Kwan Yin had meerdere armen, die allemaal een ander voorwerp vasthielden. Ze wordt vaak 'de godin met de ontelbare armen' genoemd, en ze staat iedereen in nood bij.

Ik had Matt die ketting vaker zien dragen, maar ik had er verder nooit over nagedacht. Ouders lieten hun kinderen vaak onder hun kleren sieraden van goud en jade dragen omdat die bescherming boden tegen het kwaad. Ze doen ze nooit af. Sommige families hebben amper geld om eten te kopen, maar sparen desalniettemin voor deze vorm van bescherming voor hun kinderen.

Ik moet heel verbaasd hebben gekeken omdat Matt me zijn ketting gaf, want hij zei 'Kijk maar' en trok zijn onderhemd naar beneden. Ik zag de rode afdrukken op zijn huid. Het metaal was zo heet geworden dat het zich in zijn vel had gebrand.

'De pers wordt zo heet dat je niets van metaal kunt dragen,' zei ik op vlakke toon, overvallen door een heftig schuldgevoel.

'Ja. Zeg, gaat het zondag nog door?'

Ik kon niet voorkomen dat er een brede lach op mijn gezicht verscheen. 'Echt? Heb je nog zin?'

'Ja, natuurlijk. Maar ik moet nu weer aan de slag, anders loop ik straks te veel achter.' En hij nam zijn plaats naast de pers weer in.

De jaden Kwan Yin glansde even groen als de eerste blaadjes in de lente, en ik begreep hoe kostbaar deze ketting was. Ik bracht hem meteen naar mevrouw Wu, die met haar rug naar me toe zat en Park ergens een standje voor gaf. Hij zat half van haar afgewend en kon dus nooit haar lippen lezen. Tot mijn verbazing reageerde hij door zich naar haar om te draaien en haar onhandig op haar arm te kloppen.

Ik keek aandachtig naar haar gezicht en concludeerde dat Matt gelijk had: ze zag er niet gezond uit. Ze had altijd al wallen onder haar ogen, maar nu waren haar huid en lippen van alle kleur ontdaan en zag het wit van haar ogen geel. Op dat moment zag ze me staan.

'Jij,' zei ze.

Ik stak haar doodsbang de ketting van Matt toe, maar ze keek er slechts met een strenge blik naar. 'Zul je een beetje aardig zijn voor mijn zoon?'

Ik durfde geen antwoord te geven. Het was duidelijk dat ze

wist dat het mijn schuld was dat Matt nu aan de pers stond.

'En ik dacht nog wel dat je een jongen was,' zei ze. Door haar afkeer was haar Taishanhua-accent duidelijker hoorbaar. 'Hij heeft een goed hart.' Ze pakte de ketting aan. 'Natuurlijk zou hij dit aan jou geven,' mompelde ze.

Opeens hoorde ik de stem van ma achter ons. Ze moest naar ons toe zijn gekomen toen ze me met Matts moeder zag praten. 'Mevrouw Wu, ik durf u niet onder ogen te komen. Het is onze schuld.'

Mevrouw Wu keek ma aan, en toen leek de spanning uit haar weg te vloeien. 'Niemand heeft een keus. Hij is een goede jongen. Hij redt zich wel.'

'Kimberly is ook geen slechte dochter.' De blik van ma was warm. 'Ze zijn allebei nog jong en onbezonnen. We moeten die twee tijd gunnen.'

De beide moeders keken elkaar aan.

'Kinderen,' zei mevrouw Wu.

Ik rende terug naar onze werkbank, maar hun woorden werden tegen de muren in mijn geest weerkaatst. Suggereerde mevrouw Wu soms dat Matt mij aardig vond? Misschien iets te aardig? Het was een opwindende gedachte, maar ook eentje die gek genoeg zeer deed, als pijn in mijn longen.

Matt nam ma en mij niet alleen maar mee naar de vrijheidsgodin, maar deed meer dan dat. We spraken af op Times Square, de Tay Um See Arena, en toen ma en ik in een zee van mensen het reusachtige metrostation verlieten, was ik blij dat ik Matt voor de Burger King op de hoek zag staan, precies zoals hij had beloofd. Ma en ik liepen naar hem toe en keken om ons heen. Dit was New York zoals we het ons hadden voorgesteld. Er reed een lange witte limousine voorbij, omringd door talloze gele taxi's. We liepen langs bioscopen en theaters, langs uithangborden die MEISJES MEISJES MEISJES aanprezen en langs enorme billboards waarop de voorstellingen op Broadway waren vermeld. Ik voelde me gek genoeg thuis. De drukke straten van de hectische stad deden me denken aan de betere wijken van Hongkong, al was de Tay Um See Arena groter en duurder. De mensen op straat waren op alle mogelijke manier uitgedost en zeker de vrouwen zagen er erg elegant uit, met hun hoge hakken en pakjes met schoudervullingen. Er liepen veel blanken, maar ik zag ook een Indiase man met een tulband, een paar zwarten in traditionele Afrikaanse kledij en een groep zingende monniken in meloenkleurige gewaden. Ma drukte haar handpalmen tegen elkaar en boog voor hen. Een monnik onderbrak zijn gezang om voor haar te buigen.

'O, kijk daar eens!' Ma wees naar een grote winkel vol muziekinstrumenten. Ik hield mijn hand boven mijn ogen tegen de warme zon en keek naar de etalage: er stonden vleugels, cello's en violen, en achter in de winkel zag ik kasten vol met wat bladmuziek bleek te zijn.

'Kom, dan gaan we naar binnen,' zei Matt.

'O nee, we kunnen toch niets kopen,' zei ma.

'Kijken kost niets,' zei ik. Ik wist hoe graag ze daar een kijkje wilde nemen, en Matt en ik duwden haar door de dubbele deuren naar binnen.

Een vlaag koude lucht uit de airco kwam ons tegemoet. Het was een heerlijk gevoel. Er stonden zo veel klanten naar de instrumenten en bladmuziek te kijken dat ma zich een beetje begon te ontspannen. Sommige klanten schoven achter de piano's om te horen hoe die klonken. Ik wilde dat wij ook zo konden leven, in een wereld die schoon was en met tapijt bekleed. Ma keek met grote ogen in het rond, net een klein meisje. Ze begon door een stapel met partituren van Mozart te bladeren en was daar al snel helemaal in verdiept.

Matt en ik liepen met ons tweeën een rondje door de winkel.

'Ik wist niet dat je moeder zo dol was op muziek,' merkte Matt op.

'Ze was vroeger muzieklerares.' Ik zweeg even. 'In Hongkong. En jouw ouders? Waar houden die van?'

'Ma steekt al haar tijd in de zorg voor Park. En mijn vader is er niet meer. Daarom moet ik voor iedereen zorgen.'

Ik glimlachte. Matt nam zijn verantwoordelijkheden altijd heel erg serieus, maar dit was de eerste keer dat ik hem iets over zijn vader hoorde zeggen. 'Bedoel je dat hij is overleden?'

Matt knikte, zonder me aan te kijken, en vroeg: 'Waar is je ma?'

Ik keek om me heen en zag haar bij een vleugel staan. Ik knikte in haar richting en liep samen met Matt naar haar toe.

'Dit is een fraai instrument, hè?' zei ma. Ze bladerde door de bladmuziek die iemand op de vleugel had laten liggen. 'Het klinkt vast erg goed.'

'Probeert u het eens,' stelde Matt voor. 'U mag gerust wat spelen, hoor.'

'O nee,' zei ma.

'Jawel. Toe nou.' Mijn blik kruiste de hare. Ik wilde dolgraag dat ze iets zou spelen, zodat Matt zou weten dat we meer konden dan alleen maar in de fabriek werken.

Langzaam nam ma plaats. 'Je pa was dol op dit stuk,' zei ze, en ze liet haar vingers eerst even over de toetsen dansen om vervolgens de Nocturne in As-groot van Chopin in te zetten.

Matts mond viel open.

Ik sloot mijn ogen en luisterde naar de muziek, verzonken in herinneringen aan de tijd toen we nog thuis een eigen piano hadden en ma's slanke vingers regelmatig de toetsen beroerden. Ze speelde het begin en hield toen op, maar tegen die tijd hadden we ondanks onze eenvoudige verschijning al de aandacht van een van de verkopers getrokken.

'U speelt prachtig, mevrouw,' zei hij. 'En deze vleugel heeft zo'n fraaie klank, vindt u niet?'

Ik vroeg me af hoe ik hem beleefd kon zeggen dat we niets wilden kopen, maar voordat ik iets kon zeggen, nam Matt al het woord. 'Dat is zo,' zei hij in het Engels, 'maar we kijken alleen maar even.'

Voor de verandering had iemand mij nu eens ontlast.

Daarna liepen we over de Tay Um See Arena en keken naar alle wolkenkrabbers om ons heen.

'Ik moet wel drie keer kijken voordat ik de bovenkant kan zien,' zei ma toen ze lachend opkeek naar een van de allerhoogste gebouwen.

'Ik kan ze tussen mijn handen houden.' Matt deed een stap naar achteren en deed net alsof hij de wolkenkrabbers met zijn handen opmat.

Dat deed me denken aan iets waarover ik liever niet wilde praten, maar ik moest het weten. 'Wat gaat er nu met meneer Pak gebeuren?' vroeg ik aan Matt. Matt woonde in Chinatown en kende veel arbeiders van de fabriek. Hij was altijd op de hoogte van de laatste roddels.

'Hij komt niet meer terug op het werk. Zijn hand is behoorlijk verbrand en zijn vrouw vindt het werk te gevaarlijk.'

'En wat nu?'

'Zijn vrouw werkt op een sieradenfabriek op de hoek van Centre Street en Canal Street, en ik neem aan dat hij dat ook gaat doen als hij weer beter is.'

'Wat maken ze daar?'

'Armbanden met kralen, versieringen voor kostuums. Je kunt al je werk mee naar huis nemen, maar het betaalt nog slechter dan onze fabriek. En je moet heel vlugge handen hebben.'

Ik keek even naar ma. Was dit een manier om aan de textielfabriek te ontsnappen?

Ze schudde haar hoofd. 'Weet je niet meer hoe koud het bij ons thuis wordt, Ah-Kim?'

Ik knikte. Het zou ons nooit lukken om in die ijskoude woning kralen aan een draad te rijgen.

Ten slotte gingen we naar de vrijheidsgodin kijken. Ma wilde ook voor Matt de metro betalen, maar hij was haar te vlug af.

'We stappen niet bij de vrijheidsgodin zelf uit,' zei Matt. 'De boot die daarheen vaart, is veel te duur. Wij pakken de veerboot naar Staten Island. Die kost maar een kwartje en dan heb je ook nog eens beter zicht.'

'Perfect,' zei ma.

We gingen aan boord van een lange gele veerboot die me deed denken aan de veerboten in de haven van Kowloon, en Matt nam ons mee naar het bovendek. Ma vond het echter zo winderig dat ze snel weer naar beneden ging en binnen ging zitten.

Het was geweldig om daar samen met Matt aan de reling te staan en de frisse wind te voelen die alle warmte wegblies. De oceaan strekte zich voor ons uit.

'We krijgen straks een eersteklas uitzicht,' zei Matt. Hij liep naar beneden om ma te halen. Ik was diep onder de indruk van hem: hij was zo stoer, maar dacht ook aan anderen.

Ik hield mijn adem in toen de vrijheidsgodin eindelijk goed in beeld kwam. Ze was zo dichtbij, ze was zo indrukwekkend. Ma en Matt stonden vlak naast me, en ma kneep even in mijn hand.

'Ik heb hier zo lang van gedroomd,' zei ze.

'We zijn er,' zei ik. 'We zijn eindelijk in Amerika.'

Matt keek bedachtzaam. 'Doet ze jullie niet aan Kwan Yin denken?'

We knikten.

Toen ma en ik weer thuis waren, zei ze tegen me: 'Ik heb me vergist in die jongen van Wu. Hij is niet alleen knap, hij heeft ook een mensenhart.' Daarmee bedoelde ze dat hij mededogen en inzicht toonde.

Ik gaf geen antwoord, maar verborg mijn gezicht in mijn kussen, denkend aan Matt.

De derde klas betekende de overstap naar de bovenbouw. De meeste leerlingen van onze klas kenden elkaar al uit de onderbouw, maar nu kwamen er ook een paar nieuwelingen bij, en het schooljaar begon met toetsen wiskunde en natuurkunde die moesten bepalen op welk niveau we die vakken mochten volgen. De meeste andere leerlingen, zeker degenen die goed waren en graag hogere cijfers dan een ander haalden, maakten zich heel erg druk over de toetsen omdat het aantal plaatsen op het hoogste niveau beperkt was. Hoewel de toetsen waren bedoeld als een eenvoudige momentopname namen veel kinderen bijles om een beter cijfer te kunnen halen. Er deden geruchten de ronde dat de beste universiteiten alleen maar leerlingen aannamen die exacte vakken op het hoogste niveau hadden gevolgd.

Na de zware lichamelijke arbeid in de stoffige fabriek vormde de wetenschappelijke wereld een duidelijke, logische veilige haven waar ik me kon ontspannen. Ik begon louter voor de lol bibliotheekboeken te lezen over onderwerpen die we tijdens de les hadden aangesneden: aminozuren, mitose, prokaryoten, forensisch DNA-onderzoek, karyotypen, monohybride kruisingen en endotherme reacties. Wiskunde was de enige taal die ik echt begreep. Zuiver, logisch en voorspelbaar. Ik ontleende een groot genoegen aan het oplossen van wiskundige vraagstukken en dacht dan even niet aan onze woning of aan de fabriek. Ik was waarschijnlijk dan ook de enige leerling die uitkeek naar de toetsen en ze met plezier maakte.

Toen ik de uitslag kreeg, leek die bespottelijk goed, zelfs in mijn ogen. Ik was buiten zinnen van vreugde, maar na een paar weken les in exacte vakken op het allerhoogste niveau dat de school bood werd ik bij het hoofd van de afdeling op haar kamer geroepen. Mijn hart bonsde in mijn keel. Ik had geen goede herinneringen aan die plek.

'Kimberly, ik maak me zorgen over je prestaties,' zei ze.

Het voelde alsof mijn adem in mijn keel bleef steken. Wat was er deze keer mis? Ik had tot nu voor elk proefwerk hoge cijfers gehaald. Ik had bij biologie extra punten verdiend omdat ik tijdens een practicum een oplossing had bedacht waarmee de docent bijzonder in zijn nopjes was: ik had gedehydrateerd sap gebruikt om oplosmiddelen en op te lossen stoffen vast te kunnen stellen en de activiteiten van enzymen te simuleren. 'Is er iets niet goed met mijn cijfers?'

'Om eerlijk te zijn gaat het te goed.' Mevrouw Copeland keek me met samengeknepen ogen aan en probeerde mijn reactie te peilen.

Nu begreep ik het. Ze was het incident met Tammy van een jaar geleden nog niet vergeten. De angst kneep zo stevig mijn keel dicht dat ik amper kon praten. 'Ik heb niet gespiekt.'

'Dat hoop ik niet. Geen van de docenten twijfelt aan je intelligentie, en ik wil hen dolgraag geloven. Maar er is nog nooit een leerling van jouw leeftijd geweest die zulke goede cijfers heeft gehaald voor die toets waarmee jullie niveau wordt bepaald. En je doet het tijdens de les ook erg goed, terwijl je resultaten in de onderbouw nog wisselvallig waren. Ik weet niet of je ervan op de hoogte bent dat er in het verleden wel eens toetsen zijn gestolen?' Op haar gezicht tekende de achterdocht zich duidelijk af. Ze boog zich voorover, en toen ze eindelijk weer iets zei, klonk haar stem zo laag dat ik haar amper kon verstaan. 'Ik was ook altijd een erg goede leerling, reuzeslim, maar ik had de stof nooit zo snel kunnen oppikken als jij nu lijkt te doen. Ik zou heel blij zijn als je kunt aantonen dat ik het bij het verkeerde eind heb – ik zou heel blij zijn als er op mijn school een meisje zit dat zo goed is in exacte vakken – maar je begrijpt vast wel dat we zeker van onze zaak willen zijn. We laten je opnieuw een toets doen, deze keer mondeling, en die zal worden afgenomen door alle docenten van de afdeling exacte vakken. Ze zullen allemaal hun eigen vragen bijdragen.'

Ik gaf geen antwoord. Ik was doodsbang dat ik alles zou verliezen waarvoor ma en ik zo hard hadden gewerkt. Stel dat ik het gesproken Engels niet goed zou begrijpen? Stel dat ik een paar fouten zou maken en een minder goed cijfer zou halen dan voor de eerste toets? Dan zouden ze denken dat ik had gespiekt, en dan zouden ze me van school sturen. Ik staarde haar aan, maar haar gezicht danste voor mijn ogen. Het was een waas van vormen en licht.

'We willen je alleen maar helpen, Kimberly. Als je altijd eerlijk bent geweest, hoef je je nergens zorgen over te maken.' En ze wijdde zich weer aan haar werk.

Langzaam liep ik haar kamer uit. Waarom kon ik niet zo zijn als de anderen?

'Gaat het?' Curt liep langs, arm in arm met Sheryl.

Sheryl draaide zich om en keek me fronsend aan. Misschien was ze net zo verbaasd als ik omdat Curt me had aangesproken. Misschien dacht ook hij aan de vorige keer dat ik bij het hoofd had moeten komen.

'Ja hoor,' zei ik. Ik knipperde een paar keer met mijn ogen. 'Bedankt.'

'Tot later,' zei hij, en hij liep door.

9

Er waren inmiddels een paar meisjes met wie ik vriendschappelijk omging, maar op een bepaald moment stuitten we altijd weer op een onzichtbare barrière. Je had Samantha, maar dat was een beetje een snob. Toen ik een keer de kantinedame in mijn beste Engels om een kaascroissant vroeg, verbeterde Samantha me met haar overdreven Franse accent. '*Crois san.* Het is erg onbeschaafd om de "t" aan het einde van het woord uit te spreken.' En Tammy deed tegenwoordig alsof ik lucht was. En dan had je ook nog Amy, de jongensgek, die dingen zei als: 'Hé, laten we onze kortste rokken aantrekken en in de stad gaan winkelen. Dat heb ik afgelopen vrijdag gedaan en alle jongens liepen me achterna!'

Uiteindelijk bleek Annette mijn enige echte vriendin te zijn. In de derde klas werd ze politiek geëngageerd, zoals ze het noemde. Ze ging buttons dragen en vroeg aan iedereen of ze haar petities wilden tekenen. En door haar politieke interesse kreeg ze ook nieuwe vrienden, voor het overgrote deel de leerlingen met wie ze samen aan een nieuwsbrief tegen racisme werkte die ze in het leven had geroepen: een paar oudere leerlingen met een beurs, een Zweedse leerlinge die een jaar in Amerika op school zat, een paar jongeren met een punkkapsel. Nu wilde ze dat ik petities tekende tegen de apartheid in Zuid-Afrika, en dat deed ik; ze wilde dat ik zou meelopen in een feministische demonstratie, maar dat ging niet. Ze werd steeds fanatieker en schreef in haar nieuwsbrief dat er zo weinig gekleurde leerlingen op Harrison zaten. Ze begon zichzelf als communist te betitelen, maar hoe kon ik in communisme geloven na wat mijn familie was overkomen? Maar dat was niet het enige, het punt was ook dat ik zo min mogelijk wilde opvallen, want ik wist wat er kon gebeuren als je te ver je nek uitstak.

De Annette die ik van vroeger kende was gemakkelijk afgeleid geweest, vervuld van allerlei verschillende interesses, die soms met elkaar in tegenspraak waren. Die Annette, die vooral aan zichzelf en haar comfortabele wereldje had gedacht, was eenvoudig te begrijpen geweest, maar de serieuzere versie van nu stelde vooral veel moeilijke vragen.

'Hoe komt het dat ik nog nooit bij je thuis ben geweest?' vroeg ze op een keer. 'We zijn toch zulke goede vriendinnen?'

'Ons huis is veel te klein. Je zou je er niet prettig voelen,' zei ik.

'Maar dat vind ik niet erg.'

'Mijn moeder zou het wel erg vinden. Maar ik wil het haar best nog wel een keer vragen, dan laat ik je wel weten wat ze ervan vindt, oké?' Ik hoopte dat ik haar hiermee lang genoeg aan het lijntje kon houden totdat ze het zou vergeten. Pas jaren later liet Annette me merken dat ik het mis had gehad en dat ze het nooit was vergeten.

Annette begreep maar niet dat zwijgzaamheid je kon beschermen. Ik kon het me niet veroorloven om te huilen vanwege dingen waaraan ik niet kon ontsnappen. Ik kon wel over mijn problemen praten, maar dat zou ze alleen maar duidelijker aan het licht brengen en haar ook alles laten zien wat ik al die jaren liever verborgen had gehouden omdat ik het anders niet kon verdragen. Ik kon mezelf niet blootgeven, zelfs niet tegenover haar.

In bepaalde opzichten had de telefoon het alleen maar erger gemaakt. Toen ik op een dag in de bieb aan het werk was, kwam Annette bij me zitten en begon te vertellen over een werkstuk voor maatschappijleer, een vak dat we dat jaar samen volgden.

Het hare was getiteld 'Marx en Aristoteles: de aard van moraliteit'. Ik had nog geen tijd gehad om aan het mijne te beginnen. Ik had nog niet eens een onderwerp gekozen.

'Ik heb je gistermiddag geprobeerd te bellen.' Ze stopte een lok haar weg achter haar oren. 'Waarom ben je na school nooit thuis?'

Ik probeerde onschuldig te kijken en zocht ondertussen wanhopig naar een antwoord. 'Hoe bedoel je?'

'Je neemt altijd pas heel laat op de avond op. Waar ben je in de tussentijd?'

'Nergens. Het duurt soms gewoon een hele tijd voordat ik thuis ben.'

Annette kneep haar volle lippen opeen. 'Kimberly, ben je mijn beste vriendin of niet?'

Ik voelde me vreselijk, maar moest haar wel aankijken. 'Ja, natuurlijk.'

Haar blik was fel. 'Ik ben niet dom, hoor.'

'Dat weet ik ook wel.' Ik zweeg even en zei toen: 'Ik help mijn moeder op haar werk.'

'In Chinatown? Zijn de winkels nog zo laat open?' Ik had haar ooit verteld dat mijn moeder daar werkte en haar in de waan gelaten dat ma een baantje in een winkel had.

Nu besloot ik in elk geval een deel van de waarheid te vertellen. 'Weet je nog dat ik je ooit heb verteld dat we in een fabriek werkten?'

'Ja, ik geloof van wel.' Annette verhief haar stem. 'Meen je dat echt? Ben je daar niet veel te jong voor? Mag dat wel van de wet?'

'Annette. Hou alsjeblieft op.' Ik keek om me heen. Er zat verder maar één andere leerling in de bieb, helemaal aan de andere kant van de zaal. 'Dit is niet een of ander abstract idee waarover je kunt discussiëren, dit is mijn leven. Als je ertegen zou protesteren, raken ma en ik onze baan kwijt.' Ik zweeg weer en keek naar mijn eeltige vingers. Daarna keek ik haar recht aan. 'We hebben het geld hard nodig.'

'Ik zal echt niets doen als jij dat niet wilt. Maar lijd je er echt niet onder?'

'Nee, echt niet. Zo erg is het niet,' loog ik. 'Ze hebben een frisdrankautomaat.'

'O, geweldig.' Ze klonk sarcastisch. 'Als ze een frisdrankautomaat hebben, is het vast een droombaan.'

Ik begon te lachen. 'Ze hebben zelfs ijsthee.'

Ze moest ook giechelen. 'Nu ben ik echt overtuigd.' Ze hield op met lachen. 'Bedankt dat je me dat wilde vertellen. Je kunt me vertrouwen, hoor.'

Ik zweeg even en keek haar aan. Annette was veel langer geworden en haar sproeten waren verdwenen, maar ze was nog steeds het meisje dat al sinds de lessen bij meneer Bogart mijn trouwe vriendin was. 'Er is nog iets.' Ik had haar nog niet verteld dat de school me van spieken verdacht, met name omdat ik het zo beschamend vond dat ik die woorden niet over mijn lippen kon krijgen. Nu vertelde ik haar wel het hele verhaal, te beginnen met het briefje dat Tammy een jaar eerder had laten vallen en eindigend met de mondelinge toets die ik binnenkort moest afleggen.

'Kimberly, waarom heb je me daar helemaal niets over verteld? En waarom heb je niet gezegd dat Tammy dat spiekbriefje had gemaakt?'

'Zo slim was ik niet.'

'Nee, je wilde gewoon niet klikken, zo noemde je dat toch altijd?'

We begonnen beiden te lachen, maar toen herinnerde ik me weer waar we zaten en zei ik dat we stil moesten zijn.

'Het komt allemaal wel goed,' zei Annette. 'Jij kunt alles aan, wat ze je ook vragen.'

'Ik hoop het maar.' Zelf was ik er niet zo zeker van. 'Maar ze kunnen de toets heel erg moeilijk maken.'

Wanneer we 's avonds thuiskwamen uit de fabriek maakte ma meteen het eten klaar voor de volgende dag, zodat we dat konden meenemen naar ons werk. En daarna speelde ze soms nog even op haar viool, als het tenminste niet te koud was. Dat was mijn favoriete moment van de dag. En als ze geen werk mee naar huis had genomen deed ze haar best om ondanks haar vermoeidheid zo veel Engels te leren als ze maar kon. Ze was ook aan het oefenen voor haar naturalisatie-examen. Net zoals ik deed wanneer ik mijn huiswerk maakte, zat ook zij boven haar boeken met een stukje toiletpapier in haar hand, zodat ze als het nodig was meteen de kakkerlakken kon dooddrukken die over de bladzijden van haar boek renden. Terwijl zij zat te leren, maakte ik mijn huiswerk af en las in de boeken die ik als voorbereiding op mijn naderende toets uit de bieb had gehaald.

Omdat ik nog maar veertien was, kon ik het naturalisatie-examen nog niet afleggen, maar als ma zou slagen, zou ik automatisch ook het Amerikaans staatsburgerschap krijgen. Ik moest een Amerikaans paspoort hebben als ik in aanmerking wilde komen voor financiële ondersteuning tijdens een eventuele universitaire studie. Ma had een goedkope cassetterecorder en een boek met een cassette gekocht, en nadat ze talloze keren de vragen had beluisterd, leerde ze het antwoord op basis van alleen de klanken uit haar hoofd. Ik keek naar haar aantekeningen en zag dat die volstonden met fonetische symbolen die ze als muzieknoten had genoteerd. Ik wist zeker dat ze geen idee had wat die zinnen betekenden. Wanneer ik haar grammaticale regels probeerde uit te leggen, luisterde ze beleefd, maar ik zag nooit enig teken van begrip in haar blik.

'Ben je een communie?' vroeg ma in het Engels aan zichzelf.

Het boek maakte duidelijk dat er maar één goed antwoord was: 'Nee!'

Het maakte niet uit hoe Annette zichzelf noemde, ik wist dat je nee op deze vraag moest antwoorden als je kans wilde maken op het Amerikaans staatsburgerschap. We waren geen geboren Amerikanen, zoals Annette. Ze konden ons nog altijd uitzetten.

Nadat ik eerder die dag mijn problemen met Annette had besproken besefte ik dat ik ook met ma moest gaan praten. Voordat we naar bed gingen, vertelde ik haar het hele verhaal.

Ze hief haar hoofd op en zei met vlammende ogen: 'Mijn dochter zou nooit spieken.'

'Ze zijn bang dat ik dat misschien al eens eerder heb gedaan.'

'Wie recht is als een pijl moet smeken om een bestaan,' zei ma met een zucht. Dat was een Kantonese uitdrukking over de gevaren van te eerlijk zijn. 'Moet ik met die lerares gaan praten?'

'Nee, ma.' Ik begon maar niet over de taalbarrière. 'Ik ben de enige die kan bewijzen dat ik onschuldig ben. Ik moet gewoon slagen voor die toets.'

Een week voor mijn mondelinge toets besloot Annette dat ik wel een uitje had verdiend, en hoewel ik tegenwierp dat ik mijn vrije tijd aan leren moest besteden, nam ze me mee naar Macy's. Sinds onze zoektocht naar een beha, inmiddels twee jaar terug, hadden ma en ik daar nog een paar keer ondergoed voor me gekocht, maar we voelden ons nooit op ons gemak en stonden altijd snel weer buiten. Ik zag het niet bepaald als een leuk uitje, maar zoals altijd had ik vertrouwen in Annette.

Wanneer ik na school iets met Annette wilde ondernemen, moest ik steevast tegen ma liegen omdat ze alles wat niet met school te maken had onbelangrijk vond en bang was dat me buiten school iets gevaarlijks zou overkomen. En ik wist dat ze zich gedwongen zou voelen om iets terug te doen als ik haar zou vertellen wat Annette voor mij deed.

Deze keer liep ik op enige afstand achter Annette aan. Ze liep naar de verkoopsters op de parfumafdeling en stak iedere verkoopster vol vertrouwen haar pols toe. Ik deed hetzelfde. De parfum voelde koel op mijn huid. Daarna hielden we onze armen vlak onder onze neus en snuffelden ook aan elkaar, al hadden we elkaar op meters afstand ook nog kunnen ruiken.

Nadat we alle verkoopsters hadden gehad, liepen we langs de glanzende witte toonbanken en besproeiden elkaar met de inhoud van de testers op elk plekje huid dat nog over was: van onze polsen via onze armen naar onze nek, sleutelbeenderen en borst. Annette en ik stonden als bezetenen te giechelen, en tegen de tijd dat we afscheid van elkaar namen, had ik het gevoel dat ik net zo'n glamour uitstraalde als de dames op de reclameposters.

Toen ik me een paar uur later in de fabriek meldde, keek Matt op van de pers en wuifde hevig lachend met zijn hand voor zijn neus, alsof hij iets heel sterks rook.

Ik was ontzet dat hij me ondanks die enorme stoomwolk toch kon ruiken. Snel liep ik naar het toilet om me zo goed mogelijk schoon te boenen, maar ik kon onmogelijk alle geurtjes verwijderen. Toen ik naast ma aan de werkbank ging staan, zei ze: '*Ah yah,* Ah-Kim, wat heb je uitgespookt?'

'Annette had een nieuw flesje parfum bij zich. Ik mocht het ook eens proberen.'

'Ha, het lijkt wel alsof je er een bad in hebt genomen.' Gelukkig zei ma er verder niets over.

Toen ik die avond over mijn boeken gebogen zat, kon ik echter nog steeds een zweem van het parfum op mijn kleren en polsen ruiken en voelde ik me gesterkt door Annettes vriendschap en vertrouwen. Misschien was dat ook wel haar bedoeling geweest.

Meneer Jamali zorgde ervoor dat ik meer uren in de bieb kon werken; ik kreeg daar zelfs voor betaald omdat het meer was dan ik volgens de eisen van mijn beurs hoefde te doen. Ik plande het werk zo dat ik nog tijd overhield om ma in de fabriek te helpen en zette het geld dat ik met het werk in de bieb verdiende op een bankrekening die ik op naam van ma had geopend. We spaarden alle kleine beetjes op zodat ik daarvan later kon gaan studeren.

Mijn belangstelling voor make-up was tanende. Ik was nog wel geïnteresseerd in mijn uiterlijk, maar had me erbij neergelegd dat ik nooit populair of knap zou zijn. Ik begreep niet hoe dat soort dingen werkten. Het deed er niet toe met welke kleurtjes Annette mijn gezicht beschilderde, want daaronder was ik nog precies dezelfde persoon. Bovendien slokten de bieb, de fabriek, mijn huiswerk en het voorbereiden van proefwerken en overhoringen al mijn tijd op. Ik maakte me niet alleen zorgen over de mondelinge toets, maar was ook altijd bang dat er iets zou zijn wat ik niet aankon. Als ik een bepaald onderwerp dat in de les werd behandeld niet begreep, kon ik het niet aan ma vragen. Ze was nooit goed geweest in leren en had alleen talent voor muziek. Bovendien gebruikten ze hier heel andere methoden en was alles in een vreemde taal, zodat ze er helemaal niets van kon volgen. Ma had me verteld dat pa een uitstekende leerling was geweest met talent voor zowel talen als exacte vakken en dat ik mijn verstand van hem had geërfd. Daar had ik altijd troost uit geput, maar nu wenste ik meer dan ooit dat hij me had kunnen helpen.

Het enige wat ik wilde, was ontsnappen aan de uitputtende cyclus die mijn leven was geworden, een eindeloze reeks angsten die me telkens weer belaagden: angst voor mijn docenten, angst voor elke opdracht die we kregen, angst voor tante Paula, angst voor het schrikbeeld dat we nooit zouden ontsnappen. Op een dag pakte ik in de bieb *Car and Driver* op en bladerde door het tijdschrift vol glanzende foto's van cabrio's. Het was alsof er in mijn hoofd een luikje werd geopend, en autobladen werden mijn manier van ontsnappen. Ik fantaseerde dat ik in een Corvette de donkere nacht in zou rijden en niet langer belastingaangiftes hoefde in te vullen, dat ik niet langer verantwoordelijk was voor alles wat in het Engels moest worden geregeld. Ik was altijd bang dat ik een fout had gemaakt en dat er op een dag een inspecteur voor de deur zou staan die vragen zou stellen die ik niet eens begreep.

Op een dag zat ik in de bieb door een oud exemplaar van *Cycle* te bladeren dat meneer Jamali me had gegeven toen mijn oog viel op een artikel over een bepaald model motor. Eerst begreep ik niet waarom dat type me zo bekend voorkwam, maar toen zag ik het hoofd van de indiaan op de benzinetank. Het was de motor waarvan Park een speelgoedmodelletje had.

Later die middag ging ik in de fabriek op zoek naar Park. Hij was weer bij zijn moeder weggelopen, maar zolang hij anderen niet in de weg liep liet iedereen hem rustig rondscharrelen. Hij stond naast een van de vrouwen aan de naaimachines en staarde naar het tollende wieltje aan de zijkant van het apparaat. Het gezoem ervan leek hem te hypnotiseren. Zoals gewoonlijk had hij zijn Indian-motor in zijn hand.

'Ik word er straalzenuwachtig van,' zei de vrouw tegen haar collega die naast haar zat, zonder haar werk ook maar een seconde te staken. De kledingstukken schoten zo snel onder de naald door dat je ze niet eens duidelijk kon zien. 'Ik wou dat hij bij een ander ging staan kijken.'

'Als het maar niet bij mij is.' De andere vrouw lachte.

'Ik ben blij dat mijn zoon niet zo is. Deze heeft de witte ziekte.' Ze bedoelde dat Park achterlijk was. Haar opmerking ergerde me, maar ik vroeg me wel af of Park inderdaad meer scheelde dan alleen maar doofheid.

Ze schrokken vooral van mij toen ik opeens riep: 'Park, ik heb een stukje over jouw motor.'

Tot mijn grote verbazing draaide hij zich met een gretig gezicht om. De beide vrouwen verstijfden.

'Alsjeblieft,' zei ik.

Hij trok het tijdschrift uit mijn handen, hield het vlak onder zijn neus en draaide het toen telkens weer in het rond, met het plaatje van de motor als middelpunt.

Ik pakte het tijdschrift voorzichtig van hem over en las hem het begin voor: 'De Indian Chief uit 1934 is een echte klassieker, herkenbaar aan het vertrouwde logo op de benzinetank: het hoofd van een indiaan. De grote fabriek in Springfield had als bijnaam de Wigwam...'

Toen ik klaar was met lezen staarden zowel Park als de twee vrouwen me aan. De twee wijdden zich meteen weer al fluisterend aan hun werk en ik gaf het tijdschrift aan Park.

'Matt kan je de rest later wel voorlezen.' Ik wachtte af om te zien of hij zou antwoorden.

Er verscheen een trage glimlach rond zijn mondhoeken. Het duurde even voordat die tot uiting kwam, alsof hij niet zo vaak lachte. Hij zag er bijna knap uit en leek opeens heel erg op Matt.

Tijdens de afgelopen paar maanden was ik me tijdens het werken voortdurend bewust geweest van Matts aanwezigheid. Toen hij een tijdje later naar het toilet liep, zag ik dat Park hem tegenhield en hem het tijdschrift liet zien. Ze bladerden er even samen doorheen.

Een uurtje later kwam Matt naar me toe, druipend van het zweet. 'Dank je. Waar heb je dat vandaan? Ik zal je er geld voor geven.'

'Dat hoeft niet, ik heb het voor niks gekregen. Van school.'

'Wauw. Ze vinden je vast heel aardig.'

'Hm.' Ik staarde even naar de vloer en keek toen naar hem op. 'Dat weet ik nog niet zo zeker.'

'Hoezo?'

'Ze denken dat ik de kat naar buiten stuur.' Dat ik spiekte.

Hij trok zijn zware wenkbrauwen op. 'Jij? Zijn ze wel goed bij hun hoofd?'

Ik moest lachen omdat hij zo'n vertrouwen in me had. 'Hoe weet jij nu dat ik onschuldig ben?'

'Iemand die een slecht hart heeft, zou nooit zo aardig voor Park zijn.' Matt staarde me tussen zijn wimpers door aan.

Ik begon te blozen en veranderde snel van onderwerp door de vraag te stellen die me al de hele dag dwarszat. 'Waarom doen jullie net alsof hij doof is?'

Hij kuchte. 'Ik weet niet waar je het over hebt, Kimberly.'

'Is dat om te voorkomen dat iemand het merkt?' drong ik aan.

'Dat iemand wat merkt?'

'Dat hij niet praat. Of niet kan praten.'

Er viel een korte stilte. 'Ik heb hem nog nooit horen praten. Zelfs niet toen hij klein was. Alleen wat geluiden.' De blik in zijn goudbruine ogen was droevig. 'Het was beter geweest als het mij was overkomen. Ik had er beter mee om kunnen gaan.'

'Als je zo geboren was?'

Hij knikte. We hadden het niet alleen maar over doof zijn of niet kunnen praten. Met Park was duidelijk iets ergers aan de hand. Het ontroerde me dat Matt er iets over wilde zeggen, en ik begreep ook waarom ze hun best deden om het verborgen te houden. In de Chinese cultuur geldt een handicap als een schandvlek voor de hele familie, alsof het iets besmettelijks is.

'Denk je dat? Zo stoer vind ik je anders niet,' zei ik plagend, in de hoop dat ik hem zo uit zijn droevige stemming kon halen.

Hij grijnsde. 'En hoe zit het dan met jou?'

Vanaf dat moment bleef Matt tegenover Park gebarentaal gebruiken wanneer er anderen bij waren, maar niet wanneer ik de enige was die het kon zien. Langzaam leerde ik ook een aantal van die gebaren kennen, zodat ik begreep wat Park tegen me wilde zeggen. Hij straalde iets rustgevends uit, en nu ik met hem wist te communiceren, negeerde hij me niet langer. Om eerlijk te zijn vond ik het leuk dat er iemand was die mijn belangstelling deelde. Ik kon tegen hem aan kletsen over motorinhouden en cilinders, en dan knikte hij altijd, alsof hij het fijn vond om naar me te luisteren, ook al keek hij me vaak niet recht aan. Vaak nam ik auto- en motorbladen mee naar de fabriek om aan Park te laten zien, en dan wees ik aan wat ik zelf het allerliefste wilde hebben.

Omdat er op de avond voor mijn mondelinge toets in de fabriek nog een zending moest worden afgemaakt, kwamen we pas na twee uur 's nachts thuis. Ik bleef de rest van de nacht op om te leren en sliep helemaal niet meer. Over mijn vele lagen kleren droeg ik een ochtendjas van de knuffeldierenstof, die ma elke keer weer uitlegde als ik iets groter werd. Ma's slapende lichaam was het enige wat me troost kon bieden, en de nacht was klam, doordrenkt van de smaak van mijn eigen angst. Buiten de cirkel van mijn lamp bestond slechts duisternis. Ik merkte dat ik die nacht de wanhoop nabij was, maar dat er van slapen niets zou komen.

'Je had niet naar de fabriek moeten komen,' zei ma met slaperige stem vanuit de diepten van haar matras. Er viel een korte stilte. 'Ik had je weg moeten sturen. Je toets is te belangrijk.'

'Zonder mij had u het niet gered.'

'Ik zal thee voor je zetten.'

'Ma, ik moet leren. Ga maar weer slapen.'

De volgende morgen trilde ik over mijn hele lichaam toen ik voor het schoolbord op een verhoging moest gaan staan. Mevrouw Copeland zat samen met de andere docenten van haar afdeling aan de tafeltjes in de eerste twee rijen. Verder was er niemand, en de afgeronde rugleuningen van de lege stoelen voor me waren als een akker van twijfel. Ik voelde me net een vogelverschrikker bij harde wind. Ik kon elk moment omver worden geblazen, in talloze stukjes uiteenvallen, en dan zou ik wakker worden en merken dat er niets van me over was, niets van de persoon die ik zo graag wilde zijn. Ik wist dat mijn concentratie zou lijden onder het gebrek aan slaap. Stel dat ik nu slecht zou presteren? Zouden ze dan denken dat ik de boel al die tijd al had bedot?

Een man met een blauw overhemd stond op. Hij was niet een van mijn leraren, maar ik wist dat hij scheikunde gaf aan de bovenbouw. Hij kwam naar me toe en gaf me zonder iets te zeggen een exemplaar van het periodiek systeem der elementen. Hij staarde me over zijn bril heen indringend aan en nam ten slotte het woord. 'Goedemorgen, Kimberly. Zou je ons misschien kunnen vertellen wat de formules zijn van de ionische samenstellingen van de volgende elementen: nikkel en zwavel, lithium en zuurstof, en bismut en fluor?'

Ik haalde diep adem. Ik had van alles gelezen over dergelijke formules, maar had er verder geen ervaring mee. 'Mag ik pen en papier gebruiken?'

'Het bord is ook goed.' Hij wees naar een krijtje.

Ik pakte het met een trillende hand op en begon op het bord te schrijven.

Aan het einde van de lange toets viel er een stilte, en toen begonnen de docenten langzaam in hun handen te klappen. Geschrokken bleef ik als verstijfd voor het bord staan, de voorkant van mijn blazer onder het krijt, totdat het hoofd opstond en naar me toe liep, blozend van opwinding.

'Ik denk dat we ons in je hebben vergist, Kimberly,' zei ze. Ze stak haar hand naar me uit. Ik schudde die. Ze glimlachte breeduit en zei: 'Bedankt voor de les. Ik ben dolblij dat we zo'n begaafde leerling op onze school hebben.'

Ze lieten me niet één klas overslaan bij de exacte vakken, maar twee.

'Ik moet vandaag iets naar mijn pa brengen. Wil je zien waar hij werkt?' vroeg Matt. Hij stond opeens voor me in de fabriek. Zijn gezicht leek te zweven boven een doolhof van crèmekleurige overhemden.

'Ja hoor,' antwoordde ik. Ik was verbaasd. Matt had me toch verteld dat zijn vader dood was?

Ik zei tegen ma dat ik nog huiswerk moest maken en ging vroeg weg. Dat was iets wat ik normaal gesproken niet snel zou doen, maar het idee om een paar uur met Matt te kunnen doorbrengen was gewoon te verleidelijk.

'Hoe zit het met jou?' vroeg ik. Het was voor hem gemakkelijker om eerder weg te gaan omdat hij, nu hij aan de pers stond, als een volwassene werd behandeld. Hij kon komen en gaan wanneer hij wilde, mits hij maar de enorme hoeveelheid werk af kreeg die elke dag moest worden gedaan. Vaak was hij net als ma en ik nog laat aan de slag.

'Maak je maar geen zorgen, dat zit wel goed,' zei hij.

Ik nam aan dat hij daarmee bedoelde dat hij later op de avond nog terug zou gaan naar de fabriek, maar ik zei niets en haalde mijn schouders op. Het stof van de fabriek had zich afgezet op mijn jasje en mijn schooltas, die ik in een plastic zak op de werkbank bewaarde. Aan het einde van elke werkdag moest ik de lange draden stof van de zak schudden voordat ik me kon verkleden.

Matt stond beneden op me te wachten. Hij droeg een lichte jas en had een fiets aan zijn hand. Achter op de fiets was een grote houten kist bevestigd. De kist was groen geverfd en versierd met de afbeelding van een opgewekte Italiaan uit wiens glanzende snor krulletters vloeiden die de woorden 'Antonio's Pizza' vormden.

'Waar heb je die vandaan?' vroeg ik.

'Mijn andere baantje. Je wist vast niet dat ik zo veel talenten had.'

'Maar waar haal je de tijd vandaan om pizza's te bezorgen? Je moet toch ook nog naar school en zo?'

'O, school kost niet zo veel tijd,' zei hij, met zijn blik op het stuur gericht, en ik begreep meteen dat hij spijbelde om te kunnen werken. Zijn ma wist dat vast niet.

Hij sloeg zijn been over het zadel en wachtte op mij. 'Kom op, ga zitten.'

Ik wist niet zeker of ik dit wel kon doen, maar ik leek geen andere keus te hebben dan achter hem op de kist te gaan zitten, en dus deed ik dat maar. Ik schoof naar voren, zodat mijn benen aan weerszijden van de fiets bungelden en ik Matt bijna een trap gaf, en greep toen de onderkant van het zadel stevig vast. Hij zette zijn voeten op de trappers en we kwamen met een schok in beweging.

De fiets begon te slingeren toen hij meer snelheid kreeg, en daarna ging het opeens echt heel snel.

'Weet je zeker dat je je niet liever aan mij vasthoudt?' vroeg hij. 'Dat is veiliger.'

'Het gaat wel,' zei ik ademloos. Ik wilde heel graag mijn armen om hem heen slaan, maar ik was me zo bewust van zijn lijf dat alleen al de gedachte me overweldigde.

De voorbijgangers op straat vormden een soort massieve muur waarin als vanzelf gaten vielen wanneer ze naar achteren sprongen omdat ze ons zagen naderen.

'Vliegende jongen!' riep een vrouw naar ons. Dat betekende 'boef', 'jongen die op straat rondhangt', en het was zeker niet als compliment bedoeld.

'Je hebt een varkensneus en spleetogen!' riep Matt over zijn schouder.

Ik keek verontschuldigend om naar de vrouw terwijl Matt ondertussen zijn best deed om een vrachtwagen te ontwijken. We botsten tegen een trottoirband, voetgangers sprongen voor ons opzij, en toen schoten we weer de straat op. In de buurt van de Chinese American Bank minderde hij vaart, en ik vroeg me even af of zijn vader daar werkte, maar toen zag ik dat hij alleen maar naar een knap meisje in een strakke spijkerbroek keek. Op dat moment haatte ik haar, en hem ook. Maar al snel waren we haar voorbij en verruilden we Chinatown voor een deel van de stad waar het verkeer minder druk was.

Toen we de Bowery naderden, gooide ik mijn haar naar achteren en begon me wat meer te ontspannen. Ik had zo vaak over reizen met hoge snelheid gedroomd, en dit kwam nog het dichtste in de buurt. Alles schoot langs ons heen, de wind rukte aan onze kleren, en ik had het niet eens koud omdat de nabijheid van Matt zo opwindend was. De late middagzon verwarmde mijn opgeheven gezicht. Voor ons vloog een duif tussen de hoge gebouwen omhoog en steeg met uitgespreide vleugels op naar de hemel.

Hij keek om. 'Vind je het eng?'

'Probeer je me soms bang te maken?' Ik voelde dat ik zat te stralen, dat de hele wereld kon zien hoe gelukkig ik was.

Hij grinnikte en keek weer voor zich. 'Nee, je zult je toch niet aan mij vasthouden. Je hebt een grote galblaas.' Hij bedoelde dat ik dapper was.

Ten slotte minderde hij vaart en reed een steegje in. Ik wist dat we nog steeds in Manhattan waren omdat we het water niet waren overgestoken, maar ik wist niet waar we zaten. We stopten bij een verlaten gebouw en Matt hield de fiets vast terwijl ik afsteeg. Een dakloze zat een paar panden verder onderuitgezakt in een deuropening, met een boodschappenkarretje naast zich. Alle panden waren dichtgetimmerd, maar ergens op een hogere verdieping hoorde ik een baby huilen. Wasgoed hing te wapperen aan de brandtrappen en flarden Spaans werden meegevoerd door de wind. Ik haalde oppervlakkig adem, zodat ik niet te veel zou binnenkrijgen van de uitlaatgassen en de stank van urine, maar ik proefde dat toch in mijn mond. Het leek onze buurt wel.

Matt liep een paar treden af naar de deur van een dichtgetimmerd winkelpand. In de verzonken deuropening had zich allerlei zwerfvuil verzameld, en voordat hij bij de deur kon komen, moest hij een leeg blikje en iets wat op toiletpapier leek wegschoppen. De ruit was geheel dichtgeplakt met vergeelde kranten. Ik liep achter hem het stoepje af en bleef naast hem staan. Nu ik de kranten van dichtbij zag, kon ik zien dat ze vol Chinese karakters stonden.

Hij klopte in een bepaald ritme op de deur. Blijkbaar was het een soort code. Het gebouw zag er zo verlaten uit dat ik bijna schrok toen er een hoekje van een van de kranten werd opgetild en ik een stel ogen in het donker zag glanzen.

'Wu, het is die koter van je,' zei een mannenstem.

De deur ging open en we liepen naar binnen. Ik was nieuwsgierig en zenuwachtig, maar niet bang, misschien omdat ik samen met Matt was. De rug van een man verdween in een schemerige gang. De gang was al smal van zichzelf, maar werd nog krapper omdat er langs beide muren hoge stapels dozen stonden. In een nis was een donkere trap die nergens heen leek te leiden. Boven op een stel tijdschriften stond een kromgebogen fietswiel.

'Van je vorige fiets?' mompelde ik tegen Matt.

Hij lachte kort. We liepen achter de man aan en gingen een volle kamer binnen. Het zag eruit alsof dit ooit een bar was geweest. Het stond er blauw van de rook en een stel Chinezen zat rond een kaarttafel waar grote hoeveelheden geld lagen. De bankbiljetten waren oud, maar netjes opgestapeld, afgezien van een grote berg in het midden van de tafel. De mannen hadden de ramen helemaal dichtgetimmerd, zodat de ruimte van buiten niet te zien was, maar door de kieren kroop toch wat zonlicht naar binnen, dat op de versleten bronskleurige barkrukken viel.

In de gele gloed van een paar bungelende gloeilampen keek Matt me aan, alsof hij zeker wilde weten dat het goed was dat hij me hierheen had meegenomen. Hij leed gezichtsverlies door me te laten zien dat zijn vader in zo'n gribus zat te kaarten, maar dat maakte onze band alleen maar hechter. Ik knikte bijna onmerkbaar. Hij leek tevreden en wendde zich af.

Inmiddels hadden de mannen me zien staan. 'Dit is geen toeristische attractie,' zei een van hen.

'Ze hoort bij mij.' Matt had in een hoek achter de tafel een stoel uitgeklapt. Hij gebaarde dat ik moest gaan zitten en ging naast me staan, me afschermend van de rest van de ruimte.

Ik had zo veel geld op de tafel zien liggen dat ik meende de scherpe zure geur van de bankbiljetten te midden van de blauwe rook te kunnen ruiken toen ik inademde.

'Neem wat te drinken, jongens,' zei de man achter de bar. Hij schoof twee geopende biertjes naar ons toe.

Matt pakte ze op en gaf er eentje aan mij. Ik had nog nooit alcohol gedronken en nam een slok. Het bier smaakte bitter en mijn ogen gingen ervan tranen, maar ik probeerde niet te laten merken dat ik het vies vond. Na de eerste slok nipte ik slechts heel af en toe aan het flesje, maar Matt dronk alsof hij het gewend was.

De mannen gingen verder met hun spel. Ze hadden glazen sterkedrank in hun handen en gooiden nog meer kaarten op tafel. Matt liep naar de man die voor ons zat en tikte hem op zijn schouder. Dat was blijkbaar zijn vader. Zijn vader draaide zich om, maar leek zich te ergeren omdat hij tijdens zijn spel was gestoord. Matt haalde een dunne envelop uit zijn jas en gaf die aan de man. Tot mijn verbazing maakte zijn vader de envelop open, knikte even tevreden en voegde de inhoud – nog meer geld – toe aan de stapel op tafel. Toen duwde hij Matt met de rug van zijn hand opzij, een gebaar dat aangaf dat hij hem niet langer nodig had. Ik had geen groet gehoord, hij had Matt niet bedankt.

Matt liep met afhangende schouders naar me toe en keek me niet aan. Ik stond op en gaf hem even een kneepje in zijn arm. Vervolgens trok ik hem op de stoel waarvan ik net was opgestaan, in de hoop dat hij mijn impulsieve gebaar daardoor snel weer zou vergeten.

'Ga maar zitten,' zei ik. 'Ik wil het spel kunnen zien.'

Vanuit mijn nieuwe positie kon ik de kaarten op tafel goed zien. Mijn hoofd begon te tollen van de rook en de alcohol, maar ik raakte hevig geboeid door het Chinese spel dat ze speelden en dat helemaal niet op de spelletjes leek die ik in het Westen had gezien. Misschien was het verbeelding, maar ik meende te kunnen zien dat zich een patroon begon af te tekenen.

Na enige tijd ging de telefoon en zei de man achter de bar: 'Ah-Wu, het is voor jou.'

De vader van Matt stond op en de man gooide hem de telefoon toe, die met een lang zwart snoer aan de muur was verbonden. Matts vader begon tijdens het gesprek te ijsberen en ik kon voor het eerst zijn gezicht goed zien. Het was duidelijk van wie Matt zijn uiterlijk had geërfd. Zijn vader was knap: zijn zware wenkbrauwen gaven een duivelse uitstraling aan trekken die anders te fijn waren geweest voor een man. Hij had iets roekeloos, hij zwaaide op een ondoordachte manier met zijn armen, alsof het hem niets kon schelen als hij alles hier zou breken. Zijn pak was ooit duur geweest, dat kon ik nog zien, en hij had de moeite genomen om zijn schoenen te poetsen. Ik vroeg me af wat Matt van een man als deze had geleerd. Veel goeds kon het niet zijn.

'Louisa,' zei hij. 'Het wordt laat. Maak je maar geen zorgen, lieverd, ik ben straks weer thuis. Nee, nee, ik ga niet gokken, echt niet.' Toen hij dat zei, knipoogde hij naar zijn vrienden.

Toen ik Matt vragend aankeek, zei die een tikje uitdagend: 'Dat is zijn vriendin. Ze wonen samen.'

Op dat moment begreep ik dat het geld dat Matt aan zijn vader had gegeven niet afkomstig was van zijn moeder. Het moest geld zijn dat Matt zelf had verdiend, waarschijnlijk met het bezorgen van pizza's, het baantje waarvoor hij spijbelde van school. Ik begreep het. Ik zou ook alles hebben gedaan om ma te beschermen en haar alles hebben vergeven. Misschien waren mijn gevoelens van mijn gezicht te lezen, want Matt wendde zich snel af, alsof hij mijn medeleven niet kon verdragen.

Toen Matts vader terugliep naar zijn stoel, waar de andere mannen op hem zaten te wachten, leek hij mij voor het eerst te zien zitten. Hij draaide zich naar me om en hield de speelkaarten voor mijn gezicht. 'Wat zou jij doen, meisje? Speel eens voor vrouwe Fortuna.'

'Pa, laat haar erbuiten.' Matt stond op.

'Het is niet erg,' zei ik tegen hem. Ik wist dat geluk er niets mee te maken had. Geluk viel in het niet bij statistische kansen. Zonder enige aarzeling wees ik naar de schoppenvrouw en de ruitenzeven.

'O ja?' zei de vader van Matt. 'Wat ongewoon, erg ongewoon, maar wie weet... als...'

Hij trok die twee kaarten langzaam uit zijn hand en legde ze op tafel. De andere mannen begonnen te brullen en een paar keken me boos aan. Toen de rust weer enigszins was weergekeerd, schoof Matts vader de rest van het geld op de tafel naar zich toe.

Hij grijnsde breeduit, van oor tot oor, en toonde daarbij een gouden tand. Hij nam een slok van zijn drankje en kwam toen weer naar ons toe. Hij stak zijn hand uit en gaf me een onhandig klopje op mijn hoofd, alsof ik een hond was.

'Dit,' zei hij, 'is een heel slimme meid. Zo'n meid heeft de zoon van de oude Wu wel verdiend.'

Hoewel het een opmerking van een dronken gokker was, voelde het toch als een soort goedkeuring. Matt leek trots, maar verplaatste zijn gewicht tegelijkertijd van de ene op de andere voet heen en weer, alsof hij niet zeker wist of we moesten vluchten voordat de anderen iets zouden zeggen.

En inderdaad, er barstte meteen een koor aan commentaar los. 'Kom bij ons zitten,' zeiden ze. 'Wij willen ook wel eens winnen.'

'Nee, ze blijft hier.' Matt was toen nog maar vijftien, maar hij stond op en kwam ten overstaan van een hele ruimte vol gokkers voor me op. Ik stond zo dicht naast hem dat ik hem voelde beven. Voor het eerst sinds onze aankomst werd ik een beetje bang, maar toen begonnen een paar mannen te lachen.

'Goed, maar neem haar nog eens mee. We kunnen altijd wel wat geluk gebruiken.'

Matt nam me nooit meer mee naar het gokhol, maar ik denk dat dat was omdat ik nu had gezien wat hij me wilde laten zien. Hij had me zijn beschamende geheim getoond en ik had dat niet erg gevonden. Het leek een keerpunt voor ons te zijn, een belofte van vertrouwen en openheid en misschien zelfs liefde.

Dat was voordat het meisje op het toneel verscheen.

10

In de vierde klas was ik een van de beste leerlingen, ook al had ik nog steeds een achterstand op het gebied van Engels. In tegenstelling tot de anderen hield ik mijn cijfers altijd voor mezelf en sprak er nooit met iemand over.

Annette was mijn grote bron van informatie. Op een avond zei ze aan de telefoon: 'Het is gewoon niet te geloven wat ze allemaal over je beweren. Ik heb Julia Williams tegen een ander meisje horen zeggen dat jij nooit slaapt en nooit ergens voor hoeft te leren.'

Het was inderdaad waar dat ik niet veel sliep, maar dat kon Julia Williams, een meisje met kleine goudblonde krulletjes, volgens mij helemaal niet weten. Ik kon mijn huiswerk overdag alleen maar maken tijdens heel korte pauzes in de fabriek of tijdens de rit in de metro, en vaak kwamen we pas na negen uur 's avonds thuis. Tegen de tijd dat ik mijn huiswerk had gemaakt, was ik zo moe dat ik in slaap viel zodra ik op mijn matras ging liggen.

Aan de andere kant van de lijn viel even een stilte, en ik kon het lage gezoem van de ruis horen. 'Hoe krijg je het eigenlijk voor elkaar?'

'Wat bedoel je?'

'Dat je zo goed bent in leren. Neem nou dat laatste proefwerk voor geschiedenis, daar had je bijna niet voor geleerd. Ik bedoel, je had een dag van tevoren nog niet eens alle hoofdstukken gelezen.'

Ik keek naar mijn handen. 'Ik weet het niet. Het is net alsof ik met een tweede hoofd geboren ben of zo.'

Nu mijn Engels tamelijk vloeiend was, vond ik mijn eigen prestaties helemaal niet meer zo bijzonder. Ik deed gewoon wat volgens de docenten het beste was wat ik kon doen en toonde bij elke overhoring mijn kennis. Soms kon ik me pas op het allerlaatste moment voorbereiden omdat ik helemaal geen tijd had, maar het lukte me elke keer weer. School was mijn enige kans om te ontsnappen, en het was niet voldoende dat ik naar een bijzonder goede school ging: ik moest nog steeds een beurs voor een vooraanstaande universiteit zien te verdienen en daar uitmuntend zien te presteren, zodat ik een goede baan kon krijgen.

In de vierde klas gaf ik me op voor extra lessen die voorbereidden op een vervolgstudie, hoewel die eigenlijk voor leerlingen uit de hoogste klassen waren bedoeld. Aan het einde van het jaar haalde ik de hoogst mogelijke uitslag voor alle examens. Om die reden werd ik door de andere leerlingen van Harrison met een mengeling van afgunst en bewondering bekeken, maar dat was niet wat ik wilde. Ik verlangde vooral naar vriendschap. Ondanks Annette voelde ik me eenzaam. Ik wilde deel van alles zijn, maar ik wist niet hoe.

Ik had nu een smetteloze huid en mocht van ma mijn haar laten groeien. Ik had een perfecte maat 38 en kon dus de meeste voorbeeldmodellen uit de fabriek aan, wat betekende dat ik over een iets betere garderobe beschikte. Maar door mijn verplichtingen jegens ma en de fabriek had ik geen tijd voor een sociaal leven. En ook al had ik dat wel gehad, dan hadden de anderen me nog als veel te serieus beschouwd. Misschien was ik dat ook wel. Ik ging nooit naar feestjes en ik ging nooit uit.

Heel af en toe werd ik ergens voor uitgenodigd, maar dan had ik altijd meteen een excuus klaar, zonder zelfs eerst aan ma te vragen of het mocht. Ik bleef met opzet op afstand van de andere meiden omdat ik wist dat een hechtere band er vroeg of laat toe zou leiden dat ik bij hen thuis zou worden uitgenodigd, en dan zou ik nee moeten zeggen. Ik glipte al af en toe weg om met Annette op stap te gaan en had geen tijd voor meer vriendschappen.

Gelukkig had ik Annette, die begreep dat ik bepaalde dingen nu eenmaal niet kon doen, ook al had ze geen flauw idee hoe mijn leven echt was. Ze kwam vaak naar de bieb wanneer ik moest werken en had grote bewondering voor meneer Jamali. Als we alleen waren, hield ze niet op te vertellen hoe ongelooflijk verstandig en knap hij was. Annette had altijd erg intense voorkeuren. Ze kon kort en hevig verliefd zijn, zonder een gebroken hart op te lopen. Ze had heel even belangstelling gehad voor Curt, die het eerder die zomer met Sheryl had uitgemaakt. Twee weken lang bleef Annette maar zeggen dat hij zo artistiek en creatief en vrijgevochten was: op een bepaald moment had hij tijdens het afgelopen jaar zijn keurige merkkleding verruild voor versleten katoenen broeken en oude T-shirts. Een paar maanden voordat ze verliefd op hem werd, had ze hem nog als saai bestempeld omdat alle andere meisjes hem leuk vonden. Natuurlijk had Curt helemaal geen weet van dit alles. Voor Annette was verliefdheid eerder een bezigheid dan een gevoel, en het was in haar ogen helemaal fantastisch als ik dezelfde jongen leuk vond, zodat we uitgebreid over hem konden kletsen. Het was een beetje zoals andere kinderen met een hobby als honkbal bezig waren.

Ik vond het niet erg. Wanneer ik met Annette praatte, had ik het gevoel dat ook ik een normaal leven leidde. Het bood me de luxe om me over te geven aan het gevoel dat ik rijker was dan in werkelijkheid het geval was. Er veranderde zo weinig in ons leven dat ik er maar moeilijk met anderen over kon praten. We hadden het idee dat tante Paula iets zou doen om onze situatie te verbeteren al heel lang geleden laten varen. We waren nog steeds bezig onze schuld aan haar af te betalen en hielden dus erg weinig geld over. We konden ons amper de dingen veroorloven die we echt hard nodig hadden, zoals nieuwe schoenen wanneer ik weer eens uit mijn oude was gegroeid. We konden alleen maar hopen dat ons pand snel zou worden gesloopt en tante Paula gedwongen zou zijn iets anders voor ons te zoeken.

In mijn andere leven, in de fabriek, voelde ik het elke keer wanneer Matt bij de pers stond of even een pauze nam. Het leek wel alsof hij rondliep in een krans van licht, alsof elk trekje van zijn gezicht en de details van zijn handen en kleren in mijn geheugen werden gegrift.

Één keer maakte ik de fout te zeggen: 'Je broek zit anders.'

'Hoe bedoel je?' vroeg hij.

'Ik weet het niet, hij zit gewoon anders,' zei ik aarzelend. Ik besefte dat ik me mogelijk op glad ijs had begeven.

Hij keek me met een vreemde blik aan en zei toen: 'Als je het echt wilt weten: dat komt vast omdat ik vandaag geen ondergoed draag.'

Ik lachte ongemakkelijk, alsof het een grapje was en ik het soort meisje was dat daarom kon lachen, maar in werkelijkheid was ik een expert waar het Matts achterste betrof, en ik was er vrij zeker van dat hij de waarheid sprak. Ik heb hem nooit durven vragen waarom hij zonder ondergoed rondliep, al leek een tekort aan schone onderbroeken me een logische reden.

Tijdens de zeldzame momenten dat Park, Matt en ik even niets te doen hadden gingen we vaak even buiten zitten. Toen ik op een dag beneden kwam, zag ik dat Park op aanwijzing van Matt bezig was de ketting om Matts fiets te leggen.

Matt haalde zijn schouders op. 'Ach, ik heb nu eenmaal gladde handen.' 'Onhandig', betekende dat. Hij voegde er haastig aan toe: 'Al beschikt mijn lijf ook over hemelse eigenschappen.'

Ik vond die half flirtende opmerkingen van Matt erg spannend, maar ik voelde me daardoor nog minder op mijn gemak dan voorheen. Ik deed net alsof ik die opmerking niet had gehoord en boog me naast Park over de fiets. Park was goed met zijn handen en bijzonder vaardig, en het duurde niet lang voordat hij de ketting opnieuw had gespannen.

'Zou je mij een keer willen leren hoe je dat doet?' vroeg ik aan Park.

Zoals gewoonlijk keek Park me niet aan, maar hij knikte wel. Ik gaf hem glimlachend een klopje op zijn arm.

'Als de monteurs klaar zijn, zou ik graag mijn fiets terugkrijgen zodat ik pizza's kan bezorgen voordat de tent failliet gaat,' merkte Matt op. 'Het is al moeilijk genoeg voor een Italiaan om in Chinatown de kost te verdienen.'

Mijn vriendschap met Park was in meerdere opzichten veel minder gecompliceerd dan mijn vriendschap met Matt. Op het eerste gezicht waren Matt en ik goede vrienden, en ik keek uit naar de momenten waarop we samen konden praten of lachen, hoe kort die soms ook duurden. Tegelijkertijd waren mijn gevoelens zo heftig dat ik soms amper adem kon halen wanneer ik vlak naast hem zat. Ik deed altijd mijn uiterste best om enige afstand te houden, alsof hij verboden terrein was, iets waar ik niet te dicht bij mocht komen. Wanneer hij me per ongeluk vluchtig aanraakte, deinsde ik terug alsof ik was gestoken, maar wat het nog erger maakte, was dat Matt het prettig leek te vinden om me aan te raken. Hij legde vaak zijn hand op mijn rug of mijn arm. Ik denk dat ik op een bepaalde manier bang was dat ik, als de afstand tussen ons zou verdwijnen, alles zou verliezen waarvoor ik zo hard had gewerkt. Ik was bang dat ik dan niet meer mezelf zou zijn.

Ik was een dwaas. Ik had hem moeten pakken toen ik hem voor mezelf had kunnen hebben, ik had hem moeten weggrissen zoals je een rijpe mango op de markt pakt. Maar hoe kon ik weten dat liefde zo voelde?

Op een dag was ze er opeens. Ze stond voor de fabriek op Matt te wachten en was alles wat ik niet was. Uitdagende rokjes en perfecte nagels, een smeltende blik die 'Red me' zei. Glanzend zwart haar dat de geur van wilde bloemen verspreidde wanneer ze het naar achteren schudde. Haar haar was kort, maar daardoor werd haar lange sierlijke nek alleen maar benadrukt. Ze kamde het naar voren, zodat alle aandacht op haar volmaakte mond werd gevestigd. Zelfs nu wil ik me haar het liefste herinneren als een vrouwelijke pop die hem naar haar pijpen liet dansen door zich heel zwak op te stellen, maar de waarheid luidt dat Vivian altijd heel warm naar me lachte wanneer ze me zag staan. Dat was heel iets anders dan de snerende blikken die andere meisjes me toewierpen. En om heel eerlijk te zijn: als ik zeg dat ze alles was wat ik niet was, bedoel ik daarmee dat ze in vergelijking met mij niet net zo veel, maar nog veel meer goede eigenschappen had.

Ik zorgde ervoor dat ik te weten kwam hoe ze elkaar hadden leren kennen. Uit de roddels die in de fabriek de ronde deden, wist ik op te maken dat haar vader een kleermaker uit Singapore was, een van de allerbesten, en dat hij een straat verder dan waar Matt woonde een winkel in exclusieve maatkleding had geopend. Vivian hielp hem vaak in de winkel en had vaak genoeg buiten gestaan om Matt te leren kennen, die daar regelmatig voorbijkwam. Natuurlijk vermoedde ik dat het helemaal geen toeval was, maar wie kon het haar kwalijk nemen?

In het begin was ze nog een centimeter of vijf langer dan Matt, maar na verloop van tijd groeide zij niet meer en hij nog wel, en ten slotte torende hij met zijn nieuwe brede lichaam ver boven haar uit en kon hij een van zijn sterke armen met de grote handen beschermend om haar slanke schouder slaan. Matt was even aardig tegen me als vroeger, maar hij was sneller afgeleid, alsof hij in gedachten altijd bij haar was. Telkens wanneer ik die twee samen weg zag lopen, weg van mij, deed mijn hart pijn van spijt.

In de vierde klas, kort nadat ik zestien was geworden, brak Curt tijdens een skivakantie in januari zijn been. Hij moest worden geopereerd voordat hij weer naar huis mocht vliegen en moest daardoor een paar weken langer in Oostenrijk blijven. Nadat hij me in de tweede na het incident met het briefje van Tammy tegenover mevrouw Copeland had verdedigd hadden we nog maar zelden een woord met elkaar gewisseld, al volgden we nog wel een aantal vakken samen. Curt had het veel te druk met populair zijn en was bezig de belofte waar te maken dat hij iets bijzonders was. Hij maakte schilderijen en houten beelden waar de docenten van de creatieve vakken erg enthousiast over waren en hij had een jaar eerder werk aangeleverd voor een tentoonstelling van beeldende kunst. En ik moest toegeven dat hij aantrekkelijk was, met zijn broeierige manier van bewegen. Het was me opgevallen dat zelfs onze lerares Latijn moest blozen wanneer ze hem aansprak.

Op een avond in de winter ging de telefoon. Het was bijna half tien en ik wist zeker dat het Annette was, maar tot mijn verbazing klonk de diepe stem van Curt aan de andere kant van de lijn. Ik was zo verbaasd dat hij het was dat ik helemaal vergat te vragen hoe het met zijn been was.

'Hé, Kimberly, ik ben weer terug, maar ik moet nog een maand lang in bed blijven liggen. Eerlijk gezegd dreigde ik toch al te blijven zitten, maar nu ik helemaal niet meer naar school kan komen kan ik het wel vergeten. Tenzij jij me wilt helpen.'

'Ik wist niet dat het zo slecht ging op school.'

'Mijn cijfers zijn niet al te best, en dan zijn er nog een paar andere dingetjes. Kun je je nog herinneren dat iemand vlak voor de kerstvakantie het brandalarm liet afgaan?'

'Was jij dat?' Dat had heel wat opschudding veroorzaakt: het gebouw was ontruimd, de brandweer en de politie waren naar de school gekomen en alle lessen waren onderbroken. Zowel de docenten als de leerlingen hadden uren buiten in de kou staan wachten.

'Ja. Ze wilden me al van school sturen, maar mijn ouders hebben hun best voor me gedaan. Ik moest een excuusbrief schrijven en beloven dat ik voor alle vakken minstens een zevenenhalf zal staan en dat ik me van nu af aan ga gedragen. En dat probeer ik ook, want ik weet wat er op het spel staat.'

Ik vroeg hem wat ik hem sinds het begin van het gesprek al wilde vragen. 'Waarom bel je mij? Je hebt meer dan genoeg vrienden die je willen helpen.'

'Ach toe, Kimberly, niemand is zo slim als jij. Ik heb echt hulp nodig. Mijn ouders dreigen me anders naar kostschool te sturen.'

Ik beloofde dat ik hem mijn aantekeningen zou geven voor de vakken die we allebei volgden. Zijn jongere broertje kon ze voor hem meebrengen. Ik zag dat andere leerlingen zijn broertje ook briefjes meegaven, waarschijnlijk voor de andere vakken. Af en toe belde Curt me met vragen over de leerstof. Ik wist niet of hij me ook eerder op de avond probeerde te bellen, maar doorgaans belde hij vrij laat, alsof hij wist dat ik dan pas thuis was. Hij vroeg nooit wat ik eerder op de dag had gedaan, en daar was ik blij om. Ik liep een paar jaar op hem voor waar het wis- en scheikunde betrof, maar ik wist nog precies wat we hadden behandeld en kon alles uitleggen.

Hij had voor de anderen verborgen kunnen houden dat hij me om hulp had gevraagd, maar dat deed hij niet. Toen hij eindelijk weer naar school kwam, op krukken, wilde iedereen meteen een handtekening op het gips zetten, maar hij had de beste plek voor mij vrijgehouden. Hij kwam naast me zitten zodra hij de kans kreeg en nam me in zekere zin op in zijn kringetje van uitverkorenen. Ik wist niet of hij dat uit oprechte waardering deed of omdat hij gewoon netjes was opgevoed, maar het gevolg was dat de populaire leerlingen me nu in elk geval accepteerden, al werden we nooit dikke vrienden. Ik kreeg het soort aanzien dat ervoor zorgde dat meisjes samen met me wilden worden gezien, maar ze bleven altijd op hun hoede, voorzichtig, afstandelijk. Ze waren heel anders dan Annette, die zich op een vrolijke manier verwonderde over mijn onverwachte nieuwe positie, maar ondanks alles mijn enige echte vriendin bleef.

Nu ik pseudopopulair was geworden, kregen de jongens op school oog voor me. Dat gold natuurlijk lang niet voor alle jongens – er was een flinke groep die zich veel te goed voelde om me zelfs maar aan te kijken – maar er waren er altijd wel een paar die graag bij me in de buurt waren. Gek genoeg voelde ik me bij hen heel erg ontspannen. Nu ik mijn romantische gevoelens niet langer op Matt kon richten, was het alsof hij de enige was geweest die me verlegen had gemaakt: met andere jongens ging ik veel vrijer om.

De populaire meisjes op school keken met neerbuigende blikken naar de voorbeeldmodellen die ik droeg en behandelden me met een warmte die verre van oprecht was, maar wanneer we in het weekend thuiskwamen van de fabriek hing er altijd wel een jongen aan de telefoon die me wilde spreken. Dan leunde ik tegen de vergeelde muur en speelde tijdens het gesprek met het lange kronkelende snoer: draaien, terugdraaien, weer draaien. Wanneer ik dan eindelijk het snoer van mijn handen had gewikkeld en had opgehangen, rinkelde het toestel weer en was het de volgende jongen. Ma werd er helemaal gek van, zeker wanneer ze 's avonds laat belden. Het was al erg genoeg dat ik door jongens werd gebeld, maar dat ik in het donker met ze praatte was helemaal onfatsoenlijk.

Ma ontwikkelde de gewoonte om op te nemen met 'Kimberly niet thuis' en dan weer neer te leggen. Of ze danste om me heen en riep heel luid een van de weinige woorden die ze had geleerd: 'Etenstijd! Etenstijd!' Ma maakte zich vooral erg veel zorgen omdat ze niets van mijn gesprekken met de jongens kon volgen, maar ze had zich geen zorgen hoeven maken. We spraken vooral over huiswerk, motoren en vervelende leraren.

Ik beschouwde mezelf helemaal niet als knap. Naar Chinese maatstaven gemeten waren mijn ledematen te lang en was mijn lijf te mager, en ondanks de verwoede pogingen van Annette begreep ik nog steeds niet veel van kleren en make-up. Ik was niet mooi en ik was niet grappig, ik was geen echt maatje en kon ook niet goed luisteren. Ik bezat geen van de eigenschappen die meisjes denken te moeten bezitten om een jongen aan de haak te slaan. Meestal zat ik met mijn ogen dicht aan de telefoon en luisterde tussen onze woorden door naar het zoemen van de lijn. Ik wist wat die jongens echt wilden: vrijheid. Ze wilden worden bevrijd van hun ouders, van hun eigen onopvallende persoonlijkheid, van de hoge verwachtingen die aan hen werden gesteld. Dat wist ik omdat ik hetzelfde wilde. Jongens waren niet mijn vijanden, ze streden aan mijn zijde met hetzelfde doel: ontsnappen. Mijn geheim was aanvaarding.

Op school liep ik tijdens de vrije uren heel veel hand in hand met jongens. We wandelden een stukje en gingen dan ergens zitten zoenen. Dat was precies waarvoor ma me had gewaarschuwd, en juist dat maakte het des te aantrekkelijker. Ik moest op zo veel andere vlakken zo ontzettend verantwoordelijk zijn dat ik blij was dat ik over mijn eigen lichaam kon beschikken. Veel kon ik niet doen – de mogelijkheden zijn beperkt tijdens vijftig minuten op het terrein van je school – maar de jongens schenen dat niet erg te vinden.

'Ik begrijp niet dat je zo afstandelijk kunt blijven,' zei Annette. 'Word je nooit verliefd?'

Het punt was dat ik me lang niet zo druk maakte over jongens als de andere meiden. Of een bepaalde jongen zou bellen of niet, of hij me wel of niet zou vragen of ik meeging naar een feestje of een film; ik vond het allemaal niet zo belangrijk. Zelf was ik op een ongewone manier onderdeel geworden van het populaire groepje, maar het kon mij verder niet schelen of een jongen populair was of niet, en of hij goed was in sport. Natuurlijk had ik een lichte voorkeur voor slimme jongens of soms zelfs knappe jongens, maar ik kon ook onder de indruk raken van een verlegen manier van glimlachen of louter de vorm van een paar handen. De jongens op Harrison Prep waren niet meer dan een droom voor me: betoverend en verrukkelijk, maar vluchtig. De harde werkelijkheid bestond uit het oorverdovende lawaai van de naaimachines in de fabriek, de bijtende kou op mijn huid in onze onverwarmde woning. En uit Matt. Ondanks Vivian was Matt ook echt.

Curt was inmiddels weer terug op school, maar we kwamen nog steeds een keer per week bij elkaar zodat ik hem kon bijspijkeren in de vakken waarbij dat nodig was. Meestal ging het om wiskunde, waar hij ongelooflijk slecht in was. Omdat ik dit volgens de regels van mijn beurs als studietijd mocht opvoeren, deed ik het aanvankelijk maar al te graag, maar toen Curt niet langer het gevaar liep om onmiddellijk van school te worden gestuurd, staken zijn oude gewoonten weer de kop op. Soms kwam hij naar de bijles met een joint in zijn hand. En of hij nu stoned was of niet, hij liet geen gelegenheid voorbijgaan om met me te flirten. Ik nam hem niet serieus omdat ik hem hetzelfde had zien doen met andere meiden. Ik begreep dat hij alleen maar wilde oefenen.

Veel meisjes waren helemaal weg van zijn ogen, die opvallend donkerblauw waren, met in hun diepten een zweem van wit, maar ik vond zijn blik te leeg om boeiend te kunnen zijn. Hij had geen belangstelling voor wiskunde of de meeste van zijn andere vakken en bereidde zich tot mijn ergernis nooit voor op de bijles. Een paar keer kwam hij te laat, of helemaal niet. Ik hoorde dat hij vaak de tijd vergat wanneer hij aan het beeldhouwen was. Curt mocht een hoek van het enorme handvaardig-heidslokaal gebruiken en werkte daar eindeloos lang aan zijn houten objecten.

Ten slotte vroeg ik hem: 'Waarom kom je eigenlijk nog, Curt?'

Flirtend trok hij zijn wenkbrauwen op. 'Snap je dat niet?'

'Ik denk dat je beter iemand anders kunt zoeken. Iemand die strenger voor je kan zijn.' Ik had het gevoel dat ik mijn tijd aan hem verspilde, en dat vond ik vreselijk.

Nu keek hij me geschrokken aan. 'Nee. Ik vind jou aardig. Soms snap ik het zelfs nadat jij het hebt uitgelegd.'

'Dat zou altijd zo moeten zijn, niet soms. Je luistert niet echt goed.'

'Ik luister wel. En voor mij is soms heel erg goed.'

'Je zit alleen maar te flirten. Ik heb liever dat je gewoon je huiswerk maakt.'

'Sorry. Het is een gewoonte geworden. En je hebt echt mooie benen.'

Ik keek hem kwaad aan en hij voegde er meteen aan toe: 'O jee, ik deed het weer. Ik zal mijn best doen, oké?'

Na dat gesprek ging het ook echt beter met Curt. Hij kwam niet meer stoned naar de bijles en was doorgaans op tijd. Hij had weliswaar vaker niet dan wel zijn huiswerk gemaakt, maar hij deed in elk geval zijn best om naar me te luisteren. Ik zag in dat hij intelligent was, maar school kon hem gewoon weinig schelen. Hij was het tegenovergestelde van mij.

Ik ontdekte dat hij wel regelmatig in het handvaardigheidslo-kaal zat en probeerde vaker daar met hem af te spreken. Hij maakte abstracte sculpturen uit losse stukken hout die hij aan elkaar plakte en gladschuurde. Een van de beelden leek nog het meeste op een vereenvoudigde weergave van het Chinese karak-ter voor water: een verticale lijn in het midden met twee vleu-gels aan de zijkant.

'Dit is schitterend, maar waarom maak je altijd abstracte dingen?' vroeg ik toen ik eromheen liep.

Hij trok zijn wenkbrauwen naar me op. 'Misschien wordt het anders als jij voor me zou poseren.' Hij zag mijn geërgerde uitdrukking en zuchtte. 'Weet je, sommige meisjes willen dat soort dingen juist graag horen.' Toen trok hij weer een ernstig gezicht. 'Als iets abstract is, kun je het alles laten zijn wat je maar wilt. Een woord, een symbool, een vaas. Je kunt erin zien wat je maar wilt.'

Ik vond het een vreselijke gedachte om zo veel keus te hebben. 'Maar dat betekent dat het werk op zich geen betekenis heeft.'

'Dat is juist het mooie ervan. Er hoeft geen betekenis te zijn.'

'Ik kan niet leven zonder doel.'

Hij keek me aan. 'Jij geeft niet om oppervlakkige dingen, hè?'

'Hoe bedoel je?'

'Dingen als geld, kleren.'

Ik moest lachen. 'O, daar geef ik wel om. Ik moet wel.'

'Nee, dat is niet zo. Niet echt. Ik heb gezien hoe je bent. Je merkt niet eens waar de andere meiden mee bezig zijn.'

'Dat denk je alleen maar omdat ik andere kleren draag dan zij, maar eerlijk gezegd begrijp ik gewoon niet waarom ze doen zoals ze doen.' Het was fijn om dat eindelijk eens te kunnen zeggen. 'Ik wou dat ik er net zo uitzag als zij.' Opeens zag ik de mooie Vivian voor me. 'Maar ik weet niet hoe ik dat moet doen.'

'Dat komt doordat het je niet echt kan schelen. En stel dat dat wel zo was, zou je dan echt uren voor de spiegel willen staan om je wimpers langer te laten lijken?'

Ik zei niets.

'Je hebt het veel te druk met iets uitvinden wat de wereld kan redden,' voegde hij eraan toe.

'Dat ik beter ben in wiskunde dan jij betekent nog niet dat ik het toonbeeld van deugd ben.'

'Dat bedoel ik dus.'

'Wat?'

'Wat je net zegt: "toonbeeld van deugd". Heb je zulke uitdrukkingen thuis geleerd of zo?'

Ik zweeg even. 'Ik heb het ergens gelezen en uit mijn hoofd geleerd.'

'Zie je nou wel?'

'Praten ze bij jou thuis dan niet zo?'

'Ja, om eerlijk te zijn wel. Mijn ouders zijn allebei redacteur. Ze praten de hele tijd zo, god nog aan toe.'

'En denk je dat dat bij mij thuis anders is?'

'Dat weet ik niet. Is dat zo?'

Ik wendde mijn blik af. 'Ja.' Om van onderwerp te kunnen veranderen begon ik weer over zijn beelden. 'Ik vraag me af of je iets zou kunnen maken wat echt lijkt. Dat is erg moeilijk.'

Curt gaf geen antwoord, maar een week later zag ik dat hij een beeldje van een zwaluw had gemaakt. Ik zag het meteen naast zijn andere werk staan.

'Wat mooi,' zei ik.

'Vind je?' Zijn ogen straalden, warm en blauw. 'Je mag het wel hebben, hoor.'

'O nee,' zei ik snel. Ik had van ma geleerd dat ik niemand iets schuldig mocht zijn. 'Dat kan ik niet aannemen. Het zal op een dag een hoop geld waard zijn.'

Zijn blik werd meteen dof, maar het was toch al tijd om aan de bijles te beginnen.

In de vijfde werd Annette verliefd op het theater. Het begon toen ze me in de bieb kwam opzoeken en het over Simone de Beauvoir had.

'Ze schrijft dat vrouwen worden uitgesloten omdat ze als de mysterieuze Ander worden gezien en dat dat ertoe heeft geleid dat onze maatschappij nu door mannen wordt beheerst. Ook mensen van een ander ras of uit een andere cultuur worden op die manier in hokjes gestopt, en het is altijd de groep met de meeste macht die dat doet.' Annette gebaarde druk met haar handen, zoals ze altijd deed wanneer ze ergens door werd gegrepen.

Meneer Jamali was achter me komen staan. 'Kijk haar eens met haar gebaren. Alles is altijd zo groot, zo dramatisch. Je zou zo op het toneel kunnen staan.'

'O ja?' Annette zette haar handen in haar zij en dacht even na. 'Daar heb ik nooit aan gedacht.'

'Over twee weken hebben we weer try-outs. Je kunt je relatie met het andere verkennen door jezelf te zijn en tegelijkertijd ook weer niet, doordat je een rol speelt.'

Dat was voldoende om Annettes belangstelling te wekken. Ze begon met kleine rolletjes, maar ik zag meteen dat meneer Jamali het bij het rechte eind had: ze had een zekere flair die op de planken goed tot uiting kwam. Haar flamboyante haar en haar hartstochtelijke, vragende karakter maakten haar tot een fascinerende toneelpersoonlijkheid. Volgens meneer Jamali had ze veel talent, maar het moest wel in de juiste vorm worden gegoten.

Hij stond er altijd in zijn prachtige geborduurde tunieken bij en zei dingen als: 'Heel goed, dat was bijna perfect. Nu nog een keer, iets beheerster, maar zonder je intensiteit te verliezen.'

Ik zwol op van trots wanneer ik in de donkere zaal naar de repetities met Annette zat te kijken. Omdat de voorstellingen pas aan het eind van de middag of 's avonds waren, was dit mijn enige kans om haar te zien spelen.

Nelson was lid van het debatclubje op zijn school en blijkbaar goed genoeg om mee te mogen doen met een wedstrijd. Ook wij werden uitgenodigd om hiervan getuige te zijn, en we kropen allemaal bij elkaar in hun minibusje. Ma en ik zaten op de achterste bank, maar we konden alles horen wat voor in de auto werd gezegd.

'Dit is mijn beste overhemd,' zei oom Bob. Hij had speciaal voor de gelegenheid een zijden overhemd aangetrokken. 'Ik heb het meegebracht uit China. Ik wilde alleen maar...'

'Mijn vrienden zullen me allemaal uitlachen omdat mijn vader zoiets aanheeft,' viel Nelson hem in de rede.

'Ja,' deed Godfrey, die inmiddels dertien was, een duit in het zakje. 'Wat een achterlijk hemd.'

'Het is een nichtenhemd,' zei Nelson. 'Een pooierhemd.'

Uiteindelijk draaiden we om en reden terug naar huis, zodat oom Bob zich kon verkleden. Nelson zorgde er ook voor dat tante Paula haar gouden sieraden afdeed; volgens hem was goud ordinair, zeker Chinees goud van vierentwintig karaat.

'Ach ja, op een gegeven moment ontwikkelen kinderen hun eigen smaak,' zei tante Paula. 'Hoe zit het eigenlijk met jou, Kimberly? Aan welke buitenschoolse activiteiten doe jij mee?'

'Aan geen enkele. Daar heb ik geen tijd voor,' antwoordde ik.

'Wat jammer. Het is zo belangrijk als je je voor de universiteit aanmeldt.'

Tante Paula dacht nog steeds dat ik net zulke slechte cijfers had als tijdens mijn eerste jaren op Harrison Prep. Ma en ik hadden nooit de moeite gedaan om haar uit de droom te helpen omdat we wisten dat ze dan alleen maar kwader en afgunstiger zou worden.

'En hoe gaat het met je toetsen?'

'Goed, hoor.' Met mij wel, maar ma was gezakt voor haar naturalisatie-examen, zoals we allebei al hadden verwacht.

Voordat we de tweede keer vertrokken, nam Nelson ma in haar eenvoudige kleren van top tot teen op. Hij opende zijn mond om iets te zeggen, maar ik ging voor haar staan en zei in het Engels: 'Je laat het, Nelson.'

'Hoe bedoel je?' vroeg hij.

'Laat het.' En dat deed hij.

Ik zag dat zijn particuliere school op Staten Island veel kleiner was dan Harrison. Ten overstaan van een zaal vol publiek schrompelde Nelson ineen tot een verlegen jongen met een rood hoofd. Zijn team verloor.

Het had ons niet moeten verbazen dat de oven niet elke winterdag en nacht kon blijven branden, maar we schrokken er toch van toen hij het uiteindelijk begaf. De kou kroop over de vloer naar binnen, veranderde het water in het toilet in ijs en zorgde voor ijsbloemen aan de binnenkant van de ramen. Ma en ik kropen de hele nacht bij elkaar op één matras om het warm te krijgen, met alles wat we bezaten als een deken over ons heen.

Ma belde een mannetje dat haar door een van de naaisters was aangeraden. Hij was niet duur, hij werkte zwart en ze zei dat hij in China diploma's voor dit soort werk had gehaald. Ik begreep meteen dat die hier niet geldig waren.

De man droeg een vuile overall en een te grote trui, zodat het leek alsof hij zijn kleren had gestolen. Hij sleepte zijn gereedschapskist achter zich aan over de vloer en maakte zo strepen op het zeil. Ik kromp ineen toen ik hem met een hamer op de regelklep zag slaan omdat ik wist dat dat een kwetsbaar onderdeel was. Nadat hij vooral heel veel lawaai had gemaakt – volgens mij om ons ervan te overtuigen dat hij zich echt had ingespannen – kwam hij achter de oven vandaan, meldde dat die niet kon worden gerepareerd en vroeg om honderd dollar.

'Zo veel geld heb ik hier niet liggen.' Ma legde haar hand tegen haar wang.

Toen ik dat hoorde, mengde ik me in het gesprek: 'Je hebt het nog veel erger gemaakt! Je probeert op de botten in onze benen te slaan!' Je probeert misbruik van ons te maken. En inderdaad, het fornuis was half uit elkaar gehaald. Een deel van het binnenwerk lag nu in de gootsteen.

Hij torende boven me uit. Aan zijn accent te horen kwam hij uit het noorden van China. 'Ik heb hier tijd aan besteed. Ik wil mijn geld.'

Ma probeerde me opzij te duwen. 'Laat mij maar, Kimberly.'

'Opzij, kleine,' zei hij.

Ik was bang dat ma zou toegeven en hem later zou betalen. Ik was zestien en had het zelfvertrouwen van een tiener die zich al heel lang als een volwassene had moeten opstellen. Ik wist niet genoeg om bang te zijn, maar ik wist wel dat ik had geholpen dat geld te verdienen en ik zou het niet zomaar afstaan. Honderd dollar stond gelijk aan tienduizend rokken. Het was een fortuin.

'Als je je geld wilt, moet je eerst maar je papieren laten zien,' zei ik.

'Wat voor papieren?'

'Je paspoort.'

Toen hij die verhulde bedreiging hoorde, zwol hij op als een kwade kikker. 'Je wilt mijn paspoort zien?'

Ik stond vlak bij de telefoon, die aan de keukenmuur hing, en reikte naar de hoorn. Ik begon het nummer van Annette te draaien.

'Wie bel je?'

'De politie.'

Aan zijn blik kon ik zien dat hij zich afvroeg wat hij moest doen. Ik hoorde dat het broertje van Annette opnam en zei, in het Engels: 'Ja, hallo, zou u misschien iemand naar het volgende adres kunnen sturen...'

De man pakte zijn spullen en rende de trap af, nadat hij me een laatste dreigende blik had toegeworpen. De tijd leek even stil te staan, en toen hoorden we de deur beneden dichtvallen. Ma liet zich opgelucht op een van de stoelen zakken.

'Sorry, verkeerd verbonden,' zei ik snel. Ik hing op en hoopte dat Annettes broer mijn stem niet had herkend.

'Wat had hij een dievenverstand en een dievenhart,' zei ma zwakjes.

'Het hart van een wolf en de longen van een hond.' Onbetrouwbaar en gemeen. Mijn hart sprong nog steeds als een vlo rond in mijn borstkas.

Hij was in elk geval weg. Maar het fornuis was nog steeds kapot, en voor de dagen daarna werden temperaturen van ver onder het vriespunt verwacht.

11

Ik belde Brooklyn Union Gas, die een van hun monteurs stuurden, een zwaargebouwde Afro-Amerikaan die van top tot teen in een blauw uniform was gestoken, met een riem die diep in zijn buik sneed. Hij stapte de keuken in en keek met een meelevende blik in zijn teddybeerogen om zich heen.

'Ik zal mijn best doen,' zei hij, 'maar ik kan niets beloven. Die vent voor me heeft er echt een puinhoop van gemaakt.'

'Alstublieft,' zei ik. Ik probeerde niet al te paniekerig te klinken. 'Doe alstublieft wat u kunt.' Mijn adem verliet mijn mond in witte wolkjes. Ik had geen idee hoe we de nacht konden doorkomen als het hem niet zou lukken de oven te repareren. Sinds het apparaat was bezweken, was het binnen elke dag weer een beetje kouder geworden. Buiten werd het al donker en ik hoorde de wind tegen de ruiten blazen.

'Ik snap het, meisje,' zei hij. 'Proberen jij en je moeder maar rustig te blijven, dan kijk ik wat ik kan doen.'

En hij deed zijn best. Zijn stompe vingers stopten alle onderdelen weer op hun plaats, en toen het fornuis weer tot leven kwam en het kleine blauwe vlammetje opflakkerde, klapte ma van pure vreugde in haar handen.

Ze wilde hem een fooi geven, al was het niet meer dan een dollar, maar hij stopte het geld met een vriendelijk gebaar terug in haar hand.

'Hou dat zelf maar,' zei hij met zijn langzame, diepe stem. 'Koop er maar wat moois voor.'

Ik had graag een man als hij als vader gehad.

Matt was gestopt met school, zodat hij de hele dag kon werken. Dat betekende dat hij vaak eerder klaar was dan wij en vroeger naar huis mocht. Ik had inmiddels speciale toestemming gekregen om aan de Polytechnic University in Brooklyn colleges voor eerstejaars en inleidende lessen geneeskunde te volgen. Op de dagen dat ik daar college had en pas laat in de middag bij de fabriek aankwam, zag ik Vivian vaak op hem staan wachten. Matts vertrek viel meestal samen met mijn aankomst.

Toen ik op een lentedag vroeg in de avond bij de fabriek aankwam, stond Vivian zoals gewoonlijk buiten te wachten. Zoals wel vaker gebeurde werd ze omringd door een groepje tienerjongens uit Chinatown, en tot mijn grote verbazing had een van hen een grote hangplant in zijn handen. De jongen met het gezicht vol puisten die de plant vasthield, boog zich naar haar toe, en ik zag dat de gestreepte blaadjes langs haar cowboylaarzen streken. Ze zei op zachte toon iets tegen hem, en meteen hield hij de plant een stuk hoger, zodat de blaadjes niet het trottoir zouden raken. Natuurlijk. Het was haar plant, hij hield hem alleen maar voor haar vast.

De jongens waren zo druk bezig met indruk maken op Vivian dat ze mij niet eens zagen staan. Ik hoorde dat ze Engels spraken om stoerder te lijken.

'Hoi, Kimberly,' riep Vivian.

'Hoi,' zei ik.

Een paar jongens keken even op, maar beschouwden me als oninteressant en richtten zich weer op haar.

Achter me hoorde ik een deur opengaan. Park kwam naar buiten. Hij liep zoals gewoonlijk naar zijn voeten te staren en zag me niet voor de deur staan, zodat hij van achteren tegen me aan botste. Het groepje jongens barstte in lachen uit. Ik zag dat Park een knaloranje broek droeg en dat de knopen van zijn geruite hemd, dat in een knoedel rond zijn nek zat, verkeerd waren dichtgeknoopt.

'Gaat het?' vroeg Vivian aan Park.

Hij gaf geen antwoord en wilde gewoon doorlopen, langs het groepje.

Een van de tieners, die een rode zakdoek om zijn hoofd had geknoopt, versperde hem de weg. Als een gangster in een slechte film zei hij, in Engels met een zwaar accent: 'Die dame vroeg je iets.' Toen schakelde hij over op Chinees: 'Heb je de witte ziekte?'

'Dat moet je niet zeggen,' zei ik tegen hem.

'Ben jij zijn moeder of zo?' zei de rode doek.

'Het geeft niet,' zei Vivian tegen hem. Ze glimlachte krampachtig, alsof ze niet goed wist wat ze moest doen.

De jongen gaf Park een duw, ongetwijfeld in de veronderstelling dat hij daarmee punten zou scoren bij Vivian. 'Zeg eens iets.'

'Hou op,' zei ik.

Hij bleef Park duwen. 'Toe dan. Die dame vroeg iets, geef eens antwoord.' Hij benadrukte elk woord met een duw. Parks ogen schoten alle kanten op, verbijsterd en in paniek.

Vivian bleef roerloos staan.

Ik ging voor Rode Doek staan. 'Hou op!' Ik stak mijn hand uit en rukte de doek van zijn hoofd. Zijn haar viel in klitten naar beneden. 'Hij is in elk geval niet zo lelijk als een aap.'

De jongens moesten allemaal lachen.

Onder de wilde lokken werd hij rood van woede. 'Geef terug!'

Ik gooide de doek in zijn gezicht en pakte Park bij zijn arm. 'Kom op, rennen!'

Een paar passen verder keek ik achterom en zag dat Rode Doek de achtervolging wilde inzetten, maar op dat moment greep iemand hem bij zijn nek en trok hem terug. Ik zag dat het Matt was, die net naar buiten was gekomen en de jongen nu dwong om hem aan te kijken.

'Wat moet je met mijn broertje? Je hebt niet eens een gat in je achterste.' Matt had zijn vuisten gebald en leek twee keer zo groot als gewoonlijk. Zonder zichtbare inspanning duwde hij Rode Doek tegen de grond.

'Was dat je broertje? Sorry, Matt. Ik herkende hem niet.'

Matt trok hem weer overeind. 'Je wist wie hij was. Je bent niet eens een mens.'

Nu gingen de andere jongens zich ermee bemoeien. 'Rustig aan, Matt. Hij wilde alleen maar een beetje dollen. Hij meende het echt niet.'

Matt zag eruit alsof hij de jongen met de rode doek in elkaar wilde rammen, maar hij liet hem onverwacht los, zodat hij op de grond viel. 'Je bent de moeite van het planten niet waard.' Matt bedoelde dat hij zijn energie niet aan de ander wilde verspillen.

Rode Doek krabbelde overeind en ging er met de rest van het groepje vandoor. Vivian bleef staan waar ze stond en keek nog steeds verontschuldigend.

Park en ik durfden inmiddels weer dichterbij te komen.

'Gaat het?' Matt bukte zich en raapte een van de speldjes op die uit mijn haar waren gegleden toen Park en ik wilden wegrennen. Voorzichtig stak hij het terug in mijn haar. Het voelde alsof zijn hand me langer aanraakte dan strikt noodzakelijk was. De blik die hij Vivian toewierp, was kil. Ik zag dat ze bijna in tranen was.

'Vivian probeerde hen ook tegen te houden,' zei ik.

'Dat zal wel,' zei Matt. Hij ademde nog steeds zwaar en ik kon bijna voelen dat de adrenaline uit zijn lijf wegsijpelde. Hij keek even naar de plant, die verlaten op het trottoir lag, en wendde zich toen tot Vivian. 'Je aanbidder is er zomaar vandoor gegaan, zonder jou je plant terug te geven.'

'Matt...' begon ze.

'Laat maar,' zei hij. Hij raapte de plant op en sloeg een arm om haar heen. 'Kom,' zei hij tegen Park, en ze liepen met hun drietjes weg.

Aan de andere kant van de hoge ramen viel de voorjaarsregen op de bomen in de verte. Ik gaf Curt nog steeds bijles. Veel leerlingen maakten zich heel erg druk over de nationale toetsen die aan het einde van de vijfde klas werden afgenomen, en waren al maanden bezig buiten school hun vaardigheden op te vijzelen. Curts ouders hadden hem met klem aangeraden hetzelfde te doen, maar hij wilde niet en had uiteindelijk afgesproken dat ik hem vaker bijles in de gewone schoolvakken zou geven. Zelf kon ik me alleen maar voorbereiden op de toetsen door de voorbeeldvragen in te vullen die in het informatieboekje stonden dat ik na mijn aanmelding had ontvangen. Ik had niet eens een boek met oefentoetsen.

We troffen elkaar vaak in het schoolatelier, waar hij zo veel tijd doorbracht dat hij er van de leraren zijn werk mocht laten staan. Ik was er eerder dan hij en zat tijdens het wachten wat te piekeren over de aanstaande toetsen, starend naar de vloer van het atelier, die bedekt was met verfspatten en houtkrullen. Ik had mijn best moeten doen om niet te struikelen over de elektrische zaag en de schuurmachine die Curt zoals zo vaak had laten slingeren, met de stekkers nog in het stopcontact. Het atelier rook naar regen, gezaagd hout en behanglijm.

Voordat we met de les begonnen smeerde Curt met een kwastje nog wat lijm op een paar stukken hout. Hij begon me te vertellen over een paar schoenen dat hij bij de vuilnis had gevonden en dat hij vandaag had aangetrokken.

'Dat is het bewijs dat gelukkig toeval bestaat. Ik had ze nodig, en op dat moment vond ik ze.' Hij drukte stukjes hout zorgvuldig tegen elkaar en zette er een lijmklem omheen.

Ik keek naar de schoenen die onder zijn verschoten spijkerbroek uit piepten. Het waren bruine werkschoenen met afgesleten zolen. 'Heb je ze eerst schoongemaakt?'

'Nee.'

'Arm zijn is echt niet zo leuk als jij denkt.'

'Ik probeer de uiterlijkheden van een ledig leven af te werpen.'

'Is het wel een ledig leven? Je ouders hebben je toch geborgenheid gegeven?'

'Ze komen allebei uit een goed nest. Rijke stinkerd 1 trouwt met rijke stinkerd 2.'

'Ik heb altijd gedacht dat redacteuren intelligent waren en diepgang hadden.'

'Neuh. Nou ja, een beetje misschien. En jouw ouders?'

'Die zijn uit liefde met elkaar getrouwd.'

Ik liep door het atelier en zag dat hij zijn jasje achteloos over een ezel had gegooid. Een mouw hing op de vloer. Ik raapte het jasje op en streek met mijn vinger over de fijne stof. Daarna draaide ik het om en raakte de zijden voering met paisleymotief aan. Ik hing het op, zodat het niet over de grond streek.

Curt had het niet eens gemerkt. Hij stond zijn handen te wassen bij de kleine gootsteen in de hoek en veegde ze daarna af aan zijn overhemd. 'Maar goed, van mijn intelligente ouders met diepgang mag ik een feestje geven. Kom je ook?'

'Nee, dat denk ik niet,' zei ik als vanzelf. Zo reageerde ik altijd op uitnodigingen. Ik zei ook steevast nee wanneer de jongens met wie ik zoende vroegen of ik na school iets wilde afspreken. 'Ik heb het heel erg druk.'

'Nou, het feestje is deels vanwege jou. Mijn ouders zijn heel blij dat ik nog niet van school ben gestuurd. Het is vooral bedoeld als steuntje in de rug voordat straks al die vreselijke toetsen worden gehouden.'

'Ik weet het niet.'

'Zonder jou was het me nooit gelukt. Het is eigenlijk ook jouw feestje. Zie het gewoon als een extra lange bijles.'

Ik moest lachen. Het klonk verleidelijk. Ik was nog nooit op een feestje geweest, en dit zou een mooi excuus zijn. 'Ik zal erover nadenken.'

Ik trof Annette in het theater aan. Ze had niet alleen een klein rolletje in de huidige productie, maar fungeerde ook nog als toneelmeester. Ze liep net met een wandelstok in haar hand naar een bank op het toneel.

'Ik moet een langere hebben,' riep ze naar iemand in de coulissen. Ze had haar wilde haar met een knalblauw lint naar achteren gebonden.

'Annette.' Ik bleef aan de rand van het podium staan, verlegen onder de sterke lampen.

'Hé!' Ze liep naar me toe en zakte door haar knieën, zodat we met elkaar konden praten.

'Curt heeft me uitgenodigd op zijn feestje. Wat moet ik nu doen?'

Haar wenkbrauwen leken in haar haargrens te verdwijnen. 'Denk je erover om te gaan? Waarom? Je gaat nooit naar feestjes!'

Ik speelde met de knoop van mijn blazer. 'Dat weet ik. Maar ik zou kunnen gaan. Niet altijd. Voor deze ene keer.'

'O, je vindt hem leuk!' Haar stem schalde door het theater.

'Stil nou! Nee, hij is gewoon een vriend van me. Maar het is vast geen goed idee.'

'Ik vind het een geweldig idee, je moet nodig naar een feestje. Je moet er eens vaker uit.' Toen fronste ze. 'Maar je komt nooit naar mijn feestjes of uitvoeringen.'

'Dat weet ik.' Ik slaakte een zucht. Ik wist dat het voor Annette soms ingewikkeld was om mij als vriendin te hebben. Daarom zei ik altijd nee: omdat ik niet wist wat ik zou moeten doen als ik eenmaal een keer ja had gezegd. Ik kon ma misschien nog wel zo ver krijgen dat ze me één keer uit liet gaan, maar het zou zeker geen gewoonte worden. Ik had in een opwelling overwogen om deze keer wel te gaan, zeker nadat hij me had verteld dat het feestje ook ter ere van mij was.

'Kom je dan ook een keer naar iets van mij?'

'Ja, dat beloof ik.'

Annette en ik moesten plannen maken: ma zou me nooit naar het feestje van een jongen laten gaan, en daarom zou ik tegen haar zeggen dat ik bij Annette bleef slapen en zouden Annette en ik samen naar het feestje gaan. Ik wist dat het niet erg zou zijn als ik haar mee zou nemen. Ik moest alleen ma zien te overtuigen.

Ma fronste. 'Waarom wil je opeens bij Annette blijven slapen?'

'Ma, dat wil ik al een hele tijd. De andere kinderen... U weet niet wat die allemaal doen, wat die van hun ouders mogen. Ik vraag nooit iets omdat ik weet dat u toch nee zult zeggen.'

Ma keek me bedachtzaam aan. 'Ik weet dat het niet gemakkelijk voor je is.'

'We kennen Annette al zo lang. En u hebt haar ouders zelfs een keer gezien.'

'Dat is zo.' Dat was al heel lang geleden geweest, in de hoogste klas van de lagere school, maar voor ma was het belangrijk dat ze Annettes ouders met eigen ogen had gezien, al was het maar een keer geweest. Sindsdien was Annette vooral voortdurend aan de telefoon aanwezig geweest. 'Goed, maar voor deze ene keer. Anders wil zij straks nog hier...'

'Blijven logeren,' maakte ik haar zin af. Ik was buiten zinnen van vreugde. Eindelijk zou ik een avond lang kunnen doen wat ik wilde.

'Daar komt de inspectie! Daar komt de inspectie!'

Zo nerveus had ik tante Paula nog nooit gezien. Met oom Bob op haar hielen snelde ze als een tornado door de fabriek. Ze

trokken kleren van werkbanken, zwaaiden met bezems en stof-
doeken, maar ze duwden vooral de kinderen voor zich uit naar
kamers waar die zich verborgen konden houden.

'Iedereen onder de achttien moet zich verstoppen!'

Tante Paula trok me aan de rug van mijn blouse mee en gooide me bijna het herentoilet in. Ze smeet de deur achter me
dicht. Ik viel tegen de schouder van een jongen aan en keek net
als hij geschrokken op. Toen zag ik dat het Matt was.

'Hé,' zei hij, 'alles goed?'

Voordat ik iets kon zeggen, vloog de deur weer open en werden er nog drie kinderen naar binnen geduwd. De deur viel met
een klap dicht. Deze kinderen waren veel jonger dan wij.

Een kleine jongen zat met zijn hoofd klem onder mijn onder-
arm. Het herentoilet was smerig, en er was maar één wc en een
wasbak. We wisten dat we het licht niet aan mochten doen. Matt
stond tussen de wasbak en de muur, en de anderen deden allemaal hun best om niet te dicht in de buurt te komen van de
open toiletpot in het midden van de ruimte, waar niet eens een
bril op zat. Ik was me zoals gewoonlijk akelig bewust van Matts
nabijheid en liet daarom een klein meisje tussen ons in kruipen.

Maar zelfs met het kind tussen ons in stond hij nog te dichtbij. Als hij zijn arm zou bewegen, zou hij me kunnen aanraken.
De andere kinderen stonden dicht om ons heen en de kleine
jongen naast de toiletpot staarde er geboeid naar.

'Vergeet het maar,' hoorde ik Matt boven mijn hoofd sissen.
'Je houdt het maar op.'

De jongen sperde zijn ogen open en kneep zijn benen bij elkaar. Zijn kleren zaten onder het stof. Ik stak mijn hand uit en
aaide hem even over zijn bol. 'Het komt wel goed,' mompelde ik.
'Het is zo weer voorbij.'

Een langer meisje siste opeens: 'Er zit een kakkerlak in de
wasbak!'

Matt en ik schrokken ons allebei kapot. Ik moest in mezelf

lachen toen ik besefte dat hij net zo bang was voor insecten als ik. Hij sprong zo snel bij de wasbak vandaan dat hij binnen een tel van plaats had gewisseld met de jongen aan de andere kant van me, waarschijnlijk omdat hij instinctief zo dicht mogelijk bij de deur wilde zijn. De jongen werd nu tegen het andere meisje aan gedrukt, en samen stonden ze tegen de wasbak aan geperst. Hij keek Matt en mij vol minachting aan, haalde toen een stukje papier uit zijn zak en drukte het beest in de wasbak dood.

Ik zakte bijna ineen van opluchting nu de kakkerlak dood was en hield mijn ogen dicht. Matt rook naar zweet en aftershave en zijn borstkas was hard. Ik meende zijn hart te kunnen voelen kloppen onder zijn dunne т-shirt. Ze moesten hem zo achter de pers vandaan hebben getrokken. Nu ik geen andere keus had dan hier zo dicht tegen hem aan te staan, begon ik me eindelijk een beetje te ontspannen.

Opeens uitte hij een gesmoorde kreet, en ik keek op. Het kind dat de kakkerlak had geplet, stak vanuit de schaduwen zijn arm uit en hield het stukje papier voor onze neus. Ik meende de voelsprieten van de kakkerlak te zien bewegen boven het papier en zag de jongen als een bezetene grijnzen. Ik schrok zo dat ik begon te schreeuwen. Hoewel ik elke dag kakkerlakken door onze woning zag lopen was ik nog net zo bang voor die beesten als in het begin, of misschien nog wel banger.

Meteen werd er op de deur gebonsd. Het was oom Bob. 'Stil daarbinnen! De inspecteurs komen deze kant op!'

Toen we dat hoorden, verstijfden we allemaal. Aan de andere kant van de deur hoorden we onderdanige stemmen, en zelfs het gezoem van de machines leek minder hard dan gewoonlijk. Ik hoorde dat er Engels werd gesproken, maar kon niet verstaan wat er werd gezegd. We durfden niet eens adem te halen uit angst dat iemand ons zou horen. Iedereen wist hoe het in Chinatown ging. Er was waarschijnlijk al smeergeld betaald om de arbeidsinspectie mild te stemmen, maar de eigenaren en arbeiders waren allemaal even bang voor de inspecteurs. Stel dat de fabriek moest sluiten, wie zou dan ons rijstkommetje vullen?

Mijn hart bonsde nu even hevig als dat van Matt. De andere kinderen konden amper stil blijven staan, maar ik dacht alleen maar aan zijn warme adem op mijn haar. Vlak voor me zag ik het contrast tussen de ruwe katoen van zijn T-shirt en de zachte huid van zijn schouder.

Het Engelse gemompel aan de andere kant van de deur leek een eeuwigheid te duren, maar ten slotte klonken de gewone fabrieksgeluiden weer. De deur ging open. De drie andere kinderen buitelden naar buiten en renden weg.

Met tegenzin hervond ik mijn evenwicht, maar net toen ik me van Matt wilde afwenden, pakte hij me bij mijn pols.

'Wacht even,' zei hij. Hij stak zijn andere hand uit en deed de deur weer dicht. Toen trok hij me tegen zich aan en vlijde ik mijn voorhoofd heel even tegen zijn borst. De vertrouwde pijn trok weg en maakte plaats voor iets traags wat niet te stoppen was, alsof ik eindelijk adem liet ontsnappen die ik zonder het te weten al die tijd had ingehouden. Hij begroef zijn vingertoppen in mijn haar, ik voelde de warmte van zijn handen op mijn hoofdhuid, en opeens stond ik naar hem op te kijken. Een straal zonlicht scheen door het raampje naar binnen en viel op zijn zachte haar. Zijn goudkleurige ogen leken in het halfduister licht te geven, en eindelijk stonden we elkaar in een lange smeltende hitte te zoenen. De weelderige zomerse namiddag versmolt met mijn verlangen naar Matt, naar niemand anders dan Matt.

En toen we die kus beëindigden, volgde er nog een, en nog een, totdat Matt eindelijk ophield en met een ongewoon hese stem zei: 'Ze zijn me vast aan het zoeken.'

'Mij ook,' zei ik ademloos.

Toen zoenden we elkaar weer, en daarna nog een keer, totdat

ik mezelf eraan herinnerde dat hij een vriendin had en dat ik dat niet was. Ik wilde degene zijn die hier een punt achter zette. Ik maakte me los uit zijn armen. 'Goed, ik zie je later wel weer.'

Het duurde even voordat hij scherp leek te kunnen zien, alsof hij wakker werd uit een droom, en hij zei: 'Ja, tot straks.'

Hij legde zijn hand op de deurknop en aarzelde toen. Zonder me aan te kijken zei hij: 'Kimberly, ik kan nooit zo hoog klimmen als jij.' Toen boog hij zijn hoofd en liep het toilet uit.

Ik bleef in mijn eentje achter, steun zoekend bij de wasbak, verslagen. Ik had hem de indruk gegeven dat hij niet goed genoeg voor me was, terwijl ik degene was die niet goed genoeg was voor hem.

Die dag stond Vivian weer op haar gebruikelijke plekje voor de fabriek te wachten. Ik moet tot mijn schaamte bekennen dat ik Matt naar beneden ben gevolgd. Ik zag dat hij naar haar toe liep en haar een kus op haar lippen gaf. Toen keek hij even om naar mij, snel en schuldig, en ik wist dat hij wist dat ik daar stond. Daarna liepen ze weg.

Het leek niet veel – een paar kussen in het donker – maar het was voldoende om een gat als een zweer in mijn hart te branden.

Ik had verder niets, maar ik had wel mijn trots. Ik was altijd even aardig tegen Park, maar deed mijn best om zo veel mogelijk met de andere jongens in de fabriek te flirten, zeker wanneer Matt dat kon zien. Tegen Matt zelf was ik vriendelijk maar koel. Ik stelde me voor dat ik me in een dikke laag ijs hulde, zodat niets van wat hij deed me kon raken. Misschien was het verbeelding, maar ik meende dat Matts blik me door de fabriek volgde en dat hij vaker liep te dollen als ik in de buurt was. Soms liet hij zich op de vloer vallen en deed push-ups met één hand, maar dan deed ik net alsof ik hem niet zag. Het maakte niet uit wat hij deed, want er was altijd nog dat feit dat niet te ontkennen was:

hij had Vivian verkozen boven mij. Dat veranderde niet, al deed hij nog zo zijn best om indruk op me te maken.

Ik wist dat Vivian elke dag na het werk braaf op hem stond te wachten. Gelukkig was het vaak zo druk dat ik haar niet hoefde te zien, maar wat ik zag was genoeg. Wat het nog veel erger maakte, was dat ze helemaal niet onaardig was. Ze was rustig en vriendelijk en kon er niets aan doen dat ze zo knap was. Ik heb zo veel beelden van hen samen in mijn ziel opgeslagen: Matt die een doosje lekkers – gedroogde gekonfijte lotuszaadjes – voor haar achter zijn rug verborgen houdt; het tweetal van een afstand gezien, met hun armen om elkaar heen, terwijl ze de kruidenwinkel binnenlopen; een keer zag ik ze zelfs samen in de tempel, waar ze bij het licht van de olielamp wierook aanstaken en daarna allebei neerknielden voor een gebed. Op hoeveel verschillende manieren kun je door de liefde worden gekweld?

Ten slotte nam ik Annette, mijn eeuwige raadgeefster, in vertrouwen. 'Een relatie ziet er voor een buitenstaander soms heel anders uit dan in werkelijkheid het geval is,' zei ze. 'Soms kun je verliefder zijn op iemand in je gedachten dan op iemand die je elke dag ziet.'

Ze was de enige die wist welke pijn ik voelde, maar op een bepaalde manier zag ze mijn gevoelens als minder hevig dan de hare: Annette was zoals altijd zelf ook hopeloos verliefd. Maar ze probeerde me ertoe aan te zetten om het te vergeten en verder te gaan met mijn leven, en dat was precies wat ik nodig had.

Op de avond van Curts feestje ging ik al vroeg naar Annette. Ik voelde me schuldig omdat ik ma alleen in de fabriek achterliet, maar ik wilde ook wel een keertje lol hebben, net als andere kinderen van mijn leeftijd.

Mevrouw Avery begroette me met een zoen op mijn wang. 'Wat fijn je weer eens te zien.'

Ik glimlachte. Ik vond haar een van de aardigste mensen die

ik kende, ook al zagen we elkaar slechts zelden.

Annette leende me een van haar jurken waar zij te lang voor was geworden. De crèmekleurige jurk paste me perfect, maar ik had nog nooit iets gedragen wat zo kort was, tot boven mijn blote knieën. Het gaf me een erg uitdagend gevoel. Gelukkig waren onze voeten even groot en kon ik een stel pumps lenen. Daarna maakte Annette me op. Sinds ons uitstapje naar de bioscoop had ze heel vaak kunnen oefenen, en nadat ze ook mijn haar had gedaan, herkende ik mezelf amper toen ik in de spiegel keek.

'Je ziet er fantastisch uit,' zei ze.

Ik draaide me om en omhelsde haar even. 'Je bent een geweldige vriendin.'

Annette droeg een mini-jurkje met een veelkleurige print en een leren handtas van haar moeder. Ik vlocht het haar rond haar gezicht naar achteren. 'Jij ziet er ook schitterend uit.'

Mevrouw Avery bracht ons naar het appartement van Curt, dat helemaal in het centrum lag, ten oosten van Central Park. Er kwam een conciërge naar buiten die het portier opende zodat Annette en ik konden uitstappen. Het was warm, maar vanaf de rivier waaide een koel briesje onze kant op. We wuifden naar mevrouw Avery en liepen door de draaideur naar binnen, die de conciërge voor ons in beweging zette. We hoefden zelf helemaal niets te doen. Een andere conciërge, die binnen in de hal achter een balie stond, vertelde ons op welke etage Curt woonde.

Ik probeerde niet te laten merken hoe verbaasd ik was, en Annette liep met opgeheven hoofd door de hal en liet haar tasje als een dame aan haar arm bungelen. Naast de lift stond een enorm bloemstuk. Ik stak mijn hand uit en voelde aan een bloemblaadje. De bloemen waren echt.

'Wat doen ze als die bloemen slap worden?' vroeg ik aan Annette.

'O, dan zetten ze natuurlijk nieuwe neer.'

Dat moest een fortuin kosten. Toen we bij Curt aanbelden, deed hij de deur voor ons open. Op de gang konden we de luide bonkende muziek al horen.

'Hé, daar ben je dan.' Zijn blik bleef op me rusten, maar was heel anders dan zijn gebruikelijke geflirt. 'Wauw.' Hij staarde me aandachtig aan, alsof ik een beeldhouwwerk was.

Ik keek naar het roestkleurige tapijt, aangenaam verrast. 'Dank je. Annette heeft me geholpen.'

Achter me begon Annette te giechelen.

'Kom binnen. Jullie kunnen je tassen en dergelijke in de slaapkamer van mijn ouders leggen.' Curt verdween door een open deur.

Dus zo zag een feestje eruit. Alle gewone lampen waren uit. Ik tuurde de woonkamer in, waarheen Curt was verdwenen. De ramen waren zo ver van de hal vandaan dat ik wist dat de woonkamer enorm was, ook al kon ik die door het gebrek aan licht niet goed zien. In de verte zag ik de lampen van de stad en de lichtjes op de East River.

Er waren al heel veel gasten aanwezig. In een van de hoeken van de kamer hing een discobal, waaronder een paar jongeren stonden te dansen, maar verder was het overal donker, op kleine groepjes theelichtjes na die verspreid door de kamer stonden. Ik had gedacht dat Curts ouders een kleine toespraak over hem zouden houden, maar er waren nergens volwassenen te bekennen.

'Ik geloof dat ik daar iemand van de toneelclub zie.' Annette wees op een van de dansende gestalten.

'Ga maar,' zei ik tegen haar. Ik moest mijn stem verheffen om boven de muziek uit te komen. 'Geef mij je tas maar, dan leg ik hem wel voor je weg.'

Ze gaf me haar handtas aan en liep toen naar het lid van de toneelclub toe. Ik liep op de tast door de gang en deed de slaapkamerdeur open. Ik deed het licht aan en zag een grote stapel kleren en handtassen op het mahoniehouten bed liggen. Opeens bewoog er iets. Ik slaakte bijna een kreet van schrik, maar toen zag ik dat het een jongen uit mijn klas was die daar met een meisje lag te zoenen. Hij had zijn handen onder haar topje geschoven en zij trok aan zijn haar.

Hij maakte zijn lippen los van de hare en keek me boos aan. 'Hé, ga ergens staan te loeren.'

'Sorry!' Ik deed snel het licht uit, gooide Annettes tasje op het bed en liep weg.

In de discohoek stond Annette te praten met een jongen die bij de schoolkrant zat. Ze stonden naast een lange tafel die als bar diende en Annette maakte een gin-tonic met heel veel tonic voor me klaar. De muziek was even luid als de machines in de fabriek. Annette trok me mee naar de dansvloer en we begonnen te swingen. Het was de eerste keer dat ik op zulke muziek danste, maar ik merkte dat het me geen enkele moeite kostte. Een paar anderen voegden zich bij ons, en na een tijdje zocht Annette een ander groepje op. Ik bleef rondjes draaien onder de discobal en voelde me een echte Amerikaanse tiener.

Opeens legde iemand een hand op mijn schouder. Curt. Ik vroeg me af of hij al langer naar me had staan kijken. Hij pakte me bij mijn hand en trok me mee naar de gang.

'Ik moet je iets laten zien,' zei hij.

Hij nam me mee naar een vertrek dat waarschijnlijk zijn slaapkamer was. Toen hij de deur opende, kwam een wolk zoete rook ons tegemoet. Binnen zat een groepje op de vloer, rond een stel kaarsen. Hier was het veel rustiger.

'Jullie kunnen maar beter het raam even opendoen,' zei hij.

'Dat staat open,' zei Sheryl. Ze zat op de vloer en leek net als een paar anderen verbaasd te zijn dat ik er was, maar niemand zei er iets over.

Curt leidde me naar een open plek in de kring en we gingen zitten. Met een van de jongens uit het groepje had ik een tijdje daarvoor nog gezoend. Hij keek blij verrast toen hij me zag, maar dat zag Curt ook, en ik had het idee dat hij met opzet tussen mij en de jongen in ging zitten.

Er ging een grote Chinese waterpijp van ruim een halve meter hoog rond. Ik zag nu al dat ik beide handen nodig zou hebben om hem vast te houden, en aan de geur kon ik merken dat ze geen gewone tabak rookten.

Annette stak haar hoofd om de hoek van de deur. 'Zit je hier, Kimberly?'

'Hé,' zei ik.

Annette begreep meteen wat er aan de hand was. 'Gaat het?'

'Ja, hoor. Heb je zin om erbij te komen zitten?' Ik voelde me zo roekeloos en nieuwsgierig. Anderen konden ervoor kiezen om zich meteen over te geven aan een bepaalde verleiding of te wachten tot een latere gelegenheid, maar ik had alleen dat moment. Als ik het nu niet zou proberen, zou ik misschien nooit meer een kans krijgen.

Annette trok een gezicht. 'Nee, jakkes. Ik zie je straks wel weer.' Ze deed de deur dicht.

'Die waterpijp is Chinees,' fluisterde ik tegen Curt.

'Ja, dat weet ik.'

'Hoe kom je eraan?'

'Uit het kantoor van mijn pa gejat. Een van zijn auteurs in China heeft hem die pijp gestuurd als cadeau. Die arme man weet waarschijnlijk niet eens waarvoor we ze hier gebruiken, en mijn vader heeft zo veel rommel dat hij niet eens zal merken dat er iets weg is.'

Toen de waterpijp mij bereikte, liet ik mijn vingers over de fraaie versieringen gaan. Iedereen staarde me tussen hun wimpers door aan, blijkbaar in de verwachting dat de nieuweling niet wist hoe het werkte en een hoestbui zou krijgen. Maar ik had vaak genoeg mannen waterpijpen zien roken in cafés in Hongkong.

Ik sloot mijn mond er zo dicht omheen dat er geen lucht meer bij kon komen en hield een aansteker naast het kleine metalen schaaltje dat aan de pijp was verbonden en inhaleerde door mijn mond. Ik hoorde het water borrelen toen de rook naar boven werd gezogen, mijn mond in. Ik was voorbereid op het branden van de rook en hield die vast in mijn longen terwijl ik de pijp doorgaf aan Curt.

Hij moest lachen. 'Je bent een natuurtalent. Niet blokken maar blowen, lijkt dat je geen beter idee?'

De pijp kwam nog een paar keer langs en ik bleef roken en uitademen, totdat ik het gevoel had dat ik de herinnering aan Matt naar de verste uithoeken van mijn gedachten had geblazen. Ik ging achterover op de vloer liggen en voelde dat mijn hoofd tolde. Ik wist niet waar de anderen waren, en of er nog wel iemand in de kamer was. Het tapijt prikte tegen het haar op mijn achterhoofd, maar dat was een erg lekker gevoel.

'Je hebt nog nooit echt gezoend totdat je stoned hebt gezoend,' zei Curt.

'Goed dan,' zei ik. Ik vermaakte me al heel erg door mijn hoofd van links naar rechts te draaien.

Ik voelde dat Curt zich langzaam over me heen boog en mijn hoofd tussen zijn grote handen nam. Zijn haar streek langs mijn gezicht. Hij gaf me geen snelle kus op mijn lippen, zoals ik had verwacht, maar begon me in mijn nek te zoenen, op het zachte plekje onder mijn kaak en achter mijn oor. Mijn wereld leek alleen nog maar te bestaan uit de druk van zijn mond, de geur van zijn haar. Hij begon zachtjes aan mijn oorlelletje te zuigen.

'Mmmm,' mompelde ik. 'Valt dit nog steeds onder zoenen?'

Bij wijze van antwoord kuste hij me vol op mijn mond, traag, alsof hij van elke seconde wilde genieten. Zijn kus was zacht en vol; hij trilde als een vlinder tegen de deur van mijn hart en was toen stil.

Door de jaren heen had oom Bob steeds meer last gekregen van zijn been, en we zagen hem nog maar zelden in de fabriek. Tante Paula had het merendeel van zijn taken overgenomen. Om geen gezichtsverlies te lijden – het is erg belangrijk dat de man de kostwinner is – vertelde tante Paula tegen iedereen dat hij thuis was gaan werken. In de fabriek was zijn kantoor echter in feite het domein van tante Paula geworden.

Al onze post ontvingen we nog steeds via tante Paula omdat de school geen ander adres kende. De eerste keer dat ze me de uitslagen van een toets kwam brengen, wist ik dat ze hoopte op slechte resultaten.

'Je hebt het vast heel goed gedaan, je bent zo'n slimme meid,' zei ze, ogenschijnlijk vriendelijk. 'Waarom maak je hem niet meteen open?'

Gelukkig was ma toevallig net naar het toilet en kon ik zeggen: 'Ik wacht liever op ma. Ik kijk straks wel.'

Ik wilde dolgraag de envelop openmaken, maar ik draaide me om en boog me over een stapel blouses. Ten slotte liep tante Paula met tegenzin weg. Toen ma eindelijk terugkwam, scheurde ik de envelop open en haalde het dunne vel papier eruit.

'En, wat heb je gehaald?' vroeg ma.

Gek genoeg zag ik nergens mijn resultaten staan. Ik hield het kleine stukje papier tegen het licht. 'Ik weet het niet. Ik denk dat ze zich hebben vergist. Er staat helemaal niets, behalve de hoogste scores die je kunt halen.'

Opeens hoorde ik de stem van tante Paula, die achter ma aan moest zijn gelopen: 'Stel je niet zo aan en geef mij die brief eens.'

Ze griste het velletje uit mijn handen en staarde ernaar. Langzaam verspreidde een rode vlek zich vanuit haar nek naar haar gezicht. 'Stom kind, dit zijn je uitslagen!'

'O.' Ik pakte de brief weer van haar aan en besefte dat ik de hoogst mogelijke uitslag had behaald. Ik had mijn resultaten niet kunnen vinden omdat die volledig overeenkwamen met wat ik voor de maximale voorbeeldscore had aangezien.

Ik was nog steeds zo in de war dat ik zonder het echt te beseffen zei: 'Het spijt me dat ik u rode ogen heb gegeven, tante Paula.'

Zowel tante Paula als ma hapte naar adem.

'Wat?' Tante Paula lachte schril. 'Waarom zou ik jaloers moeten zijn? Omdat mijn nichtje zo slim is? Waar zie je me voor aan?'

'Nee, dat bedoelde ik niet. Ik eh...' Ik had zo'n blunder begaan dat ik maar beter mijn gezicht kon laten verdoven.

'Gekke meid! Ik ben juist heel trots op je!' Ze sloeg zo hard haar arm om mijn schouder dat het pijn deed.

'We zijn allebei erg trots,' zei ma. Haar ogen straalden.

12

Aan het begin van het eindexamenjaar gingen Curt en ik steeds meer met elkaar om. Er werd gefluisterd dat we een stel waren, en hoe vaker we zeiden dat we gewoon vrienden waren, hoe meer iedereen ervan overtuigd was dat we iets met elkaar hadden. Ik wist dat dat niet zo was, maar vond het fijn dat ze dat dachten.

Op een dag hoorde ik Sheryl achter me sissen: 'Wat ziet hij in godsnaam in haar? Moet je die kleren van haar zien!'

Dankzij mijn pas ontdekte zelfvertrouwen wist ik me om te draaien en naar haar te glimlachen. Ze bleef staan, geschrokken omdat ik het had gehoord.

'Een goed verstand is erg aantrekkelijk,' zei ik.

Curt was een tegengif voor Matt. Dankzij de lichamelijke genoegens die hij me leerde, kreeg ik eelt op mijn hart en was het minder pijnlijk om Matt en Vivian elke dag samen te zien.

Op een stralende herfstdag, die koud was voor de tijd van het jaar, zaten Curt en ik dicht tegen elkaar op de tribune bij het sportveld. Na die eerste keer was ik niet meer samen met hem stoned geworden omdat ik het vervelend vond om beneveld te zijn. Mijn goedkope jasje was veel dunner dan het zijne, en hij had zijn lange kasjmieren jas als een tent om ons allebei heen gewikkeld. Ik streek met mijn vinger over zijn onderlip.

Hij plantte een stel kleine kusjes op mijn vingertop en vroeg tussendoor, even achteloos als altijd: 'Waarom ben je niet verliefd op me?'

Ik wilde hem niet kwetsen. 'Curt, bijna ieder meisje op school is verliefd op je.'

Hij hield mijn vinger vast en zoog erop. Zijn mond voelde ongelooflijk warm in vergelijking met de koude lucht. 'Maar jij niet.'

'Dat is waar.' Ik zuchtte en sloot mijn ogen van genot.

'Is dat vanwege vroeger?'

'Hoe bedoel je?'

'Omdat Greg en ik je vroeger altijd liepen te pesten. In de onderbouw. Je weet wel.'

Ik deed mijn ogen open en keek hem aan. 'Dat was niet zo aardig van jullie.'

'Dat weet ik. Ik was een ettertje. Het spijt me.'

'Het is al heel lang geleden. Mensen veranderen.'

'Dus je neemt het me niet meer kwalijk?'

'Nee. En je kwam toch voor me op, toen met dat briefje van Tammy?'

'Maar waar ligt het dan aan?'

Het beeld van Matt doemde in mijn gedachten op, maar ik verdrong het. 'Ik denk dat ik alleen maar verliefd ben op je lijf.'

Curt barstte in lachen uit. 'Nou, dan moet dat maar goed genoeg zijn.'

En daar lieten we het bij.

Ik moest bij mevrouw Weston komen, de decaan en psychiater van de school.

'Waar wil je straks gaan studeren?' vroeg ze.

Ik antwoordde zonder aarzelen: 'Yale.' Annette en ik hadden het al over studeren gehad. Zij had, in tegenstelling tot mij, hele stapels folders aangevraagd en allerlei studiegidsen gelezen. Uiteindelijk had ze Wesleyan boven aan haar lijstje gezet. Ik had een meer willekeurige keus gemaakt. Ik wist dat Yale een topuniversiteit was en vond de plaatjes in de folder er erg mooi uitzien.

'Goed. Dan moet je me je aanmelding maar laten zien voordat je die opstuurt. Misschien kan ik je helpen er iets aan te verbeteren.'

'Denkt u dat ik een kans maak?'

Mevrouw Weston keek me met haar kleine oogjes aan. 'Kimberly Chang, als het jou niet lukt om op Yale te komen, zal het geen enkele leerling hier lukken.'

Ik vulde het aanmeldingsformulier in op de schrijfmachine in de bibliotheek en mevrouw Weston had er vrijwel niets op aan te merken. Er moesten aanmeldingskosten worden betaald, maar ik wist dat daarvoor vrijstelling kon worden gegeven en vroeg haar hoe dat werkte. Ze zei dat ze een kopie van onze belastingaangifte wilde zien, en toen ik die aan haar gaf en ze er een snelle blik op wierp, verstrakte haar gezicht. Ze zette meteen haar handtekening onder de aanvraag voor vrijstelling.

Toen ik dat aan ma vertelde, reageerde ze ontzet. 'Waarom heb je die kosten niet zelf betaald?'

'Omdat het heel veel geld was.' In diezelfde maand hadden we eindelijk de laatste termijn van onze schuld aan tante Paula afgelost. Onze financiële situatie was nu rooskleuriger dan ooit, zeker nu ik nog steeds extra uren in de bieb werkte. Maar als we ooit wilden verhuizen en een beter leven wilden opbouwen, moesten we zo veel mogelijk sparen. Dat begreep ik heel goed. Zelfs nu we geen schuld meer hoefden af te lossen was ons inkomen nog altijd erg laag.

'Maar misschien leggen ze je inschrijving nu wel opzij. Waarom zouden ze die behandelen als je ze er niet voor wil betalen?'

De volgende dag kwam ma thuis met een stapel goedkope porseleinen bordjes die ze ergens had gekocht. 'Hier, gooi die maar kapot,' zei ze.

'Waarom?'

'Scherven brengen geluk. Dit zal je helpen een plaatsje te krijgen op de universiteit.'

Ik vond het maar bijgeloof, maar gooide de bordjes toch kapot. Ik moest op de een of andere manier in aanmerking zien te komen voor een beurs of een andere vorm van financiële ondersteuning, want anders kon ik de universiteit wel vergeten. Zelfs een staatsopleiding konden we niet betalen.

Ik begon me nog meer zorgen te maken toen ik hoorde wat de anderen op hun aanmeldingsformulieren hadden ingevuld. De ouders van Julia Williams hadden een geluiddichte studio met een Steinway voor haar ingericht. Daar oefende ze vijf uur per dag, en sinds haar zestiende nam ze deel aan internationale pianoconcoursen. Chelsea Brown zong bij de jeugdafdeling van de Metropolitan Opera.

De atleten vormden een groep op zich. Speedy Spenser, die niet voor niets zo werd genoemd, won dankzij zijn lange stelten elke wedstrijd, en de hockeyploeg van Harrison werd regionaal kampioen. Alicia Collins wist een plaatsje te veroveren in de turnploeg voor de Olympische Spelen voor junioren. Een paar jongens uit het footballteam hadden haar een keer uitgedaagd, en bij wijze van antwoord had ze zich op de vloer laten zakken en zich vaker dan welke jongen dan ook met één hand kunnen opdrukken. De sportieve leerlingen waren net zo fanatiek met sporten als ik met leren was.

De meeste anderen volgden al sinds hun zevende lessen in dingen als ballet of viool. Als de uitslagen van hun toetsen tegenvielen, schakelden ze een privédocent in die bijles kon geven. Het essay dat je voor de aanmelding diende te schrijven, ging in hun geval over druivenplukken in Italië, een fietstocht door Nederland of schetsen in het Louvre. Vaak hadden hun ouders ook al gestudeerd aan de universiteiten waarvoor ze zich aanmeldden.

Maakte ik wel een kans? Ik was gewoon een arm meisje met als enige praktische vaardigheid dat ik sneller rokken kon inpakken dan de meeste anderen. Ik ontleende enige hoop aan het

247

vertrouwen van mevrouw Weston, maar durfde niet te veel te verwachten. Ik kon goed leren, maar dat konden heel veel andere leerlingen ook, en de meesten van hen waren al sinds hun geboorte klaargestoomd voor een academische studie. Het deed er niet toe hoe hard ik mijn best deed op school of hoezeer ik probeerde te doen alsof ik ook bij de populaire groepjes hoorde, ik was en bleef anders. Op een bepaalde manier was ik ervan overtuigd dat ze dat op de universiteit ook zouden merken en me daarom zouden afwijzen.

Volgens meneer Jamali had Annette zo veel geleerd dat ze de hoofdrol van Emily in het stuk *Our Town* kon spelen.

'Ik kan het bijna niet geloven.' Annette bleef maar op en neer springen. 'Je komt toch wel naar de première?'

'Ja, natuurlijk.' Ik nam haar handen tussen de mijne.

Maar later, toen ze me vertelde op welke dag de première was en ik in mijn agenda keek, zag ik dat het niet zou lukken. Ik vertelde het haar in de kantine. 'Annette, op diezelfde middag heb ik mijn naturalisatie-examen.'

Ze beet op haar lip. 'O nee! Maar je hebt het beloofd!'

'Dat weet ik, en ik vind het heel erg. Maar ik kan er niets aan doen. Ik moet de Amerikaanse nationaliteit hebben, anders kom ik niet in aanmerking voor een studiebeurs.'

'Kun je het niet op een andere dag doen?'

'Dit is de eerste gelegenheid om het te doen nadat ik achttien geworden ben. Eerder kan dus niet. En als ik het later doe kan ik op het aanvraagformulier voor financiële bijstand voor de universiteit niet zeggen dat ik Amerikaans staatsburger ben. Ik kom wel naar een volgende voorstelling.'

'Ik snap het.' Annette wilde me niet aankijken.

'Wat is er?'

Nu keek ze me wel aan. 'Kimberly, dit is toch wel de echte reden, hè? Het is toch niet een van je vele excuses?'

Ik had door de jaren heen zo veel smoezen verzonnen dat ik het haar niet kwalijk kon nemen. 'Natuurlijk is dit de echte reden.'

Annette zei er niets meer over.

Elke keer nadat tante Paula ons de uitslagen van een toets of examen had doorgegeven kwam ze een paar dagen later haar beklag doen over ons werk. We lieten haar niet merken hoe goed mijn cijfers echt waren, maar ze moet haar vermoedens hebben gehad. Als we iets niet helemaal perfect hadden gedaan, moest het over. Als een zending de fabriek ging verlaten, kwam ze dagen tevoren al benadrukken hoe belangrijk het was dat we op tijd klaar zouden zijn.

'Als jullie te laat zijn, sta ik niet in voor de gevolgen,' zei ze op een dag.

'We zijn altijd op tijd klaar,' had ma kalm geantwoord, maar ik had aan haar gepijnigde blik kunnen zien hoe erg ze het vond dat haar eigen zus ons zo behandelde.

Tante Paula baande zich een weg langs Matt, die aan de pers stond, en liep weg.

Hij kwam naar me toe. Zijn haar stond rechtop en droop van het vocht van de persen. 'Wat had ze op jullie aan te merken?'

'Ze is jaloers,' zei ik.

'Waarom?'

'Ik denk omdat ik het op school beter doe dan haar zoon.'

Matt knikte en wilde weer teruglopen naar de pers, maar omdat ik hem nog even bij me wilde houden, vroeg ik: 'Hoe is het met je moeder en met Park? Ik zie ze niet zo vaak meer.'

'Ma voelt zich de laatste tijd niet zo goed, en als zij thuisblijft, houdt ze Park ook thuis. Ik kan nu voor hen allebei zorgen.' Hij was er duidelijk trots op dat hij de kostwinner van het gezin was.

Het was nog steeds pijnlijk dat we zo dicht bij elkaar werkten. 'Je doet het echt heel goed, Matt.'

Hij keek me indringend aan en zei ten slotte: 'Ik mis je.'

Hitte steeg op naar mijn ogen. Ik wendde me af om te voorkomen dat hij zou zien hoe emotioneel ik was. 'Je hebt Vivian.' Toen ik weer opkeek, was hij weg.

Soms vertelde Curt verhalen die me eraan herinnerden hoe verschillend we waren. Op een keer vertelde hij dat hij met een paar vrienden in een Italiaans restaurant was gaan eten: 'We hebben eeuwen op de rekening zitten wachten, maar die arrogante ober kwam maar niet. Uiteindelijk zijn we gewoon naar buiten gelopen, en je had zijn gezicht moeten zien toen hij dat in de gaten had! Alsof hij toen zelf de rekening moest betalen.'

'Waarschijnlijk moest hij dat ook,' zei ik.

'Denk je dat echt? O, nou, net goed.' Maar Curt keek wel een beetje beschaamd.

Ik zei verder niets meer, maar moest denken aan al die vaders en broers van kinderen in de fabriek die ook ergens als ober werkten. 'Bij de tafel staan' noemden we dat. Wat zouden zij hebben gedaan als ze de rekening van zo'n dure maaltijd van hun fooien hadden moeten betalen? Velen van hen kregen niet eens een salaris en hadden alleen die fooien. Dit was iets wat Matt nooit zou doen. Curt had geen flauw idee hoe het er in de arbeidersklasse aan toeging.

Tegelijkertijd kon hij soms ook verrassend lief zijn. Toen ik op een keer bij hem in het atelier zat, merkte hij op: 'Ik ben afgelopen weekend nog op de vuilnisbelt geweest. Niet te geloven wat je daar allemaal kunt vinden. Ik heb iets voor je meegebracht.'

Ik dacht aan de buurt waar ik woonde. 'Ik, eh, zie al genoeg rommel.'

Curt pakte een vuilniszak en haalde er het geraamte van een oude paraplu uit. Hij had er metalen steunen aan toegevoegd, zodat de metalen baleinen nu alle kanten op kronkelden en het geheel net een bloem leek. Het zilverkleurige materiaal glansde alsof hij het had gepoetst.

'Wat mooi,' zei ik. Ik streek over een kronkelend bloemblaadje.

Hij trok een wenkbrauw op. 'Ik weet zeker dat het nooit een cent waard zal zijn, dus je kunt het rustig aannemen.'

'Dan is dit nu mijn favoriete stuk rommel.'

Op de dag van het naturalisatie-examen, halverwege januari, schrok ik op toen er opeens op de deur van onze woning werd geklopt. De zware deur beneden sloot de laatste tijd niet goed meer, en blijkbaar had ik hem na thuiskomst van school niet goed dichtgedaan voordat ik naar boven was gerend. Eerder dat jaar was ma voor de toets gezakt, maar ik was nu achttien en kon geheel zelfstandig het examen afleggen. Ik wist zeker dat ik zou slagen, maar ik wilde op het allerlaatste nippertje toch nog even een paar dingen doornemen.

Ik opende de deur en zag Annette staan in haar houthakkersjas en hoge schoenen van LL Bean. Ze keek over mijn schouder en zag de scheuren in de muren en de geopende oven, en daarna keek ze naar het vest van knuffeldierenstof dat ik droeg. Haar mond viel open, maar toen ze de witte wolkjes van haar adem zag, snoof ze vol ongeloof.

Ik zag geen medeleven of gêne op haar gezicht, maar pure woede. 'Je had iets tegen me moeten zeggen,' zei ze.

Ik wist niet wat ik moest antwoorden. 'Ik wist niet hoe.'

Haar gezicht werd vlekkerig, en het leek alsof ze elk moment kon gaan huilen. 'Ik wist dat jullie niet veel geld hadden, maar dit is krankzinnig. Niemand in Amerika leeft zo.'

Ik zei wat overduidelijk was: 'Blijkbaar wel.'

De woorden rolden over haar lippen. 'Dit is het idiootste wat ik ooit heb gezien. Ik vraag me al jaren af waarom ik nooit bij je thuis mag komen, maar ik zei tegen mezelf dat ik niet moest aandringen. Ik haalde me van alles in mijn hoofd: dat je hier je vader verborgen hield, dat het een of ander Chinees geheim was, dat je moeder heel erg ziek was en dat jij voor haar moest zorgen. Toen de première voor vandaag werd uitgesteld, vroeg ik me gewoon af of je wel de waarheid had verteld en waarom ik nooit bij je thuis mocht komen. En ik besloot een kijkje te gaan nemen.'

Ik wees naar het boek op tafel, dat het naturalisatie-examen behandelde.

Ze knikte om aan te geven dat ze het had gezien. 'Ik kon er gewoon niet meer tegen. Maar als ik niet hierheen was gekomen, zou je nooit iets hebben gezegd. Je hebt al die jaren zo moeten leven en me nooit om hulp gevraagd.'

Toen ik dat hoorde en begreep dat ze me zou hebben geholpen, stak ik mijn armen naar haar uit en omhelsde haar. Ze liet het toe.

'Het zou geen zin hebben gehad,' zei ik. 'Ik moet gewoon wachten totdat ik iets ouder ben, dan kan ik iets anders voor ons regelen.'

'Ik wil niet dat je hier ook maar een dag langer blijft.' Annette drukte me even tegen zich aan en begon rond te lopen. Ze wierp een snelle blik op de keukentafel en deinsde vol walging terug. 'Je sojasaus is bevroren! En er probeert een kakkerlak van te drinken!'

Ik was net bezig geweest het eten op te ruimen toen ze had aangeklopt. Ik rende naar de tafel en gaf er een flinke klap op om de kakkerlak te verjagen en legde het schoteltje toen snel in de gootsteen. Ik moest het meteen afwassen om te voorkomen dat het nog meer ongedierte zou aantrekken. Annette vervolgde haar rondgang door de woning.

'Waarom is de voorstelling uitgesteld?' vroeg ik.

'O, er waren problemen met de stroom voor de lampen. Gisteren sloegen tijdens de generale repetitie alle stoppen door. Ze hebben de boel nog steeds niet weten te repareren.' Ze riep over haar schouder: 'Het is maar goed dat jij zo slim bent.'

'Ik heb geluk gehad.'

Ze kwam naar me toe en trok haar neus op. 'Zo zou ik het niet willen noemen. Je moet je huisbaas aangeven. Dit is tegen de wet.'

'Dat gaat niet. Het is ingewikkeld.'

'Nou, hier kunnen jullie niet langer blijven. Ik zal met mijn moeder gaan praten.'

'Nee, ik wil niet dat iemand het weet. Je mag het tegen niemand zeggen, Annette.'

'Kimberly, mijn moeder is makelaar, weet je nog? Ik weet zeker dat ze je kan helpen.'

'We hebben geen geld.' Dat durfde ik nu wel te bekennen. Het was immers overduidelijk.

'Toe, laat me het in elk geval vragen. Misschien weet zij een oplossing.'

'Ik wil niet dat ze het weet.' Het voelde alsof de schaamte in alle hevigheid in me opwelde, als een tuinslang die helemaal wordt opengedraaid.

'Ik zal niet in detail treden, ik zeg gewoon dat jullie op zoek zijn naar woonruimte maar niet stinkend rijk zijn.' Toen ze me zag kijken, voegde ze eraan toe: 'En zeker ook niet stinkend arm, alleen maar arm.'

'Geloof me, Kimberly, het leven in de buitenwijken is soms een hel.' Curt en ik namen even pauze tijdens de bijles. Hij lag uitgestrekt op de vloer van het lokaal dat we mochten gebruiken, steunend op zijn rechterelleboog, met voor hem een dichtgeslagen wiskundeboek. Een paar andere boeken lagen in een halve cirkel om hem heen.

Het leven in de fabriek is een hel, dacht ik, maar ik zei: 'Ik vind het best goed klinken.'

'Dat zeg je alleen maar omdat je er nog nooit bent geweest.'

'Hoe weet jij dat nou?'

'Nou, ben je er ooit geweest?'

Ik wist even niet wat ik moest zeggen. 'Nee. Maar heb jij dan wel in een buitenwijk gewoond?'

'Nee, eerlijk gezegd niet. Maar afgezien hiervan,' hij tikte met zijn vinger op het omslag van de paperbackversie van John Updikes *Rabbit, Run*, een boek dat hij voor Engels moest lezen, 'heb ik er ook films over gezien, dus ik ben vanzelfsprekend een expert. Een leven in een keurig pak, van negen tot vijf, dat is geen leven.'

'Wat wil jij dan?'

Hij zweeg even en liet zich toen achterover op de grond vallen. Zijn haar lag als de gouden manen van een leeuw om zijn hoofd op het donkere tapijt. 'Iets groots. Ik wil boven mezelf uitstijgen. Ik wil vrij zijn.' Hij ging weer rechtop zitten en keek me met zijn saffieren ogen aan. 'In de buitenwijken kun je geen bijzonder leven leiden.'

'Zo'n bijzonder leven hoef ik niet.'

'Jij zult nooit gewoon zijn. Daarom vind ik je ook zo leuk.' Hij boog zich voorover en kuste me.

Ik maakte me van hem los om antwoord te kunnen geven. 'Ik wou dat ik dat was. Dit is mijn droom: werk dat bevrediging schenkt, een aardige man, een schoon huis, een paar kinderen. Het zou voor mij al bijzonder genoeg zijn als ik dat kan bereiken.'

'Dan kom ik je wel opzoeken in je buitenwijk.'

Een maand later vroeg Annettes moeder me of ik naar haar kantoor wilde komen. Toen de dikke glazen deur achter me dichtviel, voelde ik me meteen misplaatst in mijn sjofele jas. Ik zag mevrouw Avery achter haar bureau zitten, met tegenover haar een dame in een lichtbruin mantelpakje. Mevrouw Avery zag me staan, glimlachte naar me en gebaarde dat ik in de grote wachtruimte kon plaatsnemen.

Eindelijk was ik aan de beurt. Mevrouw Avery stond op en schudde me de hand alsof ik een volwassene was. Ze vroeg niet waar mijn moeder was.

'Ik heb misschien iets voor jullie. Een woning in Queens, in een vrij groene wijk.'

Mijn hart begon iets sneller te kloppen. In die tijd woonden de meeste Chinese immigranten die naar New York waren getrokken in Chinatown, of heel soms in Brooklyn, zoals wij. Alleen degenen die het echt hadden gemaakt woonden in Queens. Dat was zelfs nog beter dan Staten Island, waar tante Paula woonde.

'Normaal gesproken verhuur ik nooit woningen voor een dergelijke prijs,' vervolgde mevrouw Avery, 'maar ik moet je dan ook eerlijk bekennen dat dit pand al heel lang verhuurd is geweest en niet in optimale conditie verkeert. De meesten van mijn cliënten willen niet eens gaan kijken.'

Ik begon me zorgen te maken. 'Is het verwarmd?'

Ze keek verbaasd. 'Of er cv is, bedoel je?'

'Ja. Doen de radiatoren het?'

'Ja, natuurlijk. Maak je maar geen zorgen, met de verwarming is niets mis.' Ze knipperde even met haar ogen en zei toen snel: 'Het wordt volledig gemeubileerd aangeboden, met alle apparatuur: wasmachine, droger, koelkast, oven, noem maar op.'

Een eigen wasmachine en droger! Dan zouden we niet langer alles op de hand hoeven wassen en het te drogen hoeven hangen. Alleen al de gedachte aan een woning met verwarming klonk geweldig. Ik wist dat ik mezelf zou verraden door te veel vragen te stellen, maar ik moest het gewoon weten, om teleurstelling te voorkomen: 'Er zijn geen insecten in de woning?'

Deze keer was ze voorbereid en gaf ze geen krimp. 'Mieren of kakkerlakken, bedoel je? Nee.'

'Ratten?'

'Nee.'

'Waarom zei u dan dat het niet in optimale conditie verkeert?'

'Ach, het is geen grote woning. En op een paar plekken zitten de muren niet meer zo goed in de verf – het valt mee, hoor, maar toch – en het tapijt raakt versleten. Dat soort dingetjes.'

'Dat geeft niet.' Ik kon mijn oren niet geloven, dit klonk geweldig, maar ik bereidde me toch voor op een tegenslag. Nu was het tijd voor de hamvraag. 'Hoe hoog is de huur?'

Ze schreef een bedrag op een vel papier. Tot mijn verbazing was het niet veel meer dan wat we vroeger hadden betaald, toen we tante Paula niet alleen het geld voor de huur hadden gegeven, maar ook nog de kosten voor visa en vliegtickets in termijnen hadden terugbetaald, plus de rente daarover. Ik was blij dat we die schuld een paar maanden geleden al hadden voldaan. Ik moet heel erg verheugd hebben gekeken, want mevrouw Avery stak waarschuwend haar vinger op.

'Wacht even, Kimberly, we zijn er nog niet. Ze willen er zeker van zijn dat de nieuwe huurders te vertrouwen zijn, dus er moet een borg worden betaald en er moet het een en ander worden ingevuld. Ik heb een loonstrookje nodig, of een ander bewijs van een vaste baan, en een referentie.'

Ik dacht ingespannen na. Ma en ik hadden het financieel eindelijk wat ruimer, zeker nu ik extra uren in de bieb werkte. Als we iets meer tijd zouden krijgen, konden we wel een borgsom bij elkaar sparen. Maar hoe kwamen we aan een referentie?

Het was alsof mevrouw Avery mijn gedachten kon lezen, want ze zei: 'Misschien kan een van je docenten op school voor een referentie zorgen?'

'Ze hebben mijn moeder nog nooit ontmoet.'

'Ja, dat is zo. Ik zal er eens over nadenken, maar we bedenken wel iets.'

'We hebben wel wat geld gespaard, maar het zou gemakkelijker zijn als we nog een paar weken zouden krijgen om de borgsom bij elkaar te krijgen. En een loonstrookje, tja, dat is niet veel.'

'Dat geeft niet. Ze willen gewoon zeker weten dat je moeder werk heeft. Misschien kun je ook aantonen wat je met je werk op school verdient. Als ze aan jullie referenties kunnen zien dat jullie betrouwbaar zijn, is dat heus wel genoeg.'

'Hoef ik niet bang te zijn dat u in de tussentijd een andere huurder vindt?'

'Ik praat wel even met de eigenaren en zal zeggen dat ik iemand in gedachten heb die heel betrouwbaar is.'

'Ik zal u zo snel als ik kan de loonstrookjes en dergelijke geven. Dan weten ze dat we serieus geïnteresseerd zijn.'

Toen ik het later die avond aan ma vertelde, begon ze helemaal te stralen. 'O, Ah-Kim, een andere woning!'

We zaten al zo'n lange tijd daar opgesloten dat we niet eens meer aan ontsnappen durfden te denken. Maar we zouden daar alleen weg kunnen komen als iemand ma een referentie kon geven.

Het was maart. Inmiddels liepen Curt en ik in het openbaar hand in hand. Ik voelde me veilig bij hem en wist dat hij niets van me zou vragen wat ik niet wilde geven. Ik weet niet hoe het verder tussen ons zou zijn gegaan als het anders was gelopen: misschien hadden we dan stap voor stap de weg van de liefde gevolgd, of hadden we in elk geval gedaan alsof.

Op een dag liepen we net samen Milton Hall uit. Curt had een van mijn pennen afgepakt en die probeerde ik nu terug te krijgen. Ik had hem net bij zijn arm gepakt en tikte hem speels op zijn schouder toen mijn blik opeens op een lange gestalte viel die voor het heesterperk voor het hoofdgebouw stond te wachten.

'Matt.' Ik kon me niet voorstellen wat hij op Harrison kwam doen. Hij was even armzalig gekleed als altijd, in een werkbroek en een dun jasje vol kreukels, maar de meisjes die langsliepen keken toch om naar deze trotse jonge draak.

Matt had ons inmiddels gezien. De schrik in zijn ogen maakte plaats voor pijn en afgunst. Hij schudde zijn hoofd, alsof hij alles weer helder probeerde te zien, en liep toen zo snel als hij kon weg. Eerst voelde ik verdriet toen ik zijn pijn zag, gevolgd door woede, omdat ik precies wist hoe dat voelde. Dat voelde ik elke dag.

Ook Curt was als verstijfd blijven staan. 'Nu begrijp ik het.'

'Ik moet gaan.' Zonder om te kijken rende ik Matt achterna.

Het regende, en ik gleed tijdens mijn achtervolging bijna uit over het gladde trottoir. Ik zag door de regen nog maar net een vage vlek in de verte, maar toen kwam hij steeds dichterbij. Opeens besefte ik dat hij zich had omgedraaid en naar mij toe liep.

Toen sloten zijn handen zich om mijn ellebogen en greep hij me stevig vast. 'Is dat je vriendje?' riep hij.

'En jouw vriendin dan?' schreeuwde ik op mijn beurt. Mijn haar en gezicht waren doorweekt.

Hij hield op met bewegen, het leek alsof alle lucht uit hem wegliep. 'Ik weet het. Het spijt me. Ik ben van dom materiaal gemaakt.'

Ik zag dat zijn gezicht niet alleen nat was van de regen. Zijn ogen waren opgezet en bloeddoorlopen. Hij had gehuild.

'Heb je het uitgemaakt met Vivian?' vroeg ik op vriendelijker toon.

'Mijn moeder is gestorven,' zei hij. Hij haalde even met een hulpeloos gebaar zijn schouders op.

Toen pakte ik hem bij zijn hand en trok hem in mijn armen.

Hij boog zijn hoofd en begon te huilen, met heftige snikken die zijn hele lichaam deden schokken. Ik bleef hem zo vasthouden, daar op het trottoir voor Harrison Prep, en liet de regen over ons heen stromen.

Toen leidde ik hem naar de metro en nam hem mee naar huis.

We zeiden amper iets tegen elkaar totdat we bij mij thuis aankwamen. We waren van zo veel emoties vervuld dat we niets anders konden doen dan volslagen roekeloos zijn. Zijn blik gleed snel over de vuilniszakken voor het raam, de kakkerlakken op het aanrecht en het stucwerk dat van de muren viel. De woning verkeerde in nog slechtere staat dan toen we erin waren getrokken; het was inmiddels zeven jaar later. De winterkou was hier nog voelbaar. Onze kleren waren nat en ik haalde de twee dunne handdoeken uit de badkamer.

Ik gaf er eentje aan Matt, maar in plaats van zich af te drogen streek hij er voorzichtig mee over mijn gezicht. Ik bleef staan, zonder me te bewegen, en voelde dat hij mijn haar optilde en mijn nek droogwreef. Hij ritste mijn jas open en schoof die van mijn schouders. Mijn jas viel op de grond.

Ik kon alleen maar naar zijn lippen kijken en maakte mezelf abrupt van hem los. 'Ik haal nog een handdoek,' zei ik. Ik wilde naar de keuken lopen, hoewel ik wist dat we geen andere handdoeken hadden, maar hij pakte me bij mijn mouw en zijn handen trokken me terug. Ik deed mijn ogen dicht. Ik voelde dat hij zijn armen om me heen sloeg, en voordat ik het wist, schoof hij zijn handen onder mijn blouse, strelend en verleidelijk. Hij kuste me en ik hield op met ademhalen. Hij was vervuld van verlangen, hij leek zich niet te kunnen beheersen.

'Wacht even,' fluisterde ik, 'toe.'

Hij had mijn blouse al uitgetrokken. We lieten ons achterover op de berg knuffeldierenstof vallen. Hij drukte me tegen de matras, zijn gezicht voelde heerlijk, en nu bewoog hij zijn lippen tegen de mijne, kwellend, weelderig, en ik voelde stoppels langs mijn slapen strijken, zijn haar dat naar beneden viel. Ik had het gevoel dat ik niet kon ademen, niet kon bewegen, dat ik van hem was en hij van mij. Onder zijn natte kleren voelde ik zijn warmte gloeien. Hij was als bezeten, door zowel verdriet als hartstocht.

Ten slotte dwong ik mezelf om, heel duidelijk, te zeggen: 'We moeten een condoom gebruiken.'

Een tikje beschaamd kwam hij weer tot zichzelf. Hij haalde diep en hakkelend adem en zei toen: 'Ik heb er een paar in mijn portemonnee.'

'Laten we er twee gebruiken,' zei ik. 'Voor de zekerheid.'

'Goed.'

Maar zodra hij me weer kuste en ik werd overweldigd door zijn smaak, zijn geur, wist ik niet hoe snel ik hem moest uitkleden. Ik voelde me als gehypnotiseerd, als in een droom, en ik bleef maar denken: 'Dit is Matt, hij is nu van mij, hij is eindelijk van mij. ' Ik keek naar hem op: hij was zo dichtbij, en hij was mooier dan ik ooit had kunnen denken, met zijn glanzende wimpers, het dunne witte litteken op zijn jukbeen, het donkere kuiltje in zijn hals. Ik had weliswaar veel geëxperimenteerd, maar ik had nog nooit naakt naast een man gelegen. Matts huid was warm en ruw. Op de een of andere manier moest hij de condooms hebben gepakt, want opeens was hij in me. Ik hapte naar adem, maar het deed niet zo veel pijn als ik had verwacht, en daarna kon ik helemaal niet meer denken.

Toen hij ten slotte klaarkwam, begon hij weer te huilen. Ik nam hem teder in mijn armen. We bleven daar samen liggen, allebei zwaar ademend, en kwamen langzaam weer tot onszelf.

'Ik moet nu voor Park zorgen,' zei hij. 'Het zicht op de toekomst is gehuld in nevelen.' Daarmee wilde hij uitdrukken hoe onzeker hun vooruitzichten waren.

'Het komt wel goed,' zei ik. Ik nam zijn hand tussen mijn handen en drukte die even. 'Hoe zit het met je pa? Ga je hem...'

'Nee.'

'Waar is hij?'

'Dat weet ik niet.' Hij lachte even bitter. 'Mijn hart is zo verwond dat ik bloed spuug. En zoals gewoonlijk is hij er weer met een nieuwe vriendin vandoor. Hij is er nooit voor me geweest, hij heeft ma nooit geholpen. Ik moest altijd de man in het gezin zijn, voor Park, voor ma.' Zijn stem brak. 'Weet je, ik zal nooit zo worden als hij. Ik zal er altijd zijn, voor mijn vrouw en voor mijn kinderen.'

Dat herinnerde me aan zijn andere verantwoordelijkheid. Ik probeerde ondanks de steek in mijn hart achteloos te klinken. 'En Vivian?'

'Ik heb haar niet eens verteld dat hij nog leeft.'

'Nee, ik bedoel, hoe zit het nu met jou en Vivian?'

Hij streelde me teder over mijn slaap. 'Geen Vivian meer. Zodra ma bezweek aan haar hartaanval, wist ik dat ik niemand anders wilde dan jou. Ik moest je zien. Jij bent altijd de enige geweest.'

Ik kon er niets aan doen dat ik bitter klonk. 'Het heeft anders heel lang geleken alsof Vivian de enige was.'

Hij wendde zich af en staarde naar het gebarsten plafond. 'Het was fijn om nu eens niet te worden behandeld alsof ik waterpokken had.'

Stijfjes zei ik: 'Dat was alleen maar omdat ik je leuk vond.'

Nu, en profil, kon ik hem zien glimlachen. 'O ja? Soms wilde ik dat maar al te graag geloven, maar nadat we... eh, op dat herentoilet... Je negeerde me alleen maar.'

'Omdat je een vriendin had, weet je nog?'

'Ja, nou, ik raakte er alleen maar meer van in de war. Ik ben niet zoals jij, Kimberly. Ik ben gewoon een domme jongen. Ik ben geen held uit een kungfufilm die je zal komen redden.'

'Je hoeft ons niet te redden. Dat doe ik wel.'

Hij lachte. 'Dat weet ik, en dat zul je doen ook. En hoe zit het met die golvenspeler met wie je was?' Hij bedoelde een playboy, iemand die door de branding dartelt. Met opengesperde neusgaten vervolgde hij: 'Als je weer toestaat dat hij je aanraakt, draai ik zijn hoofd om op zijn romp.'

'Laten we het niet te ingewikkeld maken,' zei ik. 'Gewoon wij tweetjes, van nu af aan.'

Nadat hij was weggegaan en ik de vlekken uit de dekens probeerde te krijgen zodat ma niets zou merken, bleef ik opeens als aan de grond genageld staan. Mijn handen vlogen naar mijn mond. Ik had het kunnen weten. Daar lagen de condooms. Ze hadden langs elkaar gewreven en waren daardoor allebei gescheurd. Wat was dat een stom idee van me geweest. We hadden er geen van beiden iets van gemerkt.

.

13

Ma en ik zaten al een tijdje te wachten op bericht van de universiteiten waarvoor ik me had aangemeld en waren dan ook niet verbaasd dat tante Paula ons op een dag weer bij haar in haar kantoortje liet komen. Onder haar foundation en poeder was haar gezicht bleek en strak. Op de tafel voor haar lagen twee dikke enveloppen van Yale. Heel even kon ik geen adem halen. Een afwijzing zou dun zijn. Er lag een witte envelop die was volgestopt met documenten en een grote gele kartonnen envelop die eveneens van Yale afkomstig was.

'Hoe is dit mogelijk?' vroeg tante Paula zacht.

'Wat?' vroegen ma en ik tegelijk.

'Dat Kimberly zich buiten mijn medeweten en zonder mijn toestemming voor Yeah-loo heeft aangemeld.' Yeah-loo is de Kantonese uitspraak van Yale.

'Toestemming?' herhaalde ik ongelovig.

'Ik heb voor jullie allebei garant moeten staan toen ik jullie hierheen haalde. Ik ben verantwoordelijk voor jullie, jullie wonen in een van mijn woningen en werken in mijn fabriek. Jullie worden niet geacht iets te ondernemen zonder mij ervan op de hoogte te stellen.'

Ondanks mijn voornemen kalm te blijven hoorde ik dat mijn stem woedend klonk. 'Wilt u daarmee zeggen dat u me zou hebben geholpen als u dit had geweten? Zoals u me met Harrison zou hebben geholpen?'

'Ja, natuurlijk! Ik doe alles met jullie belangen in mijn achterhoofd.'

Ma probeerde ons allebei tot bedaren te brengen. 'Grote zus, we weten nog niet eens of Kimberly op Yale is toegelaten. Laten we niet overdrijven.'

'Maak die envelop open,' beval tante Paula.

Ik had zin om tegen haar in te gaan, maar ik wilde ook dolgraag weten wat er in die brief stond. Ik sneed de witte envelop open. Er zaten een paar formulieren en een begeleidende brief in. Ik las de brief hardop voor en vertaalde die tegelijkertijd voor ma in het Chinees. Mijn stem trilde een beetje. 'Gefeliciteerd. U bent aangenomen...'

Ma liet zich onverwacht op de stoel tegenover tante Paula vallen.

'Je gaat niet naar Yeah-loo! Dat sta ik niet toe!' barstte tante Paula uit.

Ik schonk geen aandacht aan haar en maakte de andere envelop ook open. Er zat informatie over studiebeurzen in. Ze hadden besloten me volledig financieel te ondersteunen.

Ik drukte de beide enveloppen tegen me aan. Mijn wangen gloeiden alsof ik koorts had. 'Ma.'

Ze hield haar handen voor haar mond en probeerde zowel haar vreugdetranen als haar lachen in te houden. Ze stond op en nam me in haar armen. Ik bleef maar op en neer dansen van pure opwinding.

Ma drukte me dicht tegen zich aan. 'Het is je gelukt. Ik heb altijd al gezegd dat je een bijzonder kind bent.'

'Als anderen dit vertoon van sentimentaliteit zouden kunnen zien, zouden ze het gevoel krijgen dat hun vlees verdoofd was.' De stem van tante Paula bracht ons terug naar de werkelijkheid. Met die woorden wilde ze uitdrukken dat dit een gênant schouwspel was.

Ma liet me los en keek haar zus aan. 'Ah-Kim mag naar welke school ze maar wil. Ze heeft het verdiend.'

Tante Paula keek verbijsterd en zei toen: 'Jullie harten hebben geen wortels.' Volgens haar waren we ondankbaar. Tot mijn grote verbazing begon ze te snikken. 'We hadden nooit naar Amerika moeten komen. Nu heb ik mezelf veranderd in een in de steek gelaten dier.'

Ma liep om het bureau heen en legde een hand op haar schouder, maar tante Paula schudde die af. Haar gezicht, nog steeds nat van tranen, was vertrokken van woede. 'Je hebt altijd gedaan wat jou gelukkig maakte. Gelukkig! Hoeveel rijst kun je met geluk verkrijgen? Je bent met het hoofd van je school getrouwd, je hebt je aan je verantwoordelijkheden onttrokken. Ik heb de last voor jou gedragen! Ik ben met Bob getrouwd!'

'Daar heb ik je nooit om gevraagd,' zei ma met lage, vriendelijke stem. 'Ik dacht dat je om hem gaf.'

'Wat wist ik nu? Ik was nog maar een jong meisje.' De tranen stroomden weer over tante Paula's gezicht. 'Je weet niet hoeveel ik heb moeten lijden om zo ver te komen als ik nu ben.'

'Maar dat geeft u niet het recht om ons zo te behandelen als u tot nu toe hebt gedaan,' zei ik zacht. Ik had met tante Paula te doen, maar terwijl zij meelijwekkend haar eigen lot had beklaagd, was er ook een bedaarde woede in me opgekomen.

Ma hapte naar adem, maar ik liet me niet langer door haar sturen. Ik was nog steeds vervuld van de emoties die de brief van Yale bij me had opgewekt. Ik had een nieuwe woning voor ons gevonden en op de referentie na al het papierwerk daarvoor geregeld. Ik wist dat we de banden met tante Paula nu konden verbreken, en dat gaf me de moed om de waarheid te spreken.

Tante Paula wreef met haar mouw langs haar ogen en smeerde zo haar eyeliner uit. 'Je tanden zijn scherp en je mond aarzelt niet.'

'U hebt alleen maar blijk gegeven van onoprechte vriendelijkheid en onoprechte manieren.'

'Hoe durf je me zo'n klein gezicht te tonen?'

Ik keek haar aan. 'Gezicht doet er in Amerika niet toe. Wat er wel toe doet, is hoe je echt bent.'

'Amerika! Als ik jullie niet hierheen had gehaald, zaten jullie nu nog in Hongkong. Ik heb zelfs een beter adres voor je geregeld, zodat je naar een fatsoenlijke school kon.'

'Dat deed u alleen maar omdat ons huidige adres eigenlijk illegaal is.'

Tante Paula klemde haar kaken op elkaar. Ze had niet gedacht dat ik wist hoe het hier werkte.

Ma probeerde tussenbeide te komen: 'Grote zus, je hebt ons heel erg geholpen, maar het wordt tijd om op eigen benen te staan.'

Ik vervolgde, alsof ma niets had gezegd: 'Net zoals het illegaal is om arbeiders in stukloon te betalen, zoals hier in de fabriek gebeurt.'

'Hoe kun je zo tegen me spreken, na alles wat ik voor jullie heb gedaan? Je doet alsof een mensenhart een hondenlong is!' Maar ze klonk eerder berouwvol dan kwaad, en dat betekende dat ze bang was.

Ik richtte me in mijn volle lengte op. Ik was niet zo lang als tante Paula, maar ik was inmiddels wel een stuk langer dan ma. 'U zou schaamte moeten voelen omdat u ons al die jaren in dat krot hebt laten wonen. En omdat u ons hier onder deze omstandigheden hebt laten werken. Nadat we in een put waren gevallen, hebt u nog eens een steen boven op ons gelegd.'

Ma had haar blik neergeslagen, maar nu knikte ze instemmend. 'Grote zus, ik begrijp niet waarom je ons zo hebt behandeld.'

'Ik heb jullie werk gegeven, en een woning,' sputterde tante Paula tegen. 'En zo betalen jullie me terug voor mijn menselijkheid.' Daarmee bedoelde ze haar vriendelijkheid. 'Ik heb jullie hierheen gehaald! Dat is een levenslange schuld die jullie nooit kunnen voldoen.'

'U kunt beter aan uw eigen schuld denken, die jegens de goden,' merkte ik op.

Dat was voor tante Paula de druppel, en ze speelde haar laatste troef uit. 'Ik zou nooit misbruik van jullie maken. Als jullie vinden dat jullie zo schandalig zijn behandeld, dan kunnen jullie gewoon vertrekken. Uit de fabriek en uit de woning.' Ze sprak die woorden op plechtige toon uit en wachtte toen totdat we haar zouden smeken om van gedachten te veranderen.

Ma's handen trilden, maar ze slaagde erin te glimlachen. 'Ah-Kim heeft al een nieuwe woning voor ons gevonden. In Queens.'

De ogen van tante Paula rolden bijna uit hun kassen.

'We hebben onze schulden aan jou al voldaan,' zei ma. Toen ik die woorden hoorde, begreep ik dat we vrij waren. Ik keek ma aan en merkte dat ze klaar was om te gaan.

Ik richtte me weer tot tante Paula. 'Als u ons op wat voor manier dan ook een strobreed in de weg legt, geef ik u aan bij de autoriteiten.'

En toen liepen we naar buiten, tante Paula verbijsterd achterlatend in haar kantoortje in de fabriek.

Ik zag als in een waas dat de andere naaisters nieuwsgierig naar ons keken toen we onze spullen bij elkaar pakten en naar de uitgang liepen. Matt greep me bij mijn arm toen ik langsliep, en ik bleef even staan en fluisterde: 'Het is in orde, kom later maar naar me toe,' en toen liepen ma en ik de fabriek uit, de straat op, en haastten we ons naar de metro. Een koude wind speelde door mijn haar.

'Gaat het, ma?' Ik had me al heel lang geleden op deze stap voorbereid. Hier had ik naartoe gewerkt. Ik wist alleen niet wat ma ervan vond om haar familie te verliezen. Nu had ze alleen mij nog.

Ze slaakte een zucht. 'Ja. Ik ben bang, maar voel me ook lichter. Tante Paula kan de schuld nooit meer van zich af wassen, ook al baadt ze in grapefruitsap. Het wordt tijd dat we onze eigen weg gaan.'

Ik gaf haar een kneepje in haar arm. 'Moeder en welp.'

Zodra we thuis waren, belde ik mevrouw Avery om haar te vertellen dat we ruzie hadden gekregen met mijn tante omdat ik met een volledige beurs op Yale was aangenomen en dat we daarom zo snel mogelijk onze huidige woning moesten verlaten.

Er viel even een stilte, en toen zei mevrouw Avery: 'Mag ik je eerst van harte feliciteren, Kimberly? Ik weet zeker dat de verhuurders geen bezwaar zullen hebben tegen een huurster met zo'n glanzende toekomst, en ik zal jullie hoogstpersoonlijk een referentie geven.'

Nu was de belangrijkste vraag hoe we tot aan mijn examen rijst moesten verdienen. Pas na het eindexamen kon ik een baantje gaan zoeken, maar in de tussentijd moesten we een nieuwe bron van inkomsten zien te vinden. Anders zouden we die nieuwe woning niet eens kunnen betalen.

Later die dag werd er aangebeld.

'Wie kan dat nu zijn?' vroeg ma, en ik rende naar beneden om open te doen.

Toen ik even later samen met Matt binnenkwam, viel ma's mond eerst open in een verbaasde 'O', maar toen glimlachte ze vol berusting.

Matt kon deze keer iets beter rondkijken. Van zijn gezicht was geen medelijden af te lezen, wel begrip. Hij sloeg een arm om me heen en zei: 'Ik kan jullie wel helpen om nieuw glas in de ramen te zetten.'

Ik leunde tegen hem aan. 'We gaan hier binnenkort waarschijnlijk weg. Dat vertel ik je later wel.'

Hij babbelde met ma bij een kopje thee en leek zich volkomen thuis te voelen, al bleef hij wel uit de buurt van alle plekjes waar insecten verborgen konden zitten. Het leek net een droom om Matt hier te zien zitten, in onze kale keuken die door zijn stralende aanwezigheid opeens veel levendiger leek.

Nadat hij een paar minuten met ma had zitten kletsen vroeg hij: 'Is het goed als ik samen met Kimberly een kom wonton-soep in Chinatown ga eten? Ik beloof dat ik goed op haar zal passen.'

Ik wilde zeggen dat ik heel goed op mezelf kon passen, maar ma begon al te glimlachen. 'Gaan jullie maar lekker samen bruin worden in het maanlicht,' zei ze plagend. Daarmee bedoelde ze een wandeling bij het licht van de maan.

'Ma,' zei ik. Ik durfde niet naar Matt te kijken.

'Ik vertrouw erop dat jullie niks doms doen. Kom niet te laat thuis.'

Ik kon gewoon niet geloven dat ik met Matt uit kon gaan en het niet voor ma verborgen hoefde te houden. Zodra we buiten stonden, kuste Matt me. Een paar mannen die op straat liepen, joelden.

Toen Matt zich terugtrok, was zijn blik donker. 'Je hebt zo'n uitwerking op me, alsof ik op duizelingwekkende golven drijf.'

Ik zuchtte en legde mijn hoofd tegen zijn schouder.

Op weg naar Chinatown vertelde ik hem hoe het zat met tante Paula en de nieuwe woning. Ik zei expres niets over Yale. Dat wilde ik doen wanneer we ergens op een rustig plekje zaten.

Het café was bomvol en alle klanten waren Chinees. In die tijd waren de tentjes met het allerbeste eten nog niet door toeristen ontdekt, en als een blanke zich over de drempel waagde, riep de ober niet alleen de bestelling, maar ook 'rode baard, blauwe ogen' naar de kok, die daarop het gerecht aan de westerse smaak aanpaste.

We sloten aan bij een lange rij gasten die op hun bestelling stonden te wachten. Achter ons was een lange toonbank die de hele wand van het restaurantje in beslag nam en waar klanten zich verdrongen om de bestelling voor een afhaalmaaltijd door te geven. Een paar serveersters achter de toonbank stopten plastic doosjes met voedsel in draagtasjes.

'Ah-Matt, waarom verstop jij je hier?' Naast Matt dook een kleine kalende ober op die ons stralend aankeek. 'Kom, loop maar met mij mee.'

De andere klanten keken ons boos na toen we uit de rij werden gehaald en naar een tafeltje achter in het restaurant werden geleid. Een andere ober sprak Matt ook bij zijn naam aan en haastte zich toen om de tafel af te ruimen.

Matt grijnsde en zei: 'Bedankt, Ah-Ho. Hé, Ah-Gong, breek die borden niet.'

Onze ober keek me aan en zag dat ik niet Vivian was, maar hij was te beleefd om iets te zeggen. Onze kommen wontonsoep waren groot en gevuld met eigengemaakte mie en zachte deegbolletjes gevuld met vlees.

Ik schepte met mijn lepel een paar sjalotjes uit de soep en stopte die in mijn mond. 'Dit heb ik zo lang niet meer gegeten.'

'Dit is de beste tent van heel Chinatown,' zei Matt.

'Kom je hier vaak?' Ik kon er niets aan doen, ik stelde me voor dat hij hier elke avond met Vivian zat.

'Nou, ik eet hier bijna nooit, maar ik ken het personeel omdat ik hier vroeger afwasser ben geweest.'

'Wanneer was dat?'

'Een tijdje geleden. Ik wilde wat extra's verdienen naast wat ik in de fabriek kreeg.'

'Waarom stond je niet naast de tafels?'

'Ik zag er veel te jong uit. En toen kreeg ik dat baantje als bezorger bij de Italiaan.'

Ik ving een glimp op van mijn eigen spiegelbeeld in de spiegel vol gouden vlekjes die achter hem hing. Ik straalde van geluk. Ik kon niet geloven dat ik hier met Matt zat, die over zijn leven vertelde, en dat hij bij mij hoorde. Ik keek naar zijn hand die op tafel rustte: een vierkante hand met rode knokkels, de hand van een arbeider, het meest bijzondere wat ik ooit had gezien. Ik pakte zijn hand in mijn beide handen en drukte hem tegen mijn wang.

Hij deed heel even zijn ogen dicht. 'Soms, als ik met... als ik niet bij jou was, dan zag ik opeens je gezicht voor me of moest ik denken aan iets wat je had gezegd. Maar ik dacht niet dat je me op die manier aardig vond. Je was zo afstandelijk, en je ging naar die dure particuliere school. Ik wist dat je iets zou bereiken in het leven, dat je geen dom fabriekskind zou blijven, zoals ik.'

'Koos je daarom voor Vivian in plaats van voor mij?'

'Ik wist niet dat ik kon kiezen, anders zou ik beslist voor jou hebben gekozen. Viv had me echt nodig. Ik kon me niet voorstellen dat jij ooit iemand nodig zou hebben.'

Mijn hart trok samen. Ik dwong mezelf de woorden uit te spreken. 'Ik heb jou ook nodig.'

Zijn ogen, die vanwege zijn recente verlies zo somber hadden gestaan, lichtten op. 'Meen je dat?'

'Als ik bij jou ben, zou ik nog vol raken van een glas water. Maar waarom ben je eindelijk naar mij toe gekomen?'

'Toen we elkaar op het toilet van de fabriek kusten, kreeg ik voor het eerst hoop. Ik zei tegen mezelf dat het maar eenmalig was, dat je hart ergens anders was. Maar toen...' Hij zweeg even omdat hij niet over de dood van zijn moeder wilde praten. 'Het kon me niet schelen of je me aardig vond of niet. En het is vreselijk, maar Vivian kon me ook niet veel meer schelen. Ik moest je gewoon zien.'

'Je zei dat je niet zo hoog kon klimmen als ik.'

Hij keek naar zijn soep. 'Dat is ook zo. Ik kan niet tegen je op.'

'Ik dacht dat je daarmee bedoelde dat je bij Vivian wilde zijn, en niet bij mij.'

'Dacht je dat het een excuus was?'

'Ja.'

'Ik had gewoon tijd nodig om te kunnen bepalen wat ik wilde. Als ik bij jou ben, kan ik niet goed nadenken, zeker niet als ik je net heb gekust. Maar ik voel me ook schuldig vanwege Vivian. Ik wil niet zo eindigen als mijn pa. En je bent te goed voor me.'

Ik kon het niet langer verdragen. 'Ik ben aangenomen op Yeah-loo.'

Hij hapte naar adem. 'Echt waar? Wauw. Gefeliciteerd.' Hij leek echt blij voor me te zijn. 'Wat betekent dat? Ga je nu weg uit New York?'

De woorden rolden over mijn lippen. 'Als je wilt, kunnen Park en jij met me meegaan. Het kan even duren voordat ik het voor elkaar kan krijgen, maar ik kan jullie hier weghalen.'

Hij keek me zwijgend aan. 'En als ik nu eens niet gered wil worden?'

Ik leunde op een elleboog en keek hem aan. 'Wil je de rest van je leven hier in Chinatown blijven zitten?'

'Waarom niet? Het bevalt me hier wel. Lekker eten, lage huur...'

'Grote kakkerlakken...'

'Ja, dat is zo. Maar weet je, je hoeft niet rijk te zijn om van iemand te houden, en je hoeft geen succes te hebben om kinderen te krijgen en samen iets op te bouwen. Daar gaat het toch om?'

'Ik ben nog maar achttien! Ik weet niet eens of ik wel kinderen wil.'

'Je zou een geweldige moeder zijn.'

'Ik zou ook een geweldige chirurg zijn.'

'Oké.' Hij leunde achterover. 'Dat is ook weer waar. Maar weet je, dat bedoel ik dus. Ik vraag me af of je me niet in de steek zou laten, zodat je grotere en betere dromen kunt najagen.'

'Dat zou ik nooit doen.' Ik boog me over de tafel heen, trok hem naar me toe en kuste hem.

In zijn gouden ogen verscheen weer een warme blik. 'Ik zou

je overal heen volgen, Kimberly. Maar ik wil voor jou kunnen zorgen.'

De weken die volgden behoorden tot de gelukkigste van mijn leven. Binnen een paar dagen had mevrouw Avery geregeld dat we een maand later, begin mei, in onze nieuwe woning konden trekken. Ma ging naar de sieradenfabriek in Chinatown waar Matt ons jaren geleden al over had verteld en kwam thuis met een grote zak kralen en ijzerdraad en gereedschap. We kregen erg weinig betaald, maar tot het einde van het schooljaar kon ik ons schamele inkomen aanvullen met wat ik op school in de bibliotheek verdiende. Ik wist echter wel dat het moeilijk zou worden om alleen daarvan te leven.

'Gelukkig gaan we snel verhuizen,' zei ma. 'In de winter zouden we veel te koude handen hebben om dit werk te kunnen doen.'

'Na mijn eindexamen zal ik veel meer kunnen werken, ma,' zei ik. Ik kon inmiddels heel snel typen en hoopte ergens een kantoorbaantje te kunnen vinden.

'Maak jij je nu maar druk over je studie. Nu we geen schulden meer bij tante Paula hebben, zullen we het wel redden.'

Op Harrison veroorzaakten de berichten over wie op welke universiteit was aangenomen de nodige opschudding. Ik behoorde tot het selecte gelukkige gezelschap dat naar de beste scholen ging. Mevrouw Copeland feliciteerde me in het voorbijgaan in de gang. Leerlingen keken me na wanneer ik langsliep. Annette was aangenomen op Wesleyan, en Curt ging naar Rhode Island School of Design.

'Ik ga ook naar Connecticut!' zei Annette, die me zo stevig omhelsde dat ik bijna stikte. 'Dan kunnen we elkaar heel vaak opzoeken!'

Nadat Curt Matt bij school had zien staan, hoefde ik alleen maar tegen hem te zeggen dat ik die week geen bijles kon geven.

'Ik zei toch al dat ik het begreep,' zei hij, maar hij wilde me niet aankijken. Zijn kleren waren slordig en zijn blik was somber. Daarna spraken we niet meer met elkaar af.

Matt paste in alle opzichten bij me. Soms kwam hij op zondag naar ons toe en hielp ons de sieraden af te maken. Het was grappig om te zien dat zo'n grote man sieraden in zijn onhandige knuisten hield, maar hij deed zijn best en ma kon zijn hulp wel waarderen. Telkens wanneer we de kans kregen, glipten we weg naar zijn woning, waar we iets meer privacy hadden. Het was bijna niet te geloven dat hij samen met Park en zijn ma in zo'n klein huisje had gewoond. De eenkamerwoning was zo krap dat ze elke dag hun matras en beddengoed in de kast moesten proppen omdat er anders niet genoeg ruimte was om rond te lopen of iets te eten. Matt en ik verlangden zo hevig naar elkaar dat we niet konden wachten totdat we de matras uit de kast hadden gehaald.

Matt stopte met zijn werk in de fabriek en vond een baantje bij een verhuisbedrijf. Hij deed graag werk waarvan hij nog fitter en gespierder werd dan hij al was. Het betaalde goed en hij wist precies wat hij elke maand verdiende.

'Je had vanwege mij niet bij de fabriek weg hoeven gaan,' zei ik.

'Ik wilde daar al heel lang weg. Ik ben alleen maar gebleven om mijn ma te kunnen helpen en een oogje op Park te kunnen houden.'

Na de dood van hun moeder trok Park zich nog verder in zichzelf terug en werd zo afstandelijk dat ik bang was dat we hem nooit meer zouden kunnen bereiken. Hij begon in zijn broek te plassen, als een klein kind. Hij reageerde helemaal nergens meer op, op woorden noch gebaren. Matt moest hem bijna voeren om hem nog iets te laten eten en Park werd akelig mager. Wanneer Matt ergens heen moest, bleef Park alleen thuis of bij de oudere buurvrouw die ook altijd voor hem had gezorgd toen

Matt en zijn ma nog in de fabriek hadden gewerkt. Soms hing Park rond in de garage van het verhuisbedrijf waar Matt nu werkte.

'De jongens daar zijn wel oké,' zei Matt. 'Ze vinden het niet erg dat Park daar zit. Ze weten dat hij geen kwaad doet.'

Ik wist wat dat betekende: dat Matt daar geliefd was, net zoals hij in de fabriek was geweest, en dat ze Park tolereerden omdat hij Matts broertje was.

Ik ontdekte dat Matt met zo ongeveer iedereen in Chinatown bevriend was. We hoefden nooit ergens in de rij te staan. Toen we een keer een paar boodschappen voor ma deden, zag de visboer Matt staan en vroeg meteen wat we wilden hebben, ook al stonden er nog talloze klanten voor ons in de rij.

'Heb je hier soms vissen schoongemaakt?' fluisterde ik tegen Matt.

Hij keek beschaamd en zei: 'Nee, maar ik woon hier al heel lang, en na verloop van tijd ken je iedereen wel.'

Ma merkte later op dat ze nog nooit zulke verse zeebaars had gekregen, en ook nog zo veel.

Toen we langs de kiosk liepen, riep Matt naar de verkoper: 'Hé, wil je even pauze nemen? Ik pas wel op de kranten als jij even wilt pissen.'

'Dat hoeft niet, Matt, maar toch bedankt.'

'Zal ik dan een bakje koffie voor je halen?' Matt keek me aan en zei: 'Dat vind je toch niet erg? Hij staat hier al de hele dag.'

Ik vond het nooit erg. Door dat soort dingen hield ik alleen maar meer van hem.

Ik wilde hem dolgraag aan Annette voorstellen, die naar Chinatown kwam om een kop thee met ons te drinken. Ze was de enige blanke in het café en wilde per se het meest Chinese drankje hebben dat we konden bedenken, en dat was rodebonenijs. Het was ook een van mijn lievelingsdrankjes: gekookte rode bonen en schaafijs in zoete gecondenseerde melk.

'Geven ze me wel de Chinese versie?' vroeg ze. 'Of heeft de ober tegen de kok gezegd dat het voor een blanke is?'

Sinds ik Annette had verteld dat ze dat deden, was ze bezorgd dat ze niet het echte authentieke gerecht kreeg.

'Ik heb hem al gevraagd of ze alles klaarmaken zoals het hoort,' zei Matt. Het was gek om hem Engels te horen spreken, met een licht Chinees accent. Hij streek een lok haar weg die voor zijn ogen viel.

'Bedankt.' Annette keek me grijnzend aan. 'Nu snap ik waarom je nooit verliefd bent geworden op een van die jongens van Harrison.

Ik gaf haar onder tafel een schop, maar het was al te laat.

'Welke jongens?' vroeg Matt.

'Niks,' zei ik.

Annette giechelde. 'Kimberly, je moet me beloven dat we elkaar volgend jaar heel vaak zullen zien.'

'Ik weet niet of ik iemand die zo indiscreet is wel wil zien.' Ik trok mijn neus op om haar duidelijk te maken dat het een grapje was.

'Ik wil weten wie die jongens waren,' zei Matt.

'O kijk, daar zijn onze drankjes al,' zei ik snel.

Toen we op een dag samen over straat liepen, zag ik Vivian bij de bloemist staan. Het was bijna niet te geloven, maar nu ze verdriet had, was ze nog mooier, met heldere ogen waarin de wereld leek te verdrinken. Toevallig keek ze op toen we langsliepen, en toen ze ons zag, leek ze zo verslagen, zo verdrietig dat er geen plaats meer was voor woede. Ik bedacht dat ik nooit zo veel van iemand wilde houden, zelfs niet van Matt. Dan zou er geen ruimte meer zijn voor mezelf, dan zou ik het niet overleven als hij me ooit zou verlaten.

We lagen op zijn matras bij hemt thuis en Matt zei tegen me: 'Laten we gewoon samen in Chinatown blijven.'

'Hoe bedoel je? Niet naar Yeah-loo gaan?'

'Zo belangrijk is school nu ook weer niet. Alles is nu perfect. We zijn zo gelukkig. Blijf bij me me. Ik verdien genoeg. We kunnen stukje bij beetje samen een leven opbouwen.'

Ik twijfelde er niet aan dat ik de rest van mijn leven met Matt wilde delen. Mijn hart deed pijn wanneer ik niet bij hem was. Maar zo simpel als hij het schetste was het niet. Annette had me nadat ik was aangenomen haar informatiepakket van Yale gegeven en ik zat vaak heel lang naar de foto's van hun laboratoria te staren. Ze beschikten zelfs over een sterrenwacht waar elke student gebruik van mocht maken, gewoon op vertoon van de collegekaart. De docenten behoorden tot de grootste denkers van onze tijd. Wat zou ik allemaal niet kunnen bereiken na een studie aan een dergelijk instituut?

'Matt, ik kan Yale niet opgeven. Ga met me mee. We kunnen vlak bij de universiteit een woning zoeken, en jij kunt daar vast wel een baan vinden. En als ik later docent of dokter ben geworden kunnen we samen allerlei spannende dingen doen. Reizen. Avonturen beleven. Het zal even duren, maar misschien hoef je uiteindelijk helemaal niet meer te werken.'

Zijn gezicht betrok, en ik besefte dat ik te ver was gegaan. Hij schudde langzaam zijn hoofd en keek naar zijn ruwe handen. 'Ik wil voor je zorgen, Kimberly, en niet andersom. Zo hoort het.'

'Zo hoorde het vroeger misschien.' Ik probeerde luchtig te klinken. 'Wat maakt het nu uit wie het meeste verdient? Zoals je al zei, het is belangrijker dat we samen een fijn leven kunnen opbouwen.'

'Ik denk dat ik het vooral een naar idee vind dat je lessen zult volgen met golvenspelers als dat type met wie ik je heb gezien. Ze zullen je allemaal willen versieren.'

'Wat?' Dat was nog nooit bij me opgekomen, en ik moest lachen. 'We komen daar allemaal om te studeren. Ze zullen me niet eens zien staan.'

'Dat zie je verkeerd. Ik weet hoe mannen zijn.'

'Je bent nog erger dan ma. En ook al zouden ze iets proberen, dan zouden ze nog niet ver komen, want ik heb jou.'

Hij nam me in zijn armen en kuste me intens. 'Ik kan er niets aan doen, ik ben gewoon jaloers op elke man die in jouw buurt komt, om wat voor reden dan ook. Zo erg is het nog nooit geweest, maar ik heb dan ook nog nooit voor iemand gevoeld wat ik nu voor jou voel.'

In die dagen wilde ik geloven dat onze liefde tastbaar en blijvend was, als een geluksamulet die ik voor altijd om mijn nek kon hangen. Nu weet ik dat onze liefde eerder leek op een pluimpje rook dat opstijgt van een wierookstokje: wat ik vooral kon vasthouden, was de herinnering aan het branden, de geur die was blijven hangen.

Eigenlijk had ik het al geweten vanaf het moment dat ik die gescheurde condooms zag. En gek genoeg was Curt de eerste aan wie ik het vertelde. Hij moest hebben geweten dat er iets mis was toen ik hem vroeg of ik hem kon spreken. Hij stond bij ons oude plekje onder de tribune op me te wachten, maar hij probeerde me niet aan te raken toen ik ging zitten.

'Gaat het?' vroeg hij.

We bleven even zonder iets te zeggen zitten, en toen begon ik te huilen. Curt sloeg zijn armen om me heen en drukte me tegen zijn schouder. We bleven een hele tijd zo zitten; ik snikkend en hij met zijn wang tegen de bovenkant van mijn hoofd. Ten slotte veegde ik mijn ogen af aan zijn mouw.

'Is dit de schuld van die eikel?' vroeg hij.

Ik knikte. 'Maar hij is geen...'

'Nee, nee.' Er viel weer een stilte, en toen zei Curt: 'Er kunnen drie dingen aan de hand zijn. Een: hij heeft je gedumpt. Twee: jij hebt hem gedumpt. Drie: je bent zwanger.'

Toen hij dat zei, vulden mijn ogen zich weer met tranen.

Hij liet zijn hoofd zakken, zodat hij mijn gezicht kon zien. 'Kimberly, dat meen je niet.'

Ik sloeg mijn handen voor mijn gezicht. 'Ik ben ten einde raad. Zo heb ik me nog nooit gevoeld. Al mijn hoop, alles wat ik altijd heb gewild... Gewoon weg.'

Na een korte stilte vroeg Curt behulpzaam: 'Zal ik met je trouwen?'

Ondanks mijn tranen moest ik lachen.

'Ik meen het,' zei hij. 'Ik zou het helemaal niet erg vinden. En ik weet dat we bij elkaar passen.' Hij trok suggestief zijn wenkbrauwen op.

Het idee dat een flierefluiter als Curt zou trouwen verbaasde me eigenlijk meer dan zijn voorstel om met mij te trouwen. 'Jij? Met je angst voor buitenwijken en een geregeld leven?'

'Dat zouden we niet allemaal hoeven doen. Met jou zou ik vrij kunnen zijn, Kimberly.' Hij wendde zijn blik af. 'Ik heb je gemist, toen je... het druk had.'

Ik keek naar de wimpers van zijn geloken ogen, die dezelfde gouden kleur hadden als zijn haar. Hij meende het, hij was serieuzer dan hij klonk. Hij vervolgde: 'We zouden opnieuw kunnen beginnen, van voren af aan.'

'Curt, ik hou van je.' Ik viel even stil. 'Maar niet op die manier. En jij houdt ook niet op die manier van mij. We zijn vrienden, meer niet. Vrienden die een beetje met elkaar rotzooien.'

Hij deed even zijn ogen dicht en slaakte een zucht. 'Ja. Wil je dat ik je geld geef?'

'Je bent de liefste jongen die ik ken.' Ik legde mijn hand tegen zijn ongeschoren wang. 'Het is niet dat ik het niet nodig heb, maar dat zou ik nooit van je kunnen aannemen.'

'Toe nou, Kimberly, als je wilt, kun je wat van me lenen, en dan betaal je het gewoon terug als je kunt. Kinderen kosten heel veel geld, hoor.'

Toen hij dat zei, welde de paniek in me op en dreigde bezit

van me te nemen. Ik moest mijn uiterste best doen om rustig te blijven en slaagde erin te glimlachen. 'Ik heb al gebruikgemaakt van je lijf. Ik trek de grens bij je portemonnee.'

Hij floot even. 'Hoe kun je op een moment als dit zo ethisch zijn?'

Ik fronste. 'Ethisch? O, als je eens wist wat ik dacht... Curt, wat moet ik in vredesnaam beginnen?'

'Heb je het al aan die eikel verteld?'

'Hij is geen... Nee.'

'Ga je het hem vertellen?'

'Dat weet ik niet.'

Toen het tijd was om te gaan boog Curt zijn hoofd om een kus op mijn lippen te drukken. Ik hield zijn gezicht tussen mijn handen en draaide mijn hoofd weg, zodat de kus mijn wang raakte, naast mijn mond.

Met mijn ogen dicht zei ik: 'Bedankt dat je wilde luisteren.'

'Die eikel boft maar.'

Tussen twee lessen door vertelde ik het Annette op het toilet. Omdat ik net zo veel had zitten huilen bij Curt deed ik nu mijn uiterste best om mijn gezicht in de plooi te houden.

Voor de verandering zei Annette nu eens niets. Ze hield me alleen maar ongelooflijk stevig vast.

Toen zei ze: 'Ik zal je steunen.'

Ik haalde diep adem. 'Wat moet ik nu doen?'

'Je moet het hem vertellen.'

'Dat gaat niet.'

'Waarom niet? Hij heeft het recht het te weten.'

Ik wreef in mijn ogen. 'Ja, dat is zo, maar als ik het hem vertel, zal hij nooit toestaan dat ik... Je weet wel. Hij zal het willen houden en met me willen trouwen. En dan wil hij dat we in China-town blijven.'

'Volgens mij zijn er wel ergere dingen dan een piepjonge

moeder zijn en je leven delen met een lekkere vent.'

'Ik wil hem nergens toe dwingen. Ik weet niet eens of ik hem op de lange termijn wel gelukkig kan maken. Wat voor soort echtgenote zou ik zijn? Arm, gestrest, gefrustreerd, niet in staat mijn talenten te ontplooien.' Ik begon aan mijn haar te trekken.

'Niet doen, je doet jezelf nog pijn. Je weet wat de simpelste oplossing is: het weg laten halen en het nooit tegen hem zeggen. Maar dat kun je niet doen. Ik denk dat de kans groot is dat het uitraakt.'

Ik moet heel erg verslagen hebben gekeken, want ze voegde er snel aan toe: 'Ik vind het zo erg voor je. Als je de baby houdt, zal je leven nog veel en veel zwaarder worden, maar dat betekent nog niet dat het voorbij is.'

'Als ik mazzel heb.'

'Jij hebt geen mazzel nodig. Je hebt hersens.'

'Ik wou dat ik zelf zo veel vertrouwen kon hebben.'

Als een klein kind zat ik te wachten op de thuiskomst van ma, die haar voltooide sieraden naar de fabriek bracht. Nu ik het aan Curt en Annette had verteld leek de dam die mijn emoties in bedwang had gehouden voorgoed te zijn bezweken en kon ik me niet langer beheersen. Toen de deur van onze woning eindelijk openging, rende ik naar haar toe, net zoals ik als klein meisje altijd had gedaan.

'Ma!'

'Ah-Kim! Wat is er aan de hand? Wat is er, dochter?' Ze hield me dicht tegen zich aan, ook al kwam haar hoofd maar net tot aan mijn schouders, en trok me toen mee naar een stoel in de keuken.

Ik bleef maar snikkend naar adem happen, alsof ik last van stuipen had. Ik had geen tranen meer over.

Ze wachtte totdat ik was uitgehuild en zei toe: 'Je hebt de grote buik.' Ze wist dat ik zwanger was.

Ik kon geen antwoord geven.

Ze kneep haar ogen stijf dicht en hield me stevig vast. Haar hoofd moet hebben getold. Ten slotte zei ze, met lage stem: 'Wat zei hij ervan?'

'Ik kan het hem niet vertellen.'

Nu hief ze haar hoofd op en keek me aan. 'Je denkt er toch niet over om de foetus te laten vallen?' Om voor abortus te kiezen.

Ik hoorde hoe doods mijn stem klonk. 'Ik heb geen andere keus. Ik kan toch niet voor jou en voor Park en voor Matt en voor de baby zorgen?'

Ze legde haar hand op mijn schouder. 'We redden ons wel.'

Een tikje kwaad schudde ik haar hand af. 'Zoals we het tot nu toe hebben gered?' Ik liet mijn blik door de vieze woning dwalen. Ik dacht aan de vrouw en de baby die vroeger naast ons hadden gewoond, in het pand van meneer Al. 'Ik heb u beloofd dat ik ons een beter leven zou bieden, ma. Het spijt me dat ik zo stom ben geweest.'

De stem van ma brak. 'O, meisje, je hebt je uiterste best voor ons gedaan. Ik ben degene die spijt heeft, spijt dat ik je niet meer heb kunnen helpen.' Ze hield mijn hoofd tussen haar handen.

'Ma? Hebt u wel eens getwijfeld of u met pa moest trouwen?'

'Toen ik voor jouw pa koos in plaats van voor Bob had ik nooit kunnen denken dat tante Paula ons nog eens naar Amerika zou halen. Toen ze uit Hongkong wegging, zei ze tegen me dat ik daar zou sterven. Ik dacht dat ik mijn toekomst voor hem opgaf. Maar als ik met Bob was getrouwd zou ik daar de rest van mijn leven spijt van hebben gehad. Ik ben altijd van je pa blijven houden, ook al is hij nu al jaren dood.'

'Maar pa heeft er uit vrije wil voor gekozen om zijn leven met u te delen. Ik droomde ervan dat Matt en ik stapje voor stapje onze weg in het leven zouden zoeken. Daar hoort niet bij dat ik hem nu met een baby aan me bind.'

'Misschien moet je je dromen aanpassen. Hartje, luister eens.' Ma pakte me bij mijn schouders. 'Toen Matt en jij eindelijk bij elkaar kwamen, moest dat zo zijn. Ik zag al jaren wat jullie voor elkaar voelden. Toen je nog jong was, heb ik altijd gezegd dat je je niet te veel aan andere kinderen moest hechten. Ik was bang dat hij je op het verkeerde pad zou brengen. Pas later begreep ik dat niemand dat kon doen. Ik ben zo trots op je. Soms heeft het lot alleen iets anders voor ons in petto dan we zelf hadden gedacht.'

Epiloog

Twaalf jaar later

Pete, zes jaar oud, had zich onder de lage blauwe tafel verstopt. Hij klampte zich aan een van de poten vast en weigerde tevoorschijn te komen.

'Ik dacht dat hij alleen maar een te hoge bloeddruk had. Ik snap niet waarom hij geopereerd moet worden. Kan hij niet gewoon een paar pilletjes slikken?' Petes vader klonk gefrustreerd. Hij was klein en kaal, met een buik die over zijn broek hing.

'Meneer Ho, ik ben bang dat het iets ernstigers is. Pete lijdt aan vernauwing van de aorta, een aangeboren afwijking.' Ik trok een groot plastic model van een hart naar me toe dat ik op een bureau had staan. Het ontging me niet dat het jongetje onder tafel ook naar ons keek.

Meneer Ho keek me met knipperende ogen aan. We spraken weliswaar Chinees met elkaar, maar ik was er vrij zeker van dat hij er weinig van had begrepen.

'Het is iets waar Pete mee is geboren. Ziet u dit?' Ik wees naar de aorta. 'Dit is de grote ader die het bloed van het hart naar de rest van het lichaam brengt. En dit deel is bij hem niet wijd genoeg.' Ik haalde het ecg van het kind erbij en glimlachte even naar hem. 'Pete, wil je een foto van je hart zien?'

Langzaam kroop hij onder de tafel vandaan en klom op de schoot van zijn vader. Ik draaide het ecg naar hen toe, zodat ze het beter konden zien. 'Zo ziet je hart eruit, en omdat dit stukje te nauw is, moet de rest harder werken. Vooral hier is te veel druk, in de linkerkamer. Dat kan later voor beschadigingen aan je hartspier zorgen, en daardoor kun je nog veel meer problemen krijgen.'

'Zoals?' vroeg meneer Ho.

'Hoge bloeddruk en hartfalen,' antwoordde ik.

Zijn gezicht betrok. Ik wist dat hij had gehoopt dat een operatie niet nodig was.

'Dit is een hersteloperatie,' legde ik uit. 'Hierna zal hij volledig zijn hersteld. Natuurlijk na de nodige nazorg en revalidatie.'

Ze keken allebei iets opgewekter.

Pete wierp even een snelle blik op me en vroeg: 'Doet de mooie dokter ook de operatie, pa?'

Zijn vader zuchtte en knikte. 'Zij zal de baas zijn.'

De jongen was duidelijk onder de indruk en vroeg aan mij: 'Echt waar?'

'Ik ben de chirurg,' zei ik tegen hem. 'Ik zal de hele tijd bij je zijn.'

Ik keek meneer Ho iets aandachtiger aan. Hij kwam me bekend voor, alsof ik hem lang geleden had ontmoet. Waar had ik die naam eerder gehoord? Er kwam een gedachte bij me op, en voordat ik mezelf kon tegenhouden, vroeg ik: 'Kent u soms Matt Wu?'

De man keek me verbaasd aan. 'Ah-Matt. Natuurlijk.' Nu keek hij mij ook iets aandachtiger aan. 'Is dat een vriend van u? Ik wist niet dat Ah-Matt zulke belangrijke mensen kende!'

'U weet het waarschijnlijk niet meer, maar Matt en ik kwamen soms wontonsoep bij u eten.' Ik moest glimlachen vanwege die herinneringen aan vroeger. Dit was de ober die ons altijd voor had laten gaan op de rest van de rij.

'Ja,' zei meneer Ho, 'toen hij niet met...' Hij maakte zijn zin niet af. Ik wist wat hij had willen zeggen: toen hij niet met Vivian was.

Ik probeerde zo luchtig mogelijk te klinken. 'Ziet u hem nog wel eens?'

'O ja, Matt komt vaak langs.'

Ik haalde diep adem. Dit was mijn kans. Ik stak hem een van mijn kaartjes toe. 'Zou u hem dit willen geven?' Pete pakte het aan en streek ermee langs zijn wang. 'Zeg maar...'

Meneer Ho keek me verwachtingsvol aan.

'Doe hem maar de groeten van me.'

Hij trok mijn kaartje uit Petes hand en stak het in zijn portefeuille. 'Dat zal ik doen.'

In mijn verbeelding was ik Matt door de jaren heen al honderden keren tegengekomen: in de bus, bij de bank, in New Haven, in Cambridge; ik had gefantaseerd dat hij een patiënt in het ziekenhuis was, of dat ik hem tijdens mijn stage ergens zag, of aan de universiteit, waar ik op dat moment ook was. Misschien was dat ook de reden dat ik, toen we eindelijk naar New York terugkeerden, voor een baan in een ziekenhuis in de buurt van Chinatown had gekozen. Ik had me vaak voorgesteld dat hij op een dag binnen zou lopen, maar natuurlijk was dat nooit gebeurd, of in elk geval niet bij de afdeling pediatrische cardiologie. Ten slotte was ik hem in Chinatown gaan opzoeken. Ik wist waar hij vroeger vaak had gezeten en bedacht excuses om die plekken te bezoeken. Ik zag dat er bij zijn oude woning een nieuw naambordje hing, dus blijkbaar was hij verhuisd. Ik had geen zin om oog in oog met hem te staan, niet na wat ik hem had aangedaan, en probeerde dus zo onopvallend mogelijk rond te lopen.

En op een avond zag ik hem toevallig. Het was al laat en ik ving opeens in de drukte een glimp van hem op: hij stapte, slechts een paar meter bij me vandaan, een winkel in bruidskleding binnen. Het had niet langer dan een seconde geduurd, en hoewel ik alleen zijn rug had gezien, wist ik zeker dat hij het was. Ik moest hem volgen. Ik hoorde dat een vrouwenstem hem begroette en liep naar het verlichte raam. Een klein meisje, een jaar of vijf oud, zat aan de voet van een paspop. Dat moest zijn dochter zijn. Ze was erg mooi, sprekend haar moeder. Ik wist weer waarom ik al die jaren geleden tegen Matt had gelogen: als ik dat niet had gedaan, zou ons kind dezelfde toekomst hebben gehad als dit meisje hier, al zou misschien ook zij haar lot in eigen hand nemen. Dit was de reden dat Vivian de rest van haar leven, elke dag van elk jaar, met Matt mocht delen.

En daar stond hij, in de deuropening. Het meisje sprong overeind, rende naar hem toe, en hij ving haar lachend op. Snel deed ik een stap naar achteren, uit het zicht. Ik durfde niet langer te blijven hangen, ik had het gevoel dat ik geen kracht meer in mijn benen had. Ik liep weg en durfde niet meer terug te keren, uit angst dat ik zijn gelukkige bestaan zou verstoren.

Het was zaterdag, vroeg in de ochtend, en ik liep nog in mijn motorkleding omdat ik alleen maar naar het ziekenhuis was gereden om na te vragen hoe het met een van mijn patiëntjes was: een pasgeboren baby die ik de avond ervoor had geopereerd. Ze had de ochtend gehaald. Ik sprak even met de ouders, die op de intensive care zaten te wachten.

Zelfs na al die jaren voel ik nog steeds een zeker ontzag wanneer ik een scalpel hanteer. Mijn patiënten zijn vaak erg jong, soms niet meer dan enkele dagen oud, en daar liggen ze al, op de operatietafel. Elke keer weer ben ik bang dat mijn vaardigheden het verschil tussen leven en dood kunnen betekenen. Ik probeer in het lot te geloven. Ik probeer mezelf na mislukte operaties wijs te maken dat er momenten zijn waarop niemand iets kan doen. Dat zijn de nachten waarop ik alleen in mijn bed lig en elke keer weer voor me zie wat er op de operatietafel is gebeurd, me afvragend of het lot heeft bepaald dat dit kind moest sterven of dat ik die keus heb gemaakt door iets wat ik deed. Ik doe werk waarin ik geen enkele fout mag maken, en misschien heb ik daarom wel voor dit vak gekozen: omdat de voortdurende roep om perfectie de roep van mijn eigen hart overstemt.

'Heb je even, dokter?' In de gang klonk de stem van Matt, in het Engels. Daar stond hij, in T-shirt en spijkerbroek, en toen ik hem daar echt in levenden lijve zag staan, toen ik die goudkleurige ogen zag waarvan ik al die tijd had gedroomd, zwol mijn hart zo snel op dat ik bang was dat ik ter plekke van vreugde zou sterven.

Ik zag dat hij me aandachtig in zich opnam. Er verscheen een glimlach op zijn gezicht. 'Kimberly.'

De vreugde stroomde van mijn borst naar mijn gezicht, en ik boog mijn hoofd om de plotselinge blos te verbergen. Ik nam mijn helm in mijn andere hand en wierp een steelse blik op hem: hij was inderdaad ouder geworden. Hij was niet langer de jongen die ik had gekend, maar een echte man. Aan de spieren in zijn schouders en armen was te zien dat hij zwaar lichamelijk werk deed, en de krachtige blik in zijn ogen maakte duidelijk dat hij wist wie hij was.

Hij vervolgde, in het Chinees: 'Ik wist niet zeker of ik je hier vandaag zou aantreffen.'

'Het is eigenlijk mijn vrije dag, maar ik wilde even weten hoe het met een patiëntje was. Kom maar mee naar mijn kamer.'

Het was opwindend om met Matt aan mijn zijde door de gangen van het ziekenhuis te lopen. Ik wist niet wat ik moest zeggen en zorgde ervoor dat ik niet per ongeluk tegen hem aan botste, maar ik kon er niets aan doen dat ik telkens moest glimlachen vanwege het simpele feit dat hij hier was.

In mijn spreekkamer nam hij de tijd om naar alle diploma's en onderscheidingen te kijken die de wanden sierden. 'Je hebt heel wat bereikt, fabrieksmeisje.'

Ik liep naar mijn bureau en legde de enige foto die ik daar heb staan plat neer. 'Dank je.' Ik probeerde zo ontspannen mogelijk te klinken.

Natuurlijk merkte hij dat, en hij kwam naar me toe. 'Dat hoef je niet te doen. Ik hoef de liefde van je leven niet te zien.'

Ik haalde diep adem. 'Hoe is het met Park? En met Vivian?'

Het leek hem niet te verbazen dat ik wist dat ze weer samen waren. Hij moet hebben geweten dat ik daar op een of andere manier achter was gekomen. 'Met allebei gaat het goed. Hij helpt een handje bij UPS, waar ik nu werk, doet wat klusjes in de garage. Vivian werkt in een bruidszaak.'

Dus Matt was nu een UPS-man. 'En de winkel van haar vader?'

'Die is dicht. Vanwege de recessie. Maar ze doet het goed, volgens haar baas zal ze op een dag nog wel de bedrijfsleidster worden.'

'Goed zo,' zei ik. Ik had dat vaker gehoord en wist dat Matt het ook niet geloofde. 'Ik heb haar een paar jaar geleden in een tijdschrift zien staan, geloof ik.'

'Dat is heel goed mogelijk. Ze heeft nog een paar jaar als fotomodel gewerkt, maar daar is ze nu mee gestopt.'

'Waarom?'

'Haar man werd jaloers.' Hij haalde zijn hand door zijn haar, duidelijk beschaamd. 'Wat een stomme vent, hè?'

Het voelde alsof ik een klap had gekregen. Hij hield van haar. Natuurlijk hield hij van haar. Ze hielden al jaren van elkaar, hadden al die tijd om elkaar gegeven. Nadat ik het had uitgemaakt met Matt hoorde ik dat hij al vrij snel weer naar Vivian was teruggegaan. Ik was gewoon een korte onderbreking geweest in zijn lange relatie met haar.

'En hoe is het met jou?' wist ik uit te brengen.

Hij liet zijn blik door mijn grote spreekkamer dwalen en haalde toen een tikje verdedigend zijn schouders op. 'Ik verdien heel aardig.'

'Ja.' Ik keek naar hem op en kon me niet langer beheersen. Langzaam stak ik mijn hand uit en legde die tegen zijn wang. Ik wou dat ik hem de rest van zijn leven voor onheil kon behoeden. Ik haalde diep adem. 'Ik moet je iets vertellen...'

'Dat weet ik al.'

'Nee, dat weet je niet.'

'Ik ben niet zo dom als ik eruitzie. Ik was er ook bij toen we de baby maakten, weet je nog?'

Ik kon geen woord uitbrengen.

'Toen je het uitmaakte, brak je mijn hart,' zei hij met gebroken stem. 'Aanvankelijk geloofde ik je, toen je zei dat we te veel van elkaar verschilden. "Een bamboe deur kan niet zonder een bamboe deur en een metalen deur niet zonder een metalen deur." Dat zei je toen, ik zal het nooit vergeten. Ik had altijd al geweten dat je beter was dan ik, maar ik begreep niet waarom je opeens zo was veranderd en zo koel deed. En toen keek ik op de kalender en begreep ik het opeens.'

Toen hij dat zei, nam ik hem in mijn armen, en hij verzette zich niet. Hij rook nog steeds hetzelfde, naar aftershave en sandelhoutzeep. Ik drukte mijn wang tegen zijn schouder en fluisterde: 'Het spijt me.'

'Daarom ben ik nooit achter je aan gegaan. Daarom ben ik teruggegaan naar Vivian.'

'Wist je het toen al?' Ik herkende mijn eigen stem bijna niet. 'Ben je naar haar teruggegaan omdat je mij haatte?'

'Het maakte me kapot, Kimberly. Je hebt me nooit iets gevraagd. Je hebt me nooit een kans gegeven. We hadden het kunnen redden, samen. Misschien had je dan niet al die fraaie titels gehaald die je nu hebt, maar we hadden samen kunnen zijn. Met onze baby.' Zijn ogen vulden zich met tranen.

'Je kunt je niet voorstellen hoeveel spijt ik van die beslissing heb. Ik was nooit meer of beter, en dat ben ik nu ook niet. Onze financiële situatie was in die tijd zo precair dat ik bang was dat we allemaal samen ten onder zouden gaan als we ons aan hetzelfde stukje wrakhout zouden blijven vastklampen; jij, ik, Park, ma, de baby. Ik moest je laten gaan.' Ik zweeg even. 'En ik geloofde niet dat ik je gelukkig kon maken.'

'Wát?'

'Ja, ik weet het, we waren toen heel gelukkig, maar het leek me zo oneerlijk om je door middel van een kind aan me te binden. Had je hiermee kunnen leven? Met een vrouw die pediatrisch cardioloog is en vaak tachtig uur per week werkt? Ik heb nachtdienst, ik moet in het weekend werken. Het zou anders zijn geweest als je er uit vrije wil voor had kunnen kiezen om je leven met me te delen, maar door de baby was er geen sprake van een vrije keus.'

'En jij dan? Je had geen chirurg hoeven worden. Je had thuis kunnen blijven. Ben je nu gelukkig? Ik had voor je kunnen zorgen.'

Ik antwoordde op zachte toon: 'Ik had verplichtingen jegens ma en jegens mezelf. Ik had mezelf niet kunnen veranderen, ook al wilde ik dat nog zo graag. En soms wilde ik dat ook.' Ik zweeg en deed een paar stappen bij hem vandaan. Hij keek me aan. 'Maar ik zou niet gelukkig zijn geweest als ik jou op je reis had moeten volgen, en jij zou niet gelukkig zijn geweest als je mij was gevolgd.'

'En ons kind heeft de prijs betaald.' Zijn blik was een en al emotie. 'Je weet niet wat het betekent om van een kind te houden.'

Ik deed mijn lippen uiteen om iets te zeggen, klaar om alles voor altijd te veranderen, maar toen zei hij opeens: 'Vivian is weer in verwachting.'

Al die tranen die ik had onderdrukt, vulden opeens mijn ogen, zodat ik niets meer kon zien. Ondanks al mijn logica, ondanks de wetenschap dat we nooit samen een leven zouden kunnen opbouwen besefte ik nu dat ik toch had gehoopt dat er iets zou veranderen als hij eenmaal het hele verhaal zou kennen. Ik wendde me af en veegde mijn gezicht af met de rug van mijn handen. Ik voelde dat hij zijn armen om me heen sloeg.

'Jij bent het altijd al voor me geweest, Kimberly,' fluisterde hij in mijn haar. 'Helemaal. Maar Vivian heeft me nodig.'

Mijn stem klonk zacht. 'Dat weet ik. Je gezin heeft je nodig. Matt, waarom ben je vandaag hierheen gekomen?'

Hij hield me lange tijd vast. 'Om dezelfde reden dat jij me je kaartje hebt gestuurd. Om afscheid te nemen.'

Ik sloot mijn ogen. 'Ik zal je een lift naar huis geven.'

Matt floot langzaam toen hij de Ducati zag. De gestroomlijnde, krachtige motor was altijd al mijn grote droom geweest.

Ik zal die rit met Matt nooit vergeten. Hij had zijn armen om me heen geslagen, we werden omringd door de geur van leer, en de vertrouwde vormen van New York vervaagden en leken vloeibaar te worden toen we met hoge snelheid door de stad reden. Het voelde alsof we teruggingen in de tijd, terug naar die eerste rit op de fiets, toen Matt als bezorger voor de pizzeria had gewerkt. Ik wilde dat we echt naar dat moment konden terugkeren en opnieuw al die jaren konden beleven die we hadden gemist. Hij zat dicht tegen me aan, mijn haar waaide rond zijn hals. Ik had er alles voor overgehad om die rit eeuwig te laten duren.

Ik zette de motor stil. Hij liet langzaam zijn armen zakken, alsof hij me eigenlijk niet los wilde laten. Ik had de Ducati op enige afstand van zijn huidige woning geparkeerd. Ze woonden vlak naast de Franklin D. Roosevelt Drive, en de herrie van de snelweg moest ook in huis oorverdovend zijn. Ik voelde dat de grond trilde onder onze voeten toen we naar hun huis liepen. Ik bleef staan om de hoek bij de ingang. Ik wilde niet dat iemand ons zou zien.

Ik slikte. 'Nou, dat was het dan. Het ritje is voorbij.'

Hij zei helemaal niets. Hij keek alleen maar naar me, en ik had hem nog nooit met zo'n droevige blik gezien.

Ik zag goud rond zijn nek glanzen, onder zijn T-shirt, en stak mijn hand uit om het aan te raken. 'Hé, dit weet ik nog.'

Ik trok hem aan zijn ketting naar me toe. Traag kusten we elkaar. Ik werd omringd door de zachtheid van zijn lippen, zijn heerlijke smaak. Ik had al die jaren voor deze kus geleefd, zodat ik nu hier kon zijn, op deze ochtend, bij hem. Ik had er alles voor overgehad om met hem naar huis te kunnen gaan en mijn leven met hem en met onze kinderen te delen, en met niemand anders. Had ik de juiste keus gemaakt? Zou ik hebben kunnen kiezen voor het leven dat hij met mij wilde leiden? Ik had geen keus gehad, ik was simpelweg wie ik was.

Toen lieten we elkaar los.

Hij keek me lange tijd aan met die goudkleurige ogen van hem. Weer haalde ik diep adem, maar hij legde zijn vinger op mijn lippen en zei: 'Kimberly, zeg voor de verandering nu eens niets.'

Langzaam deed hij de ketting met de hanger van Kwan Yin af en legde die in mijn hand, net zoals hij al die jaren geleden bij de pers in de fabriek had gedaan.

'Hier,' zei hij. 'Voor jou. Pas goed op jezelf.'

'Wat ga je tegen Vivian zeggen?'

Hij keek me met een kalme, onverzettelijke blik aan. 'Ik zal liegen en zeggen dat ik mijn ketting ben verloren.'

Ik wist dat ik nee moest zeggen en de ketting terug moest geven, maar ik wilde hem zo graag hebben. 'Ik mis je, Matt. Ik zal je altijd blijven missen.'

Ondanks zijn verdriet verscheen er een wrange grijns op zijn gezicht toen hij even zijn hoofd schudde. 'Een ding weet ik wel, Kimberly Chang, en dat is dat het met jou altijd goed zal gaan.'

'Dag, Matt.'

Hij draaide zich om en liep naar de ingang van de flat, zonder nog naar me om te kijken.

Ik liep terug naar mijn motor. Ik weet niet hoe lang ik daar ben blijven staan, met mijn blik gericht op het gebouw waar zij woonden, genietend van de gedachte dat Matt ergens daarbinnen was. Toen wilde ik wegrijden, maar mijn hart en mijn gedachten waren zo van hem vervuld dat ik me niet kon beheersen en nog even bleef staan voor een laatste blik over mijn schouder.

Een van de ramen op de bovenste verdieping werd geopend, alsof degene die daar woonde te veel gedachten in zijn hoofd had, en er stapte iemand een van de brandtrappen op. Ik wist dat het Matt was. Ik zette de motor aan de kant en stapte af. Het was overduidelijk dat hij daar woonde: de trap puilde uit van de planten en bloemen. Het was prachtig, die kleine trap die was gevuld met levende dingen, als een kalm protest tegen de snelweg en de stad.

Vivian had de tuin moeten hebben die ik nu had. Het formaat ervan overweldigde me nog steeds. Ma verzorgde de tuin voor me en plantte hele rijen kalebassen en waspompoenen, alsof ze bang was dat we elk moment konden verhongeren. Ze stopte het overschot aan groenten in een mandje en ging ermee naar de verbaasde buren, al sprak ze nog steeds bijna geen Engels.

'Voor jou,' zei ma dan, en aanvankelijk hadden de buren de groenten geweigerd of geprobeerd haar ervoor te betalen, totdat ze beseften dat deze vrouw in een van de mooiste huizen in hun straat woonde.

'Excentriek,' fluisterden ze nu tegen elkaar.

Ik kwam een stukje dichterbij. Matt stond daar in de warme lentelucht, prachtig in een dun t-shirt waarin hij zich had verkleed. Hij leunde over de leuning van de trap terwijl achter hem de snelweg dreunde en de smog opsteeg naar de hemel. Hij was het mooiste wat ik ooit had gezien.

En toen kwam zij naar buiten.

Ze had nu lang haar, dat door de wind naar achteren werd geblazen. Haar schouders en armen waren mager in verhouding tot haar dikke buik. Ze raakte zijn schouder aan, en wat voor gedachten hij ook mocht hebben gekoesterd, ze losten op in de morgenlucht, en hij was terug, bij haar, bij zijn beeldschone vrouw en moeder van zijn kind. Hij trok haar voor zich en sloeg zijn armen om haar heen, en zo stonden ze daar samen naar hun toekomst te kijken.

Het begon te regenen toen ik naar huis reed, en het roffelen van de druppels op mijn helm klonk als getrommel bij een begrafenis. Het was allemaal zo overweldigend. Ik kon mijn verleden met Matt wel loslaten, maar wat pas echt pijn deed, was dat de droom waarvan ik had gedacht dat ik hem moest laten gaan nu weer tot leven was gewekt. Het beeld van een toekomst waarin hij elke nacht naast me lag en waarin we samen een gezin grootbrachten steeg trillend op in de reflectie van mijn koplampen op het asfalt en loste op als de rook van een vuur.

Tijdens de hele rit naar huis, die vandaag langer leek te duren dan gewoonlijk, zat de ketting in mijn handschoen. Mijn gedachten en hart waren vervuld van Matt, van zijn geur, het gevoel van hem. Hoe zou ik hem ooit weer uit mijn gedachten kunnen bannen? Maar uiteindelijk kwamen mijn gevoelens weer wat tot rust, en tegen de tijd dat ik de lange oprit van ons huis in Westchester op draaide, wist ik dat ik het op een dag allemaal zou kunnen aanvaarden. Op een bepaalde manier was ik blij dat ik hem zijn geluk met Vivian had kunnen schenken, al was dat een bitterzoet gevoel.

Ik parkeerde de Ducati voor de garage en vermande mezelf voordat ik het gazon overstak. Toen ik bijna bij de voordeur was, kwam mijn zoon van twaalf naar buiten, met zijn sporttas in zijn hand.

'Hé, waar ga je heen?' vroeg ik in het Chinees.

'Ik heb honkbaltraining en, mam, ik ben al te laat.' Zijn Chinees was uitstekend, zij het niet zo perfect als zijn Engels. Jasons gezicht leek zo op dat van zijn vader dat Matt hem meteen zou hebben herkend als hij de foto op mijn bureau had kunnen zien: de goudkleurige ogen, de dikke wenkbrauwen, zelfs de lok haar die altijd voor zijn ogen viel.

Hij was al bezig zijn fiets uit het fietsenrek te halen, maar ik riep naar hem: 'Jason!'

'Ik ben al laat.'

'Je bent onze speciale groet vergeten.'

Hij bleef even staan en holde toen naar me toe. 'Daar word ik te oud voor.'

'Toe.' Ik legde mijn helm en handschoenen neer en liet Matts ketting in de zak van mijn jack glijden.

Toen schakelden we allebei over op het Engels en scandeerden: 'Ik hou van je, geef me een hand.' We gaven elkaar een highfive. 'Een prettige dag en maak er wat van.'

Hij omhelsde me en gaf me een zoen op mijn wang. Toen hij de straat uit fietste, zwaaide hij naar me en riep: *See you later, alligator.*

In onze ruime woonkamer was ma bezig haar piano af te stoffen. De stofdeeltjes zweefden rond in het zonlicht. Ze was nu halverwege de vijftig, maar nog steeds erg mooi. Ik bleef even in de deuropening staan om naar haar te kijken.

Zonder me aan te kijken zei ma: 'Die dierendokter heeft weer gebeld. Hij maakt zich vast zorgen over de kat. Al lijkt de kat niets te mankeren.' Nu hief ze haar hoofd wel op en keek me met opgetrokken wenkbrauwen aan, me uitdagend om haar meer te vertellen. Andy, de grijze cyperse kat in kwestie, zat achter ma voor een van de hoge halfronde ramen en waste zijn witte pootjes.

Ik besloot geen antwoord te geven. Tot mijn verbazing had Tim, onze dierenarts, een uitnodiging voor een vernissage bij zijn laatste factuur gevoegd, en sindsdien waren we een paar keer met elkaar uit geweest. Ik vond hem leuk, want hij was vriendelijk en geduldig, maar ik vertelde ma niets meer over de mannen met wie ik omging omdat ze dan meteen de bruiloft begon te plannen. 'Ik ben een beetje moe. Ik ga even liggen.'

Ma wist dat er iets aan de hand was en kwam naar me toe. 'Gaat het?'

'Ja.' Ik slaagde erin te glimlachen.

Ik liep naar boven, sloot mezelf op in mijn slaapkamer en deed de jaloezieën dicht om de kamer te verduisteren. Daarna zette ik een cd op van Bellini's *Norma*, waarvan ik samen met ma een opvoering in de Met had gezien. Ik ging op mijn bed liggen, met de ketting van Matt in mijn handen, en liet alles over me heen komen.

Ma en Annette waren allebei met me meegegaan naar de abortuskliniek en zaten samen in de wachtkamer terwijl ik op de ingreep werd voorbereid. De artsen wilden eerst door middel van een echo vaststellen hoe lang ik al in verwachting was. Dat leek me niet meer dan een formaliteit. De echoscopiste smeerde mijn buik in met een koude, kleverige gel die me kippenvel bezorgde. Ik had het steenkoud. Het operatiehemd moest openhangen, zodat ze de echokop op mijn buik kon zetten.

Ik had gedacht een klompje cellen te zien dat zich in de baarmoeder had ingenesteld en probeerde nergens aan te denken, maar opeens verscheen het beeld van een foetus op het scherm en hapte ik naar adem. Mijn beweging was zo abrupt dat de kop van mijn buik gleed. Ik zag dat de echoscopiste me even geërgerd aankeek, maar ik negeerde haar bevel om doodstil te blijven liggen en staarde uiterst geboeid naar het scherm.

Hij was aan het gymmen. Een klein kikkervisje dat zich afzette tegen de dikke baarmoederwand en een salto maakte, dat van de ene naar de andere kant sprong en vervuld van vreugde in die enorme ruimte rondzwom. Hij was uitdagend en speels, en ik stelde me voor dat hij lachte. Op dat moment begon ik van hem te houden. Van Matts kind. En mijn kind. Voor altijd.

Ik denk dat ik had doorgezet als zijn vader een ander was geweest, maar omdat het Matt was, had ik na die eerste blik op hem geen andere keus meer. We hebben het daarna echter niet gemakkelijk gehad, en als ik minder goed had kunnen leren hadden we het waarschijnlijk niet gered.

Toen ik had besloten om het kind te houden vroeg ik me af of ik mijn relatie met Matt zou kunnen herstellen. Ik was zelfs naar hem op zoek gegaan, maar had gezien dat hij weer terug was bij Vivian. Dat had pijn gedaan. Ik had niet geweten dat hij al had ontdekt wat ik had gedaan, wat ik wilde gaan doen. Ik wist dat ik hen opnieuw uit elkaar had kunnen drijven, maar de pijn gaf me de tijd om langer na te denken, en ik besefte dat de baby niet echt iets zou veranderen: het was pijnlijk om te moeten toegeven, maar ik kon niet ontkennen dat ik Matt nooit echt gelukkig had kunnen maken.

Ma en ik voedden Jason met de grootst mogelijke zorg op, en wij twee vrouwen waren de enige ouders die hij kende. Hij hield zo veel van me. Tijdens zijn vroege jeugd was ik grotendeels afwezig vanwege mijn studie. Zelfs toen hij nog heel klein was, viel het hem al op wanneer ik iets voor mezelf kocht, wat heel zelden voorkwam. 'Mooie mama,' zei hij dan, en ik voelde me zo mooi onder de blik uit zijn ronde kinderogen. Elke keer wanneer ik weer weg moest, huilde hij hevig, ook al was ma, zijn grootmoeder, er altijd voor hem. Soms kwam ik in het holst van de nacht thuis en trof hen dan samen in een stoel bij de voordeur aan, waar ze wachtend op mijn terugkeer in elkaars armen in slaap waren gevallen.

De eerste woning die hij kende, was ons nieuwe appartement in Queens, een paradijs in vergelijking met het oude in Brooklyn, dat hij gelukkig nooit heeft gezien. Ik weet nog dat ma vol stille verwondering haar handen over de meubels, de wanden, de apparatuur in de keuken liet gaan. Het verbaasde ook mij dat alles schoon en heel was, dat er meer kamers waren dan alleen maar de woonkamer en dat er hier geen ongedierte was.

Ik stelde mijn studie aan Yale een jaar uit vanwege zijn geboorte. Dat was de moeilijkste tijd, toen ma en ik thuis aan de zakken vol sieraden voor de fabriek werkten zodat we mijn zwangerschap voor anderen verborgen konden houden. We werkten allebei zo hard als we konden en slaagden er maar net in om de huur en de rekeningen te betalen. Kort na de geboorte van Jason nam ik een baantje als sorteerder bij de post en draaide 's avonds en 's nachts dubbele diensten, zodat ik overdag bij hem kon zijn. Aan het begin van het volgende studiejaar verhuisden we met ons drietjes naar New Haven, naar een kleine woning vlak bij de universiteit. Zodra ik op Yale zat, werd het allemaal iets gemakkelijker.

We leefden van studiebeurzen en leningen. Als student had ik maar liefst vier bijbaantjes, maar ik slaagde desondanks summa cum laude en koos daarna voor een vervolgstudie aan Harvard Medical School. In die door schulden geteisterde jaren putte ik uit alle vaardigheden die ik had om de allerbeste chirurg te worden die ik maar kon zijn.

Dit gaf ik Matt: een leven met Vivian en zijn gezin. Eenvoudig geluk. Tegelijkertijd ontnam ik hem de kans op een leven met ons. Ik stond zwaar bij Jason in het krijt, een schuld die ik nooit zou kunnen vereffenen. Ik heb hem van zijn vader gescheiden. Toen ik Matt opgaf, dwong ik Jason hetzelfde te doen. Onze zoon betaalde de prijs voor mijn poging tot ridderlijkheid. Hij was nog zo jong dat hij niet veel vragen had over dat ene onderwerp dat ik niet met hem wilde bespreken: zijn vader. Ik wist dat er een moment zou komen waarop hij de hele waarheid zou willen horen. Wat moest ik hem dan vertellen? Hoe kon ik weten wat de waarheid was als ik al die jaren geleden zelf zo weinig had geweten?

Ik ging rechtop zitten toen de tekst van 'Sola, furtiva al tempio' de kamer vulde:

Ik verbreek de heilige band
Moge je voor altijd gelukkig leven
Dicht bij degene van wie je houdt.

Toen haalde ik diep adem, stond op en deed de deur open.

Lees ook

Verschijnt juli 2014

ISBN 978-90-225-7075-3

Charlie Wong is de dochter van een straatarme noedelmaker en een mooie prima ballerina. Als haar moeder op jonge leeftijd overlijdt, vervalt het gezin in armoede. Charlie kan niet langer naar school en moet meehelpen de kost te verdienen, maar kan geen ander werk vinden dan een miserabel afwasbaantje in een Chinees restaurant. Daar werkt ze dag en nacht, zeven dagen per week, want ze is vastbesloten haar jongere zusje een betere toekomst te geven.

Dan komt er een uitgelezen kans op haar pad: ze kan aan de slag als receptioniste bij een van de beste dansstudio's in uptown New York. Ze is geïntimideerd door de mooie, getalenteerde dansers en de rijke studenten, maar thuis kan ze er niets over vertellen. Haar traditionele vader wantrouwt alles wat westers is en zou haar zeker dwingen ontslag te nemen.

Als Charlie het danstalent van haar moeder blijkt te hebben geërfd, groeit haar zelfvertrouwen en voor het eerst in tijden geniet ze weer van het leven. Tot haar zusje ernstig ziek wordt. Charlie zal moeten beslissen waar haar hart ligt: bij haar familie of bij haar eigen toekomst…